U0943632

司馬遷

史诗悲剧小说

柯文辉 著

上

山西出版传媒集团 北岳文艺出版社
BEIYUE LITERATURE & ART PUBLISHING HOUSE
·太原·

图书在版编目（CIP）数据

司马迁：全二册 / 柯文辉著. —太原：北岳文艺出版社，2018.1
ISBN 978-7-5378-5432-0

Ⅰ. ①司… Ⅱ. ①柯… Ⅲ. ①长篇历史小说—中国—当代 Ⅳ.
①I247.5

中国版本图书馆CIP数据核字(2017)第275806号

司马迁（全二册）

柯文辉 / 著

策划
赵学文　续小强

责任编辑
陈学清

书籍设计
张永文

印装监制
巩播

出版发行：山西出版传媒集团·北岳文艺出版社
地址：山西省太原市并州南路57号　邮编：030012
电话：0351-5628696（发行部）　0351-5628688（总编室）
传真：0351-5628680
网址：http://www.bywy.com　E-mail：bywycbs@163.com
经销商：新华书店
印刷装订：山西人民印刷有限责任公司

开本：787mm×1092mm 1/16
总字数：690千字
总印张：46.75（彩1.5印张）
版次：2018年1月第1版
印次：2020年1月山西 第1次印刷
书号：ISBN 978-7-5378-5432-0
总定价：98.00元（全二册）

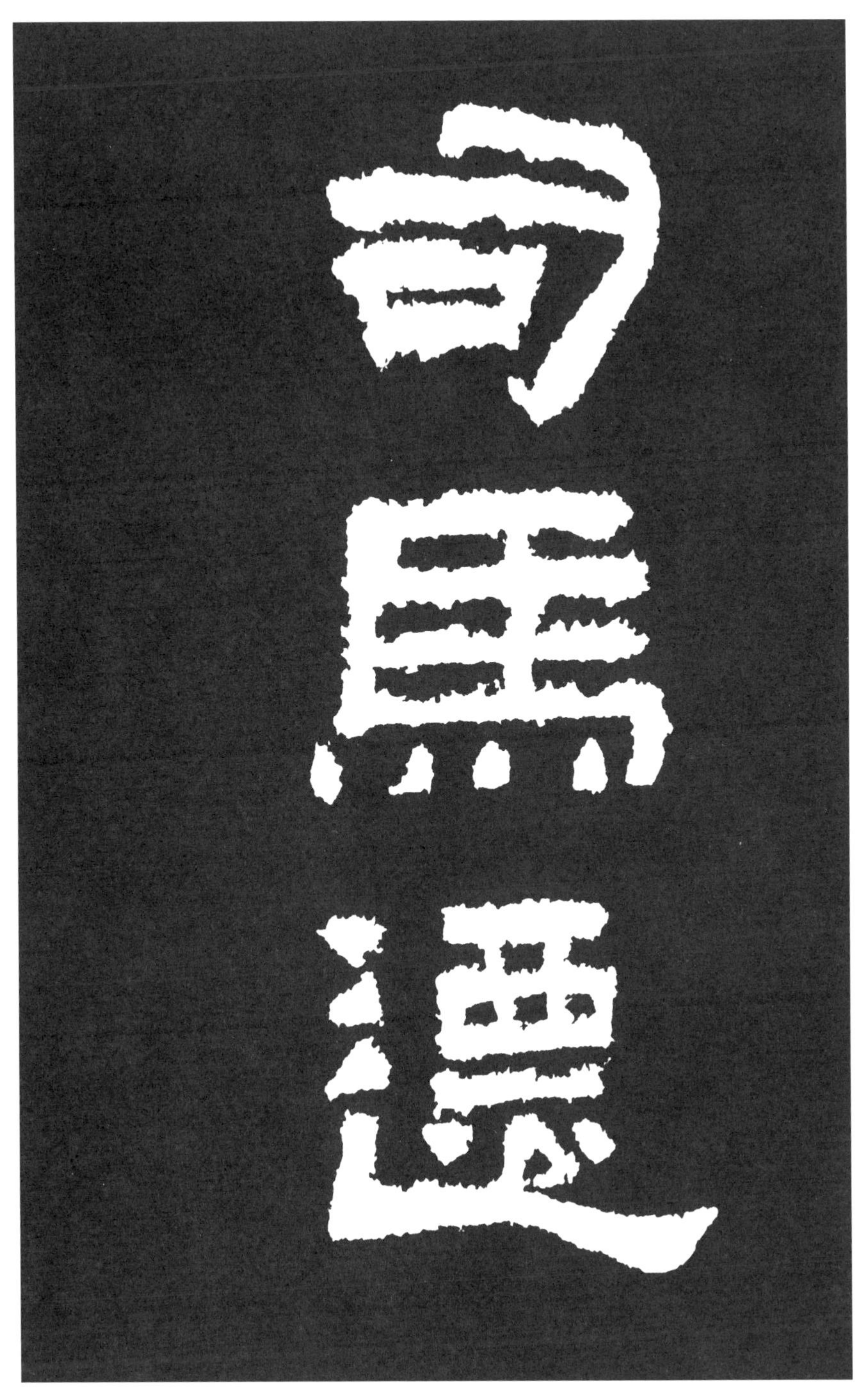

汉碑

司马迁像　沈子丞/作

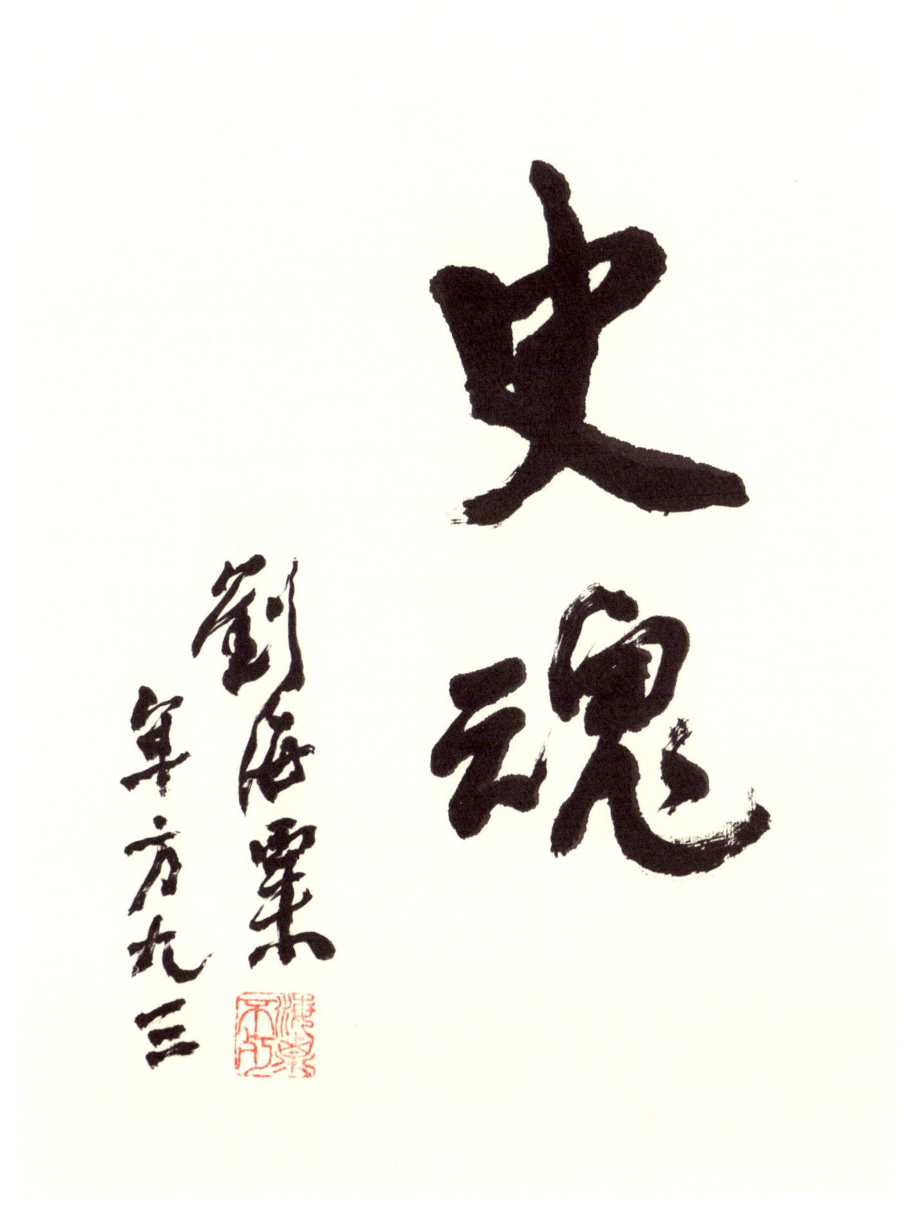

刘海粟/题

司马迁之父司马谈像　沈子丞/作

汉武帝绣像　李少文/作

司马迁绣像　李少文/作

东方朴绣像　李少文 / 作

白凤绣像　李少文/作

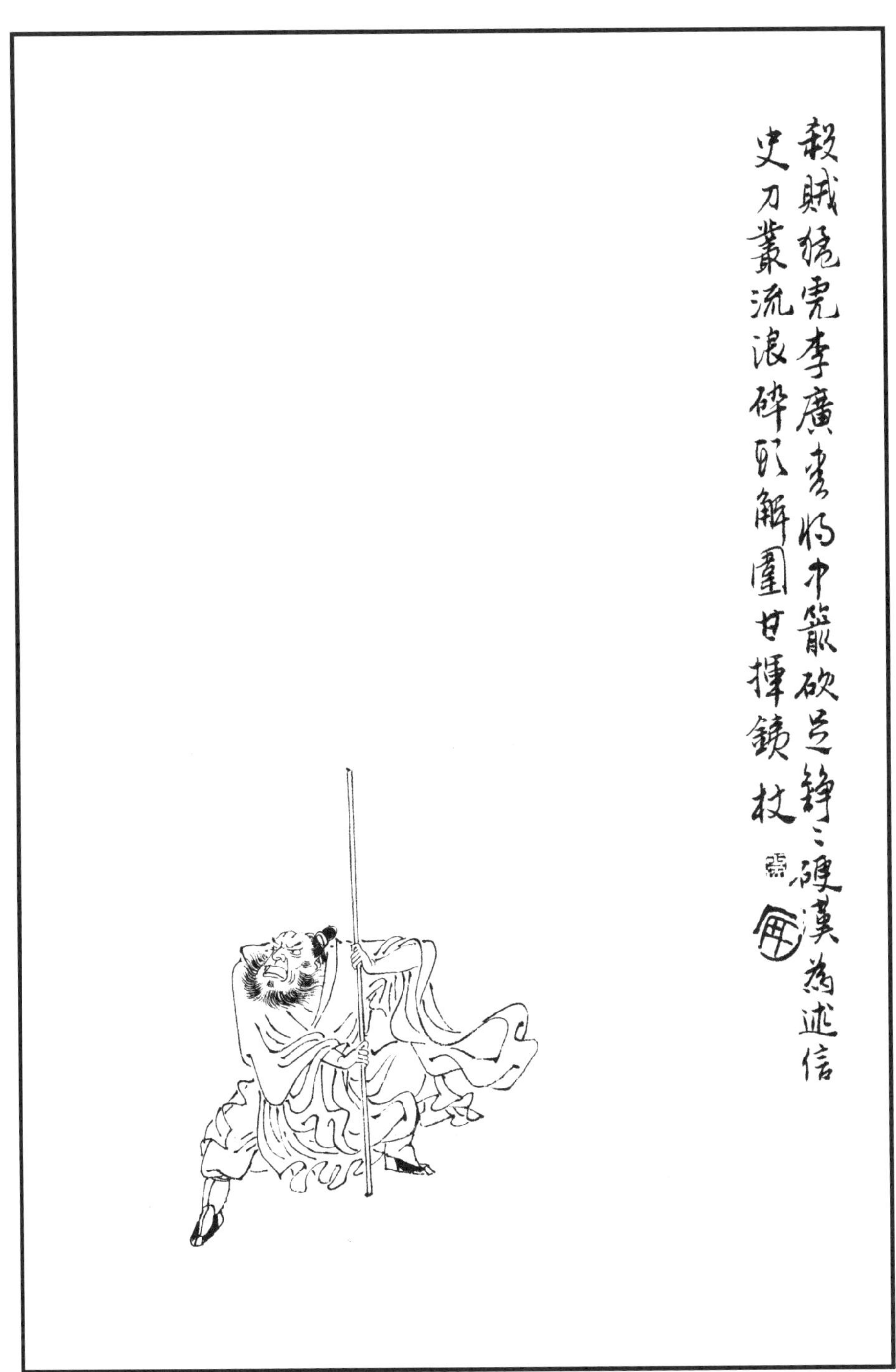

-韩仲子绣像　李少文/作

李广利绣像　李少文 / 作

郭穰绣像　李少文 / 作

方正迂绣像　李少文 / 作

千嬌張舞
謌遏流霞
美於美女
毒於毒蛇
手長巾計
邪吉除邪
己卯歲夏闌少文寫

惜玉香绣像　李少文/作

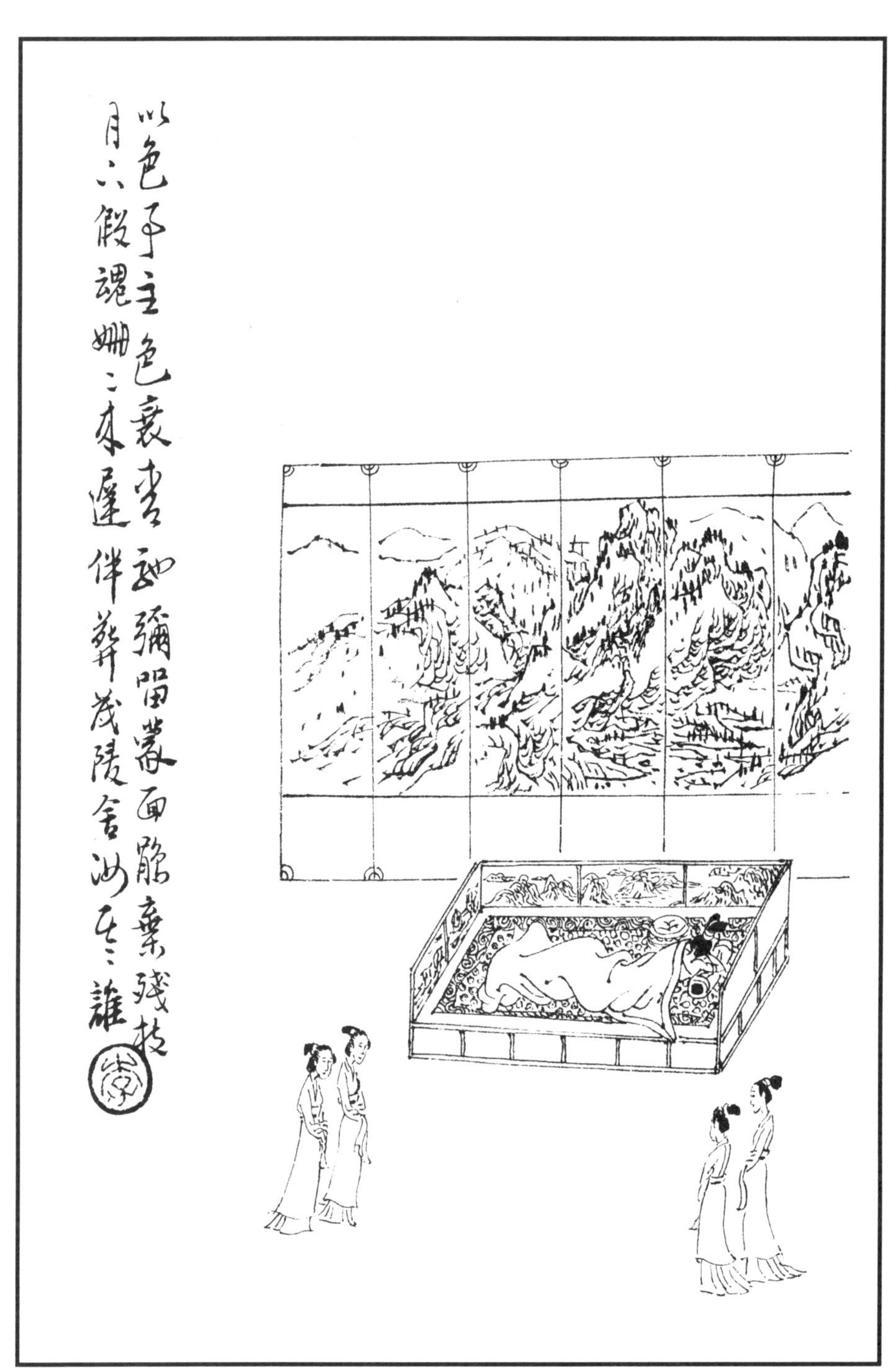

李夫人绣像　李少文 / 作

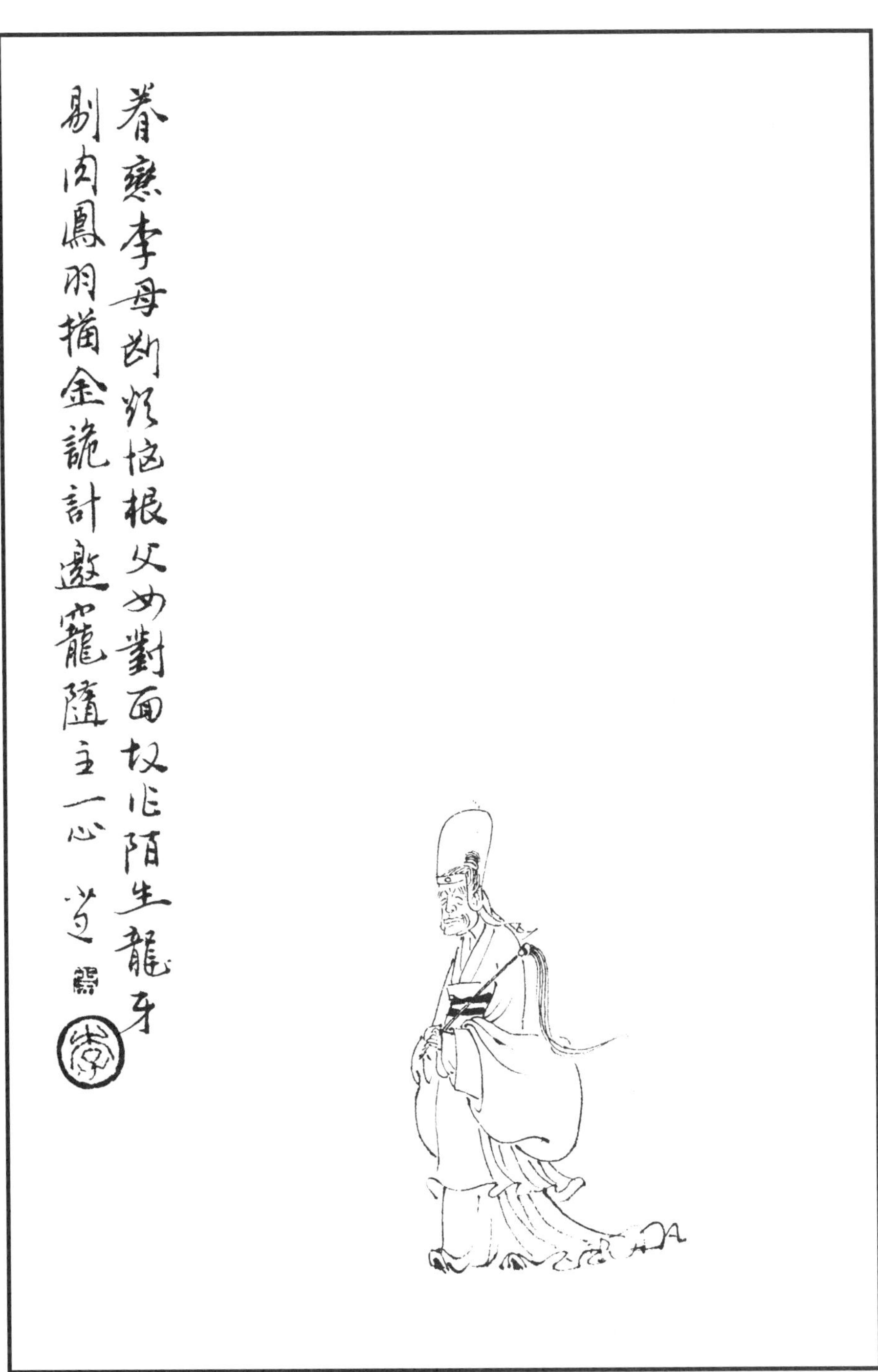

李福绣像　李少文 / 作

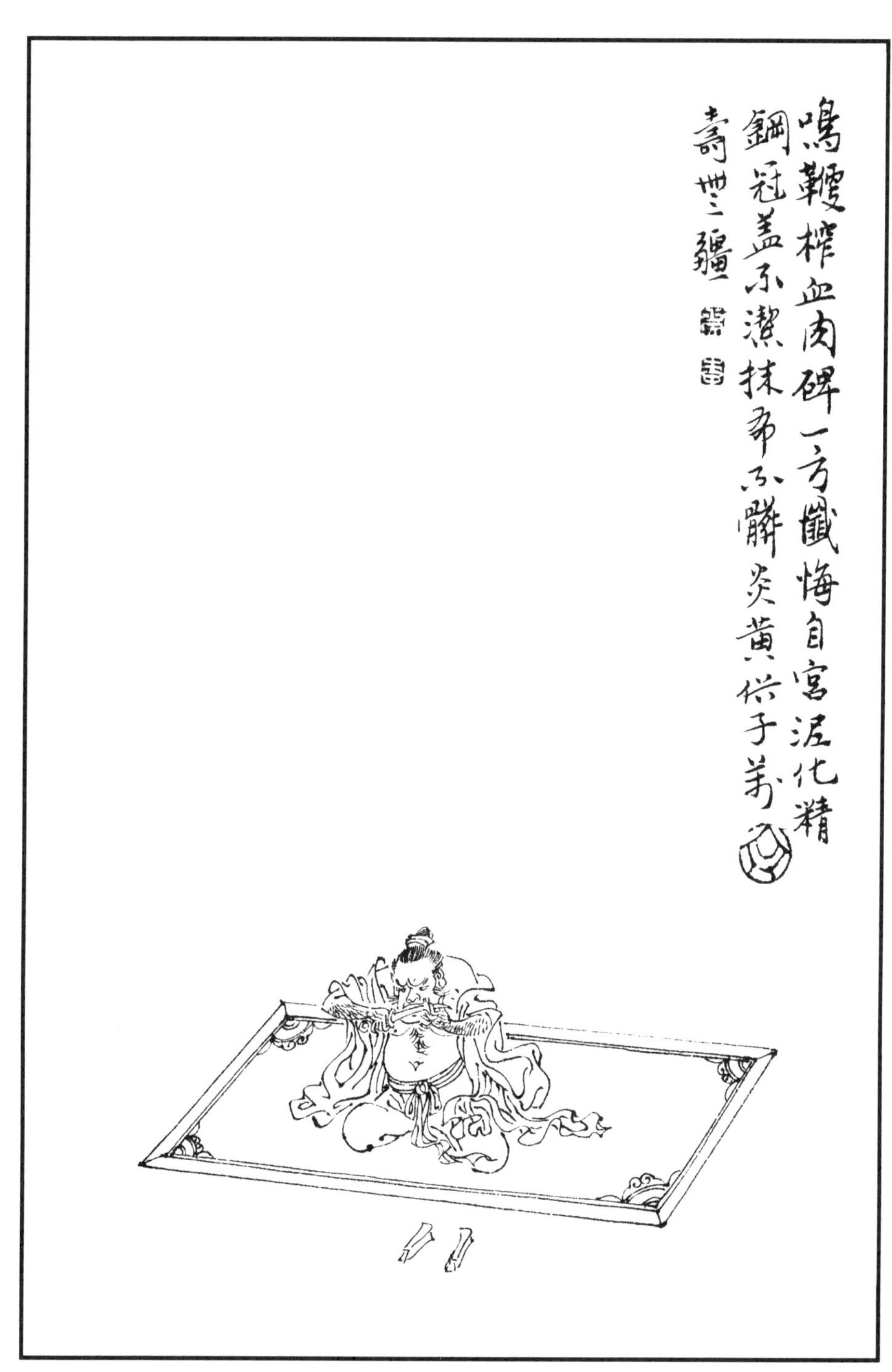

牛大眼绣像　李少文 / 作

任安绣像　李少文 / 作

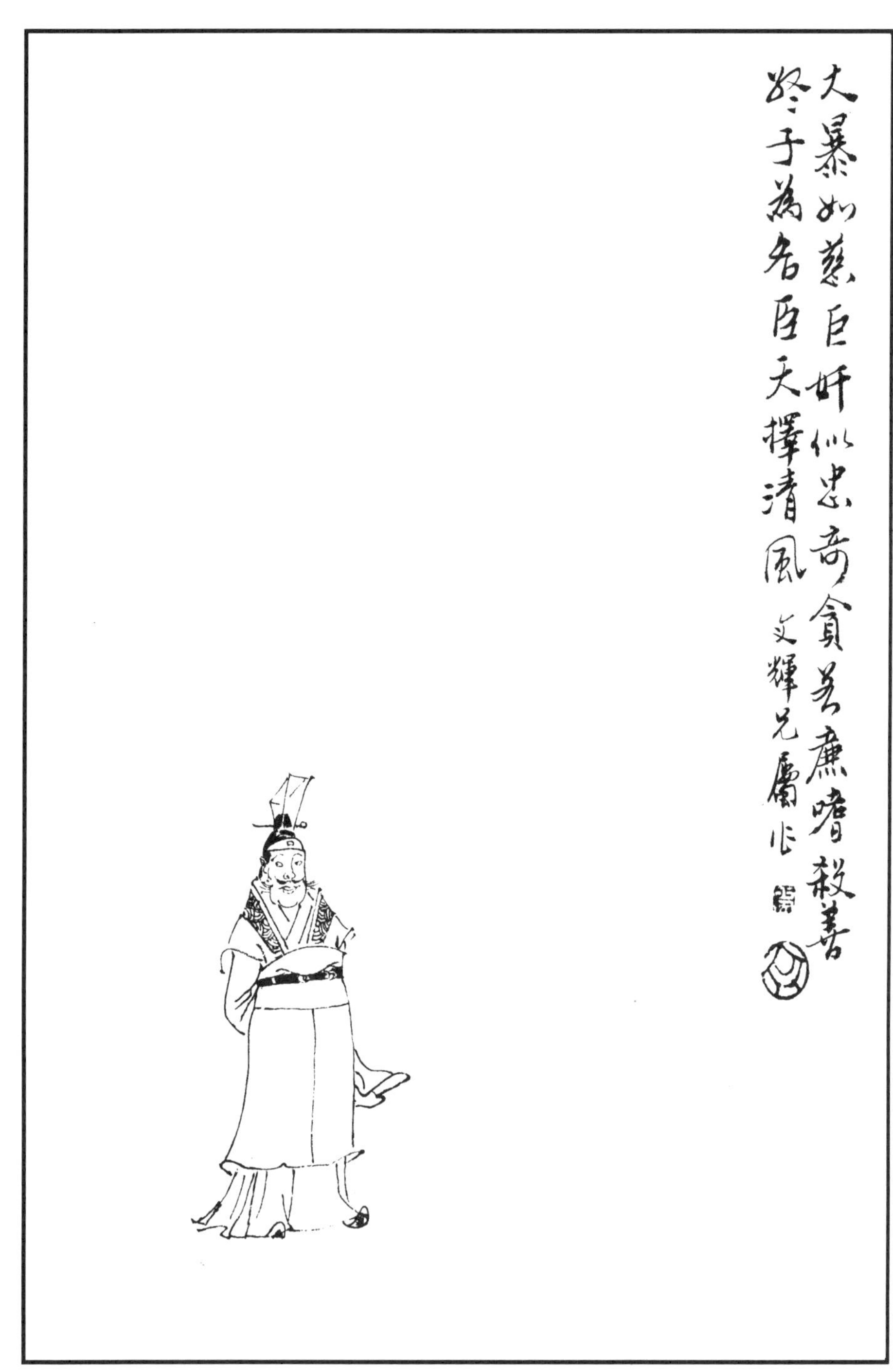

杜周绣像　李少文 / 作

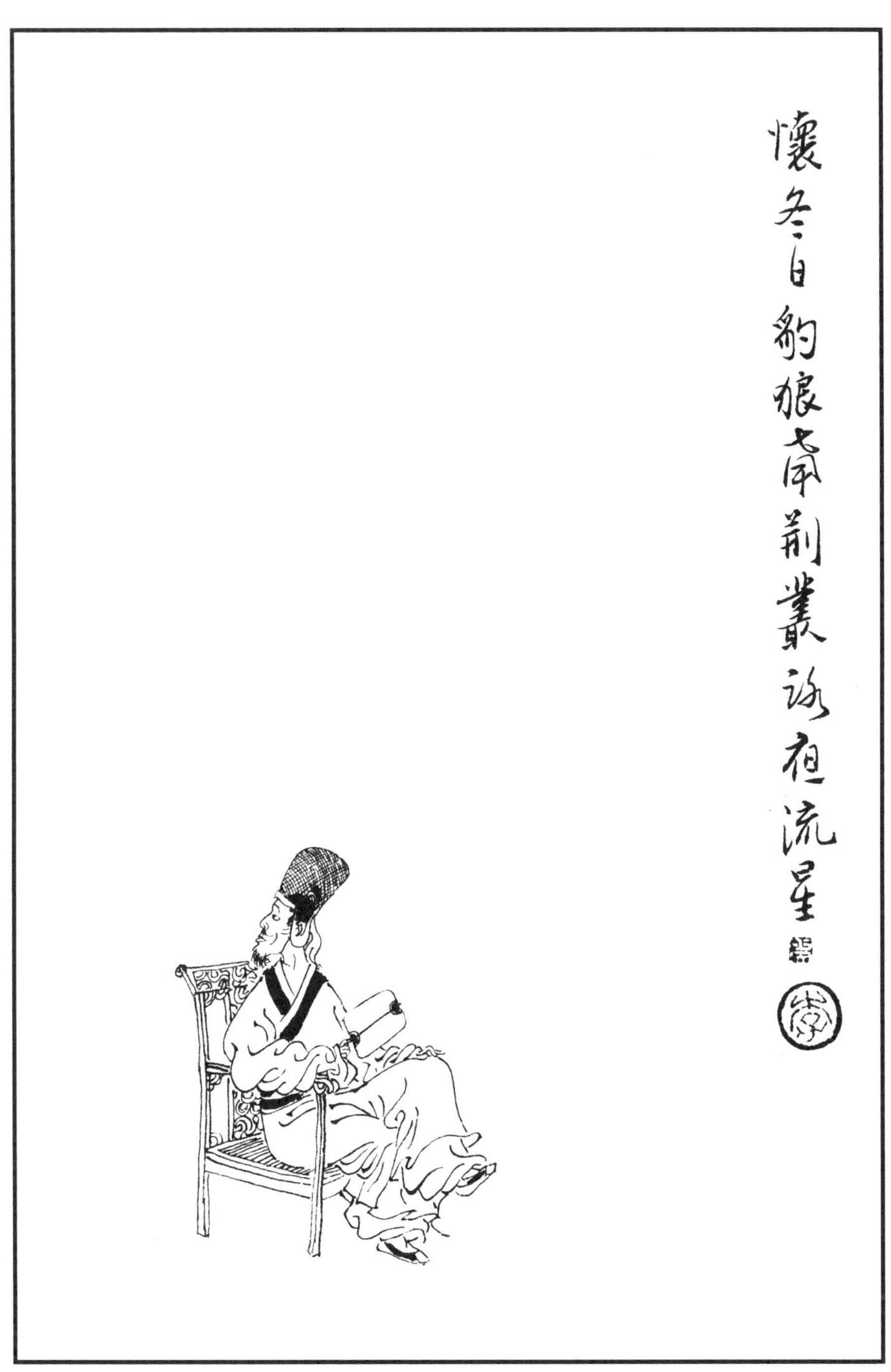

邴吉绣像　李少文 / 作

司马书儿绣像　李少文 / 作

序　一

何满子

任何历史剧、历史小说都只能是“故事新编”,有如鲁迅给自己采取古代题材所作的小说集的定名。莎士比亚历史剧里的李尔王、亨利王、查理王,这个那个的人物难道是他们的原生态吗?倘若要顶真,那么连堂而皇之的官修正史,和当时的现实一对照也是面目全非的。事情发生时就有传闻失实,记载走样,事件经过因果处理,抽象化的过程又必然和具体情况游离,臧否人物和评价是非也逃不脱功利的、不同价值观等等之类的多种制约,偏见的羼入乃至夹带私货都不可免。历史都为现实直到为写史人自己的目的服务,为历史而历史的事情是没有的,做也做不到。

就说这部小说的主角司马迁,迄今无法超越的史家的顶峰,他的《史记》难道不是有意或无意地以自己的价值观和感情态度解释历史,有归善归恶的夸张吗?尤以写武帝一朝的史事,主观色彩更浓,慷慨激愤,情见乎辞,虽然不像班固所评的“其是非颇谬于圣人”(《汉书·司马迁传》),但对史料的别裁和评价的抑扬中,对历史的原生态定然疏离,当然,这种主观精神的投入恰又成了《史记》中的华彩音符。

只有把历史写成或曰解释成《史记》模样的司马迁,才是真正的司马迁。否则他就成了果戈理所说的“不是这，不是那，不是鱼，不是肉，不是城里的薄葛蛋，也不是乡下的绥里方”那样的什么也不是的人了。司马迁可说是中国千古文人命运的象征，历来文人倘有向权利说“不”的，都不能幸免于阉割。中古以前略宽松些，唐宋以后，被科举阉割了大半；明清以后，八股使大批大批的文人成了“无性人”；世易时迁了，又为意识形态和舆论一律所阉割。司马迁这样以阉割之身依然演出了人生悲壮剧的英雄，不是不仅能赚得读者的几滴眼泪，而且还更能搅动观众心头的血，并激使人面对世界有所选择吗？

回到历史小说都是故事新编的题目上来。两千多年前的古人古事，无论谁怎么解读，都解读不出原模原样来。最大的可能，或者还可以说是肯定点，唯一能显示的只是投入者的作家自己。我没有读过小说《司马迁》的全文，只读到了柯文辉君给我寄来的一个情节节略，连梗概也不能了然。但我知道，作者是善于写荒诞剧的，私心以为，这部《司马迁》怕也会写成荒诞小说。这也无所谓，而且也许更好。世界按正常的理性、正常的道德来说，原本就是荒诞的——当然，这“荒诞”和西方的Absurdism不是同一意义。荒诞才有悲壮，才能出英雄。平平常常的世界里则只有什么也不是的人，哪来的司马迁？

序　二

何西来

柯文辉的《司马迁》将于近期版行面世[①]，送来书稿，命我作序。我们相识多年，彼此有些了解。出了书，相互赠送，读后交换意见，如切如磋，如琢如磨，以获得对方的批评和鼓励。他的不少作品的初稿，也曾拿给我看过，我亦以先睹为快；在他，则是听取反映，作为进一步修改的根据。他的第一部文学作品集《爱之弦》由漓江出版社出版后曾以一册赠我，他还出过几本画家传记，出过散文诗集，与刘海粟合作过几本论画谈艺的著作。读了这些著作之后，我专门写过一篇关于他的为人和为文的评论，收在我一九九五年出的那本论文集《文学的理性和良知》里。也许正因为如此，他引我为同调，这部《司马迁》的序才交给我来写。

“文章西汉两司马”。这“两司马”，一指司马相如，汉赋的主要代表，另一个，则是《太史公书》（即《史记》）的作者司马迁。司马迁既是史学家，又是伟大的文学家。他读万卷书，行万里路，“究天人之际，通古今之变，成一家之言”，是那个时代最渊博的学者。他称颂屈原“志洁行廉”，可“与日月

①指人民文学出版社2016年4月版。此次出版仍保留原序。

争光”，他自己也是如此。《史记》乃发愤抒情之作。作为划时代的历史著作，它第一次系统地梳理与保留了汉武帝以前的传说和有文献可征的历史，开纪传体史书的先河，示后来史家以轨辙；作为文学作品，它在谋篇布局、语言运用、人物描写上，都达到了空前的高度，许多文学样式，包括小说、传记、报告文学等，都可以溯源到这里。不仅如此，《史记》既是发愤抒情之作，它在忠实记叙信史的同时，也就必然会把作者的品格性气，以及他的历史认知与人生感悟，对象化进去。清代的章学诚，很看重史家的史德和文士的文德，《史记》正是这样一部可以从中见出司马迁人格、襟怀和见识的书。我想，当章学诚在提出和论证史德与文德的时候，司马迁肯定作为楷模，呈现于他的眼前。

司马迁的道德文章，作为一种风范和传统，不仅泽被后世的史家和文人，而且在一般知识者的心目中，也是高山仰止，共揖清芬，视之为立身行事的典则。毛泽东就曾引用他“人固有一死，或重于泰山，或轻于鸿毛”的名言，来论证了革命者的生死观和荣辱观。我以为，柯文辉倾毕生的学养、阅历、体验和识见，铸为长篇小说《司马迁》一书，也多半是出于对司马迁的伟大人格风范的景仰。

在柯文辉的《司马迁》里，许多人物都能给人留下深刻的印象，如司马谈、上官清、书儿、杨敞、郭穰、东方朴、牛大眼、任安、邴吉、韩仲子、霍光、李福、杜周等，但作者用力最勤的还是太史公司马迁和汉武帝刘彻这两个人物。在柯文辉的笔底，司马迁和刘彻，是并峙的双峰，是对照着落墨的，如果不说司马迁在智力上高出一筹，至少是等值的，不相上下的。

柯文辉并没有单纯地把刘彻写成暴君，也并不仅仅着眼于他的雄才大略，而是力图突入这位君王的内心世界，写出他复杂多面的性格来。刘彻犀利、鹰鸷，有很强的穿透人心的政治眼光。作为君临万邦的帝王，他的确是雄才大略，所见者大，所谋者远，深谙权力控驭之道；然而，他又是有欲望的人，以天下的财富，满足其无尽的私欲，穷兵黩武，贪财好色，聚敛无度，杀戮大臣，任用酷吏，残忍暴戾之极。在柯文辉看来，汉武帝是真正认识了司马迁的能量、价值和才能的人。他爱司马迁之才，说他的文章无与伦比，读其《太史公书》感到大气磅礴，荡气回肠，赞赏有加，然而却毫不留情地下令焚毁，不使片言只语传世。他自认为宽容、大度，肯于纳谏，并从善如流，但却在李陵一案把司马迁送进蚕室。小说还写了他的迷信、追求长生，引方士入内廷，以致酿成巫蛊之祸，父子相残，国祚垂危，几乎绝祀。就这样，一个较为丰满，且有一定力度的汉武帝的形象，在作者的笔下，栩栩如生地站起来了。

尽管在当时的历史现实中，汉武帝以帝王之尊，处于权力的顶峰，掌握着臣民们的生死祸福，甚至给那段长达五十余年的历史打上他个人性格的印记，然而在柯文辉营造的艺术世界里，他却是司马迁性格的陪衬：司马迁的人格魅力、才情、品德等，相当大的部分，都是在与他的思想、性格和举措的或关联、或冲突中而被凸显出来的。比如他的屈尊夜访中书令司马迁家，固然可以见出他不拘常礼的帝王气度，也有乘其不备就近窥知这位他很不放心的臣下的隐私的意思，但实际上却为司马迁性格的展示提供了另一种类型的空间。再如立幼子弗陵为储君，而将其母钩弋夫人先是封后，随即赐死的那段描写、那段告白，既有力地表现出汉武帝的深谋远虑，防患于未然的眼光与果断，表现出他为刘汉江山的长治久安而预先采取措施的权衡与残忍，同时也流露出对司马迁史笔的疑虑与顾忌。总之，没有汉武帝性格描写的力度作为陪衬，作为烘托与参照，司马迁的形象是很难见光彩的。

司马迁由于其传世的《史记》，由于其在中华文化史上的巨大贡献，由于其悲剧性的人生遭际，以及从这遭际中巍然耸立起来的道德人格，而给后来者以启悟、以力量，激发过无数文人墨客的创作灵感。但是，由于有关司马迁本人的资料有限，除了《太史公自序》《报任少卿书》《悲士不遇赋》《汉书·司马迁传》，就是星散在《史记》中的那些“太史公曰”一类的论赞了，当然，还有他在选择、组织史料、叙述事件、评价人物中流露出的观念和识断。仅靠这些，是很难创造出鸿篇巨制的文学作品来的。柯文辉深知此中可能遇到的艰辛，但还是知难而上，写出了这部《司马迁》。这是我所见、所知的第一部以司马迁的生平事迹、道德文章为题材的长篇小说，这无疑是经历了一个漫长的艺术创造的艰难过程，一个呕心沥血的灵魂搏击的过程。

像《史记》是司马迁的发愤抒情之作一样，我把长篇小说《司马迁》当作柯文辉的发愤抒情之作来读。他塑造了司马迁的历史形象，不是孤立地写这个人物，而是在大量地阅读和占有有关人物生存的那个时代的历史资料之后，把人物放在具体的社会关系中进行描写。包括汉武帝在内的那些环绕司马迁的重要历史人物，大都有史料可稽。尽管展开描写他们与司马迁的具体关系时的那些细节与心曲，多出于想象。历史环境和文化氛围，对于塑造真实可信的司马迁的形象，是非常重要的。但这环境与氛围却主要是通过主人公与其周围的人物的爱恨亲仇的不同关系，细致地营造和体现出来的。除汉武帝外，任安的形象是塑造得相当不错的，它在形成氛围和展示司马迁的性格上，都起了不可低估的作用。此外，郭穰的隐忍与忠心，杨敞的懦性与平庸，杜周的狼性和狗性的兼而有之，李福的奴相与圆通，霍光的持重、韬晦与机变等，都无不从不同的侧面烘托着司马迁的性格，使其得以表现其内在的丰富性、复杂性，从而显得立体、多面，有实感。

柯文辉本人的生活经历是相当曲折而又坎坷的，在近几十年间我们这一代知识分子所能经历的苦难，他都深味过。做过“右派分子”，养过猪，喂过牛。他好学覃思，博闻强记，机敏颖悟，为人有劲节，见风骨。这当然是他的优长，但也是他的致祸之由。如今虽已年逾花甲，身体也不十分好，却仍笔耕不辍。他的才情和人生经历，不仅在现代中国知识分子的命运中有共同性和代表性，也与数千年来的知识分子命运相通。我以为，他是从自己非常现实的人生感悟出发而理解文化巨人司马迁的命运的。他从司马迁的为人和身世中找到了共振的契机，从而把自己对历史和人生的理解与感应，化为奔涌的情思，对象化在作品的建构中、叙述中。因此，在他笔下的司马迁的形象，包括人物的思虑和心曲，还有那些雄辩的宏论，与其说是那个特定历史时期曾经有过的，不如说是作者心目中的司马迁会有的，或者简直就是作者自己的。人物在一定程度上变成了他的精神的传声筒。因此，在我看来，与其把柯文辉的《司马迁》作为严格的现实主义历史小说，不如把它视为类似雨果《九三年》式的浪漫主义历史小说，也许更接近作品的实际。

我就是这样把《司马迁》作为柯文辉的发愤抒情之作来读的。在作品中，我既读出了司马迁的巨大天才和伟岸人格，更读出了作者的寄托。尽管从艺术上看，这部小说还存在着不少可以挑剔之处，如写得太实、太满、太露，笔无藏锋，抒情、议论都缺乏必要的控制等，但它却是充满激情的，有着脉息的搏动和生命的蒸腾。

这就是这部柯文辉用他的情思和感悟，浇铸而成的长篇小说《司马迁》的价值所在。

序 三

张 禹

病中将《司马迁》翻阅一遍，并查阅《史记》《汉书》，又经过多次咀嚼消化，我认为此书堪称当代长篇历史小说一大奇迹。特别是最后写汉武帝刘彻的那些章节最为精彩绝伦。它是中国文学艺术史上第一部英雄悲剧史诗。有了这个人物，司马迁的历史也就可能成为“典型环境中的典型性格”。我的老乡苏渊雷教授称作者为司马迁的“萧条异代真知己”，诚哉斯言，而作者终于写出了这部奇书。

盖自班固以后，司马迁其实已不为人们所理解；其历史性原因在于最初建立封建王朝的第一代集体英雄很快地走向下坡路，从“真老虎”变成了“纸老虎”，失却了当初那种沛然的生气。相对于刘彻、李世民不过是比较有气派的继承者而已，遑论其他人？只有在两千多年后的今天，经历了百余年反封建斗争的曲折艰难，最终有望彻底走出“天道循环”的怪圈，有望创建一个伟大的“人国”时，人们才有可能走上更高一层的平台，以新的眼光和胸襟，去重新发掘古老的英雄事业，写出一部或几部英雄悲剧史诗来。作者的机遇和尝试的可贵可喜可议之处就在于此。这是许多当代知识分子大可发发议论的场合，在下不敏，也引起极大兴趣。可惜医生因我头晕禁再读书执笔，奈何奈何？

序 四

林 鹏

读罢柯文辉先生的长篇历史小说《司马迁》之后，掩卷沉思，感触颇多……想写点什么，似乎想说的话很多很多，又不知从何说起。人说“狗咬刺猬”，大概就是这种情形吧。

柯先生文笔精彩，叙事详明，而且思想清晰，对历史，对历史人物有深刻的认识和生动的表现。柯先生厌恶权力，认为它是万恶的渊薮。柯先生热爱英雄，认为英雄是历史和社会生活的生命力所在。他笔下的司马迁和当时的社会生活充满了传奇色彩，传奇式的英雄，传奇式的爱情。他歌颂坚贞美好的爱情，认为它是生活中最神圣最值得珍视的东西。他藐视皇帝，认为它是人类历史上最荒诞最丑恶的事物。他藐视皇权，践踏皇权，控诉皇权，这一点，正是柯先生卓然的地方，正是他独特的人格，独特的视角，独特的艺术风格造成的。

写司马迁自然要写到汉武帝。汉武帝是一个著名的皇帝，而且那个时代相对来说也是比较辉煌的时代。他写道：“这是一个近乎神话的盛世，外强中干，危机四伏，雄略的总导演刘彻，才华没有用到国计民生上去。他的自我崇拜，好大喜功，纵横捭阖和玩弄权术，都达到了极致。他本人就上承楚文化的浪漫精神，能写出皇帝行列中第一流的好辞赋，好色，好货，好扩张疆土,好神仙的皇帝职业病,守法与残忍,纠缠在一起,委屈了不拘常法的一代风流人物,在半个世纪中演出了冗长、重复、乏味的第八流的剧本。既推动着时代又辜负了时代。左手走出一着屎棋,右手下出高招。可怜费尽千辛万苦,把大量社会财富与百姓一点可怜的积极性,全部投入皇帝个人欲望的血盆大口,老爷子是不把自己彻底弄臭就绝不罢休。国库越空虚,粉饰升平的歌舞就越是狂热。留给后代浩叹的内容是何等的神奇而又暗淡。"

柯先生在这里提出了一个全新的概念:"皇帝职业病"。天下的工作,最好干的就是当皇帝了。贵为天子,富有天下,百官护拥,金口玉言,抬手动脚,四海震恐……他只要想把事情办好就没有办不好的事情,结果好戏唱砸了锅,总是演出第八流的戏剧,最后把自己彻底搞臭,把天下搞得一团糟,土崩瓦解,鱼烂而亡。中国古代史就是这样一上一下,一高一低,长江后浪推前浪,一浪高过一浪,汹涌澎湃,浩浩荡荡,人民的血,人民的泪,血流成河,泪流成河……子在川上曰:"逝者如斯夫!"屈原"长太息以掩涕兮哀民生之多艰"。有什么办法?没有办法。孟子叹道:"然而无有乎尔,则亦无有乎尔!"完了。

孟子叹息的是没有真正继续孔子春秋大义的人。这就使我们想起了伟大的司马迁,他提出了"贬天子"的伟大批判精神和伟大史学原则。

我喜欢《史记》。最初是喜欢它的文字飞腾,后来是喜欢它的思想博大。司马迁首次明确提出"贬天子,退诸侯,讨大夫"的伟大原则。司马迁说:"吾闻之董生曰,周道衰微……孔子是非二百四十二年之中,以为天下仪表,贬天子,退诸侯,讨大夫,以达王事而已。"(《史记·自序》)班固在《汉书·司马迁传》中却删掉"天子退"三字,变成了"贬诸侯,讨大夫"。这就变成了替圣人立言的一套。班固同司马迁相比,果然是差多了。他不只不懂司马迁,甚而也不懂孔子。孔子虽然没有明确说过这样的话,很明显这是董仲舒在讲解《春秋》时引申出来的。这确实是《春秋》的伟大精神。

武王伐纣成功,开始了周家的新王朝,而周公制礼作乐,却从来不称颂武王的成功,只称颂文王的文德。《尚书·周书》可以为证。周文王就是"天下仪表”。孔子继承周公，作《春秋》，“以为天下仪表，贬天子，退诸侯，讨大夫以达王事而已”。王事就是王道，也就是文德、文治、仁政的总合，所以说“春秋王道之大者也”。这就是人民本位主义。贬即贬损讥刺，退即让位，讨即讨伐。因为谁也没有办法保证天子一定是德高望重如周文王一样的人。如果天下不幸遇到一个缺德的天子，怎么办？这就需要有人敢于贬损讥刺他。这不仅是庶人的权利，而且是大臣们的责任。贬天子，退诸侯，讨大夫的原则就是根据人民的利益，这就是孟子说的“民为贵，社稷次之，君为轻”的原则。《尚书·周书》“天视自我民视，天听自我民听。百姓有过，在予一人……”中国古代只有民本主义而无君本主义，三千年来谁也不敢把这个“民”字改为“君”字。这是西欧所没有的。

《史记·太史公自序》中说“……春秋以道义。拨乱世反之正，莫近于《春秋》”“故《春秋》者，礼义之大宗也”。中国古代史学中最伟大的精神遗产就是“贬天子”的精神。它是由孔子笔削《春秋》发展起来而由司马迁继承和倡导的。这种伟大的批判精神，不仅是史学家的崇高品德，而且是史学的伟大使命。

柯先生以绚丽的色彩，史诗的语言，独特的构思，在广阔的历史背景上，完成了古代伟大史学家司马迁的悲剧。他说：“这种大中见大，黄河，山陵阔野，大文豪，大胆质疑的凡人，向星花小草的眷恋低回，对独夫民贼的讽刺，奔腾不息如大江的浪漫主义激情，天人合一的东方睿智，做了大手笔的发挥。”柯先生在书中一再表“对皇权恶性膨胀的隐忧”。说明柯先生对中国古代史，对中国人的社会存在，牢牢地抓住了根蒂。这也进一步证明了长篇史诗小说《司马迁》同20世纪90年代的“皇帝热”不沾边，它唱出了一个强大的不谐合音，令人感到清新的独特。

关于司马迁的死，许多人做过考证。柯先生做了大胆而独特的处理，他让司马迁跳黄河自杀了。一个伟大的思想家，一个敢于贬天子的伟大史学家，他看到了一切，经受了一切，他并且写出了这一切，他怎么能活下去？谁能允许他活下去？所以我感到柯先生如此处理颇有深意，颇值得我们后世人思考。在中国历史上，在中国社会生活中，自杀的文人还少吗？

不过,我依然有所疑惑。据郭沫若考证,司马迁曾经第二次入狱,从此再无下落。这很明显是被害了。我想,他既然已经写出了一切,常言道:笔写的斧子都砍不掉。他怕什么?怕没有人来杀他吗?怕死不了吗?忽然我又想到王国维,他曾经考证太史公生卒年月,王国维就是自杀的。他并不发愁没有人来杀他,可是他还是自杀了。我想,柯先生这么处理司马迁的死,自有道理。也许只有如此处理,悲剧的气氛才更浓些。

2000年12月26日太原东花园

题 词

灵魂:您在干什么?

肉体:我为自身的弱点和无德的他人所驱使,为比我更愚者所愚弄。用现实喂养幻想,以幻梦逃避现实。否定自己的追求,追求自己的否定。抽象醒悟,具体糊涂。害怕沉沦,留恋庸俗。自愧无知,拒绝苦学。一行动就听到内心自私、愚昧、妒忌、冷漠四块大结石撞击出的丧钟,坐下来又听到公正、聪明、大度、势情的仙乐。明知死后天上照有繁星,大地照有粮木花草,人照有悲欢善恶恩仇成败,偏偏爱夸大与吾土吾民关联的痛苦,以背梦中十字架填补空虚。天下几人识我面,更有几人知我心?我在痛苦忧患中向往欢乐,在欢乐中厌倦,在厌倦中又回到忧患。听不到新思想呱呱坠地的哭声,打不破精神棺材日夜增厚的木板。利人利己,闯新守旧,时时冲突。经过苦思冥想,我发现灵魂已死,要找个新的!

灵魂:愚昧!眼能观万物却看不见瞳孔中的须弥世界。渺小灵魂藏于汗毛肚皮的一角,你看不到;浩大的灵魂连宇宙也填不满她脑袋里的半条褶皱，那智慧之光千万层裹住你，和你狭路相逢也不会认识。至多找个灵魂的皮壳，而不是她的诗之核。她在你身上过几天就死去，或者涂上脂粉来跟你开开玩笑。再说真灵魂每天都蜕去旧皮，在彷徨中前行，在矛盾中壮大，你到哪儿去找她？

肉体：也许过程即是目的。每个人都在建筑只有他可以胜任而别人无法替代的小小领域，让灵魂的潜力与客观允许达到的高度相对和谐。来世上一遭，总要划几道印子在土地上再走。画得粗大固然很好，细小也必不可少；即或用显微镜也看不见，那一丁点与自己较量的愿望并不渺小。听您说话颇有玄机，萍水相逢总算有缘，能给我当向导去找灵魂吗？

灵魂：（欲言又止）……

［于是，开始了灵魂带着肉体去找灵魂的故事……］

目　录　CONTENTS

061 | 郎中

司马迁与表妹成婚，张骞来贺。洞房通夜对弈，新娘累胜。迁随帝出猎，由怯而勇。任安、李陵性格对比。迁在茂陵迎合皇帝，替霍去病墓石刻作者东方朴辩解，朴得救后反责迁出语无稽，使悟真知可贵。丞相选使臣去大西南，改小国为郡。任安挫败众郎官，但输给迁，迁受命后甚自得。任安夜访并与之较量，迁大败。

111 | 历险

昆明国白凤公主仇视汉使，约迁深山出猎，抽剑比武。迁两次义释，射中白鹿，对凤宽和。凤读迁文，转憎为爱。迁患重病，凤奉汤药，偎冷偎热，肝胆照人。及别，痛苦万分，千里相追，誓终身不嫁而返。迁游汨罗江，收郭穰，梦屈原，晤渔父，观竞渡；任安南下，告乃父病笃。迁赶至洛阳，父弥留之际以修史大任相嘱，即逝。迁随驾上泰山，堵黄河瓠子缺口，东方朴献策，成功后逃走。

175 | 廷辩

李陵率步卒五千迎击十万匈奴，大胜，满朝称贺。后兵伤箭尽，大将韩仲子独骑突围，向武帝宠妃李夫人之兄广利乞援，广利以毒箭射伤。仲子忍痛砍去中箭右足，驰归大漠，五千人战死。陵被俘而降匈奴。帝下令杀陵全家，迁为陵七十岁老母求情，痛责大臣势利。帝认为攻击广利，廷尉杜周判迁死刑，赦免后上殿复力争，再入狱。

237 | 宫刑

迁妻女奔走求贷五十万钱赎金，不遂。为成史书，迁自请宫刑。任安送砒霜入狱，勉迁自尽全节。狱中日常之可怕情景。刑前的自我搏斗，种种梦幻，发狂边缘心理。妻病死，女儿草草嫁杨敞。

下　卷

449 | 宦海

狱卒牛大眼为司马迁行宫刑，受迁感化，改恶从善；其子小卿从迁读书，为帝外甥兼婿昭平君所杀。迁见帝时寻借口开脱，返家见大眼，良心不安。任安自益州调京，被迁荐为护北军使者。见迁，责为贪生恋官小人，割袍断交。迁冒雨见帝请斩昭平君，帝从之，执法于太庙门口，万民欢呼。大眼内疚，自宫求为迁守门仆人，迁待之如兄弟。

507 | 壮歌

帝逼死子孙后短期疯狂，怒摔天平冠。任安受牵累被判死罪，迁乞代死，帝不允。迁击登闻鼓，慷慨陈词，甘饮鸩酒。杜周建议皇帝改安为宫刑，安不受辱，宁肯腰斩。

573 | 璧沉

方士进言：长安狱中有天子气，帝欲杀八万刑徒。迁入狱向郭穰负荆请罪，知情定计让邴吉持方士旧日所卖神符入宫，与武帝自牛腹剖出神符无异。几起几落，八万人得救，五百死囚亦赦免。迁入宫与帝长谈通宵，各抒胸臆，极其坦诚。惊心

上　卷

焚　史

夜空黑得像一方无边的砚底，阴惨的西北风搅动裂成鱼鳞的彤云块，迅速翻腾着墨潮，精瘦的残月即将落山，偶尔从云缝子里泻出一束灰蓝色的幽光，窥探着公元前88年（即后元元年）的国都长安。

太初元年（公元前104年）的一场大火烧毁了十四丈多高的柏梁台。一名粤巫叫作“勇者”向汉武帝[①]刘彻进行蛊惑：“再盖的新宫要比柏梁台高才能压住火神！”武帝听了他的鬼话，修起了千门万户的建章宫，多种建筑用飞阁相连，有辇道可以上上下下，楼台亭榭，殿宇宫阙，装饰得金碧辉煌，张衡在《西京赋》中称之为“木衣绨锦，土补朱紫”。穷奢极欲，耗尽生民膏血。今夜，雕梁画栋在寒冷中有点缩瑟，大量露水由阔大的梧桐叶流到房脊，从刻得神采飞扬的龙眼珠上滴落，仿佛泪雨。

在这一群摩云的建筑当中，专为皇帝收集凌霄露水和上玉屑以供饮服的金铜仙人高达二十丈，大七围，加上底座与铜柱，合起来三十丈出头，比纽约的自由女神还高。这位“舒掌捧铜盘玉杯”的青铜像与太液池彼岸井干（读寒）楼遥遥对望，楼比仙人还高，二十个世纪以来在世界上挂着头牌。直到20世纪初纽约的摩天楼盖到五十七层才打破她的记录。国内要到20世纪80年代才被中央彩电中心超越。古代建筑师的气魄也了不得！仙人像被曹丕下诏拆掉时“声闻数十里”，还流下清泪；只活了二十七岁的

① “世宗孝武皇帝”是刘彻（字通）死后其子昭帝加封庙号，生前无此称呼。因举世闻名，为方便读者，全书用此称谓。

大诗人李贺曾吟咏此事，留下传诵至今的名句："送客咸阳道，天若有情天亦老。"

就像蚂蚁爬大树一样，小谒者顺着仙人的巨臂爬上高空，两腿微微颤抖，他小心翼翼地将铜盘中的露水倒进挂在自己脖子上的葫芦里，塞好盖子，慎重地往台下爬，尽量减少葫芦的摇晃，免得泼洒掉一星半滴。等到下了高台，如释重负地骑上拴在台下的白马，立即向皇帝寝宫奔去。

甘泉宫坐落在长安之西二百五十里，原先是秦始皇的林光宫旧址。那儿有依山势修起的通天台，高为八十丈，可以俯瞰上林苑里三十四所离宫别院与三十多丈高的飞帘观。相比之下，民居矮得犹如鸡笼。

重病的武帝就住在这里就医。院子里黄叶仿佛是褪了色的火焰，向晚风叹息着夏日的蓊郁、新秋的繁茂和冬的凄清。建筑物的剪影在大夜中很清晰。

更鼓声声，轰不走通天台四周的几对猫头鹰，它们的鸷眼中闪着冷火，时而翔舞，时而发出哀鸣，使空气变得诡异、不祥。

后院一角，方士邵伴仙带着一批女巫男觋，还有从丝绸之路来的胡巫，围着篝火，轻声念咒作法。武帝近年不大相信这一套，他们已经失去依靠，显得没精打采。

寝宫里灯火如昼，杏黄帷幔罩着四壁，反射着橘红的光焰。

九龙鼎里，栗炭吐出蓝色的火舌，上面缭绕着缕缕松烟，带着淡淡的清香呛人喉鼻。粗大的梁柱，典雅凝重的青铜烛台，峨冠博带的大臣们身影都在摇曳，就像最高统治者的思绪一样。

自十七岁登基，主宰大汉天下五十三年的武帝，半躺在龙榻上，积之有年的酒、色、病、气，使得他曾经是丰腴的两腮渐渐蜡黄，嘴唇苍白中夹着青灰，隆准、广颐也更加突出，那微锁的粗眉显得兀傲、镇定，深眼窝中的双睛半闭着，一团阴幽的思虑在他的鱼尾纹四周和唇边飘忽，瞬息百变，难以预测。

几声枭鸣，使武帝挺烦厌。他想：假如飞将军李广健在，金口一开，说不定只用一支箭就把两只夜游鸟射落尘埃。可惜那位身经百战、不善辞令，深受部下爱戴的老英雄，在很多年前率领两千残兵，受到四万敌兵的包围，箭断粮绝，日暮黄昏，竟然从容不迫地自刎而死，这样的名将眼前是不会再有了。

“啊——啊——”窗口传来尖细的似女而男的吆喝声。

“谁在喧哗？”武帝的眼睑全合上了。

“是奴辈叫小谒者们在赶……”贴身的老太监李福躬下那臃肿不堪的身子，下巴底和后颈项上赘肉连连颤动着。只有那双猎狗般的眼珠，显示出此人极其善于察言观色，仰承鼻息，圆熟得炉火纯青，一点也看不出技巧。

“赶什么？嗯？”

“是……”李福更木讷了，那藏在锦衣里的一口袋肉向前挪动一步，拂尘垂下了它的长“头发”。

“痛快说，是鬼车，忌讳什么？”武帝的嗓音温和得近于平板。

李福打了个寒战。长期积累的经验警告他：近年以来，在大多数场合，皇帝怒冲冲地登上龙位，杀人关人也屡见不鲜，等到退朝时，气已出完，比较和蔼。反之以谦和开始，必多以盛怒结局。也就是老年人的乖戾，反复无常。今天，他预计一场风暴就要降临。

“上天有好生之德，鬼车也是霄壤间生灵，何必跟鸟儿们为难？算了！”武帝的语气慈和，李福心里更犯嘀咕，伴君如伴虎，连他这样老手也觉得吃力。

“遵旨！陛下德及鸟兽，古今罕见！”李福一掸拂尘，一名小谒者悄悄走出宫去执行圣谕。

“不许说逢迎的话！”皇帝嘴角露出一丝儿嘲讽的笑影。

“奴辈由衷之言，哪敢乱说？陛下恕罪！”李福说长安话带点方言土音尾子，很是中听，堪称标准的太监腔，对主子有妓女的柔媚，职业病一般的“多情”；对奴仆则能摆出衙役对死囚的威严，奴才越害怕，主子越赏识，在同僚中被提拔的机会越多。

武帝青筋隆起的右手一摇，李福虔敬地退后两步，挺直了脊柱。

“子孟爱卿!”

“臣在!”公卿将军行列中走出大司马、大将军霍光,他面皮白皙,眉目疏朗,三绺长须,飘逸中见稳重。

史书记载此公身高七尺三寸(汉制每尺合市尺六寸多),当时要八尺才够标准。他的衣冠整洁,身材匀称秀健,颇具威仪。

“郭穰把《太史公书》稿取来了吗?”

“殿外候旨!”霍光的语调谨慎、恭谦。

“宣他上殿!”武帝的口气近于慈和。

“宣中谒者令郭穰上殿!”李福接过皇帝的口谕,一个个接力地传至门外。

郭穰领先,四名小谒者用木盘托着书稿,上面覆盖着青色缎子,鱼贯上了金阶,行礼如仪。

“呈!”武帝话一落音,小谒者们膝行上前,将托盘放在龙几上,皇帝一挥广袖,小谒者们叩头下殿而去。

皇帝随手抽出一卷摊开一看,大殿里寂然,像是针落到地毯上的声音都可以听见。

皇帝的颚下神经突突地跳了两下,他将散开的卷子往书稿堆上一扔,又抽出一卷审视着。大概有一股无形的凉气侵入他的肌肤,他下意识地将盖在腹下的狐皮褥子拉到前心,挺起上身,幽鸷的双目蓦然一睁,两道和他那衰病之身不相称的冷光向朝官们扫了一眼。于是文武两班一齐垂手肃立,噤若寒蝉。

“哼!”武帝鼻孔里冷漠地笑了一声,李福伸着裹满肉块的脖子,估计风暴就要来临,他希望多杀几位大臣,这样才能过几天安生的日子。不觉在脸上呈现出了幸灾乐祸的残忍表情。

“郭穰,司马迁的文章写得如何?”听口气,皇帝似乎还平静。

“万岁明断!”郭穰躬身作答。

“这话说得太滑头,挺漂亮的书生,为什么要学得像琉璃珠子一样世故圆通?”话很重,说来不算咄咄逼人。

“臣才疏学浅，见闻未广，怎敢妄议。”

“子孟爱卿，还有田千秋丞相、桑弘羊等列位卿家，都看过这部书稿吗？”

“臣奉旨细读一过，可惜年老昏聩愿聆听万岁圣教！”田千秋特别胆小，在摸不透皇帝想法的时候，只能沉默，何况还有霍光、上官桀、金日磾[①]等大臣在场。

“嘀，你们也跟郭穰一样，要来个‘圣上明断’吗？哈哈哈哈！告诉你们，这是古往今来人世间第一流好文章。可是，你们谁能说出司马迁的文章为什么写得好的道理吗？”自我崇拜使得武帝的病容大为减弱。

“万岁明断！”郭穰重弹官场老调，感到一阵对老官僚们报复般的短暂愉悦。这一闪念迅速为对书稿和太史公命运的忧虑所代替。

“告诉你们，司马迁文章之所以好，是靠我一手折磨出来的。史书上皇帝很多，做到这一点，敢轻松讲出来，是朕与众不同之处。司马迁笔带苍莽浑涵之气，是昆仑黄河之精魂。叙事生动，上承左丘明《左传》与《国语》，吞吐百家，驱使诸子，已是前无古人；而议论是老吏断狱，严而不苛，论外有识，不让本朝贾谊。何况还有日月星辰，花树萧森。一往真情，狂肆渊穆，玄奥灵动，直追三闾大夫屈原。朕一唱三叹，惊为奇绝。岂是凡俗之眼所能识？”武帝左手拈动银须，爆出一串爽朗的大笑，不可一世的锐气回照在他骨骼粗大、多少有些松散的身架上。

“万岁！万万岁！”除去郭穰和田千秋，大部朝臣发出了不全是装出来的欢呼，罗拜在龙榻之下。

“众卿请起！”武帝的笑声被这阵欢呼突然切断，两眉凝成一片雪山，双腮上病态的残红迅速化作一片秋霜，那低音依旧很宽润，只是略显底气不旺，像谈论月亮上的故事一样平静，与眉飞眼动的外形，全然不似一个整

①日磾（音觅抵）（前134－前86），字翁叔，本匈奴休屠王太子，霍去病北征得休屠王祭天用的金人。日磾由浑邪王拘送长安，武帝赐姓金，貌英俊，封马监，迁官侍中，因擒造反的马何罗有功，封秺侯，升驸马都尉。其子为武帝弄儿，调戏宫女，日磾亲自侦知后打死。武帝又选其女为妃，金不肯，备受信任。作为托孤重臣之一，辅昭帝有大功。

体:“《太史公书》就其识、才、情而言,可以传诵万载而长新。但一个朝代只有一个人垂之不朽,那就是囊括山河勋业彪炳又有许多疏狂之处的当今汉家天子,轮不上大文豪大史学家司马迁。遗憾哪,让恪守常规的人流泪顿足长太息吧!朕最不喜常规,只爱非常!跟你们这批书呆子不一样,大不一样;跟朕同样好奇,同样包罗古今的,只有令人欢喜又讨厌的司马迁!历史有时候便是一连串遗憾的总和,畏首畏尾不是伟丈夫!故而《太史公书》必须立即焚毁,只因为此书太博大,博大到地不能载,天不能容。只有我如日之升似月之恒的大汉朝才能出这位太史公,他是史学王国执牛耳的霸主。不,简直是一位皇帝。你们不必再费神给他罗织一千条大罪,没有用处。只有朕这样比他更高的天子,才能把他从史册和国土上除掉!”

武帝拾起膝上卷子扔在托盘上。

李福的拂尘一掸,四名小谒者猫着腰,悄悄地上殿叩过头,便将《太史公书》托起奔下金阶,一卷卷地投入火中。

被铸在铜鼎上的九龙气得七窍生烟,红火、黄火、白火、蓝火、青烟,腾空跳跃、飘闪。一代巨匠的心血,正在化为飞尘。啪的一声,小小的火团里跳出一条火苗,如同羽化的蝴蝶,被巨鼎喷出,落到白玉石铺成的小平台上,小谒者将它拾起,再次投向火堆。

郭穰侧目一看,一层层的字迹,在火焰里显得特别苍劲,它们在收缩、在滚成灰团、在重叠。他只好低头看着自己的靴尖,光虹在上面抽搐,一条条跃起袭向他的心头。

“自盘古迄今尚不足万年,朕何德何能,敢期与天地同寿?眼看即将见高祖于太庙,留下司马迁,于心难安。郭穰起草诏书,将朕意告知司马迁。”继兴奋而来的疲惫使得武帝趋于沉默。

“臣遵旨!”郭穰走近书案。

“哎!”武帝长叹一声,转身背着群臣躺下了。小谒者将起草的黄绫摊开在席上。郭穰握笔,蘸饱浓墨,抬起头,乞援地望着霍光和桑弘羊,大将军转过身去,桑弘羊避开他的视线,至于田千秋,郭穰从无幻想。过了片刻,墨水滴到绫上,笔还悬在空中。

“啊!”久久凝望着大铜镜的武帝矫健地翻身坐起。

“圣上保重!”霍光有意提醒郭穰。

“朕不如司马迁多矣!”

“陛下……”田千秋有些不知所措。

“当年李陵一案,司马迁下天牢,郭穰上书呈诉司马迁五大罪状,满朝震动,四民沸腾。朕素厌不忠不孝之人,为何独独升他为中谒者令?个中苦心,唯有列祖列宗可以明鉴。”武帝连连摇头,被自己的做法感动得近于陶醉:“其实,郭穰告密的内容可谓平淡无奇。朕让他整理《太史公书》,每天有人伏在楼板上,看着他的一举一动,他为书稿流过二百一十三次泪水,有记载可查。现今一一为众卿说出,使尔等知道天子不可欺!设若朕身为司马迁,处于刑戮之境,尔等谁肯冒天下之大不韪假装出首,不顾朝野讥笑来整理朕的书稿?没有,一个也没有。”武帝咻咻气喘,李福奉上参汤,被他那瘦长的手推开。

“陛下洞察若神,臣不敢掩饰,情愿含笑伴随陛下,见高祖于上天。起草诏书,鞍前马后,尚可稍尽微力。新君登极,虽有诸位贤臣辅佐,臣师司马迁通天人之际,古今之变,熟知典章制度,能尽股肱之责。臣万死无怨!”郭穰以头叩地,额上流出一行热血。

“哈哈哈哈!小子真不俗,到底认输了!”武帝欠身接过金杯,呷了两口参汤。

“万岁!郭穗有欺君之罪,要不要……”桑弘羊出班启奏。

“郭穰义士,正好留给皇儿听用。不过,玉不琢,不成器。把他送到当年管教司马迁的地方,让他尝尝滋味,不失为一剂大补汤。”

武帝的脸上古井无波。

郭穰长长的瓜子脸变得煞白,俊秀的下巴颤动一阵,不无惶恐地下拜了:“谢恩!”当他抬起颀长的身子转下金阶时,又忧郁地仰视灰白色的天空深深地吐出一口气。

两名谒者各自抓住他的一只腕子押出了甘泉宫。

“万岁为天下生灵珍重,不必过劳!”霍光想早些结束眼前的活剧。

“慢！大将军勤政爱民，为人方正。每次入宫，自宫门至金殿都走两千步，一步不多，一步不少。朕令内侍暗中数过，实为当朝一奇；当年逆贼马何罗、马通、马志成造反，卿与金日磾、上官桀平定有功，至今未加封赏，非朕刻薄寡恩。今岁以来，累染沉疴，眼看不起，特降旨命黄门画师绘图一帧，赐予爱卿！”武帝话一落音，李福已将绢画递与霍光。

霍光白玉般的双颊泛出了紫红，两行热泪夺眶而出，滴在袍襟上：“谢主隆恩！为臣愧领了！”他撩袍欲跪，武帝摆手示意，李福一把将他搀住。

“细细观赏此图方知朕有厚望。其中玄妙之处，有烦大将军去太史府第询问司马迁，便有精当解答。”

“司马迁……”霍光难免有点犹疑。

“哈哈哈哈！刚才我是试试郭穰，想不到他挺有几块硬棒真骨头，可以重用。司马迁，朕爱之犹恐不及，怎忍心置贤者于死地呢？”武帝是笑自己还是笑大臣们，谁也估摸不透。

“陛下圣德，司马迁肝脑涂地，不足报答于万一，臣代太史公……”霍光是真糊涂，还是装糊涂给玄奥的武帝看，同样使大臣们茫然。

“不用谢恩，大将军可以坐轺车去看看他，解完此图，请把郭穰拒绝草诏下狱一事如实相告。朕以为司马迁绝顶聪明，他会知道该怎么办！”结语凉若冰铁，威凌四射的眼神使大臣们记起了皇帝壮岁的风采。他侃侃而谈，“再说一遍：杀司马迁者必遗臭万年，此类蠢事，朕岂屑一顾？”

“臣遵旨！”霍光辞驾下殿。李福拂尘一抖，“退班！”冠盖楚楚的大人先生们宛如囚徒遇赦，无声无息地退了出去。

“给大将军备车，唤太子来一下。”武帝闭目养神，似乎什么事也没有发生过一样。

八岁的太子弗陵长着很富态的银盆脸，骨骼身板与头不太协调，可以看出聪明早熟，先天不足的孱弱。

“儿臣叩问父皇圣安！”

“起来，坐上来。”武帝挺直锁骨隆起的颈项，右腕抱着他的上腹部，将银髯偎在他的鬓角。

大殿里空荡荡的，只剩下爷儿俩，能占据的空间太少。

此刻，普通人的父子之情取代了权术与严酷。关山，岁月，武功，辞赋，通西域，战匈奴，封禅，塞河，许多重大的历史画面掠过记忆屏幕，被一股热流冲向远方，那热来自抚弄武帝银须的小手，还有似乎是吹弹得破的红腮。

武帝二十九岁生下长子刘据，元朔四年（公元前一二三年）刚满七岁便立为太子，请了几位宿儒教他读书，赐给他栽满琪花瑶草的大花园——情望苑，后来刘据被逼死，留下了“戾太子”的恶谥。征和三年（公元前九〇年）皇帝终于认识到自己的失误，到了安定（今宁夏回族自治区固原）、北地（今甘肃省东北角的环县），盖了思子宫，在太子自缢处兴建“归来望思之台”。这些并不能换得内心的安宁，又有何用？

此刻，怀抱中的弗陵，怎能不引起武帝对刘据幼年的追思？

“据儿，你还怪老父吗？”武帝下意识地唤着戾太子的名字，但很快回到现实。

“弗陵，好儿子！”武帝的鼻孔发酸了。

“父皇好！”

“嗯，儿以后要做一个治国安民名垂史册的好皇帝。父皇迟了，失去许多良机……”

“父皇好嘛！父皇做皇上，儿臣不做……”

“你看大将军其人如何？”

“儿臣遵父皇旨意，问过许多内侍和宫人，各家勋戚，都说他是个挺好的老头儿。”

“对大将军的话要听，不能随便怀疑他，不然忠良寒心，天下要大乱。”

“儿臣记下了。”

“儿看大将军之子霍禹，侄孙霍山、霍云如何？”

“都说这叔侄三人没本事，专横霸道，对下属和百姓很凶恶。”

“治国，一成仁慈就够了，做出来的事要像宽厚，心里算计什么要严密，甚至苛刻，才能办成实在事情。”武帝突然压低嗓音对弗陵说，“到儿亲政的那一天，身边有一帮治世之臣，羽毛丰满，天下太平。等霍光一死，就把他的子子孙孙斩尽杀绝,不这样做,我们刘家的江山就要姓霍,记住了吗?”

“儿臣永记不忘。”

“嗯!千方百计要办到。去玩吧,父皇困了……”

弗陵匆匆辞别武帝,在后宫,金日磾的两个儿子金赏、金建正等着他去捉迷藏。他们年龄差不多,玩起来很相投。

武帝打了个盹,几个模糊不清的梦交叠出现,使他感到窒息,翻过身一合上眼,旧梦又续上了。

“万岁!万岁!”李福见他嘴角挂着血沫,内心很厌恶,甚至暗暗诅咒皇帝早些死掉。但怕皇帝魇住,事后受到责难,为了表白忠心,轻声将他唤醒。

一个可怕的景象刻在武帝的心幕上,眼前是一片荒坟地,被淡忘已久的父亲景帝,还有六位丞相、太子、皇孙,纷纷从坟中伸出头来朝着他流泪,冷汗从他的背脊、腋下、胯沟流出,心头也随之悸动。“你过来。”皇帝双手一伸,李福将他扶住,用绣花丝巾为他拭去汗水。

恐惧,昏昏沉沉中,那普通人的良知又被鬼神代替。现在,他唯一可以信赖的人似乎就是太监头儿。“李福,你召见了方士邵伴仙吗?”

“奴辈昨夜四更,请了善于望气的邵翁仰观天象,他托奴辈转奏陛下。”

李福以老狗的温驯之态跪倒在龙榻前的踏板上,样子诡秘。

“说吧。”

“先生说,长安监狱中有天子之气。奴辈认为上天示警,宁可信其有,不宜信其无。”

“昨夜四更,郭穰还没有入狱吧!”

“是,陛下。”

“用不着,此人阉了也写不出《太史公书》,留着生些小郭穰也不错。你先赏望气者百金,暗中派人守望,如果朕病转重,让郭穰出来草诏,再叫邴吉将京中系狱囚犯全部格杀,杜绝隐患!”

“奴辈记下了。”

“不能留下望气者来煽动是非。”

“是，陛下。”李福一招手，捧着金葫芦的小谒者膝行上前，递上“仙人露水”。

李福用一只杯子倒了一点，亲自尝了一口，再换只滚龙玉杯倒进露水呈给武帝。

“哈哈哈哈！枉费心机。”杯子被皇帝龙袍的大袖一扫，落在羊毡上摔碎，白粉水珠四溅。见到奴才们瞠目结舌的呆相，便连连挥手。

“还不滚出去吗？”李福踢了小谒者一脚。

小谒者无声地拾起碎片，轻手轻脚地退出。

“你也歇会儿吧。”

“侍候圣驾！”

“不用了。”武帝想清静一会儿，他这戏剧性的一生太热闹了。

刚刚眯上眼，荒诞无稽的奇梦又来骚扰：一位身高八尺有余的壮士，脸膛紫黑，虬髯戟张，环眼里长着“重瞳子”，玄色盔甲，骑着粗大的乌骓马，挥动丈八长矛，发出瀑布飞流似的笑声，以叱咤风云的气概，向他驰来。尘土落处，壮士威喝一声：“孤，西楚霸王项羽！刘彻，还不敬酒吗？”回声山鸣谷应，震耳欲聋。

“大王！……”向来八面威风的汉天子，在壮士的气势面前自愧不如，不知所对。献酒之类事情，他确实没有做过。

“尔祖宗刘邦是流氓，以阴谋取天下。孤自刎乌江，非战之罪也。”

“酒有，有，没有杯……”

“头颅便是巨杯，孤送与你这刻薄暴戾的乳臭小儿！”

“素不相识，初次幸会，‘刻薄’二字，大王言重了……”

“刘彻，你自己做的事还不明白吗？”项羽跳下名马，那马昂头长嘶一声，驰向远方。所经之处，树倒草枯，现出大片沙漠，吐出的热风，带着苦涩的气息。

皇帝对这天翻地覆的壮观惊愕不已。

乌骓马迅速消失于烟尘里。

皇帝将视线收拢到身边，项羽把长矛往当中挤缩，立即变成一把寒气凛冽的青龙剑，项羽又高叫一声："陛下对将士若何？"

奇迹发生了，项羽一转身盔甲须眉顿时变得雪白，袍袖上打着补丁，靴子绽裂，露出了脚后跟，个儿也矮下一截，脸色枯黄，深眼窝，目光乍看很自尊，细细打量，也有怨愤，但比较含蓄。高颧骨，肥唇，狮口，猿臂长而灵活，一身乡土气、行伍气、边塞气。

"老爱卿不是飞将军李广？朕与先帝俱赐卿俸禄两千石，前后四十余载，为何一寒至此乎？"见了老臣比见项羽胆子壮得多。他为自己极其富于同情心而自豪，把内在的刻薄贪欲全忘了。

"臣……"飞将军有点口吃，很木讷。

"但讲无妨！"

"臣从未治过家产。所得除饮食之需，全赠伤亡士卒亲人……"

"请将军上马回长安，朕要封你为侯。万军易得，一将难求！"

"陛下想臣入京，好交于刀笔吏治罪耳。大丈夫可杀不可辱！广老矣，数十年宽舒不苛，杀敌在前，迁赏在后。故士卒效死。广百战无功，亦无大过。以逆孙李陵降匈奴，全家被株连斩首，广何忍独存，贻羞天下？"只见老将军左手捋起银髯，右手引剑一挥，血如泉涌，倒在沙场上。

"老爱卿！老将军……"武帝俯下身躯，摇撼着老将军遗体，泫然欲哭，只是对眼前的画面不全信以为真。

忽然，老将军一跃而起，须发又变得漆黑，他右手握住剑柄，左手伸出两指捏住剑脊，用力往当中一挤，立刻变成一支斗笔，刃上鲜血化作墨水，流个不停。白盔白甲变成了青袍乌巾，连同腰上橘黄色丝绦，齐被朔风吹得飘起。他全然不把武帝放在视线之内，斗笔在沙场上疾挥不歇，地上全是蝌蚪文字，武帝锁眉凝视，大部无法辨认。

"司马迁！"武帝有点惶惑，突然的变幻和太史公的少礼都真实得和假的一般。

"看不懂吗？都是你亲自所做的蠢事，求仙，求天马，修宫苑陵墓，开边，将卖酒铸铁收归官办，信任酷吏，十名丞相，六人死于刀剑之下……"

“司马迁，大胆！你敢造反吗？”皇帝勃然大怒，“把这卷本纪[①]替我烧掉！”可惜喊破喉咙也无人应命。

“哈哈哈哈！历史事实，你抹不掉。不信请再试试，臣虽受重刑，并无私怨。秉笔直书，史官天职，请陛下恕罪！”太史公掷笔于地，拱手而立。

皇帝气急败坏，先用手捧起沙去盖字，说也奇怪，刚刚盖上之处，字迹又顽强地长出来，老人一急，便用靴子划动沙漠，总是徒劳无功。他不禁仰天大哭，为不可改变的史笔，为自己的孤单……又怎知是读《项羽本纪》《李将军列传》受到了感染而陷入梦中？

梧桐树的残枝败叶上，滚动着蒙蒙烟雨，西风萧飒，寝殿里加倍旷冷，集英主与暴君于一身的武帝像一只大毛虫蜷缩成一团，继续承受梦的折磨，无处可以躲藏。当权力和欲望居于主流，就昏迷、残忍、果敢；当头脑清晰的时候，又是个孤独衰朽的普通老人，悔恨、悲哀、温和占了上风。偌大的世界就被这样一个聪明的笨蛋主持着，他一方面是封建制度的强化者；同时，在一定程度上又是封建思想的殉葬者。如果他当史官未必逊于司马迁，做辞赋家或可追踪司马相如……一做帝王，所有长处都无处发挥。春秋战国百家争鸣的余风，他的生命，还有他一手缔造的大时代，行将坠入地平线。在几缕最后的残霞中，还会发生些什么不似人世间可以演出来的惨剧呢？

时光、大地、人，都在战战兢兢地等待着。

①皇帝的传记在《史记》中叫《本纪》。

晨　帆

穿过雾海远去的孤帆，本来是由一些平平常常的碎布补缀而成，借助朝晖，才点染上炫目的金焰，却没有一个乘客能看到帆上的异彩，正如人在童年并不知道自己很幸福一样。等到时间的距离拉得很远，八面碰壁，亲人已逝，岁月如飞，事业渺茫，用理想化的眼光回顾平庸无奇的幼年，镀上一层朦胧的金漆，往事流入被遗忘的深海之后，在记忆的沙滩上拾得几个贝壳，也特别珍惜。谁体味到这种惆怅情绪，肯定已经不再年轻。

司马迁站在中年的高峰，面对昏昏灯火，或是披着耿耿星河，也曾想向爱女书儿倾吐自己记忆的序曲，遗憾的是只能找出几个零星单调的音符，构不成乐章。

司马迁世居龙门寨，占地五十来亩。西去三里是徐村，北枕梁山，东边是高门原，那是一座更大的村庄，居民很多，原头上有老坟三座[①]。原北华池，是远祖司马靳葬地。那儿的古井是先秦所开，水特别甘美。

幼年不能记事，一些印象来源于母亲的叙述。司马谈夫人家住夏阳西北角的一个小村，人口上千，多半没到过县城，非常闭塞。她的父亲曾应司马喜之请来到龙门寨为司马谈启蒙，同时兼授几个顽童糊口。这群孩子当中，只有司马谈随后来的老泰山获得渊博的学问和去长安老方士唐都那里学习天文的机会。女孩儿再聪明，也要忙着采桑、打牧草、绣花、做饭，所以

---

①1958年平毁，近年恢复。1988年立碑，葬着司马昌、司马无泽、司马喜。

老塾师在临终前还哀叹："惜乎你不是个男儿，否则也和女婿一样可以淹通经史呢！"

这天，夫人坐在院子里向阳的一角织绢，五岁的司马迁手里拿着一柄木剑，轻轻敲着石板，用尖细的童声颂扬着母亲——他是跟牧童们一道放牲口时坐在牛背上学会的：

寒月皎皎，
灯影摇摇。
哀哀吾母，
夜织劬劳。
秋虫唧唧，
银汉迢迢。
哀哀慈母，
夜绩忘劳……

夫人转身下机，走近儿子，一拍双掌，儿子扔开木剑，依依地抱着娘的双膝，紫红色的腮，贴着她的长裙纹丝不动，又大又亮的眼睛好奇地探问着什么。

歌声牵动了父亲的慈怀，他放下帛书手卷，拈着稀疏的胡子踱出草堂。

院子里一片寂然。

"迁儿伶牙俐齿，好生读书，没准儿能实现夫子的夙愿，成为良史！"

"夫人，说句煞风景的话：为史官者必须大智若愚，不动声色，让皇上把他忘记，尔后可以悄悄秉笔直书。既存信史，又能全身避祸。可惜我不是史才，也幸而未当史官。这几年每遇机会，总想出语惊人，事过常常深自悔恨，下回遇到类似时刻，还是故态复萌。唐都先生几番推荐，都因我直言而落空。孺子尚小，唱起民谣，鹦鹉学舌，何曾解意？然情真气旺，又太聪明，好表露爱憎，未必能立足于朝廷！当今万岁，喜闻颂辞，行尸走肉，靠唯唯诺诺可以束带立于朝，禄享公卿。我平生最恨八面玲珑的人，有时希望迁儿长大能圆融保身，有时又为这类念头而羞赧。做人难哪，不读书则不明事理；读了书又无用武之地，反换得一串串烦恼，是无路之路呀！”

“迁儿长大，历经甜酸苦辣，总会识些时务，不必过早忧心……”母亲特地缓和一下气氛。

“碌碌无为而生，不若顶天立地而死，作兴迁儿得遇明时。”司马谈踱回草堂，顷刻间传来琅琅书声……

有一回，端秀健朗的母亲带儿子在村寨南边的沇水漂纱，一时兴至，扭过头来望着爱子问道：“小迁儿，你可知道黄河上段直到咱们夏阳县一带的泥巴为什么是黄颜色？”

孩子上牙咬着下唇，连连摇头，这个提问太高深了。他最远只到过东面十来里的地方，沇水与陶渠水汇合处的小镇。几年之后，渠边发现了灵芝草，进贡给皇帝，皇帝降旨改陶渠水为芝水，以纪国之祥瑞，小镇也就借坡骑驴，改叫芝川镇。镇南门外半里之遥，有一片高丘，是汉武帝扶荔宫故址。地傍芝水与黄河，东西长二百米，南北长三百米，夯土四段，高约一米六十，至今下面还挖到过陶质圆形水管与板瓦；“宫”字瓦当，刻有“与天无极”“居室”等字形的空心砖，砖头有绳纹。不难想象汉初此宫的富丽垣赫。隋初，夏阳更名韩城县，北移二十里，修复了周代韩侯国古城作为县治，这些宫室都颓败了。

砧杵声声，母亲搓着纱，看到孩子张口结舌急于知道下文的模样挺可爱，忍不住扑哧一笑：“听世世代代老辈们传下来的说法就有三种。”

“娘快说哪三种？”

“有的老爷爷说，成汤登基，连着旱七年，禾苗枯焦，颗粒无收，百姓饿死多半，年纪轻点的逃往南边。千千万万条火舌舔干了云、烧红了天。太阳被烤裂，一个劲儿往天河里滴血，银河灌满，漫到地上，大半个天下都染得血红。成汤爷斋戒几年，写下诏书向苍天请罪，向百姓告罪，情愿一死谢天，不要降灾给黎民。果然感动上苍，降下救命甘霖，人畜庄稼又活过来了。先前红彤彤的田野高山被喜雨一冲变为黄色，黄河清凌凌的水成了泥浆滔滔，千秋万代也难澄清啊，除非出圣人才清一回…

“什么叫圣人?”

“就是什么都知道的万事通。”

“我能当圣人吗?”

“不知道,黄河没有清,怕当不上。”

“挺难当吧?”

“可不是,几百年才出一个。”

“当不上就不当。娘,还有故事呀!”

“当然有啰!”母亲拧干纱束放进篮子,左腕挎着,右手牵着儿子回家,“老辈还说……”

“老辈有多老?”

“爷爷的爷爷,几十代以前,都是老辈……”

“老辈还有老辈吗?”

“有,数不清说不完。”

“那,有开头吗?”

“不知道。当初,黄河上半段没人烟。”

“娘快说说当初有多久呀?”

“我也讲不清楚,大概两千多年以前吧,洪水泛滥,大禹的父亲鲧治水七年无效,被虞舜爷处死,降旨要子继父业,接着治水。”

“什么叫子继父业呀?”

“爹没做完的事,儿子接着做呀!”

“那我也子继父业……”

“你爹想做史官。史官要懂天文、古书、历史,要有学问。你好好念书,可以接着去做。”

“说呀,那个大禹……”

“黄河滚滚,拍天盖地而来,被龙门山挡住,化成两股,南北横流,淹没村庄城池,淹死人畜无数。大禹率领民工几万人,决计劈开一条大豁口,让黄河听话。经过几年,龙门山被劈开,乡亲们不忘大禹的功劳,把龙门称为‘禹门’。长大一点,请爹爹带你去看,不远。”

“禹门和黄土有什么关联哪?”

“有呀!龙门山没打开,黄河漫过大高原,水里有的是黄土,把田野全都染黄了。”

“还有一种说法呢?”

“说的是黄龙性子火暴,喷云吐浪,危害黎民,老百姓怨气冲天,天帝知道之后,让巨人夸父来到关西,将黄龙打五千神鞭,然后斩首,多亏黄帝轩辕氏讲情,给它留下一命,戴罪立功,灌溉禾苗。天帝以为死罪可免,鞭笞不可免,这条黄龙被夸父抽打得满身流血——黄龙的血当然也是黄的——疼得满地乱滚,它挺悔恨,血泪把田地泥土都染黄了。天帝还不放心,怕它烈性不改,又命令大禹劈开龙门山,给黄龙戴上行枷,水涨山高。这样,黄河就老实了。有时候它不耐烦,龙爪一抓,缺口的地方又有水灾。可是它再也挣不脱龙门山这座石枷。”

“大禹怎样劈开的呢?”

“没听说,长大你自个儿去查问吧。”

“一定去查问清楚!”

“弄清了别忘记告诉娘!”

“哎!”孩子的回答是那样坚定,似乎很有把握,惹得母亲开颜浅笑了。

“娘,我要看看禹门!”

“容易得很,咱们住的村子到龙门山才三四十里,都在一个县境内。你小时候去姥姥家,来回都见过龙门,只是没记住。”

两年之后,司马谈赶着马车载着娘儿俩去看岳母,天亮动身,不到一个时辰,就来到了河西沃原上。

源远流长的黄河涌起无数的浪花,自巴颜喀拉山向大海飞驰途中,消耗了巨大、原始的生命力,来到陕西山西之间疲倦地放慢了脚步,由北朝南卷去,想跃过龙门,到广阔的豫西平原去喘一口气。

孩子伏在车轼上遥望大河,仿佛是一条金龙,浑身喷射出浪焰,不是由河道之中,而是自地平线上挟着风云雷电澎湃而来,滋润了高爽俏健的北国风景,灌溉出丰饶的谷物,编织着瑰丽的神话传说,为许多威武缠绵的历史悲剧提供诗境背景。从灵到肉,泌出华夏灵乳,哺育出一代代平凡儿女。只要你见过母亲河犷悍慈惠的面影,那满天黄水穿透你的思维,澎湃的涛声便会控制着你的脉息,直到心脏不再跃动!

孩子的视线与黄河越接近,呼吸越酣畅。大河浩瀚的气势,摇撼着他每一条敏感的神经。河与人势必要合为一体,要么撕开他的胸脯,使他无限扩张,河流就钻进他的腑脏;要么就把他吞进寒涛,吐出一朵银花。

这种感受在孩子来说是朦胧的,难以会意,更不可言传!生养出伟大儿子的父亲,应该和儿子同样不朽。但河流与大地之子对语的时刻,却不能分享儿童的狂喜。他抖动缰绳说:"迁儿你看:壁立千仞的龙门山不像一对巨阙紧紧夹在黄河的颈项上吗?"

"什么叫巨阙?"儿子有点茫然。

"难怪,迁儿没见过啊!"母亲似乎有些遗憾,"他才开始念书呀!"

"哈哈哈哈!"父亲笑得很豪迈,"巨阙是宫殿祠庙门口用石块砌成的,很高很高,上边再盖楼观,地基不大,非常壮丽。建章宫大门口就有那么一对。"

"我要去看看!"孩子的好奇心是无限的。

"好好跟爹念书,有了学问,名声传到皇帝耳朵里,会聘你去做官,自然看到巨阙。"母亲鼓励儿子。

车停在旷野。时当仲夏,碧原上麦苗波涌,有几对蝴蝶上下追逐。山坡朝南逐步平缓舒展,有老羊倌、小牧童在赶着羊群。再向西远眺,梁山隆起,云块萦绕,天朗气清,正是出游的好日子。

孩子蹦蹦跳跳地走近河边,小手拍个不停。

"浪大,迁儿站远点!"母亲跟在后面招呼着。

前行几十步,孩子突然站住,双手举在空中,忘了鼓掌,呆呆地望着黄涛,水珠从笑口般的漩涡里喷出,溅落到孩子身上。他才看到近岸的地方,水势稍平,龙门当中的浪掌互相撞击、扭打、消涨,拧起水柱,又被抛出河面,在阳光下洒出串串银辉,多层交织。大风将一根树枝吹落水面,转眼之间就送出百丈之遥。一股寒气,沁人股骨。前边浪山尚没有平复,后面跳过龙门的洪峰又从前者身上压过去，彼此抱住，一同往怒海奔突。

母亲从身后搂住儿子，拖着他倒退了好多步。

父亲双手抄在腰后，头朝后仰，眉峰微蹙，神驰远方，风摆动他的头巾和衣裾，额角上反射着阳光，脸上五官轮廓分明。此后，这画面又常常反刍到司马迁的意识中来。

“娘，这为什么叫龙门山呢？”

“我也不太清楚，没准儿和鲤鱼跳龙门有关系。”

“这么高的龙门能跳过去吗？”

“难哪！跳过去的就成了龙。哪有不想成龙的鲤鱼呢？它们从大湖大海动身，一批接一批，顶着浪游过很多江河，来到龙门口，一百条鱼也只剩下两三条了。其余的叫网捞掉，大鱼吃掉，被恶浪冲回大海。有的鱼还被抛上悬崖，摔死在山顶河堤上，成了老鹰们的美餐。”

“有跳过的鱼吗？”

“当然有，老辈人说，那会儿，满天乌云像鸟毛一样密密匝匝，排得风都吹不透，闪电在云块中间乱钻，把守在龙门之上，单等鲤鱼从浪尖上跳过去，电火团团就追赶着它，烧掉它肚下的几块皮，让龙爪生出来，燎掉它下巴的两条鱼胡子，长出几丈长的龙须。雷霆从它左右两肋拼命地轰呀、挤呀，龙的身子越挤越长，等到它能吐出滂沱大雨，天上的云片就闪开一条缝子，龙才能甩头摆尾扶摇直上，穿过天门，从此就和鱼没有干系了。”

“一条鱼一辈子只能跳一回吗？”

“不！只要有志气，可以退回去再练，年年跳，月月跳，一直跳到死而无悔。做任何事情都应当这样。”

“有多少条鱼跳过去呢？”

“闹不清楚。有的说三十六，有的说七十二，就算七十二吧。”

“妈，咱们别走，待在这儿等着看第七十三条鱼变龙多有意思！”

“那要等到驴年马月，人老几辈子！”

“要有志气，总能等到的！”

“姥姥等着迁儿去吃粽子做生日呢，要是今晚不到，老人家就睡不着，会急出病来。”

“人不是鱼,有志气要做成大事业。走吧!”父亲走过来,抚着儿子的秀发说出了结论。“没有百折不回的精神,不能得到真学问、真见识。大汉江山很大,光念书还不行,要亲身去看、去问、去领悟。多一点知识就给自己添了一片鳞甲,鳞甲够了十万八千,就是真‘龙’。那种境地是何等的令我向往,我们姓司马的世代为史官,后来又出了许多人,将来祭祖的时候再详详细细告诉你。每隔五百年,必有大人物出现。孔夫子去世五百年了,将来的大人物或许就是你!也许不是,好儿子,努力啊!”

“当不上大人物,黄河还没有清呢!”儿子指着万里浊流。

“儿当上之后,河水才会清呀!”母亲向司马谈使个眼色。

“专心致志,金石能开!能当上,圣人都从孩子开始的!”司马谈笑声宽朗。

“我要试一试!”孩子的右拳在空中一击。马车启动。

小司马迁两眼滴溜溜地盯着龙门,好像马上就会有鱼跳过去变成金龙似的。

夜间,他躺在母亲的怀中,梦见一位身高十丈以上的伟丈夫,穿着青色龙袍,头戴冕旒,双手递给他一把小斧头,向他拈须微笑。

“这斧头太小,劈不开山,我不要!”司马迁一跳就长得和伟丈夫一般高,斧头放在手上轻如鹅毛。

“哈哈!你吹上一口气它就变大了,想多大就成多大,用完再吹口气就变小,能挎在腰带上。”

“您是哪位大王?”

“夏禹便是。”

他连忙拜谢,捧起斧头一吹,迅速变成一丈多宽的斧口,柄有三丈出头。他高举过头,试着朝小山一劈,顿时山被砍成两半,一股黄水从山肚里冒出,向两头延伸,成了大河,当中被劈开的山峰夹住,成了第二座龙门。

他把斧头还给夏禹王,从山坡滚下河水,立即变做一条大鱼,哗笑着,腾跃着,破浪直前,沉到河底,尾巴顶住石块,凭空一跳,飞过龙门,变成巨龙,下半身被雷霆追逐,闪电烤烧,痛如刀割。

“哎哟我的娘!”他惊醒了母亲。

“你魇住了吧,迁儿,怎么尿炕了?”母亲将他唤醒。

“过去了,过去了!”他还在呓语。

“说什么?”

“劈了龙门,我也是圣人,黄河清了……”

母亲脱下儿子的衬裤,扔到地上,将他搂得更紧,自两岁以来,尿炕这是第一回。

他发愿要做飞腾九天吞吐沧海的龙!

当这些空中楼阁远不可及时,念书便味同嚼蜡,不读又别无选择。父亲要他端端正正跪在炕头,屁股坐在脚后跟上,嘴里反复念念有词,门口一队小牧童赶着羊群和老牛走过柳荫奔赴高门原北边,他羡慕之极,真想投身其中,连禹也不做。这时父亲干咳两声,他感到羞愧,耳根漾出一片轻红。

两年后他在姥姥家做过八周生日回来,同车的多了一位六岁的小姑娘上官清,她的母亲与司马谈夫人是嫡亲姐妹,死于产后风,当时是不治之症。父亲是串乡大夫,骑着驽马,走南闯北,治病糊口。每年靠近除夕,才带点银子回家,与妻儿岳母团聚。过了二月二龙抬头,他又告别亲友浪迹天涯。中间音信全无。大夫除去看病,最爱下围棋,在江湖熬炼多年,逐渐成为国手,人们送他个绰号:棋大夫。意思是他不光会治病,还能解救危局。上官清是独生女儿,四岁就能下棋,到了六岁,别说是孩子,大人想赢她也得费一番心思。

司马谈有点古板,曾经多次教诲姨侄女说:“女孩儿家做针线之外可以读点书,光摆这黑白子儿,长不了见识,白费大好时光。”

孩子姥姥一听,就来个借油锅炸豆:“大姑爷,你不是说清丫头聪明吗?可这儿没先生教,依我之见,把她带回去跟迁儿一起认几个字,免得在这儿惯坏了。”

“娘能舍得她?”司马谈夫人反问道。

“走了清静一阵儿,想她就接回来,我也能骑驴去看看你们。人还能动弯儿,什么都好说。我的好迁儿,表妹去跟你一块儿放羊念书,你打她吗?”姥姥用右手抬起男孩的下巴,有点明知故问。

“大孩子不欺侮小孩子。”

“你不就大两岁吗? 谁小? 谁?”清儿好胜,有点男孩脾气。

“不服气? 好样儿的!”姥姥抿着门牙脱落的嘴。

“你就是小,小一天也小呀!”小表哥昂着头,故作老成,逗得老太太乐不可支地与他们话别。

车过龙门,司马迁把从母亲那儿听来的故事给清儿条理分明地叙说一遍。

司马谈隐隐约约地感觉到儿子才气的幼芽。

女孩的表情不似两年前的司马迁那样外露,她咬着牙,捏着拳头,如同暗暗地为一心化龙的鲤鱼出一把力。

司马谈也动了说故事的念头,他讲到大禹划着一只独木舟,走遍江河,查清水的流向,跨过涂山三次,过门不入家,面容黧黑,神色憔悴,献身救民,忘却得失安危。他纪律严明,大会诸侯之日,防风氏后到,当众判了斩刑,从此威震华夏。后来分天下为九州,铸了九鼎……

清儿眼珠滴溜溜转,倚在姨妈怀里,听出了神。

“爹,您还讲漏了一丁点儿。”

“什么?”母亲的声音带着威严。

“迁儿,说吧,当史官的就该把每件事的起因经过结果完整记载下来,是非善恶,不做隐讳。前辈错了也要敢于更正。莫打断儿子的兴致!”

“夏禹当了国王,有位臣子,名叫仪狄,造了酒来献给大禹尝一尝,大禹一下喝醉了,挺高兴。第二日醒来后说:‘后代必然会有沉迷美酒而亡国的人。’夏朝传了第十七代,夏桀造酒池肉林,终于亡国。”儿子复述完毕,清儿眼中流出羡慕的神色。

“别看哥哥讲得很顺畅,你不用多久,准能追上他。”父亲怕儿子骄傲。

姨父鼓励的话没错，清儿记性特别好，只要司马谈将古书念两遍，她就能背得出来，虽然不懂得是什么意思，也不肯多问。起初司马谈认为她是碍于情面，后来发现是个性使之然，就不以为怪。

司马迁读书没有小妹会背，他念得慢，想得多，肯问。

积习的驱使，清儿用泥捏了方圆两种棋子，阴干之后，又放在柴火里烧过，虽然五色，也不会互相混淆。偶然，她与邻儿摆一局，所向无敌。司马迁先是由衷兴奋，像是自己赢了一样。过了一会儿，他又觉得不大自在，因为走上风的是表妹。

“哥，你会吗?”

男孩摇摇头。

“我教你。”

“不用教，我试着走吧。”男孩不知道世上有难事。

她摆一粒，他跟着放上一粒。

一气输了三盘，司马迁似乎懂得一点“奥妙”，他觉得会下了，有点踌躇满志地说：“再下呀!”

“跟你来没劲，你不懂!”

“再来我准不会输!”

“跟哥下和我跟自己下有什么两样?”

“你太看不起人，来!”

“来就来，你不行就是不行!”一盘下来，男孩又输了。

“嘿嘿!”女孩笑了。

“孩子们别下棋了，你父亲为这桩嗜好，把什么都耽误了。迁儿，你说该怎么办?”司马谈手握书卷出现在窗口，嘴角挂着笑容，温和中有严厉。

“我不下了。”男孩将棋子装进小木盒，走到院子，一把一把扔到了屋顶上，像下过一阵冰雹。

小姑娘的脸红了，她竭力忍着不哭出声来。小哥哥心中感到一种快乐，这是原始的妒火在闪动。

“等你们长大之后，有了学识再下。除去求学，任何东西，迷恋过深，自苦苦人，何必乃尔？迁儿，你练过剑吗？”

“练过了，我舞给爹看。”这一招是小阿妹不会的。他提起短剑，劈刺掏削，纵跳腾挪，举止灵活。

和往常不同，小女孩不肯出来观看，她手上拿起竹简，眼睛看着地上发愣。

男孩收剑站定，鼻尖儿上冒出了热汗。

“迁儿，咱们老祖宗司马蒯聩在赵国是出名的剑客，依据传闻：狂舞起来箭也射不到他的身上，尤其在月光之下，一团白雪，冠绝一代。朱家、郭解这些大侠提到老祖宗还肃然起敬呢！练剑难，练心更难。剑是身外之心，心是身内之剑。动静相生，进退相成，无方不圆，形圆意方……”说到这里，司马谈才注意到女孩不在旁侧，便脱下长袍，送到屋里，拉着她的手说：“停会再看书，先看姨父舞剑。”

“嗯。”女孩很被动。

“迁儿取剑来。”

“是。”男孩一路蹿着弹跳而去。

院内小池里，亭亭出水的荷叶，给鱼儿们撑着小伞，莲花如碗，一朵玉白，微尘不染，傲岸地秀出于顶端；另一朵身穿粉红衫子，嫩苞乍放，因为害羞，又收缩成一团。水面掩映着浮萍，岸上的垂柳，给水池罩上一层淡淡的碧影，在阳光中颤动。几只蜜蜂，奏着嗡嗡的曲儿，有劳动的喜悦。

长剑在握，司马谈敦厚之外，平添了一股英武之气。他的脚跟毫不费力就从后面倒踢头顶的发髻，一跃高于人肩。剑花团团，一化三，三生无限，达于太极。剑锋上的阳光，旋成一道半透明状态的巨环，把司马谈罩在其中，须髯模糊。

耳边听着剑风呼啸，女孩惊诧地定着神，方才翘起的嘴角绽出一缕笑影，不大容易看得出来。

男孩顿足、拊掌、狂呼，他看到了父亲的另一面，觉得人应当这样活：读书、击剑、著述，为人排解纷争。

父亲也许是为了造就孩子才到世间流尽汗水，后代将会铭记着培植出人的人。这绝不比负薪塞黄河缺口、领一支劲旅抗击侵略者容易。

长年的耕读著述生涯，消耗了司马谈很多体力，收剑之后，面色泛出醉后的枣红，喘息也粗重了。

夫人在另一间屋里打好一盆热水，招呼丈夫去沐浴。她看着两个孩子，觉得兴奋。个中有什么味儿，她还说不清。为了准备午餐，她到小园中摘菜去了。

院子里只剩下小兄妹俩。清儿从地上拾起一枚棋子，那是屋瓦上滚下来的。看舞剑的兴趣顿时为恼怒所代替，下唇又朝外一撇。

"清妹，你也来玩剑好吗？"

清儿推掉哥哥没有开口的铜剑，狠狠地瞪了他一眼，把棋子朝他头上一掼，哇的一声哭了。

"清妹，你……"

"……"小姑娘揉着眼，回到屋里，重重地关上了门。两天之后，风波过去，孩子们又说话了。

"哥，为什么衰弱的'衰'又念'摧'，说话的'说'，念'悦'和'税'？我光认得，分不清。姨父问我怎么回答？"

"人名念'衰'（摧）。赵盾之父赵衰如冬日之可亲，其子如夏日之可畏。孔子又说：'及其老也，血气已衰，戒之在得。'大概念两个音都可以……"说到此处，想起前天她不理自己，还有父亲夸奖她的神气，他忽然改变了主意，"说话的'说'念三个音，我记不得了。"他留了一手。

"哥，你别像夏日之可畏哟！"

"不会，不会，我一定做到像冬日之可亲！"

司马谈教书不贪多，他先要求孩子们识字，懂得一个字的几种意义。当时离春秋战国不远，语言的变化不大，读古书不像后来那么费劲。他教清儿"说"字三音三义的时候，小姑娘太贪玩，正在努力数着姨父下巴上有几茎长胡子，它们生得稀朗，说话的时候又老是抖动，没有听清字义，只背熟了字音，大人一问，孩子本来就像熟石榴的双颊更红了。她斜着眼睛，顽强抗拒承认自己的不足，迫使自己的意志，再集中到胡须的统计上，是不是七十八茎？

“子长，你说说看。”喊子长时严肃中有点开玩笑。

“我……”想到拒绝回答清妹的事，只好装作嗫嚅。

“真不长进！我不是跟你讲过两遍吗？清妹小，你大两岁，要艰苦卓绝地努力！立德、立功、立言，古称三不朽，你选择什么？”

看到父亲忧虑的表情，司马迁感到一阵炙痛。便把喜悦、游说、说话三音三义复述了一遍。

“刚才为什么不讲呢？”父亲很奇怪。

“……”司马迁看了清儿一眼。

清儿的头猛朝下一低，眉毛聚到一起，脸色由红泛紫。

司马迁的心中忐忑不安地擂着大鼓。

这次课讲得时间特别长，两位学生都没听清司马谈后来说了些什么。

“清妹，”父亲一走，司马迁主动来缓和气氛。

“夏日可畏！”她的胸膛急剧地起伏。

“听我说……”

“别说，我不听，算了！”她拒绝解释。

“清妹，你恨我，不跟我玩？”

没有回答。

“我明天去放羊，你去吗？”

她眼睛一亮，显然很想前往，但马上又咬着下唇不肯开腔。

“清妹，我错了，爹老讲你好，我不服，知道不讲……我再也不使坏了，去吧！……”他的脸庞发白，眼睫毛潮乎乎的。

清儿说不清是委屈还是原谅，小手揉着眼睛，鼻孔里不停地抽着气。

母亲捧小筐，刚刚喂过鸡回来，筐里放着十多个红壳鸡蛋。看到侄女要哭，不由分说就扭住司马迁的耳朵说：“你为什么欺侮她？”

司马迁抱着头，不吭声。

“姨，哥没有打我。我念书笨，刚才姨父问字义，没好好回话，不怪他。哥教过我，我忘了……”

“不！娘，我不好！”司马迁羞愧地哭了，“打我吧，我该挨罚！”讲出内心的隐秘，他觉得轻松。

“儿子，男子汉，没有气量，可耻！一个相信自己能力的人，不会妒忌别人。我也曾妒忌妹妹的花比我绣得好，现在她过世了……这种病不改掉，一辈子没有出息。来，我煮蛋给你们吃，一人仨，明天一块儿去放羊。”母亲把蛋筐交给司马迁，抱起清儿，沉浸在回忆中。

“姨，我沉，您抱不动！”

“抱得动！多水灵的孩子，太像我的小妹！”

“我送饭给哥吃，到梁山脚下去玩儿。”

“姨疼清儿！”母亲的腮贴近女孩儿的额头。她给孩子们煮好六个鸡蛋，每碗三个，清儿吃下一双，夹了一个给男孩。他要还给清儿，腕子被女孩按住，相持俄顷，女孩伸手抓起蛋清填进他的嘴中。他一笑，蛋黄噎住喉管，女孩学着大人的模样，在他背上拍了几下，做得挺老练。

从此，他警惕妒忌种种恶德的袭击，至少对清儿是这样。

人世大哀，比如父母伴侣亲友之丧；山崩海啸的震惊，行船驰马的危险，贫贱受到的白眼，都可让流光冲涤为甘美的回忆；唯有许多轻微的拂逆，烙上良心谴责的细事，刚发生的时候，并未震撼你的意识，事隔多年，却不时来叩问心扉。

司马迁欠下清儿的正是这种微妙的债，永远还不完。

自从暮春时节，到菊英飞落，只要天气晴和，牧场都是乐园。

牧羊儿童们爱戴的司马迁也喜欢沉水梁山，他在丰衣足食之余，不时被父亲派来客串些农家活儿，他怎能忘记那些场面？

他双手交叉，放于脑后，躺在地上，看着白云忽而连成长龙，忽而变做破旗，忽而化为波涛，忽而飘成长巾。当天风送走云块之后，兀鹰双翅不动，像铁打的一般，在澄空往来翱翔，忽然俯冲下来，在半空中翻了几个筋斗，一个斜刺，抖抖膀子，又盘旋在九霄……

司马迁分配小伙伴们做韩信、萧何、汉王、樊哙，而自己总是做霸王项羽，拿着一根芦苇做长矛，骑在冒牌乌骓马——极不听话的老公羊背上，胡跑乱窜。“长矛”刺到谁，连“汉王”在内，都要打个滚躺在地上装死，然后“号角”（用芦叶卷成，声音僵直刺耳）长鸣，围攻“项羽”，打到不可开交的时刻，伙伴们都后退了，他才拔出没有开口的玩具剑自刎。一遍又一遍，从来不厌烦。游戏也有一条“纪律”，芦苇只能扎屁股，不许打头，免得回家再挨大人揍一顿。

他们有时在地上扒一个洞，堆上柴草，用火镰击石，引出火种，点上柴，大家一边唱着楚歌，一边续着谷根苇叶，等到土地烧烫，再从地里偷来几穗高粱，用手巾包上，放在河里泡发胀，把柴灰扒开，撒上一层灰泥，摆进手巾，用些干土盖严实，孩子们用上衣在塘里蘸潮，把水拧在火塘上，热气上升，熏烤小半个时辰，重新玩上两回楚汉相争，将土掘开，手巾中的高粱米熟了，每人两把，又香又甜，非常可口。这样烧法，牧童们称之为“烧窑”。

司马迁初学犁地，每打一鞭，那牛快走上两步，转过头来看看他，又回到了慢吞吞的老模样。和蔼的农夫跟在后面哈哈大笑。孩子的自尊心受到伤害，想炸两个鞭花，谁知力不从心，第二次鞭梢打在自己颈子上，留下一条青紫色长痕，也顾不上护痛。第三鞭一打，牛好像服服帖帖地加快了速度，谁知走不到半垄地，也还是欺生。

耙地伊始，农夫拿来一大筐土放在耙上，地是整平了，可孩子的愿望没有得到满足。经过几百次上下，也摔了几十跤，司马迁终于可以站在耙上唱起顺口溜了：

挥吾长鞭兮
鞭尔牛肩
禾苗鲜健兮
接彼长天
饲尔嫩草兮
饮尔清泉
皇天后土兮
赐我丰年……

仲春长昼，清儿提着竹篮，给哥哥送来三张麦饼，一块咸肉，一碗菜汤。司马迁坐在树荫下，给牧童们讲夏禹治水的故事。选了三个孩子守住羊群，让羊群低头啃着新鲜的草芽，这活儿是轮流换班，司马迁和大家一样，没有特权。在北方，春天的脚步异常缓慢，羊儿们东游西逛是吃不饱肚皮的。

和往常一样，午餐送到，司马迁先要分出一半犒赏“三军”，分享者的乐趣不在乎吃得多少，在于热闹和象征性的“同甘共苦”。

老一套玩儿腻了，一个稍大点的牧童提出要给西楚霸王娶亲，

霸王当然还是司马迁，虞姬是女的，最好由清儿装扮。孩子们鼓噪一阵，表示赞同。

“轿夫”被指定了，两个男孩把四只手搭在一起，彼此交替握着对方一只手腕，另外的孩子们用嘴放炮，奏乐，好不热闹。公羊被一名“马夫”牵着，驮上“霸王”去迎娶。

“不！我不当新娘！”女孩一点不驯服地摇着双手。

“你不当谁当？谁叫你是女孩？”义务“导演”似乎很有理由。

“哈哈！做哥哥的太无能了，当什么霸王，连屁也不是。倘若是我的小妹，早都揍扁了！”这类话有煽动性，附和的孩子又多。

“清妹，就玩一回，我让你骑大公羊好吗？”

“我不！”清儿的个性很拧劲，谁来干预，决不就范。

孩子们继续乱叫，给司马迁上劲。

“你长大也要当人妻子，为什么这会儿不当，扫咱们的兴？”义务“导演”在质问。

“长大也不当！”

“不当妻子还能当丈夫娶女人吗？”

“为什么不？我偏要当丈夫，娶女人，你们管得着吗？”

“清妹别犟，求求你……”

“小丫头片子，不管怎么着，抬！”

孩子头儿也有权威,尤其当命令与伙伴的好奇心一致的时候就起到风助火势,火借风威的效果:抢亲更够派头!

不由女孩分说,有人抱腰,有人抬腿,一哄而上。

“大王请上马呀!”有人提示一句。

司马迁半推半就地上了“乌骓”,绕了两个圆圈,走到一座坟台上,新娘被抬到,接着是拜天地,拜祖宗,夫妻交拜。按着大人的模式,闹腾了一遍,牧童们皆大欢喜。

唯一缺陷是玩到乌江大战之前,虞姬该拔剑自刎,清儿特倔强,她把“剑”扔在地上,跺脚大叫道:“我偏不死!就是不死!你怎么着?”司马迁无奈,只得把她往草坪上一推,女孩双脚乱蹬,大声嚷个不停,“我还活着,偏不死!不死!”

女孩怏怏不乐地回到家中,见到姨母就絮絮叨叨地告了一通状。

“哥哥不好,回来我打他,妹妹为什么不能娶妻子呢?长大以后,姨妈帮你娶。乖,别生气,好好玩儿去!”

童言的点化,给母亲心空乱飞的游思找到了缩系的长梭,她决计要娶清儿来做媳妇,更恰当地说是做女儿,她太想得到一个姑娘了。

第二天,龙门寨发生了一件多年罕遇的大喜事,县掾(音“院”,掌刑讼官吏)陪伴长安来的京官,由八名公差护送,来到司马谈家。

京官宣读了盖着大红印玺的诏书,皇帝接受了方士唐都的推荐,任命司马谈为太史令,帛书一到,即日登程。

司马谈叩拜之后,接过诏书,供奉在祭祀祖宗的墙龛里,然后请客人们就座。

司马迁立在帘后,他平时十分讨厌差官,今天看到他们称父亲为“大人”,垂手侍立,心中涌出骄阳下喝到凉井水般的快乐。

京官说:“太史公,而今京师达官眷属云集长安,将来最好把家迁到那儿,免得两地奔走,诸多不便。”

“多谢指点!唐老先生玉体尚健吧?”

“他老人家还挺硬朗,不像宿儒临淮太守孔安国大人多病。”

司马谈说："犬子还想得到二位老先生的指教！"司马迁听到这话乐得美滋滋的，咧嘴一笑。正在得意，肩头被捅了一拳，回头一看，清儿立在身后，用食指挡着嘴唇，怕他笑出声来。

县掾三十出头，服饰考究，他呈上县令的书信说："大人身染贵恙，卧床多日，托门下小吏李寿奉上手书，聊表敬意，望太史公入京之后不忘乡邦父老！"

"多谢兄台，请向大人致意！"

"太史公，小弟属羊，比尊庚小五岁，应当是弟，以兄相呼，折煞学生！"县掾挺谦和，只有两眼朝上看时，那几乎全白的眼珠露出一丝专横的傻相。

"哥，是你那群羊里头跑掉的一只？"清儿伏在司马迁肩头耳语。他摇手示意她莫吭声。她把双拳举到头上，伸出一双食指当作羊角，转身走到甬道口，学了一声羊叫："咩——"声音很低，还做了个鬼脸。

乡亲们闻讯，纷纷赶来道贺。母亲吩咐长工佃户杀猪宰羊，准备酒饭，司马谈拱手含笑，请客人们入席，毫无骄矜之态。自头午热闹到天黑，才陆续散去。乡情夹杂着羡慕与妒恨，趋炎附势地故意拉近乎，都装进菜碗、酒杯、汤匙，凝聚在筷头上，沁透在谈笑声中，被嚼出不同的滋味。

司马迁为父亲的名声和学识而感到欢悦，印堂发亮，就像是他自己用苦读勤思去博得这种雅誉一样。有几个大孩子，一向不大理睬他，今天为了看看圣旨、钦差与县掾（后者在乡村是大人物），特地找上门来与他攀谈。母亲怕司马迁入京之前受到欺凌，恳切地留大孩子们进餐，由司马迁做主人，看着儿子应对的持重，俨然是司马谈的"缩印本"，有些飘飘然。

贵宾们被送进了客房，县掾的话特别多，只剩下司马迁父子的时候，他自负地说："以小弟之才，漫说百里之内，就是一郡，也能垂拱而治。可惜未遇到识才之人啊！仁兄到了京师，请不要忘了提携小弟，当有厚报……"他的舌头有些发硬，说罢连连作揖。

司马谈扶他睡下，没有鄙夷之色，为他盖上被褥，灯一吹灭，县掾就立即响起了鼾声。

铜灯不够用，粗碗里放着油，丝捻子两头都点着火，书房里从来没有这样明亮，连十月初欢庆一岁之首，也不能与之比拟。

老两口儿坐在炕上，孩子们立于两旁。

“迁儿，你爷爷想当史官，远承祖业，细读大内藏书，结果抱恨终天。问舍求田，毕竟非丈夫所冀求。为父今日名闻帝都，受诏征聘，足慰先人。”司马谈庄穆地告诫后代。

“爹有学问，皇上才来征聘！”

“这不全靠学识。你爷爷读的书比我多，却无此良机。凡幸事得之不喜，失之不忧。祸福相倚，过分得意，必招怨尤，祸便不远。人不可忘本。我们司马家在周朝做过史官的有几代人，掌管帝王有关占卜、星历、天文、历史方面的专责，知道有关学派的异同与是非。后来分散到各国从军从政，不复再当史官。这个传统由我继承，你要世世代代再传下去！”

“儿永远铭记父亲的教诲！”司马迁表情肃然。

“当史官光长于文辞修养还不够，首先要有不为贤者、尊者、亲者讳的高尚史德，敢左手提着自己的头颅，右手写史书，随时准备以身殉职。是非善恶，各如其分。周成王在小时候用桐叶刻成圭状，送给弟弟虞叔做玩具，说：‘拿这个封你！’史佚得知这件事，就请成王择日封虞叔。成王说：‘我是讲着玩的。’史佚说：‘天子无戏言，言则史书之，礼成之，乐歌之。’结果虞叔便被封为晋国的头一位诸侯。后来晋国丞相赵盾之弟赵穿弑晋灵公，太史董狐记道：‘赵盾弑其君。’赵盾不服，找董狐来辩解：‘弑君者赵穿，我无罪！’董狐说：‘子为正卿，而亡不出境，反不诛国乱，非子而谁？’孔夫子很佩服董狐，说他是‘古之良史也，书法不隐’。”

“如夏日一般可畏的赵盾杀了董狐吗？”小姑娘担心地提问。

“没有，他也不敢，杀人改变不了事实。早在春秋时代，齐国有位骄奢淫逸的大臣，名叫崔杼，为了跟国君争夺女人，胆大包天，把齐庄公弑了，然后扶持了一位他自认为很听话的新君。齐国的太史令秉笔直书事实：‘崔杼弑其君。’崔杼一看竹简上的记载，勃然大怒，立即将齐太史处死，史册焚烧，然后命史官的弟弟接替哥哥修史。弟弟明知写真话要杀身，写法竟和哥哥无异。老二被害。老三领回两位兄长尸体，一点不怕。崔杼挥动宝剑，百般威胁，老三一字不改，又写了老大老二的原话。这件事传遍齐国，三位史官受到朝野一致崇敬。崔杼暴跳如雷。正要杀死老三，另一位史官南史氏早已持笔拿简站在宫门外等着准备再写再杀。崔杼还接到部下禀报，有好几位不怕死的史官正在往齐国都城赶来。崔杼吓坏了，只好不杀老三。众怒难犯，坏人在历史面前屈从了。齐太史才是当之无愧的杰出史官！”

一阵沉默，空气的分量变重了，压在每个人心上，好像太史们是刚刚死在他们面前一样。

“爹，您敢做齐太史吗？”儿子含着热泪，声音哽咽。

“敢！如果我遭到不测，你怎么办？”

“我也跟齐太史一样写真话。”

“姨父，女孩长大能做史官吗？”

“不能。”哥哥答得肯定。

“女子的事情不多，要有也是史官记下来。”司马谈拉着女孩的小手。

“可惜，我不能像姨父、哥哥那样去修史书，在你们遭难之后接着往下写！”

“不要气馁！当今没有，也许日后会有！”司马迁说得一本正经。

“哈哈！有道理！”儿子的话石破天惊，引起司马谈的震动。

“我对你们都寄予厚望，事在人为！我单身先去上任，等安顿下来，再把你们都接去，找最好的老师来教，再高的束脩也在所不惜！”

“去当史官风险太多，我想还是在家吃碗安稳饭是福！”齐太史故事给久不作声的女主人带来不祥的预感。

“哈哈！这就是妇人之见。都顾一身一家安危，朝廷的事谁去做？求好死有何难，想活得有作为，怎能放弃毕生一次机会？”无论怎样宽慰，夫人仍旧六神无主。她知道说也无用，就不再啰唆。

第二天，村民们浩浩荡荡把司马谈和贵宾们送出高门原，大家不尽依依。

“明年我回来看望诸位芳邻！”司马谈向大家躬身施礼，“贱内和犬子托付了！余情后感！”

他向儿子耳语两句，儿子跳下马车，母亲拉着清儿，故作平淡地笑着。直到车轮扬起征尘，她把两个孩子抱到桥头柱上，让他们再目送一段。

司马谈向贵宾们指指点点，谈笑风生。车子转了个弯，被柳林遮住，大家才若有所失地回村。

一年容易又春风。司马谈不断写信回家要儿子白天放牧，夜晚读书。他还乘休假回家查问功课，觉得挺满意。孩子肯思索，认识许多隶书和少量的金文。

司马谈卖掉土地房屋，决计迁到茂陵显武里，让儿子去见见世面。这些想法，夫人从来不阻挠。

放牧是呆板活儿，老是扮项羽也没劲，不如读书有味。做到这一点，得靠和头羊达到默契。每当清儿送来午餐，他总是省下一碗菜汤，端给老公羊喝，自己舀一碗清清的沆水止渴。为时一久，只要他的鞭一炸，老公羊就带领大小羊低下头来啃草，不至于跑散。

他珍惜零碎时光，坐在树下温书，优哉游哉，赶羊饮水和回村途中，他都边走边背诵，按着父亲的模样来造就自己。有时贪看书，羊群跑到邻儿们放牧的羊一起，小朋友们也能帮助他照看，从没丢过羊。

中秋前两天，清儿和往常一样给哥哥送饭，只见他一个人躺在草坪，装竹简的蓝包袱没有解开，挂在树枝上，金风徐来，不住地摇晃。羊群已经走过了一个山坡，离他不下半里之遥。她放下篮儿，匆匆跑去，吆喝一阵，又捅了头羊几拳，才把这群“散兵”撵回原上。

“哥，吃呀！”

男孩凝望苍穹，寂然无所动。

女孩走到他的身边跪下，伸出双手扯扯他的耳朵，再次喊他，稚气的大眼睛带点惶惑，因为哥哥从来没有像今天这样沉默。

他抓住她的双腕一推，女孩一气滚到四尺开外，他还是皱眉看天。

“哥想什么呀？”她有些害怕，便不停地追问。

“我想不清楚……”

"想不清楚等姨父回来一问不就了结?"

"问过,爹也说不清白。"

"什么事呢,那样缠绕着你的魂?"

"我不知道咱们从哪儿来的,上辈还有上辈,几十代,几百代,没完没了;下面又是几百代,几千代,没了没完。可谁也说不好从几时才有人,当初的人是个啥模样,跟咱们见到的活人有啥不同,为啥不一样……几天几夜,越想越玄,头疼得像刀劈,快两半啦……"他拍拍脑门,想赶走这些魔影。

"我怎么从不想这些?"女孩对表兄和自己的思维现状都有些惊疑。

"我咋知道? 这会儿想也不晚,光吃不想,活什么劲儿?"

"这……"女孩有些茫然,"姨妈怎么讲呢?"

"娘说是上苍造出来的人,接着世代相传到现今。可上苍又是谁造出来的呢?"

"真离谱儿,怪极了。"

"我告诉你,可别告诉人,免得被嘲为愣瓜! 想得时光太久,全身起冷痱子……"

"嗯,听你的。"

俄顷,迎面官道上驰来一骑,驴背老者年约花甲,头发与长胡须白了小半,垂在鬓边和胸前,全身白衣裳,高高的白帽子,腰系橘红长丝绦,深眼窝,高颧骨,棱角鼓出。那条关东大驴,除去蹄上一小撮白毛之外,浑身墨黑如漆,走起路来,肌肤外有一层乌金般的嫩光在闪动。

从他衣上的黄尘和鞍上耀眼的亮色来看,已走过漫长的旅程。

"小伙子,有吃的东西吗? 我饿极了。"洪亮的胸音与他的年龄行程不相称。马鞍后的粗皮带上,挂着一只皮囊,插满了锤和刀凿。他翻身下驴,扁长的手指和虎口上尽是老茧。

"怎么不开口,舍不得招待老汉一顿吗?"老人的眼角和唇边漾出笑意,显得祥和。

男孩拿出两块馒头,连同菜汤端给了老者。

他跳上坟台，看看石刻，接过饭菜皱眉而笑："这手艺太差，可以坐在坟顶上吃东西。对高手刻出的绝品，应当下拜。小伙子还慷慨，不过气度还小点儿，为什么还留下一块馒头？"

"他还没吃饭哪！"清儿为哥哥解释。

"关我什么事，啊？"不知老汉哪来的权利，竟然说得这样不近人情。

"不！爷爷，这块是留给'乌骓马'吃的，我每天都喂它一回……"

"关我什么事，啊？人不如畜牲吗？拿来给我吃掉！"

男孩捧起馒头，女孩拉拉他的袖子。

"嘀，他舍得，你这小妞儿还舍不得，嗯？"

司马迁推开妹妹的手，把食物贡献给过客。回头低声告诉清儿："人家不饿会找咱们要吗？"

"可你自己……"

"不妨事。"男孩捂着清妹的嘴。

老人一气儿喝完汤，吃完了两块馒头，将第三块差不多送到唇边的时刻，故意转过身子，装作大嚼的架势，猛地回过头来一看，小牧童叉手恭立于坟台下面，小姑娘没有多嘴。

"好孩子！爷爷不能都吃光，你垫一垫吧！"老人把那块馍馍原封不动地递还牧童。

"请爷爷吃，我不饿。"

"别说假话，我知道你饿了。孺子可教，可惜我不是黄石公，没有《太公兵法》传给你。你又生当不太平的太平年月，用不着张良。给我吃了一顿白食，这怎么了结呢？小姑娘能回去给哥哥再拿点儿来吗？"

"不用，等会儿回家再吃吧，您把这块吃掉好赶路，何必两个人都半饥不饱呢？"男孩说得很沉稳。

"我还不能走，要在这儿等个人。"

"那，您的朋友也没吃饭吧？一道上我们家吃！"

"对，一块儿去！"女孩也很恳切。

"这位朋友怕到人家吃饭，有些怪性情，等来到再讲吧！"

老人将大黑驴的肚带松开，它有点倦了，喷了个响鼻，跪下再躺倒，四蹄朝天打了两个滚，一跃而起，抖抖乌短的粗毛，仰着长颈脖，大叫一声，女孩吓得两手将耳朵一捂，连连退后几步。等它停止长鸣，又忍不住蹑手蹑脚地走到它身边，要摸摸它的腰，只是胆忒小，还没挨上驴毛，手便像遭到火烫似的一缩，动作很夸张。

“小心弹伤你！”男孩故意装作老和牲口打交道的里手，将她朝后一拉。

老人将驴牵到沆水边上，饮足之后，主人一撒缰绳，让它在碧原上吃草。再从皮囊里找出一只细篾丝刷子，顺着驴毛的长势，有条不紊地刷上一遍。

“老爷爷，我从来没见过这样大的驴，个头平人的肩头，像是铁铸的，真壮实！”罕见的东西都能引起司马迁的兴趣。

“说到这头大牲口可有点来历，生在辽东衍水，跟我走南闯北十多年，没闹过闪腰岔气，日行二百五十里，两头见太阳，不跑不停，快步不颠。又能解人意，早晨放到山上吃草，傍晚自个回来，不伤庄稼。路走一趟就会记住，我坐在驴背打盹儿，到地方准会停蹄，两眼一睁，没错。就是不会说话，非常够朋友！”

“这大驴挺贵吧？”

“一两二钱金子，起早摸黑忙乎一年，除去吃的，就剩下阿黑。回到长安的盘缠也还是向朋友们借的，来家没敢识闲，凿了些石人石马卖掉，淌过几瓢汗水才还清。”

老人将竹刷插进皮囊，说起爱物话就多。

“哥，等你长大后去辽东买一头驴子回来，给我骑着玩儿。”

“辽东在哪？”男孩虚怀就教。

“远！”老人摸摸尺把长的花白胡子。

“三天能到？”清儿按最远来设想。

“骑上阿黑也得走上十好几天，顺着官道出了长城，遇上风雪还得住店。当年秦始皇帝杀了荆轲，命大将王翦领兵伐燕，派荆轲刺秦王的太子丹逃到衍水，死在他父之手。燕国灭亡，燕王喜被俘，白自杀了一位爱国爱民爱养士的好太子。太子丹的英名尚在，当地百姓聚资给他建了祠堂，春秋祭祀，我给他们刻了荆轲、高渐离、樊於期、田光四位壮士的故事，每人四块石头，周围几百里的人都跑去观看。可惜，石头有坏的时候，能使这些义士们不朽的，只有左丘明那样的大文豪。而今谁是左丘明？”

“爷爷，您不能都刻在石头上吗？”

“傻丫头！”老人粗糙得像松树皮一样的大手摸摸清儿的酒窝，哈哈长笑，“故事太多，我活上五百岁也刻不完。再说石头不会说话，未必人人都能看明细！咱们华夏炎黄子孙从何而来，一个包罗天地的大故事从何处开始，大故事里又套着数不清的小故事，都有根有苗梢有花有果有种子，它们全有腿，往各处走。应该让子孙知道的事太多！”

“爷爷，让史官全都记下来！”

“一个人有五只手也记不完哪。孩子们，这事挺难，评定是非功过要有见识！”

“爹写不完还有我！”

“哥写不完还有我！”小姑娘也当仁不让。

老人皱眉而笑，不知道该如何向孩子们解释清楚。

大道上从另一端走来一位汉子，中下身材，窄前额，广颐，方下巴，一张绛色蟹壳脸，看不出年龄，步履急促稳重，靴上没有尘土。他的目光阴悍，除此而外，没有特征。如果混进流浪汉群中，迅速就会消失。

老人一跃而起，疾步奔下坟台，走到大道左侧，拱手而立，显示出心悦诚服的襟怀，不是客套：“翁伯公，老朽恭候多时了！”

“朴老恕罪，小弟在途中遇到了六名公差，押解沿途搜捕到的逃兵十七人，要送长安交廷尉治罪。我想一到酷吏张汤手中是羊入虎口。这些囚徒有父兄相随，哀哀痛哭，听来肠子里咕噜噜转动如车轮，小弟于心不忍，在前边赤杨林中，用巾蒙面，将六名公差捆到树上，放了这群可怜虫。所带黄金十两全部送给了他们做逃命川资。托朴老所借的银子，周济家母同村失火八十一户人家，就不够用，盖屋、口粮、种子，急若燃眉！”

“十年之前，老朽远去和田，采得璧玉四块，朝夕摩挲生光。接到翁伯公书信，已换得四十金，稍表微忱，还请笑纳！”

“朴老，和田美玉，名贵非凡，千山万水，得之不易，岂忍让长者割爱？”

“急人之难，何足道哉？翁伯公一诺千金，既然应允为邻人筹金重建家园，老朽岂能作壁上观？”老人把一只小包袱双手递与来人。

“晚辈拜领，不说多谢之类空言，受赈救各家，皆感朴老盛德！”

来人端端正正拜了两拜。

老人忙不迭地还礼：“翁伯公行侠，老朽无能，望尘莫及。这点微金若不够用，前面龙门村中有故友司马喜老先生庄院，其子司马谈，慷慨好义，现在长安，官居太史令，夫人在家，老朽登门告贷十金，当不犯难。”

司马迁听到此处，心中一动，对于怀里揣着黄金，连饭钱都没有，全部解囊的壮举，尤其敬佩。他向小姑娘耳语几句，女孩也惊奇之至。

“哥，他们多像姨父说过的游侠啊！”

“嘿！什么像不像？我看他们准是一类人！”

两位长者低语一阵，司马迁看到黑驴已经走远，就一阵小跑过去，从地上拾起缰绳就拉，谁知那畜牲认生，昂起头来，四蹄像钉住一样。

老人一看，大叫一声：“阿黑过来！”

“哥，别弹着你！”女孩也急了。

大黑驴连连摆头，缰绳“哗哗”抖动，哪知男孩牢牢攥住不放。

“松手，它会回来的。”老人和朋友抵掌谈笑间招呼了一句。

“爷爷，让我试一试！”男孩爬到坟顶上，一步骑上了驴背。

“哥，下来！别摔坏！”

“怕什么，给他尝尝味道嘛！”矮小的来客眯起双眼，含笑看着少年骑士的时候，锐鸷的目光变得柔和。

大黑驴并不驯服，肚带松开之后，鞍未放稳，它后脚立定，前蹄腾空竖起，旋成半个圆圈，也没有把死死攥着鬃毛的男孩撩下来。它一怒之下换了方式：前脚固定，后腿扬起，连跳三下，男孩吓得脸色煞白，他的左腿被掀到右边，眼看失掉重心，要坠驴背，甚至被驴蹄践踏，想不到他是那样顽强，以右手抓着驴鬃，腾出左手抱着它的脖子，左腿连跷几下，也不能上跨驴背，小丫头一急，顿时尖声大哭。

“阿黑，吁——！”老人长啸一声，大驴兀立不动。

僵卧在驴背上的男孩又有了活气，腾身骑好，仿佛做了惊天动地的业绩一样来神。

被称翁伯的来客两个箭步，非常麻利，跳到阿黑左侧，伸出右手抓住男孩的左腿轻轻一悠，男孩全身腾云一样，离开驴背二尺多高，在空中一转，不知怎回事，竟然骑到来客的颈脖上，双脚垂在他的胸前，稳如泰山。然后，他抓住笼头用力一顿，阿黑一个趔趄，几乎跌倒，非常驯服地跟着他，走到老人身边。

“哈哈哈！原来哑巴牲口也服硬汉子啊！”老人抓起缰绳，在阿黑敦实的前腿上打了一拳，出手很轻，它没有反应。

“还怕什么？”来客把男孩托起。放在驴背上。

“小姑娘也上去试试吗？有大爷保护你们，你们怕阿黑，阿黑怕它的主人——鼎鼎大名的老石工——东方朴！”来人抱起女孩放在哥哥的身后，她扶着司马迁的双肩，没有抗拒。

“老爷爷是东方太公吗？”男孩呼吸平静地问道，“刚才您还提到过我的爷爷和家父司马谈！父亲可没少提到您！妈妈说我四岁的时候，您来给爷爷祝过寿，可惜我记不得。我爷爷过世三年了……”

“哎呀，原来是子长！真长高了，当年是子短，才到我肚脐下边呢！这位是你父亲的故交，天南海北无人不知的大侠郭解！快来见过！”

“爷爷，我下去拜见！”

“我也下去！”

“不必多礼，你胆量不小，司马谈何幸乃有此儿！”郭解拍拍司马迁的腿。

“哥胆小，怕鬼，晚上不敢出来。”表妹揭了乃兄的老底，说不定是妒忌。

“真的？”郭解很认真地问。

“嘴说不怕，夜里出来心老是犯嘀咕，不大实在……”男孩有点不好意思。

“太公会捉鬼，今晚请他带你出来捉一个给你看看。捉不到就是没有鬼；捉到了，虽有也不吓唬人。好吗？”郭解向太公使个眼色。

“好，好极了！哈哈哈哈！”太公一笑把心肺都向人坦现出来。

“走，上咱家吃酒去！羊也吃饱肚皮，该赶回去了。”

“翁伯公，去吧。”

“多谢！郭某适才私放逃兵，伤了公差小吏，万一被亲人认出，株连司马谈先生，于心不安。借金一事，拜托朴老，这便告辞！”

“翁伯公请便，明日卯辰之交，将送到令亲府上！”

“有劳朴老，多多珍重！累次相烦，真不过意！”郭解躬腰施礼，大步流星奔亲戚家而去。

爷爷牵着阿黑，上面驮着女孩。

男孩挥动羊鞭，把羊群集合起来，跟在阿黑后面，不紧不慢地走着。

“太公，您给人那么多金子，怎么舍得？”

“生不带来，死不带去。做人以扶危解厄为天职，连头都可以借人。饿上一顿，算不了什么。”

“郭大伯的武艺真好，怎么出门连马也不骑？”外貌语言平常的大侠，修洁、高大、风度清越的太公，都很神秘，与以往见过的人物不属于一类。

“这正是他出众的地方。从前有个朱家，出门只坐小牛车，郭公自愧不如，发誓毕生步行。他所到之处，无论相识的和不相识的都伸着脖子愿意跟他亲近。郭公的资财都用于行侠仗义，千辛万苦，苦中有乐。做点好事又不骛声华，才不算白活一世。比起四海同钦的游侠，王侯们居于深宫，美女妖童，酷吏健仆，高车大马，山珍海味又算了什么？”没有阅历的男孩听了太公的高见，只能佩服。等到经过躬行和挫折，平面的东西才能产生立体感。

司马谈夫人非常尊敬东方朴，寒暄之后，宾主落座，子长取出果饼献给太公，老人并不客套，一面饮茶，一边说明来意：“郭翁伯同乡杨季主，仗着儿子当县掾，横行乡里，霸占人田地，被翁伯所杀。杨季主之子，被翁伯侄儿砍头。杨家人告到长安，又为翁伯友人斩首。皇上震怒，要抓翁伯。翁伯逃到临晋，当地义士籍少公和他素不相识，见他胆大，公然称名道姓，请求放他过关去太原，少公慷慨许诺。翁伯过关不久，吏人捕快追踪来到少公家。为了不卖朋友，少公拔剑自刎，这样断了线索。去年皇帝大赦天下，翁伯得到赦免，不再受到鹰犬追捕。最近，他把母亲妻子儿女送到了夏阳城郊，想不到天雷失火。托我来府上借十金，请夫人玉成此事，以解受灾者倒悬之苦。"

夫人久慕郭解威名，面无难色，立刻取金交与太公说："太公来得真巧，拙夫新近卖掉一片田地，准备到茂陵显武里安家。救人事急，不还也可以。请向翁伯先生致意说：'我们全家都很景仰他，遇到危难，可以住到我们家来。"

太公拱拱手，没有道谢等俗套。

傍晚，夫人做菜温酒，送到书房，两个孩子不停地将麦仁、麸皮撒在谷草上，黑驴吃得摇头晃脑，撒着欢儿直绕尾巴。有时麦子从牙缝漏到槽外，清儿不厌其烦地扫起，倒入石槽。

夫人把哥妹俩叫到书房，她向太公敬过三杯酒，便带着小姑娘退到后院。

司马迁不停地给太公斟酒，太公乘着酒兴说起剧孟、郭解等人的故事，司马迁越听越兴奋。

"爷爷，听说还有一位大侠朱家呢！"

"早就死了。"

"传说朱家比郭解还有本领，救过上百条人命，其中有项王旧部季布将军，被洛阳朋友剃掉头发，戴上铁颈圈，当作奴仆卖给朱家，那时朱家才二十来岁，认出了季布，并不说穿，然后坐着轺（音遥，驾一匹马的轻便旅行车）车去见滕公夏侯婴，称季将军是贤者，往日几次围困高皇帝也是各为其主，杀这样的豪杰会遭天下人责骂，不如赦他的罪，给他机会报效朝廷。滕公估计季布在朱家那儿，等到机会见着高皇帝，转奏了朱家的说法，皇上召见季布，拜为郎中将。孝文皇帝即位之后，擢升为河东太守。朱家再也不肯去见季将军。这样风骨，只有春秋战国时的义士才可以相比，给他当儿子也甘心！”

“嗬，小小年纪知道得不少！还用我讲吗？”太公叫孩子上炕，自己则和衣而坐，开始云天雾地，说起各种鬼怪如何狰狞、残忍、变化多端，吃人肉，喝人血，熬人骨髓点鬼火……就像他亲自所见似的。

司马迁听得毛骨悚然，太公故意打瞌睡，他就催促说：“爷爷，快讲呀！”

“你不是怕鬼吗？”

“越怕越爱听。”

快交四更，司马迁全无睡意。

太公又讲了一段厉鬼的传闻，突然决定要迁儿穿好衣服出去捉鬼：“你不是想当力能拔山举鼎的大英雄吗？哪有好汉胆怯之理？”

“爷爷，你困得很，改日再找鬼吧！”

“不困，逮鬼挺有趣儿，说做就做，明天太多，其实不多，靠不住！”他给司马迁戴上父亲的旧帽子，系好腰带，悄悄溜出龙门寨，漫山遍野去转悠。

“怕山脚下的黑影儿是鬼吧？好大的头，挺长的头发！”

“爷爷，回去！”

“哪能见鬼不捉，让他去害人？”

“那……”司马迁嗫嚅着，手却被老人牢牢牵住。

“鬼头发可以做拂尘，冬天还能垫毡靴，包管很暖和！”

“我……”司马迁左手掩着胸口。

“不要怕，只要为人刚正，什么鬼都会怕你！”

“爷爷，回去吧……”

“哈哈哈！”老人抱起他向山冈上猛冲，一会儿到了“鬼”的旁边，一看是一株小树。“还怕吗？”他将司马迁在树边放下。

司马迁摇摇头：“心还在擂鼓……”

“无事莫惹事，有事莫怕事，鬼还是有的！”

“在哪儿？”司马迁骤然抱住老人的腿。

“瞧你吓的，太没出息！鬼，我走的夜路多得记不清，一回没见过，日后也遇不到。其实，人在做好事的时刻是神，损人利己的时刻就是鬼。神和鬼都在我们心中。做不成神就做问心无愧的人，上剑树，下油鼎，都莫做鬼。”

司马迁的胆量大了些，他快步在前，太公有意放慢步子，等到距离拉开，他又有些胆怯，直着嗓子乱嚷嚷，给自己添些勇气。步子还没有减速，每步之间的跨度却小得多，存心在等着太公。

天将五鼓，老人安顿司马迁睡好，盖上毛毡，反掩房门，走入院子，东方现出灰白，四野岑寂，星光已稀，他拉出阿黑，上好肚带，悄悄出门，飞上雕鞍，直奔夏阳城郊去找郭解。

从此，司马迁黎明即起，漱洗之前就到院子里舞剑，累得气喘吁吁才肯收势。在放牧场上，他常常借老牧民的小川马奔驰一回，练习骑术，摔砸多了，慢慢找出门道。中午，小妹送来饭食，替他看着羊群，他躺在厚厚的草地上，稍稍打个盹儿，总是梦见自己左手拿剑，右手执笔，白天是史官，夜里是游侠，酣睡醒来，头一回清楚地感受到脚后跟有血脉在搏动。

有骑赤膊马的根底，再去骑牛就不过瘾。女孩胆小得多，看到牛也害怕。那权且退位的妒忌，化作虚荣心满足后的自傲，又光临到他的心头。秦川黄牛毛色棕红中透出微黄，前蹄特别高，放轭的地方，经过世世代代的磨压和遗传，长出一只陶盆般的棱疙瘩。他学着大人的模样，喊一声“吁——！”将牛鼻绳拉得紧紧的，女孩上了坟顶，又害怕又向往地爬到牛背，乞求表兄不要松开绳子，牵着牛走上几圈。过了几天，她才敢接过缰绳让牛吃草。

新花样很多，他要不停地向清儿炫耀，不许她用石墩做阶梯，要她学会大叫一声：“低——角——！”老牛垂下头来，他扶着清儿，要她左脚搭在牛角尖，双手抓住牛脊上长毛，再后退几大步吼一声：“抬——角！”老牛顺从地将女孩送上牛背。

“自个儿试试！”他鼓励着。

“心快从嘴里蹦出来！”

“怕摔就一辈子学不会！”

“抬角！”清儿很担心命令会落空，没想到老牛驯良地将她送到背上。

她尖声叫道:“牵到石墩跟前,让我好下来。”

司马迁连抽几个响鞭,笑着说:“能上就能下,谁见过骑牛还找个帮手? 不寒碜人吗?”他将鞭子缩在腰上,攥住牛尾巴,双脚蹦起,蹬在老牛后胯骨上。为了摆脱重荷,老牛来火了,一颠一颠,双掌同起同落,一气跑了十丈远,清儿吓得伏在牛背上,抓住牛毛,哇哇大哭。司马迁不愧为骑牛把式,像在牛身后生了根,那庞然大物也无法将他甩到地上。

“哭什么? 不练到这火候就别骑大牲口!”他双手松开,跳落在草坪上,呼吸自如。

清儿回家向姨妈“告状”,母亲抓住候补“游侠”的耳朵就扭,他想起郭解与太公的气度,牙齿咬得咯咯吱吱地响就是不吭声。

“姨,下回哥哥不敢啦,别扭他耳根子!”心软的小姑娘又来求情。

等不到母亲松手,他就斜过眼睛憎恨地睨着表妹。

清儿垂下头去。母亲看不到孩子之间的冲突,光从他俩身上寻找着畅想。

一个多月之后,司马谈从帝都回家度假,第一回没有问儿子的学业,不时发出喟然长叹。

早餐桌上,夫人惴惴不安地问起丈夫戚戚于怀的缘故。

“夫人放心,皇上对我恩礼有加,茂陵显武里的宅子也造好了,这趟回来就打算搬家。长安公务不多,有空读书,驰马郊原,访问熟知掌故的耆宿。我是怕大侠郭解要吃些苦头!”

河内轵城有一名儒生,当众讽刺郭解累次犯奸作科,虽经赦免,终非贤者。次日儒生被杀,舌头也割去。县令派出差人明察暗访,连蛛丝马迹也找不出,当然要怀疑到郭解。便派县掾来到夏阳查问,郭解一直住在岳母家,足未出过村庄,忙着救济失火的邻人,众乡亲纷纷作证,查问者也尊敬郭公,不想为难,回到任所,行文禀报河内太守结案,本已无事。不想消息传到长安,御史大夫公孙弘视布衣行侠为大逆不道,上奏天子,苦追此案。郭解自信无罪,又怕连累亲属邻里,便去县衙投案。前三日廷尉张汤派吏人下文书，说不定今天就要押解郭公去京。张汤为人外似严清，内藏狡诈，办案迎合皇上，善于罗织罪名，执法又能玩法、避法，加上公孙弘从中作梗，受刑坐牢，在所难免。

听到这里，司马迁胸腔里像火燎一样，正要发问，一阵蹄声闯进院落，少顷，东方朴神色焦灼地闯进来。

全家离席相迎，司马谈问道：“老叔可用过早饭？”

“连昨晚也没顾上吃东西，添上杯筷，边用边说！”太公也不客套，坐在上位。“太史公，很抱歉！郭公所欠十金要推迟几个月由老朽来还了。”

司马谈为太公斟上酒说：“茂陵寒舍齐工，用不着银两。老叔有何谋划？”

“实不相瞒，想劫囚车，郭公故旧及江湖好汉一个顶十个八个，几名差官不在话下。太史公有何高见？”

“小侄以为郭公入京，无人证实他杀人割舌，性命可保无虞。一劫囚车，他反而有家难归，拔剑相助的游侠们也要受株连而为饥鹰饿犬追逐。浪迹天涯，终非长久之计。不如花些财物买通诏狱小吏差人，关照郭公。老叔以为然否？”

东方朴举杯欲饮，听到此处，右手一颤，酒泼出了几滴，洒在袍襟上，迟疑片刻，还是将杯放回案上。他怕御史大夫一心要杀害郭翁伯。

“他是一代大儒，巧伪有之，无故杀人，自毁声名，总不至于那样蠢笨。疏通此案需要金银，晚生愿尽蚁力，奉赠金一两。”

“营救郭翁伯，需要财帛再多也能筹齐。”

“朴翁不收，便是轻视晚生。”司马谈义形于色。

“好！老朽收下，京中之事，请袖长善舞者去打点。老朽即将翁伯幼子远送辽东，交与徒儿抚养，万一翁伯遭到不测，留下根苗。”

“但愿此举是蛇足！迁儿，你看看前辈二言一行，要终身奉为圭臬！”

“儿记下了。”

“翁伯日夜操劳，甚为消瘦，坐在囚车上动弹不得，风吹日晒，怕气恼生病，经不起折磨，怎生得了？”

“夏阳县掾与晚生有数面之交，可以送些酒肉，供翁伯公沿途之用。”

“夏阳修补县城，此人从中贪赃，臭名远扬。太史公和他相见，势必请求提携，节外生枝。”太公的话值得思索。

“哥，是他?”在一旁久不出声的女孩将拳头举上后顶，伸出中指学了一声羊叫。

司马迁点点头。

“这只羊吃荤不吐骨头!”东方朴苦笑连声，“谁能把一只肥羊送给翁伯下酒?”

“爹，太公，叫妹去放牧，让儿把羊和两坛美酒送给大侠。”

“显才露智，必生大祸;知耻知足，终生不辱。乳臭未干，怎能随便造次? 多口!”司马谈正色厉声斥责儿子。

“夫子，依妾身之见……”

“妇人之见!”司马谈有些烦躁。

“太史公，童言妇语，不必忌讳，有理何妨从善如流。孩子热肠可嘉，未若一试，成事有利翁伯，不成可以磨磨棱角，体味人世艰辛。气可鼓而不可泄，一味求平稳，只怕他人不许子长平稳，又当奈何? 唯唯诺诺，太史公又要厌其俗矣!”

“老叔妙语，开小侄茅塞!”司马谈口气缓和下来。

“一意求藏，时而未及以露为藏;因露而露，时或不若以藏为露，妙在量体裁衣，知难而进。太史公精研史册，何用老朽百败劣手来局外谈棋?”东方朴，一双眼睛便是藏露两重世界的缩影;左边一只，炯炯眈眈，热极生寒;右边一只黯然五色，唯有眼白上回旋往复的血丝，是岁月开掘出的河网，寒极生热，渺渺难测。当中是神秘的空白，供我们思量。

司马谈避席向东方朴深深一揖:“老叔大教，掷地出金石声。此事让迁儿去做，晚生入京要拜会公孙大夫，为营救翁伯助一臂之力。晚生自命读书不少，在老叔面前如拳石见华山。”

“不必过谦! 席间所谈，子长和清儿勿泄露，否则人头落地。”

孩子们点头称是。

"请朴翁小住两日再走，也好听个确切信儿。"主人殷殷挽留。

"我对官府，一向不信赖。后会有期。"老人端起酒壶仰着脖儿，咕咕噜噜喝了个底朝天。

夫人捧出金锭，东方朴郑重接过揣在怀中，他匆匆为礼，出了庭院，纵身跨鞍，猛抽两鞭。

大路通天，两旁碧树蓊郁，人影很快飞进绿天深处。

司马迁把一肥羊赶到陶渠镇，已到巳时光景，西城门口站着两名小卒，对来去行人盘问不止。他便亮出父亲的名讳与官职，倒不曾难为他。

街上行人稀少，孩子转到南关，看见乾坤酒家门口有佩刀的公差在守卫，酒店东面有一排女墙，大约有一百来人，有的用砖垫脚，有的立在梯子上、板凳上，向酒店后院张望。

"大叔，这些人在看什么呀？"司马迁走近短梯询问瞭望者。

"看大侠郭解在院子里吃饭呀！"

"大叔，能让我上去看一眼吗？"

"你？"

"我认识大侠伯伯！"

"嗬！"那人双手扶墙，一脚立在扶梯横档上。

司马迁称谢，爬上女墙一望，院子里有四名持长矛的大兵，矛尖指着囚车。坐在车上的郭翁伯尤其矮小似乎被什么神奇的炉子烧炼得缩小了四分之一，脚上钉着大镣，颈项与双手都被铁链锁住，正在嚼着粗面饼。

"喂，爷儿们！劳驾交给郭大爷。"墙头上喊声一停，一只紫红色的烤狗腿向囚车扔过去，只见大兵用长矛朝天上一扎，正好接住，墙头上的看客异口同声地叫一声"好"！大兵是那样得意，笑得憨直、麻木，周亚夫陪同孝文皇帝检阅细柳营，也不过如此来精气神。大兵把矛向下一垂，再朝天上一挑，狗腿再次腾空而起，笔直地落下来，被他一口咬住，右手抓住狗爪，牙齿撕下一块瘦肉，几口一嚼就咽下喉管，墙头上第二回喝彩声一煞住，狗肉已经送到了郭解之手。

司马迁的胸口像压着一堆砖，鼻腔发酸，一股怒气从肚脐上升到后脑勺，全靠毅力，才忍住哭泣和呼喊。他跳下扶梯，走到酒楼门口，把羊拴在树腰，出于自尊，用袖口拂去身上尘土，昂着头朝酒楼就闯。

“啪哒”一声，两把刀十字交叉挡住他的去路，一股冷风钻进他的口腔与鼻孔，他不由打了个寒战后退半步。那领头的差人吆喝道：“孩子往哪闯？”

为刚才的胆怯而羞愧的司马迁突然仰着头说：“我是来见县掾的。”说毕前进一大步，那双刀锋向后移动了，使孩子惋惜的是这种大剌剌的架势没有让表妹或牧童们看到，将来谈起，谁能作证呢？

“闪开！”

“少爷是……”公差头儿口气软化了。

“太史令司马大老爷是我爹，他老人家要我来的！”

“哦，请！”头儿连连哈腰。

“公子请！”另外三个收了兵器慌忙施礼。

司马迁入了头进店，穿过天井，从后厅屏风右边安步登楼。

“休得再饮，失了官威，成何体统？”

“卑职只干此杯，大长精神，不会醉倒……体统乃性命攸关，焉能失去……”

司马迁从门缝朝里一看，才知道对话者是李寿一个人，看模样儿有四分醉意，便轻叩铜环。

“好菜只管上……”

司马迁破门而入，躬身行礼：“李大人，奉家父太史公之命给县掾问安！”

“什么风把你吹来了？快坐下喝几杯，我还当是跑堂的小厮呢！令尊大人……”

“家父偶受风寒，不便前来，大人恕罪！”

“好说好说，请坐！”县掾给司马迁递过一双筷子。

“多谢大人，小侄在寒舍用过饭了。”

“公子远道而来，有何见教？该不是为朝廷钦犯讲情吧？”

“大人，家父与要犯素不相识，身为钦命史官，不做违律之事。小侄一来是问安，二来是邻乡几位老者来访家父，要家父写状向朝廷上告，请求河内太守来夏阳查询修城的开支一事。家父知道是小人捕风捉影之说而已，告知大人，状可以不写，人不可不防！”

说到修城钱粮，县掾李寿的杯子滚到了楼板上摔成两半，酒也醒了一半。

“几位老者愤愤而去，家父仍很不安，一面修书两封给京城朋友为大人辩理，又焚香沐浴，为大人占一卦。大人属羊，今年不利于东南之行。要做些禳补之法，不能坐视不救啊！”

“愚叔不才，也知为史官者皆善占卜，尊翁连愚叔属羊也知道，真是名不虚传！”

“那也是卜算出来的。他还占出大人今天要经过这里。”司马迁见他忘记自己一年前自称属羊一说，就更加弄起玄虚。

“请问小世兄如何禳补？愚叔一一依从。也是苍天垂怜，否则尊大人不会回家，愚叔大祸临头还蒙在鼓里呢！”李寿是在县城中作威作福的混混儿，一向擅长从各种见不得天日的勾当中牟取一杯羹，就怕隐私败露，六神无主，便斟满一大杯酒，放在桌边，自己走下位去，拜上三拜，然后酹酒窗外，以谢苍天。一个丁点大的孩子说出大人也讲不清的话，足以证实天的启示。

司马迁心中暗笑，原来大人竟这样不堪一击，使命逼得他板着脸孔说：“天理、国法、人情，时也，命也。家父要大人顺天理，合人情。郭解是硬汉，视死如归，沿途对他多加照拂，免得他供出一些不好了结之事。再者大人属羊，小侄赶来一只羊，全部给郭解吃掉，可替大人免血之灾，让羊儿吃一刀，两全其美。”

“绝！想得太周到！愚叔一定照办。羊按三只给犯人吃，到了长安买点好肉煮熟送入诏狱，请尊翁放心，京中亲友，多多方便，容当厚报！小世兄务请转达，请干此杯！”

司马迁心痒难搔，想到郭解的前程，快乐不起来。他端起杯子，提着酒壶说："剥羊来不及，何不让小侄代大人先去敬郭某几杯！"

"好！好！愚叔酒足饭饱，一道下楼，灌他几杯，正好赶路。"

司马迁和李寿来到院子里，四位大兵顿时变得凶神恶煞一般，长矛向墙上人缝当中扎去，嗷嗷乱叫一气，闲人立即驱散。

"郭大伯请干几杯！"

"你是……"

"小侄不是您的熟人，县掾大人恩典，往后每顿饭都有酒菜。请！"

郭解两眼澄如秋水，带着意外和期许的暖光，投射在男孩潮润的睫毛上。

"大伯多多珍重！"

"多谢小友，愧领了！你不要忘记郭某和今天！"大侠脸上失去了坚毅的风度，一颗又大又亮的眼泪滴入杯中，他解嘲地一笑，饮毕伸手接过陶壶牛饮，反手将壶朝墙摔得粉碎，吐出几句誓言："郭解若负乡邦父老，有如此壶！"

园门洞开，清道的差人们大喝几声，司马迁乘着混乱中人们不大在意，顺着女墙而行，在路边拾起了一个壶嘴，悄悄地装在口袋里，随着被推上街的囚车，垂头走出酒家后园，从门口小树上解下肥羊，拴在囚车后面。

公差头儿将县掾扶上马，李寿太兴奋，眼光显得迟钝、贪婪，一再嘱咐司马迁，向太史公致意。

司马迁压低嗓音凑在郭解身边喊了一声："大伯！"而后故意转身向着县掾夸张地喊道："大人——！"把天真无邪的钦慕之情注入语外，"小侄拜送！"孩子闪到道旁恭敬地跪倒匍匐于尘埃，肩膀忍不住阵阵抖动。

"公子请起，如此多礼，折煞愚叔了。"县掾叫公差扶起男孩，在这片刻，他深为司马谈父子的关注所感动。

孩子把差人一推，不肯起身，直等囚车从眼前过去，才抬起头，正也碰上郭解回过头来，眼中射出固有的英气，颇含深意地一笑，似乎是告之子长："你的盛意我领了，多谢你，好孩子……"

孩子揉着眼睛，一跃而起。他爬到路边一株杨树上，眼睛直勾勾地目送着囚车，等到尘土落定，人马车辆都已不见，他索性坐在树杈上，取出酒壶嘴仔细地凝视良久，然后扫去灰土，把壶嘴放在自己嘴中，吸到似有而无的酒味，哭得非常伤心。他还不曾意识到送走的不仅仅是大侠，从此也告别了童年在山河之阳的牧耕生涯、故土的树舍篱笆、井台山坡、草地与河流。

又过了半个月，司马谈和夫人带着两个孩子去探望外祖母。老太太很悲戚，她感到女儿一家离她日益遥远，死亡又在这漫长的大道上横隔一条无底的河，使后辈一切劝慰都黯然无色。男孩戏耍县掾的喜悦，像一只小舟，沉没在对大侠命运忧虑的阔海中。小表妹舍不得姨母，从她那儿获得了母爱的补偿，对小哥哥的离去并没有占据多大的位置。

估计到近年不得回乡，司马谈叫长工杀猪宰羊，抬到高门原上祭奠列祖列宗。三座坟墓鼎足而立，一座是司马昌，在秦始皇手下协助治粟内史管过全国的铁矿；另一座是司马迁的曾祖父司马无泽，任过人口不足万户的汉市长；南边一座是祖父司马喜，父亲常常谈到他，这位五大夫是九等爵位，他多么向往能晋升十一等，到可以朝见汉天子的彻侯之位，末了是抱憾而去。

礼成，太史公把胙肉分给邻人和长工们，选个吉日，一大早就率领三辆马车，把家迁入人欲横流、茶楼酒肆林立的新都会，起初孩子很惊异，没有多久，就觉得远远不如当牧童好玩。

这是一个近乎神话的盛世，外强中干，危机四伏。雄略的总导演刘彻，才华没有用到国计民生上去，他的自我崇拜，好大喜功，纵横捭阖地玩弄权术都达到极致。他本人就上承楚文化的浪漫主义精神，能写出皇帝行列中第一流的好辞赋。好色、好货、好扩张疆土、好神仙的皇帝职业病，守法与残忍，纠缠在一起。委屈了不拘常调的一代风流人物[①]，在半个世纪中演出了冗长重复乏味的第八流剧本。既推动着时代，又辜负了时代。左手走出屎棋，右手下出高招儿。可怜费尽千辛万苦，把大量社会财富与百姓一点可怜的生产积极性，全部投入皇帝欲望的血盆大口。刘彻是不把自己彻底弄臭就决不罢休，国库越空，粉饰升平的歌舞越狂热。留给后代浩叹的内容是神奇而又黯淡！

使孩子震惊的消息是郭解全族被斩，父亲扼腕长叹，悔恨没有让太公等游侠去劫囚车。孩子一连几天失魂落魄，痛哭不止，母亲给他果饼也不尝。对于太公是更加钦佩，可惜没有信捎来。

十岁开始，父亲送他到春秋公羊传权威，广川（今河北冀州市附近）人董仲舒那里去读书。董仲舒为了反映封建大统一的需要，在公元前一四〇年上了《贤良对策》，汉武帝非常重视，从此罢黜百家，独尊儒术，结束了战国以来活跃的学术思想，建立官学，州郡推举秀才孝廉，为一批文学志士找到进身的阶梯。子长久闻董老先生是孝景帝时的博士，为了研究学问，三年不进花园，非常佩服。老师用春秋灾异之变推断阴阳晴雨的玄学，司马迁未得其传，随师习诵古书的时间很短。狡诈的公孙弘将董仲舒排挤到胶西王手下为相，表面上还受器重，先生知道处于奸臣骄王暗影之下没有好下梢，乃称病还乡，著书避谗，未几郁郁而死。司马迁伤心几天，也就淡忘。

司马谈怕爱子荒废学业，将其送到前临淮太守孔安国老夫子那儿攻读金文、篆书，成为《尚书》专家入室高足，弄懂了古代的史料丛编，还有许多有关孔子的知识。这样，做游侠的念头被冲淡，当史官的志向则日益坚定。

---

①《汉书》的作者由衷地赞道："汉之得人，于兹为盛：儒雅则公孙弘、董仲舒、兒（读倪）宽，笃行则石建、石庆，质直则汲黯、卜式，推贤则韩安国、郑当时，定令则赵禹、张汤，文章则司马迁、相如（也还应当包括班固自己），滑稽则东方朔、枚皋，应对则严助、朱买臣，历数则唐都、洛下闳，协律则李延年，运筹则桑弘羊，奉使则张骞、苏武，将帅则卫青、霍去病（漏了大军事家李广），受遣则霍光。"

郎 中

上篇

一

元鼎元年，司马迁二十岁，开始了一次壮游，在淮阴吊过韩信的坟；上庐山观看禹疏导九江的遗迹，至会稽拜谒禹王陵，亲身探访传说中禹进入过的洞穴，由浙而湘，登九嶷山访虞舜最后归宿；经长沙，悼念大诗人屈原，短命的天才贾谊；返棹姑苏，寻吴王夫差和伍员大夫旧地；巡礼齐鲁古邦，游孔林，拜孔庙，到孟子故里习御射礼，体味儒家遗风。在孟尝君所封的薛，西楚霸王的国都彭城，他饱尝贫困，面有菜色；在沛县一带，对刘邦及功臣们的旧居做了访问，听得很多史料，感受到一群流氓刀笔吏屠狗辈的真实形象。他还到大梁（开封）夷门踏查过信陵君与侯生交往的故址；自洛阳攀登封山祭许由墓而归。与山川形胜的交流，人和文的奇气都得到生发。

元朔五年（公元前124年）武帝采纳公孙弘建议，选用二千石以上大员子弟为郎中，并招考年满十八岁品学兼优的官宦子弟为博士弟子员，司马谈仅六百石，儿子不得直接为郎，只好考后者，首次选用五十名，其中便有司马迁。

司马谈让儿子在端午迎娶，既做了生日，也勉励孩子师法屈原。

前此半月，司马谈将倦游归京的长者东方朔请到长安太史第，说明上官清孤女可悯，自己抱孙心切，要太公作伐。将来是儿媳妇，又是女儿，较为贴心。

老石匠拈动大把银须加以阻止说："早慧之儿多早衰，聪明人更经不起磨难，心胸不宽者难享永年。子长任侠使气，好直言，将来风险不会少。当聘喜怒不形于色的大户人家之女为妻，既襄助丈夫完成所学，遇到厄难，也有利于排解。"

司马谈固执己见，老人未便相强。婚事办得很体面，来客多至四十余桌。大诗人司马长卿已去世两年，飞将军李广早在三载前自刎，婚礼上最杰出的人物当推抱病而来的博望侯张骞，他带来西域伎人表演了吞刀和幻术，乐师们还奏了李延年改编的《出塞》《入塞》，没有一点缠绵的江南风味，而是高亢激越的胡乐旋律。

司马谈领着儿子给博望侯敬酒。

这位举世闻名的外交家站起来说："子长先读书万卷，再行路万里，沟通古今。老夫行路数万里，未读万卷书，往来东西而已。想白首穷经，寸光已过。沉疴在身，勉力饮半杯以谢盛意。老朽身后，还望贤乔梓秉笔直书，以告后世，于愿足矣！"历尽艰险的铁汉说毕，一饮而尽。

司马谈看着儿子，司马迁被贵宾的信赖与真挚震撼了，眉宇间发亮，多少建功绝域垂名史册的鸿猷在心海中腾波。

唐都太老师瘦削矮小，牙齿也掉了，身板却很结实，二十年前奉旨测定二十八宿的角度与距离，名扬天下。老夫子举杯为贺："新人真称得上是一对璧人，太史公，有福啊！连老夫也托福，多了一处可以小饮几杯的地方！子长，吾齿亡而舌存，柔可克刚，真英雄是大凡夫，动声色者小勇而已，勉哉！"司马谈前后张罗，直到车去人散，笑得嘴都合不上。

司马迁随父送走了长辈们，又到后厅同任安、田仁、苏建、东方朔、倪宽等知友喝了几盅。苏建年最长，是苏武父亲，倪宽后来是修订太初历的同事，又先后在孔安国那儿同窗，比司马迁大十多岁。宾主尽欢，觥筹交错，大家都以学问气节相砥砺，不愧为当代俊彦。

任安说："客去主人安，子长正惦记着要见新弟妹，不许大家再灌他美酒，我等五人各敬子长一杯，酒由我代饮，然后各自打马回府，不做煞风景的事可好？”

“快人快语！依少卿所言。”苏建把杯子推到司马迁面前。

“才过二更，酒还有几坛，何必早散？”司马迁不以为然。

“子长听我的。”爽朗的任安把桌上杯子里的酒一气喝完，“我代新郎送客，太史公伯父那儿就不去告辞了。”

子长坚持把朋友们送到大门外，向父亲问过安，再走入洞房。

红烛高烧，喜气扑人。

司马迁斟好交杯酒，关上房门，再揭去新娘的绣花红盖头，上官清娇艳娟秀，丰采非凡。

“清妹请！”

“且慢，久闻子长哥哥文采过人，妾不敢领教。幸先父在日，嗜棋如命，茶余酒后，教了几着，请！”新娘很大方，在几上放置好棋盘，将一盒白子推到新郎面前。

“清妹，鄙人对棋素无研究……”司马迁有些着急。

“不必过谦，请先下子。”

“明日再向清妹学上几步吧……”

“子长兄不是俗人，花烛下对弈，古今所无。我等开一先河，有何不可？”

“那一定要下？”

“嗯。”她羞涩地红了脸，并不改变初衷。

“那……还是鄙人执黑吧！”

“哪有委屈子长兄之理？”

司马迁无奈，只得硬着头皮动着。

“请子长兄慎重些出子，输了嘛……”

“怎样？”

“喏，要罚酒的……”

“早知今日，深悔往昔未下功夫，只好痛饮罚酒了。”司马迁的白子落盘时，看不出路数，新娘子很沉着，把他逼得汗流浃背，连输两局。

“甘拜下风！”新郎在困窘中感到欣慰，新娘称得起是国手。

几天之后，任安将这宗闺房秘闻转告了诸位好友，司马迁一点也不后悔将自己的惨败公开。凭他的颖悟，经过清妹指点，五年之后，连颇有名气的任安也不是他的对手。

过了一年半，清妹生下一个漂亮的女孩，集中两大家族之长，五官不能挪动一丝。

上官清要照顾孩子，还得掌厨，高人几着的棋艺再也没有拓展的机会，只给司马迁铺垫出一些浮名。

二

幽雅的甘泉宫，没有那么多官宦子弟和商人形成的闹市区。西部二百里方圆，有虎圈、熊山，由木栅栏隔成为几区，养着多种兽类，供皇帝狩猎。

狗监在二十天前便得到消息，专业武士给几百条猎犬加餐练跑。等它们随驾进入围区，三百六十条链子放开，身高五尺的巨獒，腿长善嗅；粗胸细腹的黑毛匐狗，后腿比前腿略高；身子瘦长的西域灵猩，宽嘴小耳毛白似玉的鹰狗，毛长三寸双耳下垂的黄犬，声同狼嗥的无毛狗，一身绵羊卷毛耳似香蕉的哈巴狗，专门诱熊出洞、陪同这庞然大物在森林里团团转的送客狗……不同音阶音量，大吠小叫，声震天野，一条条威严矫捷，摆出皇家派头。其实，十之七八皆是货真价实的银样镴枪头。

训练有素的郎官们充当仪仗队，旌旗招展，服装鲜丽，相貌超群。短剑长戈，映着日光，气吞狮虎。

三千人马由后来的贰师将军李广利扬旗指挥，来到丛林，散列成阵势，人衔人巷，好不壮观。陪万岁爷出猎，比北指浚稽山与匈奴骑兵较量，要安全得多。

刘彻策马来到丘陵起伏的腹地，勒住缰绳，上下四方巡视一遍。他的左眉扬起，睁开的左眼很慈蔼，右眉紧皱，半眯的右眼幽鸷，杀气腾腾。他的聪明和愚蠢，都是世界史上独特的标本。

“这么多人狂呼乱叫什么？”武帝语气沉缓。

“陛下的天威！”李广利三十六七岁，身高膀阔腰圆，虎头狮鼻，三角眼凛凛有光，须髭茂密。此人粗读过兵书，弓马娴熟，以盛气自负，偶尔才露出一丝狡黠。

“什么狮子老虎也被儿郎们吓跑，还打什么鸟兽？”

“陛下所谕甚是！传旨下去：众位郎官远远护驾，不许喧哗。请圣上开猎！”

山林寂静下来。

武帝连发两矢，一双大雁落在草地，被灵獒衔进网圈。

“陛下箭无虚发，古之养由基，今之李广皆难比拟！高！”李广利竖起拇指，景仰的模样恰到好处，再过点火候便现谄容，让天子鄙视。

“朕一人去射熊，不带郎官随行。”

“微臣放心不下！”

“当年朕去天柱山朝拜南岳，曾在长江射杀一条蛟龙，区区熊罴，何足道哉，退下！”

“遵旨！”

武帝单骑北行两里，到了大片赤松林外，忽听树下有人咳嗽。

“谁？”武帝问得冷峻。

“微臣广利抄小路前来护驾！”

“哦！”武帝颧骨上泛出浅绛色，略含赏识地大笑之后，说：“不用。”

“是！”李广利目送天子驰入林间山路。他轻轻一击掌，郎官们从荆莽间钻出来。“紧随圣驾，不得声张，以免陛下觉察……”

郎官们点头，列为扇形去执行军令。

李广利手捻短髭，笑意泛上唇边。

司马迁扬鞭催马疾行在小道上。他被选为郎中之后，继续随硕儒们广览天文星象及历算舆地之说，憧憬着明天的大事业。地位低微的父亲反复晓谕以“满招损，谦受益”的古训，要他喜愠趋于深涵，处人冷热保持相同距离，免得为他人的沉浮而受株连。连儿子穿的衣着也不许过新、过旧，保持自尊，避免讥谗。

突然，司马迁的坐骑似有所见，惊得前蹄离地，竖耳长嘶，肌肉波动，频频后退。

司马迁警觉地伏在鞍上，轮廓分明的脸上狐疑成团……

风送来郎官们赶兽的喊声。

熊的侧影在前一闪，接着是沉闷急促的哼叫。

“啊！熊！”他的后背与两腕上的毛孔鼓成冷痱子，不觉抽了一口凉气，扭转马头，迅速南遁。他左顾右盼，幸喜路两侧无人，否则要传为笑柄。直至半里路外才松开缰绳。

“子长兄弟，见到大熊吗？”迎面来的乌骓马上坐着半截铁塔般的任安，豹头圆眼，短髭卷曲，绿袍皂巾，腰缠褐黄丝绦，足登薄底快靴，胸口四肢间长着黑毛，动作迅疾，气魄大，重然诺，脆爽过人，一向敬重司马谈，又年长司马迁几岁，遇事暗暗照拂，如兄之待弟。

“是……在那边……”

“你怎么跟熊背道而驰？”

“小弟……”司马迁面红耳赤。

“胆小鬼，害怕？”

“不，不怕，是马一个劲儿拖后腿，差点没打滚，所以把它牵到这边拴好，再独个儿去射熊。看看是谁胆小？”

“噢……”任安加了一鞭，朝熊吼声奔去。

司马迁把缰绳盘在马头，将弓箭袋挂在腰上，从侧面小路迂回到熊的身后。

路在土丘半腰，让巨石拦断，上边榛莽丛生，不便攀登。他坐在石的一角喘息片时，拔出一支箭来下意识地在石上磨着。

熊吼声声。

司马迁跃到石上，两腿半马半步式叉开，挽带在怀，弯弓瞄准慌张的熊，铿然扣弦……

猛然对面山沟里射出一支箭，正好与司马迁的箭锋尖相碰，一齐落地。

“谁拦我射熊?”司马迁横弓打算再发一矢。

“子长兄弟不要任性胡来!”声到人至,任安一蹿弹跳冲出山沟,举臂连连摇晃。

司马迁垂下猿臂,箭落在足边。

“子长兄弟,这熊哪轮着你来射?”任安一脸怨气,走来拍拍他的肩膀,“我怕你惹事才跟在附近没敢大意。不然刚才射出的那一箭,要捅大马蜂窝!”

“兄台言重了,子长不是三尺之童。”

“李广利从他妹妹李夫人那儿知道陛下要出猎,命小卒们把熊关在笼子里饿了十天,刚放出来又灌上一肚子水,它路都走不动,挖空心思想让皇上一箭射倒它,让万岁爷开心。你一箭把人家的谋划射死,李广利等不整治你才怪呢! 奴才们就靠哄主子吃饭,除了这一绝活儿再加上诬告杀人,哪有高招使出来让天下人服气? 你得罪俺任少卿,再恨你也不会进谗言中伤人,可那帮小人吃起正派汉子,‘鬼王’都不嫌鬼瘦哇……”

“这……”

“兄弟太想不开,死要面皮活受罪,区区任安说你比项羽力气大,能敌万夫;或者比韩信劲小,逮不住一只鸡,没啥差异。你叫蛤蟆垫柱子,靠气顶着。说句掏心窝子大实话,碰上熊瞎子的那会儿可怕死?”

司马迁羞愧地点头:“是怕……”

“这才是汉子,俺头回跟大将军卫青打匈奴,听到胡笳声四起,冒着箭雨去拼命,两腿发软,脊梁冒冷汗。后来仗打多了,箭都躲着俺飞,哈哈哈哈!”

“少卿兄快看!”司马迁指着山下。

“嗬! 嗬! 嗬! ……”郎官们在助威。

武帝纵马追着大熊,熊立在树下蓦地回首正想反扑,被他一箭射中喉头,熊大叫一声,第二箭恰好命中舌颚之间,倒在草间,血流不止。他跃下雕鞍,抽出长剑,疾步如风,非常得意地扎向熊颈。

“陛下小心,请退一步!”李广利钻出丛林。

武帝掷剑大笑。

“万岁！万岁！万万岁！”郎官士卒齐声高呼。

武帝捋起袖子，左手抚摸着右臂说：“老了，老了！”这是自我恭维的反话。

“陛下松柏常青，与金石齐寿！”李广利一抡右臂，郎官们推出车子，七手八脚地把熊抬到车斗里，沿途滴着紫色熊血。

郎官霍光中上身材，不苟言笑，其实是以端凝来加重自己的分量，在谁也不曾注目的时候将大宛马牵到武帝面前，跪在地上，双手递上缰绳(他的故事留到后文再详细叙述)。

武帝欣欣然地拍拍霍光的肩膀，跨上金鞍，被李广利等一行拥到西围场射虎去了。

“兄弟，对俺刚才说的话服帖吗？”

司马迁频频点头。

“咱们的马都在林子里啃草，追上大队去。”

“不，小弟的白马在南头。”

“早让俺牵过来了。”

司马迁跟着任安穿过松林，各自上马，同奔西猎场。

“少卿兄，晚间请到舍下小饮，家父说俩月没见兄台，几番念叨你。”

“这回轮着俺承认自个儿是胆小鬼！”

“百杯不倒的任少卿怕酒？”

“不！怕伯父让俺背古书，天生心里少两窍啊！”这黑大汉笑得忸怩。“书就是不肯到俺肚里住家，谁像你一背大半车……”

“家父赏识兄台爽利！”

“粗人一个呗！还是俺这胆小鬼请你这小胆鬼，老地方——不醉不归小酒家。”

薄暮，李广利再次请求，武帝才罢手。网圈里堆放着各种野物，腥风拂过大路，旗帜哗哗抖动。

郎官们列为方队，垂首肃立。

武帝余兴未尽地说过一番勉励的话，然后叫了一声：“李陵！”

"臣在!"名将李广之孙,李敢之子李陵,年甫三旬,生得白净,眉目如画,海下无须,靠家学深厚,熟知兵法武艺,盔甲袍服一身缟素,只有盔缨和腰带猩红似血,持重的书卷气令人信赖,加上敬老爱幼的美德,博得了国士的声誉。

"打了多少野物?"武帝语调舒缓,兴奋期已过,觉得有些累。

"陛下射虎一只、熊一头。众郎官猎得走兽三百七十头,飞禽五百零三只。"李陵出语雍容。

"和前回一样,再让司马迁分给众郎官。"

"遵旨!"司马迁拱手欠身。

李广利略一迟疑,侃侃奏道:"启奏万岁,上次司马迁分猎物先得者多,后得者少,郎官们都说不公。人人口服心服,还是任安!"

"哈哈哈哈! 一朝同僚,理当亲若兄弟,谁在私下啰里啰唆,莫非嫌朝廷俸禄过少,买不起几斤肉? 朕不信有这样小人! 像司马迁一介书生,不挨人痛骂几回,怎知背书练剑之外还有人情世事? 你们都在青春年少,受点气才长志气! 没有度量,朕怎敢托以重任? 让他分,错了由朕担待!"

"是,陛下爱护郎官如慈父之待幼子。臣当勉力仿效,重用新才!"李广利给自己圆场。

"谢陛下!"司马迁膝间的丝绦微微抖动。

"免! 当初陈平分肉公平,后来协助高祖皇帝宰割天下,同样公平。两者不是一回事,小处见大,又相关联! 太会算计的人只能做中小商人,赚些钱成不了大事,写不成好文章! 朕一向爱年轻的大才,霍去病任大将军才十九岁,二十一岁就去世,是你们典范! 李陵要珍惜飞将军的威名,任安勇武机敏,光这些不够,要懂韬略,独当一面,万里建功,名载史册,莫负朕厚望! 司马迁!"

"小臣在!"

"朕多次广招文学之臣,而今司马相如等老臣凋谢,后继者无多。你父老成博学,但体衰多病。你要步武前贤,承袭家学,为朝廷效力!"武帝被自己的宏论所感动。

“多谢陛下教诲!”司马迁热泪盈眶。

三

司马谈俸银有限,懒得花气力去营造豪宅深院。他珍惜清静,亲近自然,把大部时光都用于搜集编订史料。和朝臣相处,事事退让,追求无功无过。偶然有些怀才不遇的愤慨,不能真像老子庄周那样萧然物外。来长安第七年,将显武里宅院卖给了同僚,迁居帝都,选择远离闹市地价便宜的处所,买下一座小院子。房屋建在南北两头,儿子住前进,父亲居后院,邻近柴屋和厨房,便于沐浴用餐。院子中的小塘占地七分,与护城河相通,用簸箕拦死暗沟,养了些鱼。塘边开了几畦菜地,灌水方便。除了冬季,地里一片乌绿。靠近围墙有旧屋两间,做了马厩。浇园、剪果树、喂马、锄草,在老太史公看来都是活动四体的快事,又能让儿子、儿媳体验到衣食来之不易。家里未蓄仆婢,勤俭养廉,日子过得还算和谐。

“皇上对儿慈惠,说举国懂得封禅大典掌故的仅有爹爹一人。这是何等英明! 怎么会相信那些方士点石成金,从蓬莱仙岛能求得不死之药等等,大小事都要这些人占卜,真怪!”司马迁挥动大口木舀子给菜苗泼水。

“皇家的事真真假假摸不透,爱才忌才,仁慈残忍,喜怒无常。在朝为官,如在春冰上行走,随时有灭顶之灾……”父亲在给鱼苗喂些小米壳子和切碎的老菜叶儿。

“这仕途真像爹爹说的那么伸手看不见五指?”

“怀疑这些事实难免要流血,甚至碰到灭族的大灾难! 高皇帝时封的功臣几百家,到今朝仍享爵位者五家。其余尽被帝王家算计。爹就你一个男儿,盼望你留下千古传诵的历史著述,又想你躬耕自食,老于村野,吃碗安安稳稳的隐士饭。儿功名心切,不会守拙……”

“儿谨记爹爹金玉良言!”

“阅历不到,说不定拿明珠当鱼眼扔掉。儿可还记得十几年前为儿讲过的齐太史故事? 如果为父因说真话,像这干草被皇帝铡成几段,你呢?”司马谈把小草掐成八截。

“跟齐太史兄弟一样前仆后继!”

“好！然而……”司马谈摇摇头长叹一声，“真不愿有那天……”

“爹爹想存信史，又怕儿子掉头……”

“嘿嘿！”父亲用笑揶揄自己。

“回书房去吧！”

“不如上茅亭坐坐更好！”

亭子九尺对方，毛毡上铺着细竹席，四面轩敞，种了些药材，不同季节开出多色小花，点缀着草坪，有点野趣。

“迁儿拿点酒来！”

家酿味浅而淳，父子对酌。

“除去不怕死，敢质疑，还要有眼光，方是良史。如周幽王二年，太史伯阳预言周朝将灭亡；周太史伯能为郑桓公觅建国地点，对诸侯的兴衰更替做出准确推测；周太史儋更奇特：测定周秦之间五百年的分合关系无不吻合。这些均是史官楷模。为父有心治学，起始过迟，虚耗许多时光，愧对先人。而今初通六家要略，道家为骨，儒学为用，然体魄渐衰，昔日宏愿，力不从心。儿当以大器自勉，知事之当然和所以然，守恒通变，淹贯古今，他年胜过前辈，哪怕忍辱负重，不计一时利害，成为第二部《春秋》作者，历百世千秋而常新……”老太史公酒酣耳热，意在言外。

司马迁听到了自己的心跳声。他头回发觉父亲的哲思包覆着智野灵天，竭力替儿子铺好宏伟建筑物的基石。过去，跟父亲交谈太少，理解太浅。他应当自豪！人皆有父，几人父亲能比老史官？他企盼父亲多活几年，但那灰白的胡须，深广交错的额纹令他怵然。父亲老得太快！

“爹爹，这杯酒儿代您喝掉，您多多保重！”普通话语表达复杂的情绪。

父亲对儿子眼角的泪光不觉得意外，有一股相知的喜悦。

“迁儿，还记得故乡的龙门吗？其实它无所不在，人生就是跳龙门。有志者事必成。举世滔滔，鱼多龙少，要自强不息，做一天活小鱼，就该跳一天，父亲真想化为一朵祥云，托着儿跳过龙门，耕云种雨，广育禾苗……”

有人在叩门。

司马迁将门打开，来客是多年没见的石匠东方朴，手里提着一篮葡萄，岁月在此老身上移逝得异常缓慢，与初见之时几乎没有差异。宽得有棱角的前额隆起，寿眉盈寸，盖住上半边眼窝，陷在凹处的两眼开合闪着热流，往往一只全闭，另一只半睁。用老人开玩笑的话说："用半只眼睛横看世间，少见虚假丑恶之事，免得跟自己过不去。留下一只眼，一半看得见自个内心，一半看着古人。记着此身的无能，心平气和。"他肤色黑里透红，天庭及颧骨周围清朗，稍矮的鼻根和外翻的鼻孔，破坏了面部的雕塑美。个子高出司马迁一头，手离膝头三寸，筋络突起，茧花重叠，步履举动轻快，五绺须长及肚脐，每穿白袍必戴白色高冠，据闻昔日击筑大师高渐离就是这身装扮。若心情不快，雪天也免冠只梳椎髻，衣裾鞋袜全是玄黑，从不系腰带，不佩玉器兵器。

"爷爷一向安泰！"司马迁行大礼。

"贤乔梓好啊？"东方朴扶起后生。

"老叔老而弥健，飘然如神仙中人，想坏小侄！"司马谈闻声拜迎，脸堆笑容。

"免礼免礼！"

"请到茅亭小酌洗尘！"司马谈接过竹篮交给儿子，央求石匠上坐，"快叫你表妹出来拜见，还有刚刚会走路的小女孩，等着老太公取名呢！"

"此是前年韩仲子栽在我那小院里的葡萄，他是行家——上过西域，还常去修枝，今年大熟，特地摘给你们尝尝。剪了些条子让子长压上，再请仲子来说些要领，第二年就结葡萄。"

"仲子还常到府上讨教武艺吗？"

"老朽多年不在家，亏他打扫、种菜，收了送些给邻人，都夸他是义士。"

"仲子教过子长射箭、使刀，小侄对他很器重。飞将军手下就他是英雄。可惜皇上不肯重用，一些脓包将军都封了侯，他对功名不闻不问，听说一心教李陵读《孙子》，好赓继先人遗志，扫灭匈奴，消除心腹之患。"

"李陵少打败仗，还不稳固，就怕操之过急，我劝仲子要从长计议……"太公心怀戚戚。

"爷爷过虑，李少卿十年习武，十年养气，可以荡平烟尘！卫青、霍去病边塞建功时都还年轻!”司马迁殷勤地斟酒。

“他们是皇亲国戚,粮秣援兵充足,加上那会儿匈奴新主子不会打仗,又缺战将,时机对汉军太有利,侥幸成功,皇帝借此来吓唬老百姓,大吹大擂,就不说死人五万,伤马牛十万匹。老朽这一阵儿在茂陵霍去病墓砸石头,西北方来的能工巧匠不少,碰到过一些老兵,摸到底细,官话只当官话听,句句都信鬼迷心。修史的人更怕相信道听途说,远古的事没法儿考订,秦始皇帝以来的史实还不难查访。”

左手举着托盘,内放四色菜肴,右腕抱着小女儿的上官清来到茅亭,司马迁上好菜,把孩子接过来放到地上。

“叩见太公!”上官清施礼。

“家无常礼,免。你做的菜有味,老朽要多饮几盅!”

“爷爷!”女孩口齿脆朗,有点认生,躲到司马谈背后。

“过来见见太公!”司马谈将孩子拉到面前,她急得涨红了小脸。

“怕羞就不看嘛——哈哈哈哈!”东方朴用指头弹弹孩子下巴。

司马迁再次请东方太公赐名。

“你父亲满腹经纶,老朽是流落江湖的工匠,哪能胡诌!”

“老叔见过小侄家四代人,天南海北都有口碑的大老,为婴儿取名,当仁不让!”

“老朽谨遵吩咐。贤乔梓一家爱书如命,处心积虑多年,要著史书,孩子小名‘书’,日后及笄,知书识礼,自己再取大名好吗?”

“书儿,好!咱父子见到女孩就想到史书,莫大鞭策!谢谢!”

“叩谢爷爷!”子长夫妇欣然行礼。

“添菜温酒!”司马谈酒兴正浓。

“子长,篮子底下有一只砚台,是老朽给你刻的新婚礼品,装进布袋挂在马鞍上多年。它颜色不好看,高出的地方是石,正好磨墨,低洼的小坑里是玉,渗水慢,天生一体。在楚国故地无意拾到的,不知道三闾大夫使的可是此种砚石。”古拙的砚形似小石盘,下有三足,粗实平稳,四周没有装饰纹样,朴素大方。

“子长承受不起啊!”司马谈有些不安。

“砚不负人,人当不负此石!”东方朴肃然起立,捧着砚石说,“战国出了七雄,上千小国的史册被毁。嬴政当国,六国史料烧尽。贤父子任重道远!老朽不知文墨。区区此心,天地共鉴!”

“小侄与迁儿拜领厚赐!”

“孙儿肝脑涂地,不忘爷爷慈爱!身在砚存,此志不渝!”

“换大斗!”东方朴掀髯长笑。

“爷爷能说说南行如何为人解危,杀贪官的义举吗?”

老人连连摇手。

“你爷爷从不说到自己如何如何,所以朱家、郭解都死在官家之手,唯独他老人家保存墨子的一派正气,悄悄做了许多实事。连不可一世的当今天子,一辈子没受过半点委屈,神差鬼使竟让你爷爷捆绑一回,差点还灌上一壶尿呢。”

“真的?”司马迁二目圆睁。

“是真,不能告诉任何人,否则要把爷爷坑苦了。”司马谈警告儿子。

“求爷爷快说说那是怎么回事?”

“有啥好讲?”东方朴停杯。

“让子长知道,不写入史书。揽得一丝奇气,开拓万古心胸!”

四

皇帝二十岁,登位才四年,还不敢违背文景二帝俭朴治国遗训,少兴土木。西出长安三十里就很荒凉,东方朴打石头为生的小村,不时丢掉良马,从来没逮着过盗马贼。

这日傍晚,日落鸦噪,蝙蝠横飞,村里炊烟袅袅。

武帝穿着半旧的郎官服,骑着骏马从林中官道上驰来。一见老石匠在门口凿制画像石,滚鞍下马,把坐骑拴在树上,昂头挺胸地打招呼:“老石匠师傅请了!”

“请了!客官有何见教?”那时东方朴须发乌黑。

“有好酒吗?”

“我还喝不上呢！”

“可有狗肉？”

“我还想吃，哪儿来的？”

“吃了给钱。”

“不开饭店，不稀罕铜钱。”

“老人家有很多钱？”

“没。”

“那……”

“穷，才不对银钱害单相思。要是皇帝大官大财主，就越富越爱财。”

“怎么，皇帝也爱钱？”

“总是农夫百工养活高位者，从没有帝王将相种地养活老百姓。”

“天色将晚，要是在下身上未带铜钱呢？”

“有酒有饭菜。”

“嗬，有意思。在下腹中饥饿，钱没有，保管不白吃。”

“吹牛的车载斗量小米儿，见过太多。饭在锅里，酒在罐里，自己去找，平生不喜欢侍候人！”

武帝洗了一只盘子，倒下一碗酒，取了狗肉和青菜馒头，端到石匠跟前的大石条上，狼吞虎咽：“在下不做缺德事，给老人家留下一半吃的。”

“见财一半，使得。穷不可笑，说大话欺世就可笑。”老人摸出一串铜钱扔到客人脚下，“瞧客官吃得多卖力气，算老汉雇你吃喝的工钱。长安城内就找不着老朽这样雇主！”

“好差事！”武帝将钱踢到老头儿脚下，“有干净草料吗？在下还得喂牲口。当然，雇马吃一顿可以免付工钱，哈哈哈哈！”

“嘿嘿嘿嘿！”石匠笑得很冷漠。

“这馒头真香，皇宫里的御厨房都做不到这火候，真好吃，吃得我两手不得闲哪！”

“听客官之意要老汉替你去喂马？”

“嗨嗨，谢谢！”

“谢谢值几文铜钱一斤？如若老夫的儿子是懒虫，准会吊在树上抽掉懒筋，身子骨就变轻！”

“您有在下这么大的儿子吗？”

“没娶过亲，孙子都耽误了！”老人矫捷地跳起，抖掉皮围裙上的石粉，把装着谷秆草的木板大槽放到马的颈项下面，马饿急了，顾不得草干料少，大口嚼，大口吞。老石匠摸摸它的鬃毛说：“好一匹宝马，一日夜能跑一千里，不喂豆子上不了膘。这穷小子凭什么骑它？莫不是……”他欲言又止，坐下去接着砸石头。

“在下的马如何？”

“老汉的凿子怎样？”

“凿子个头都累矬了，跟您也太苦！”

“马跟你太苦！吃完了？”

“可不。”武帝擦擦光溜溜的下巴。

“连盘子也不替老汉洗洗？”

“嘿嘿，会吃不会洗。”

“好，不用你洗，莫忙着走。”

“干吗？”武帝剔着牙齿，“可惜酒差点，要在……”

“要在你们家，酒就天下一流？”

“可不。”武帝得意地点头。

“小伙儿，说真的，你这匹马哪来的？”

“这……没想过这码事。”

“天上掉下来的，地下冒出来的，树杈上结的？”石匠脸色一沉，“年纪不大学啥手艺都是上等坯子，为什么不上进？咱村丢了七匹马，两匹顶呱呱，五匹过得去，可是你‘借’走的？”

“这从何说起？老人家真滑稽！”

“谁跟你滑稽，老石匠不是优孟、优施！”

“老丈，在下说的全是实话。宫里……”

“公的，还母的哪！解下腰带捆上老汉一只手，两条腿拴在一块儿，陪你走上几个回合，看看你好大能耐，免得说老汉卖老欺生。”

“不会，捆人有武士郎官……”

“那你是——”

“平阳侯刘大。”

“光杆一人出门的侯爷天下难找，老汉开了眼界，你这身衣衫能喂价值千金的骏马？盗马犯法，冒充侯爷罪加一等。”

“真是侯爷。”

“老汉不是吓大的，是五谷喂大的。光吹不能服人，有看家工夫使出来！”

“招打！”皇帝一拳打在石匠肩头，老人没动窝。痛得他连声怪叫：“是个石头老汉，我真没偷过马！”

“你腕子脱臼，老汉替你治，要虚心改过。”石匠给皇帝捏捏摸摸。

“不疼了！老人家冤枉了我，停会儿手下人要来找，我嫌带一大批人不自在，放掉我，免你们村十年赋税！”

“就算你是侯爵，平常不知冤枉过多少人，你几时想到人家怎么过？今儿吃点苦头，治治你的狂妄，泻泻虚火，才知道锅是铁做的！”

“谢老丈教诲！您可以打我、杀我，不能辱没我，我再申明不是贼！”皇帝处于困境还有几分尊严。

“我不侮辱好人，这匹马只有皇上才配骑，盗御马要灭族，快送回宫里，免得你父母兄弟一齐犯官司！”

“好老汉，大忠臣！”皇帝走进屋倒出一碗酒递给东方朴，“马送你，算我雇你喝酒的工钱。”

“小兄弟像条汉子！酒干了，马，老汉喂不起，陪你送到左冯翊衙门，减罪一等。”

“要不去呢？”

“灌你一夜壶尿！坐这儿等着你的下人，下人不来莫怪乡里人办事狠！”

皇帝很从容，他提起石匠的大锤掂掂分量，没一丝逃窜的神色。

远远的有一队人马打着火把进村，高呼着：平——阳——侯——爷——”

“老师傅，我的下人们来了。”

“看来你不是冒充侯爷的真公子哥儿，将来当了权莫忘了百姓的苦处。若无容人之量，找岔子报仇就拿老汉开刀，十年的税免不免就看你的良心如何。难为农夫们就没好下场！老汉在这儿住了三年半，刚把一个家经营就绪，只能扔掉它！”

“刘大决不与好百姓为难。”

“老汉不信官话！”东方朴一矮身跳上屋顶。呼喊平阳侯的声音更近。

“朕在这儿！”皇帝高叫一声。

“要爱护黎民，陛下！”火镰叮当几下，屋里的草堆已被点着。

“老师傅，请下来！朕知道你没有恶意，凭您的武艺，伤害朕不费吹灰之力。”

“陛下保重！”大树顶上传来太公的笑声。

东方朴在茅亭里敞怀大笑，给自己斟上一大觥。

“爷爷，后来呢？”

“村里确实免去十年赋税，父老们少不得三呼万岁，感激涕零。老朽几次回村，邻人殷勤相待，诚心邀请我回去落户，可惜吊打皇帝之事被传得神乎其神，虚名太大，不得安生。皇帝或许把那晚的事忘个一干二净，但手下的鹰犬们时刻想找献功机会，不能掉以轻心。老朽在西郊已有住处，还算宽敞。”

“爷爷怎么肯到茂陵去刻石头呢？”

“子长，你父知道，往昔皇帝公侯修陵墓一竣工，能将一批石匠药死杀掉，甚至活埋在石穴中殉葬。而今霍去病墓已齐工，皇上陵墓也快完，为首的工师们怕徒子徒孙遇到意外，来寒舍十多回，要老朽出来照应一下。手艺人跟丞相一样是娘亲十月怀胎所生，家有父母妻儿。老朽无家室之累，有个朝晴暮雨，可以挺身顶着千斤闸，放后辈们一条活路。不想监工的老爷诡计多端，当众宣告：若老石匠逃离茂陵，七位工师下狱治罪。这么一来老朽一时无计脱身，就在那儿掌眼，酒有得喝，活有得累。迟早还是要一走了之。”

话越说越多，司马迁心中休眠几载的游侠意识又苏醒过来。

鸡啼二遍，月亮沉入云海，茅亭里寒气袭人。

太公半醉了：“子长，这觥酒替爷爷干掉！”说毕退到席子一角，弯过手臂为枕，倒在地上立即扯呼噜。

“请爷爷回书房去安歇！”

“老人家一辈子就这么过惯了。不必惊扰，咱们走开。”司马谈脱下长袍盖在太公身上。

儿子解衣裹着父亲，送回后屋。

“迁儿，将来你为游侠立传，太公所讲史实最翔实，朱家嫡传的弟子，太公是硕果仅存，儿当事以叔伯祖父之礼。”

司马迁侍奉父亲洗漱毕安寝，抱着一张老羊皮褥子来到茅亭。东方朴鼾声雷动，睡得十分安详，司马迁坐在他身边，有无限的感慨。

五

公元前139年（建元二年），离咸阳西北约四十里的茂陵，经重臣主父偃建议：逐步将六国王侯后裔，家资百万以上的富商巨室，天下豪杰兼并之家，乱众的豪绅等头面人物，皆强行迁到此居住。“内实京都，外消奸猾，此所谓不诛而害除。”割断这些人与故乡土地亲属联系，严加控制，又赏以田地房屋仆婢，起过“强本干弱枝叶”的作用。但所有烈马都拴在一条槽，国库为此开支浩繁，几代后对“不得族居”的圣旨当作具文。未迁者百般抵制；已迁者眷恋原有权势，时有逃归，难以安定。加上冗官贵戚目无法纪，声色狗马丑闻层出不休，作奸犯科之辈狼狈勾结，积弊丛生。户口猛增到六万零八十七户，人口二十七万有余，这些人的能量又高于一般市民数倍，加上修陵民工刑徒十多万，市中热热闹闹。

武帝听右内史（首都长安市长）奏闻：骠骑将军霍去病墓大体完工，选了吉日，带领一批郎官先去看了茂陵的工程，继而巡视霍墓，这是仿照祁连山的模样造的一座土峰，虽无高峻奇险的地势，但威严煊赫，在历代名臣墓葬中是为创格。

武帝来到享殿门前下马，面带春风，捻须若有所思。

“请驾回宫！”李广利为主子的兴奋而志得意满。

“霍去病六次出击匈奴，斩敌首十一万余级，逼使浑邪王领几万人投降，开辟了河西酒泉等地，四次增封，凡一万五千一百户，手下立功封侯者六人，晋升将军者两人。朕赐以府第，他口出壮语：‘匈奴未灭，何以为家？’可惜二十一岁去世，修此墓道，以示隆恩。尔等当以骠骑将军为榜样！”

郎官们连呼万岁。

用过午餐，武帝脱掉大氅，只带李广利、司马迁等五十人，沿着山的下半腰信步而行，看看歇歇，比较放松。

领工的匠人们多半由荆襄流动过来。楚人好鬼，好祀神祇，青铜器图案的奔放、飞动、夸张、轻飘、艳丽、持重的浪漫主义精神如屈子作品中所宣泄的那样，直接为汉初许多漆画与石刻所继承。墓地大型石刻有跳神的作用，与巫觋的傩舞一脉相通。皇帝长于深宫，在书面文化上接受了楚的传统，写出华瞻多情的作品（其意象被美国20世纪大诗人庞德借用，传诵一时），在南国民间风俗方面直接接触机会少，所见多为秦汉兵马俑式的写实能[①]品，智者难免要做蠢事，对写意的杰作产生不能理解的震怒便不足为奇。

尊重诸位能工巧匠的东方朴眼界宏远，不拘一格，博采众长，显示气度。

武帝看了立马伸手一摸，凉气沁肤，欣欣然地说：“这很像朕的汗血天马！”

“真的，太像了！”李广利颂马颂皇上等于歌颂自己的勋劳。

“它上战场，一定八面威风，所向披靡，扬我大汉气概，好！好！”皇上更加振奋，“赐给骠骑将军当之无愧！”

郎官们赞美一番。

---

①古人评定艺术品为神、逸、妙、能四品。能品指缺点少、也打不动欣赏者的平平之作。

“这条老牛有些愁眉苦脸!”皇帝眯上二目,连连后退几步,微蹙双眉。

“这……”李广利的手伸向剑柄。

“陛下是侧面看牛,从当中看上去它很悠闲,犹似坐在田头树荫下喝水的农夫,耕作之余,一享太平天下之乐!”霍光出列执言。转移皇帝注意力,不愿工匠们吃罪。

武帝不相信,走到牛鼻子附近,审视有顷,点头不语。

李广利的手离开剑柄,流苏不再抖动。

“这是蛙? 方石条画上两条线,打个小眼儿。怎么是鱼,连鳃鳞都没刻,草率偷懒,全不知朝廷体恤功臣苦心!”他又看到“马踏匈奴”“老人和熊”,怒火上升,“这是刻给顽童戏耍之物,哪配称镇山之宝,国威丧尽,这些破石头右内史可来看过?”

“右内史汲黯老大人来看过,啥话没说就走了。”陵园监修官伏地回答。

“汲黯看过?”武帝迟疑一下,毕竟有些忌惮。

“汲大人管大事,不会面面俱到。”

李广利也暗暗忌恨正直的长安首长。圣上问:“谁是掌墨的大工师?”

令人难堪的缄默。

郎官们幸灾乐祸等着好戏上台,种种表情使司马迁的眉梢厌恶地掣动几下。

“快叫老石匠们过来!”李广利催促着。

监修官怕火烧到自己头上,故意厉声厉色地喊叫:“万岁有旨:掌墨石匠觐见!”

霍光铺上兽皮,皇帝据傲地落座。

空气沉重,如风暴将至,海啸初起。

“近十年来,西域一带的大秦、大食、安息、楼兰、大宛、小宛、东师、条支、无雷、捐身……通使来长安者五十余国,商人以万计。尚有西南蛮夷诸地岁岁来朝。若见此类非驴非马之作岂不耻笑我上国无人,掌墨工师尽是酒囊饭袋吗? 一一砸碎,认真重刻!”

“遵旨!”监修官回答得响亮,他知道自己保住了前程。

“君命如山,你要小心!”李广利的话含着压力。

“陛下文治武功史册罕见,一向虚怀,广纳忠言。臣人微言轻,不应多口。为报圣德:请先听工师们申述千虑一得,以示海量,避免愚夫不肖者误传,与陛下求贤爱才本意不符。”司马迁跪倒在地。

“人微而言不轻,司马谈教诲有方,然去华就朴,达于深涵……哈哈哈哈!”皇帝阴沉的表情和爽快的笑声都令郎官们难以揣测。

“臣……”司马迁骨鲠在喉,一见三名老石工走近,只得暂时住口。

“起来!”皇帝对司马迁是温和的。

监修官率石工们行礼。

“尔等是主事石工吗?此类石刻有碍观瞻,椎碎重刻,若敢怠慢,交右内史治罪!”

三石工交换一下眼色,其中年最长者匍匐于地奏道:“小的冒死启奏万岁,这两件石像是当今活鲁班、石工祖师爷东方老人新刻,以臣等刻石四五十年见闻,实乃稀世奇作,小臣等宁肯领罪受罚,求陛下留下!”

“东方老人是谁,竟能使尔等抗旨?”皇帝叉手抬头,望着工地那边的烟尘,缓缓合眼。

“陛下开恩!”三石匠叩头不止。

“陛下放了他们,老臣自作自受自敢当!”

东方朴躬身立于阶下,声若铜钟。

“带他上来。”

“遵旨!”监修官将东方朴领到皇帝三丈开外。行礼如仪。

“他们都是你的徒儿吗?”

“老臣虚度年华,糊口薄技尚未精通,何敢妄为人师?是他们错爱过谦了。”

“这几件东西是尔所刻?”

“老臣先依石形刻出模样,后生们照样刻坯,再由老臣修正完工,与三位主事工师无关。老臣领罪,死而无怨。”

“你……”皇帝心中忽然闪过当年赏以酒食,还想灌尿的老石匠形象,不同者当年衣冠似雪，今日荆簪椎髻，须发萧然，一身皂衣。皇帝想报复，又想感谢以示大度，一时举棋未定。

“老头儿知罪吗?”李广利插了一句。

“将军，老朽知道要掉九斤半。”

“臣等皆驽钝之材，东方老人乃百年罕见的大匠，放了老人家，否则宁肯同死，以免天下后世笑臣等不仁不义，不敬长者，贪生苟活……”石工们先后启唇，若出一辙。

“陛下杀老臣如杀蚂蚁，求陛下饶恕他三人，将四块顽石留与千秋百代后评说，臣感恩不尽!”东方朴逃离工地易如反掌，只怕工匠们受害，努力缩小事态。

“哼哼!”皇帝下意识地摸摸曾经脱臼的腕子，似乎余痛又起，“朕一向不违上天好生之德，尤不愿对百姓妄动杀机。尔等争死重义，乃是朕的好百姓。武士先送三名工师下去，这石刻吗——容朕思之!”

李广利一挥臂，三名工匠被推送下去，不管他们如何分辩，皇帝反应冷峻。

“微臣司马迁再奏陛下:臣以为……”

“司马迁!”李广利上前要拦阻。

“让他说，有话不让说，只许吃饭喝酒，没话逼着找废话来应对，都是苦事。既有两耳，一只听谄辞，一只听听未必全错的直话有何不可?”皇帝转动眼珠，做出一副甘愿听到地老天荒的架势。

东方朴眉目舒展冷对厄运，一洗沉痛之色。

“匈奴几百年来屡犯中原，后盾乃祁连山一带，水肥草茂，多产粮食牲畜耳。陛下调集玄甲军垒成祁连山，置于骠骑将军足下，既追怀昔年踏平真祁连山丰功伟业，亦象征大汉神威永镇丑类。故在丛林之间广雕牲畜，力求似真。为骠骑将军修陵，皆知陛下不拘旧日陵墓庙堂雕刻老谱，匠师皆想献出平生绝技，传名万古，即或力不从心，精诚未减。立马卧牛之美，为圣主激赏，其他诸作岂想弄巧成拙而获罪?石蛙石鱼不求形似，已得真神，以少胜多，有石马未到之处。此件为马踏匈奴，马下乃是单于败绩，他手持弓箭，一世好战，掠夺城池，杀害庶民，而今日暮途穷，张皇逃遁，将为大汉骑兵骏马踩为齑粉，我骁勇将士未刻一人，而无所不在，何其壮也？匈奴人尊犬为祖宗，单于每以天熊星自诩。若刻老人弄犬于股掌之间，犬无威势可言。而北方称熊为狗熊，玩庞然大物如犬，便是天威远震，意象自明，填墓辟邪受祭祀而食羊，舍乎古礼。匈奴以牛羊为粮，此作亦有汉军追击匈奴如巨兽食羊，借以隐喻敌国末路，暗寓巧思。所有石刻，旨在驱邪娱神，庶黎共乐。上承屈原《九歌》遗风，兼演《天问》中巫觋诸舞。我高祖皇帝即嗜楚歌，陛下雅赋淳辞，披管弦亦谐楚音。腹容九州者何事不可容，右内史汲大人殊解圣意，不与百工计较，无愧社稷贤臣，陛下三思！”

武帝开颜大笑道：“汲黯无言，果然即是朕意。修陵累及百工，沐雨浴风，辛苦之至。适才乃一句戏言，石刻不改，朕赐老人黄金五两，三石工各赐一两！”

“还不快快谢主隆恩！”李广利瞪着老人。

“黄金分赠众位工匠，老朽要它无用。”

“年纪衰迈，买匹好马代步，小心别让盗马贼偷去……”武帝上了武士们推来的龙辇。

老人拱手与皇帝交换一个心照不宣的眼神，出声静远地：“送驾回宫！”

等不到龙辇在树荫中消失，东方朴伸出大手将几件石刻细细抚摸一遍，最末了扑在“老人与熊”上，大滴珍贵泪水夺眶而出，那是季世少知音的寂寞之泪，用死后请假回来的眼目重看浊世，哀痛的内涵只有他自己明白。

三位石工跪在东方朴身后：“祖师受屈，平安无灾便是大喜，晚辈无德，把您老人家拖入是非漩涡，于心不安，请尝两口好酒！”

老人的指尖流出血珠，它们重重地抠在粗糙的石块上，腕臂不停地战栗。

“祖师爷！”石匠们再次敬上压惊酒。

“可惜老朽再也刻不出这样有血肉筋脉，能感知人世悲欢的东西！心口这儿全掏光，装在它们肚里做了瓤子，酒填不满空子！我想教过老朽手艺的大匠们，均已谢世。纵然还有，可遇不可求。今天它们差点遭殃，老朽可以为之压惊;日后还会遇上什么昏主瘟官?万一粉身碎骨,压惊者是谁?黑雾障眼,看不透啊!”老人连斟几杯酒,连着泪花,一一酹于石刻。

石工们忧悚地看着这旷古无双的场景。

谁讲石头冥顽不灵?

时交三鼓,月落林暗。帐篷里没有灯火,工匠们早已安歇。

司马迁仍在石刻边逡巡。瑟缩的轻寒,不仅来自风露,而是借助于星光朦胧,白日酣眠于石刻肺腑的生机迸射出来,像所有凌越万古的杰作一样,见仁见智,任欣赏者注入自己的胆识学问,做不同层面的开掘和歧解,它以不变万变,代表着时空无极,唤醒你认识浮生有限,应当丰富它,为父老姐妹造福,来净化旧我,变心灵为不朽的殿堂,一代代去高唱人的颂歌,安凡乐贫,朴涵万端……

一身鸡皮疙瘩带来神游《九歌》《天问》《招魂》的幻境,还有他在湘水沅江两岸见到的开秧门赛歌,龙船竞渡,祭祀各种神祇。石刻们加入他想象中的舞者行列,上扪列宿,下抚沃野,与山岳川流对话……昔日父亲所教的屈原辞赋,得雕刻如酵母而立体化起来。

“子长!”小路上有人轻叫一声。

“爷爷!”司马迁拱手退立路旁,肃迎衣冠似银的长者。

“适才去驿馆相访,但见竹席上有残酒半杯,陶壶空空,灯火已灭,人未登床,猜着是来这儿。你看到些什么?”

司马迁摇头,指指天地和胸口,向老人虔诚地一揖:“大寂寞!”

老人屹立如一尊玉雕,凛然不动地盯着他。

一股父性的磁力沁入司马迁的五脏百骸。他的背脊上不再涌出冷汗,像是孩子躺在海滨沙滩,享受星光与老祖父拍着腰眼,缓缓入睡的欢愉,那催眠曲是老人心海涨漾出来的暖涛。

四鼓的木铎声声,云向骊山一带汇集,雨在不太远的地方降落。

突然,老人厉声作色地说:“孩子,我要替亡故的至交司马喜教训教训他的孙子!”

“洗耳恭听!”

“先得捆上你,否则会乱动乱跑。”

“打不动手,骂不还口。”

“不成。”老人解下腰上丝绦,把司马迁推到树边,迅速捆上三圈。

“爷爷……”

“子长,老朽先叩谢你救命之恩,不捆上你怎会安生承受?”

“不行,折煞孙儿了!”

“知道你要折腾,这回动不了窝儿!”

“爷爷请放开,这是忤逆不道!”

老人解开丝带系在自己身上,咳嗽两声,沉痛地说:“你救了老朽,自鸣得意,其实犯了大过失!忘了你家四世单传,若有三长两短,株连你父,修史大业谁来承担?那时老朽无面目活在人世,只能举槌自己击碎头颅。友人子孙陷入不义的官家巨网,到哪里去申辩?这比死可怕一百倍!一个孤零零的老石匠,风前烛,瓦上霜,生何益于人,死何害于世?况且在生死关头闯过十几回,微不足道。你忘了我与你父反复告诫的‘伴君如伴虎’。乃仗才使气,捉襟见肘,为小失大,活冤家……”老人哽咽失声。

“孙儿能见死不救吗?畏首畏尾,吞忍不义,更当不好史官。谢谢爷爷美意!”司马迁伏地颤抖。

“见大者遗乎细。泰山崩于前,大海啸于后,能心如止水,百折不回,期于有成。皇帝都不是吃素餐长大的。明儿告诉他,把我的头砍了,免得日后为石头块的事找你们爷儿俩的碴儿。孩子,你对不理会的东西慢加议论,免得拦住他人思路。莫怕人家将你当哑巴卖掉,想出人头地,那挺危险!你胡扯什么辟邪吃羊,辟邪头上没有双角,我刻的是夔龙。羊的耳朵短小,夔龙要吞噬的是兔子,你没看明白。就算你比人聪明,千虑也有一失。实不相瞒,什么大汉国威,天子圣德,狗屁,老朽从来没有想过那些劳什子。不过是对石头看过几天几夜,找到出力最少,保存天然样儿最多,最有回味,来上几刀,心里痛快便是。在石中找到物形,形中找到寄托情意的命根子,要练上四十年才有谱儿,跟你们写文章相似。这批石头刻法从哪儿学来的,有什么意思,回头再挖树从根起,慢慢对你说……”

“为爷爷这样长者去死,值!”

“多像你爹年轻的时候,好孙儿……人活着没朋友,像吃了一辈子没油缺盐的菜啊,孙儿……”东方朴心头久久没腾涌过大感情了。

下　篇

一

武帝一生爱兴土木，“承文景菲薄之余，恃邦国富繁之资，土木之役，倍秦越旧，斤斧之声，畚锸之劳，岁月不息”。这种癖好在皇帝行列中都称得起是空前绝后，无与并肩。营造室楼苑池榭的噪音，对他来说是一日不可缺少的乐音。

辇车把他吊上十八丈高的通天台，星光在脚下闪耀，云雾在树梢上浮动。座下层层锦被，铺得松软舒适，听着西域曲子，也真有点飘飘欲仙。

宠冠群宫的李夫人坐在武帝对面，她幼年在一起玩耍的邻家女儿们大都做了祖母，唯独她，粉嫩的桃腮似乎吹弹得破，比那十七八岁的宫女还显得年轻，牙雕般的手指轻轻抚弄着西域入贡的琵琶，靠特殊聪明与二哥延年的指点已经掌握要领，驾轻就熟。她又从老乐工们那里选择了几十种姿势，用视觉来加强听觉效果，能把一些过火的动作做得加倍讨人喜欢，但不一味迷信自己几乎是过耳不忘的悟性。

李夫人和皇帝独处的时刻，一味娇憨、稚弱，偶尔还装作薄醉的神情扭动腰肢，搓揉他花白的长胡须，癫狂出之自然。只要有第三者在场，无论是元勋、将军，直到乐师、宫女、太监，她都显示出庄重大方，凛若女神临凡，尽量用沉默掩饰娼家出身的教养不足。

有一回，她回家给娘拜六十大寿，夜静客退，只有娘儿俩，品着宫里送来的葡萄美酒清香四溢。

“连你两位嫂子都说你不苟言笑，怕你几分。儿啊，咱们有今天也不容易，这谱儿不可不摆，就是不能过了头啊！”老太太是过来人，年轻的时候在长安极有艳名，王孙公子皇亲国戚巨商大贾都没少见。

“娘，一家饱暖千家怨，一人受宠，一万八千嫔妃宫女尽眼红，只要哄好皇上便妥。倘如送给别人一小包染料，她会接过去就开染坊。你不硬她不软，不能两全。再说儿也给他们巴结的机会，但一多就不灵验，您说是不？”

“娇儿有心！”母亲把她揽入怀中。

“是娘教的！”她和母亲窃窃私语，哧哧笑着，“大哥是将军，难免不打败仗；二哥在皇上男宠那儿算大半个女人，小半个吹拉弹唱的乐工班头，也总有失宠的时刻。只要女儿这棵树不长黄叶子，平常跟他们少来往，他们遇上事儿娘还有依靠。要是一荣俱荣，一枯全倒呢？万岁爷的脾性像终南山的云雾一样琢磨不透。儿怎敢不多为咱李家留条后路？”

“嘿嘿！”母亲笑得合不上口，“妞妞想得太多，有你，咱李家坏不了。”

女儿轻微地摇摇头没有辩解。从陈阿娇、卫子夫两皇后的先例看，皇帝们见异思迁是多发的常见病，她绝不糊涂。

武帝的脸颊泛出一片淡紫色，眼睛蒙上一层兴奋的混浊，多少有些酒意。他将手边的犀角巨杯斟满，递到夫人面前。此杯从印度经丝绸之路来到深宫，是从活犀牛头上锯解下来的，故称“活杯”。容量超过半斤，黄色图案在黑玉般的底色上发光，杯口刻着云纹，底座上有“回”字纹，名贵至极，入口的一角雕出栩栩如生的兽面，半边是犀，半边是兕，雄健威猛，和那些从死犀牛身上取材，花纹中断或裂变的“枯杯”，不可同日而语。

李夫人躬身言谢，放下乐器，举杯畅饮。接着左手在弦上拨出一串单音，乐工们萧鼓齐鸣，八音交错，两名乐伎踏歌走出帘幕，在铺着兽皮的地上做胡旋舞，犹如织布机上的梭子一样急促地转动。

一会儿，除去一名乐师从容击出清脆圆润的筑声之外，别的乐器逐渐由强而弱，由弱而止，那两名乐伎各自一个转身，从怀中掏出七只铜盘，逐个向空中扔去，高高低低，随扔随接，天上五个，手上一双，没有一只掉到地上。

“好啊，有点意思！”武帝用指尖点出节拍，看得出神。

空中的盘子在舞蹈家的手上取得了无形的翅膀，交叉而飞。

李夫人慢启朱唇，微微一笑，左袖向身后一挥，舞蹈者一连拧了七个旋子，每旋一次，盘子收掉一只，最后鼓乐齐鸣，更加炽烈，盘子不见，宫女用盘子托上几只元宝，分别赏给表演者和乐工们。

李福在帘外轻咳一声，掀帘而进，跪在兽皮上跪奏：“老丞相求见陛下，有重大军情上奏。”

李夫人闻声起立，武帝莞尔微笑说：“夫人与乐工不必回避。”

李夫人落座，乐声变得很轻柔，仿佛从遥远的星月间飘来，添了一层清空的韵味。

老丞相肥头大腹，仪表持重，颇善于做聋子耳朵，大小事都呈报喜欢专权的皇帝，换得武帝的几分宽容。

武帝先看了代北太守的告急文书，很悠闲地问道：“匈奴出兵十万犯边，丞相有何高见却敌？”

“老臣愚见，兵来将挡，水来土掩，是否令浞野侯赵破奴和骑将军公孙敖援救代北，配以当地骑兵，觅得战机，浴血一战，直捣浚稽山？此时北国草壮马肥，不宜穷追，恭请万岁圣裁！”

“依卿之见，加封赵破奴为浚稽将军，发兵两万。”

“遵旨！另有驰义侯遗带领巴蜀罪犯，下牂牁(音装柯)江，发夜郎兵，征讨南越，在番禺与伏波将军路博德楼船将军杨仆会师，不想夜郎国王且兰君抗命反汉，杀我使臣，应如何处置？”

“星夜降旨，命驰义侯遗率本部人马先灭夜郎小国，将且兰君斩首，然后回师东行，共讨南越！”

“陛下，蜀中罪人乃乌合之众，操练未久，那驰义侯遗乃是越人，万一横生枝节……”

"派一使臣牵制监视驰义侯遗以防不测。经略西南蛮夷之地，朕思之数载，而今小国之君无道，吊民伐罪，正是良机，不可坐失。而不动兵卒，攻心为上。朕意已决，改夜郎（遵义至平越一带）为牂牁郡，邛都（西昌一带）为越嶲（音西）郡，筰（音胙）都（四川汉源一带）为沉藜郡，广汉西白马两处为武都郡（包括甘肃东南的武都与陕西西南的宁羌等地），在昆明国设文山郡，节制滇南开化等处。那些小国君主不愿改郡者灭国斩首族诛，开拓疆土，千秋大业，上报列祖大德，扬我大汉天声，务必兢兢业业，恩威并施，立于不败之地！"

"是，经略五郡，非德高望重者不能胜任，人选一事，请陛下明谕。"

"两千石以上老臣多权谋，办事稳妥，不会惹是非。"皇帝沉吟着。

"陛下英明，看来此事非重臣莫属，但不知派哪位老大人持节前往？"

武帝没有立即回答，他从夫人手边拿过犀杯呷了半口，刚刚放下，又拿起来呷上一大口，突然用较快的口气说："老臣也有弱点，大小事请示朝廷，延宕时光。有时倚老卖老，和小国昏君闹翻，兵戈一动，百姓遭殃，国库开支增多。万一为小国君主所杀，朝野震动，腾笑天下，边远小国群起而效之，不好收拾。"

"还是陛下远虑，不派年高德劭的大臣。臣鼠目寸光，望尘莫及……"

"为使臣者，胆大心细，精通兵法，不逞匹夫之勇，能多谋而果断，不行妇人之仁，能文而善辩。年老大臣之中能兼此长者已是凤毛麟角。"

"陛下明察秋毫！"

"朕意京中郎官甚多，其中必有伏虎擒蛟之辈。命太史令司马谈草诏求贤，自有英才，脱颖而出，先试文才，再比武艺。不问出身，唯才是用。"当年他命唐蒙置犍为郡，由僰（音卜）道直奔牂牁江，调发士卒民工，修道通蜀，民工逃亡者斩，弄得谣言四起，物议沸腾。后来遣司马相如为中郎将专程出使，用生花妙笔写成檄文慰谕父老，谴责唐蒙，迅速获得地方谅解，蜀中转危为安。这回派资望有限的人去西南，顺利则坐享其成；如果横生枝节，可以推说朝廷不知，是使臣擅作主张，让他再做一回唐蒙，万一杀个把郎官，无足轻重。

武帝想法，圆滑的老丞相了如指掌，他故意装得五体投地。告辞之后，眯起眼睛，撩袍端带，用老年胖人罕见的健步，不坐吊车，迅速下了通天台。

李夫人望望李福，聪明的奴才会意地垂下四面帘幕，乐师们仿佛接到了无声的命令，一律起身到帘外，重新奏起异域情调的曲子，飘逸、悠远，带着幽幻的美，使灯光与窗外繁星都为之颤动。

李夫人为皇帝斟满杯子，走到席外，耸肩一抖，外衣落在地上，她双臂扬起，悬空抽动几下，一双丈八的长袖从肩上垂落，这是紧身舞衫，轻如蝉翼，其色浅绿，几乎透明，里面粉红色兜肚上绣的朱雀、羽毛依稀可见，修长的腿和臂富于弹性。她带着酒力，斜乜着星眼向武帝欠身一礼，半启朱唇，羞怯地一笑，长袖腾空而起，仿佛有几十只无形的手托住这丝衫，可以直立如柱，可以宛转委蛇如龙，纵弯若弓，横曲如虹。她全身软如无骨，无论怎么蜷曲，彩凤独立，甚至将左脚挂在颈项，那善舞的长袖也从不落到地上。雍容舒展，呼吸悠闲，那眉梢眼角唇边，都成了情的泉眼，潜流缠绕着动作，有一股辐射力涌向皇帝。四面八方飞过来的皱纹老态，都被她的舞袖击到通天台下。

皇帝用怜惜的眼光看着后宫独一无二的尤物，连他自己也不知道在什么时候将杯中的佳酒喝干了。

二

司马迁宴请过同僚们，带着几分醉意从酒家回到太史第已是谯楼初鼓。在席间，好友任安、霍光向他透露，这番选出的英才将出使边境，身负重任。司马迁听到了表面上故作平淡，内心痒丝丝的，好不受用。

北方早寒，长安十月着貂裘。三伏天一过，暑气初退，无垠的蓝空澄碧如海，团圞皎洁的月亮周围，伴着一只孤零零的大星。金风拂过渭水边的柳林，发出一串串的噫叹，是赞美宫殿的倒影，还是为引车卖浆耗尽体力的贱民们唱一支催眠曲，送他们进入黑甜乡而摆脱生之重荷？

他跨进院门，就见父亲背剪着双手，立在假山顶上纵目眺月，束发的丝巾，细长的腰带随着夜风飘闪，老人在想什么呢？

今儿头午，郎官们云集校场，圆脸大耳的老丞相和几位将军坐在演武厅一角，洁白帐幔挡着刺眼的骄阳。

这些生龙活虎的青年们，列成队伍，齐声高诵着司马谈为皇帝起草的诏书：

> 盖有非常之功，必待非常之人。故马或奔踶而致千里，士或有负俗之累而立功名。夫乏驾之马，跅弛之士，亦在御之而已。其令州郡察吏民有茂才异等，可为将相及使绝国者。

司马迁念得比谁都响亮，脸上没有表情，把喜悦深埋在心中。因为他受到过父亲的忠告。

“子长，像我这样为史官的人等于是皇帝家奴，位在巫祝之间，只能默默无闻地做事，最忌出名。比如一本古书，皇帝关上门在灯前翻翻，很有妙味，许多逸事和名言，可以为他的谈吐增色，但客人一来，书就必然锁入箧笥，秘不示人。不知此理不可以和帝王相处。何时何地都当牢记，你至多是会说话的竹简帛书、识字的奴隶，否则身败名裂，族人尽受株连。”

“当今天子是明君，该不会那样忌才吧？”刚做博士弟子员的司马迁脑子里装满通过明君实现治国平天下的宏愿，对于父亲从血泪中拧绞出来的至理缺少实践体味，有些糊涂。不着边际的幻想，使亿万儒生落入帝王网罟之中而不自觉。

“今上即位以来，用舅父田蚡为相，皇后卫子夫兄弟卫青，姨侄霍去病为大将军，都靠裙带得宠。绝代大才人汲黯，关心生民疾苦，皇帝命他为钦差去河内视察水灾，他未经许可，竟敢假传圣旨发河南仓中存粮赈济百姓。皇帝贬他做淮阳太守，他总是任用贤才，减收赋税，朝野称颂。酷吏张汤专权，儒生公孙弘逢迎圣意，皇帝四野用兵，从不劝阻。只有汲公面折君过，说‘陛下内多欲而外施仁义，奈何欲效唐虞之治乎’？皇帝变色退朝而去，公孙弘等指责他出言迂阔，他慷慨作答：‘天子置公卿辅弼之臣，宁令从谀承意，陷主于不义乎？且已在其位，纵爱身，奈辱朝廷何？’丞相田纷，大将军卫青权倾一时，他只肯一揖，行对等之礼，从不下拜。皇帝让他为右内史,治理长安是假,让他得罪皇亲国戚借刀杀他是真。他执法严明,还是将他罢职郁郁终老。武将勇猛宽厚无过李广,不得封侯,枪林箭雨等闲闯过,临老被迫自刎,天下悲悼。可见今上并无用才诚意。儿要将这些前贤言行记下,他年助我修史。”

他只能唯唯。年龄稍长,对天子的崇敬大为削弱,今天下求才一诏,热度大有回升。

他走到假山之阳,向父亲请安。

父亲颔首一笑,从山上走到池边,坐在石栏杆上,望着水中的荷叶月影,好像有什么心事。

“爹爹,儿要去四南夷建立功勋,您老人家多多保重!”

“未必能成行,行而未必能成功,成功更未必为皇上所看重,儿去不过像往年唐蒙一样,有功归于天子,若遇杀身之祸,或激起小国兵变,所有过失都推于你一人!”

司马迁抽了一口凉气。

“奇才自古难为用,反不若奴才能享荣华,史官对此类事例写不尽!故才高于儿怀璧而不得见于时者,又何止万千!事求必成必败,俱为虚妄。以成为偶然,败为必然,成败超然物外,更以墨子兼爱摩顶至踵精神求其成,儿要时时自勉!我们区区小吏之家,无贤者推荐,无高位者援引,想成大事固难,尚可耕耘;欲做大官以推行先儒夙愿,则绝无可能!”父亲在月光下似乎比平常聪明、高大。儿子听来亲切,但不能完全理会。

人总有局限。封禅本是无聊的仪式,意在为皇帝摆阔气,愚弄百姓,司马谈遵尚道家清虚无为的教诲,一朝因病不能躬逢盛典,是那样死有余哀。虽然家训含着哲理。

“爹爹,儿既有机遇游近龙门,总得全力一跃,来日方长,成败不计,爹爹不必过虑。”

“草诏加盖国玺之时,老丞相曾悄悄相告:求贤仅仅是方士邹伴仙之流占卜得到了上上大吉大利卦而已,明天卦下一出凶兆,嚷得震天响的圣旨立即会变为虚应故事。我要他多多照拂吾儿,他笑得高深难测。诏书是写给天下后世读书人赞颂的，儿要固执，会吃大亏！”

“爹爹所草诏书，在年轻人当中传诵开了。”

“区区末技，总不能白吃俸银哪！”

“爹爹此诏在何处起草？”儿子有心减少老人离别的悲哀，故意扯开话题。

“柏梁台。”

“听说柏梁台是用香柏为梁而得名，当年万岁曾与群臣联句赋诗，每句七字，前无此例，故称为柏梁台体。有许多掌故，爹爹听说过吗？”

提到史料传闻，老人特别来精神，他把皇帝大臣们的句子背诵了一遍，然后用这座天高台诞生的经过，来打破儿子对皇帝的幻觉。

长陵是刘邦长眠之地，离长安三十五里，为了春秋祭祀，朝廷建立了县邑，迁入万户百姓守冢。当地有位普普通通的妇人，生下一子，不久夭折。她痛子心切，随之抑郁而亡。这样事情，无时无地不有。偏偏死者妯娌宛若，央求画师，图写亡人遗像，香火供奉。竟然宣称死者阴魂不散，能预知未来吉凶。弄得附近一些无知男女，纷纷叩拜，求子求财求官，其中就有皇帝的外祖母臧儿，原籍槐里，是燕王臧荼孙女，嫁与同村王仲为室，生下一子王信，女儿姝儿和息姁。王仲病故，孩子均在幼年，臧儿改嫁到田家，又生下两子，名叫田蚡、田胜。姝儿及笄，嫁给了金王孙，生下一女，日子过得倒也安然。偏巧同里姚翁是位相士，看到了姝儿，说她是大贵之相，当生下天子，母仪天下。臧儿虽不尽信，心里也总是忘不了。刚巧太子刘启(后来的景帝)选女充实后宫，臧儿就托姚翁向金王孙家要求离婚，女婿当然不允，对老岳母不免反唇相讥。惹得臧儿一股泼辣劲上来，将姝儿装扮一番，辇送入宫。姝儿善于迎合人意，首先巴结好景帝之姐馆陶长公主刘嫖，很快为壮年好色的太子所宠，生下一女。姝儿又把息姁引荐入东宫，姐姐被封为美人。妹妹连生四子，长男是广川王刘越，次子寄封胶东王，三男乘授清河王，幼儿舜封常山王。可惜息姁短命，刚封为夫人不久就病故了。

文帝一死，刘启立为景帝，王美人更见宠幸。金王孙家只好咽下怨气。

景帝登极不久，连做两梦。头回梦见赤彘从空而降，云缠雾绕，醒后披衣到崇芳阁漫步,似见余云未散,残香犹存。当初的相士姚翁不知通过什么途径已在宫中应差,皇帝命他解梦。他连连下卦,说皇上要生奇男,为一代英主。皇帝被恭维得心痒难搔。几日后又梦见神捧着一轮赤日,送到王美人口中。姚翁重申旧话,由于他的点化,王美人也向景帝诉说梦日入怀,与皇帝的好梦遥相呼应。景帝将崇芳阁更名为绮兰殿,让王美人生下刘彻,并在小时候被封为胶东王。

王美人入宫之前,景帝最宠栗姬,早已生下三男,次子即河间王刘德,三子为临江王刘阏,长子荣被立为太子。

长公主刘嫖一再向景帝献美女,弄得栗姬妒火中烧。偏偏刘嫖不知趣,提出要将女儿陈阿娇嫁与太子荣,栗姬一口拒绝。刘嫖不是省油的灯,得知景帝打算立栗姬为皇后,就多次进谗言,说栗氏崇信邪术,诅咒众嫔妃,每与诸夫人相会,等她们辞去,栗姬便唾及背后,若当皇后,昔年吕后杀赵王如意,将戚夫人砍去手足放在厕所中做“人彘”的故事必然重演。景帝果然动摇,便找机会探询栗姬:“朕百年之后,诸位嫔妃所生之子都请多多照拂!”栗姬脸色铁青,久久无言,将背脊向着景帝。景帝大倒胃口,刚一出门,就听到栗姬在斥骂“老狗”,心肠变得铁凉,想回去责问,又觉多余,从此量窄的栗姬便失宠了。

王美人沉得住气,对人特别谦和,换得六宫内外一片叫好之声。

有一回刘嫖说到栗姬拒婚一事,王美人连忙凑趣说:“可惜我无福,得不到这样好的儿媳! 因为彻儿不是太子,配不上阿娇啊!”

刘嫖在鼻孔里冷笑:“谁当太子还不是靠我一句话?”

王美人故意板起脸孔说:“立储君是国之大典,不能朝立夕废,动摇邦本。请长公主莫要误会。”

刘嫖说:“我这个人就是不服气,让我管的事我偏不管;认定要管事谁也阻挡不住。往后再说吧!”

王美人化主动为被动,用迂回战术,先探景帝的口气,说长公主想得彻儿为婿。

景帝说:“阿娇比彻儿大,合适吗?”

王美人一看风向，立即转舵，谈起别的事，一点不动声色。

几日后，长公主带着阿娇来看王美人，王姝儿把景帝的迟疑转述了一遍。

刚巧聪明俊秀的刘彻尚在幼年，未去胶东过问政事，他垂手立在母亲身后，已经再三听到忠告：这位皇姑关系到他母子前程，要特别恭敬，千万不能得罪。

长公主见刘彻相貌堂堂，一表人才，就拉过来，让男孩坐在自己膝上，摸着他的秀发说："孩子，将来你娶媳妇吗？"

刘彻频频微笑，未加可否。

"把她们嫁给你可好？"长公主指着几名宫女，同孩子开玩笑。

刘彻依旧微笑着，不住地摇头。

"阿娇怎么样？"刘嫖很开心。

"如果能娶上阿娇，应当用金屋把她藏起来，甚好！甚好！"

长公主大为惊异，就抱起刘彻，拉着阿娇去见景帝，景帝问到儿子的看法，刘彻自认不讳，景帝认为也是夙缘，亲上加亲。刘嫖、王美人两位亲家母更为惬意，往来更为密切。

刘嫖没有什么头脑，逐渐对王美人言听计从。王美人眼看时机已至，鼓动刘嫖召见大行官，要他上书请求立太子之母栗姬为皇后。

果然景帝怀疑大行官所为是栗姬主使，大为光火，将大行官下狱，废太子刘荣为临江王，另立刘彻为太子，王美人为皇后。这个女人特别会刀切豆腐两面光，接受玺绶之后，乘着谢恩机会，声泪俱下地给栗姬与大行官讲情，景帝恩准从宽处置，大行官拾到一条命，对皇后是感激涕零。栗姬一气，致病亡故。母亲的一套权术，市井细民的善于利用环境谋私，对武帝不无影响。只是他格局恢宏，运用得不像母亲那样露骨。

臧儿将女儿执掌朝阳，外孙得承大统，都当作是她不断到长陵君那儿祭祀的成果。有其母必有其女，皇后和太子也对长陵君的灵验深信不疑。到他登上大宝之后，又受到方士们的包围，"仙人好楼居"，一心期望白日飞升的武帝造了许多楼阁，其中也包括在中国文学史上要留下一笔的柏梁台，专门供奉长陵君的画像。

“金屋藏娇”的阿娇没几年就被谪居于长门宫，她知道靠骄横和刘嫖的势力都无力回天，只得不惜重金托心腹去茂陵央求大文豪司马相如，写下《长门赋》来表达对皇帝的眷恋。文豪的大名和精心应需之作，加上阿娇略带乜斜的媚眼，都被卫子夫的美发所击败。

卫子夫原是平阳公主家的歌女（讴者）。平阳、南宫、隆虑三位公主和皇帝同母所生，皆嫁在京师。寡居的平阳公主见阿娇久不生子，吃药一项即送给大夫九千万钱，又请方士施术，结果皆成画饼。阿娇仗着长公主刘嫖的功劳，对平阳公主时有冷眼。出于利害和关心，平阳公主选得良家姑娘十余人养在家中，随时准备送入宫。

建元二年（公元前一三九年）三月三日上巳，皇帝自坝上祓祭归城，路过平阳公主家，公主大喜，设宴相待。

公主唤出姑娘们轮流给皇帝把盏，不想武帝反应冷淡，低头饮酒。公主命女孩们退下，素手一挥，乐声动地，那卫子夫飘然起舞，歌声柔靡，甜中带点挑逗。武帝是大行家，听了弹髯凝目，口微微张开，兀然不动。知兄莫如妹，平阳公主故意凑趣：“歌女卫子夫色艺如何？”武帝连连点头称善，接着又说天热，要到尚衣轩去更衣。公主心领神会，特命子夫侍候武帝。一入尚衣轩，皇帝目眩魂驰，子夫的熏香蝉鬓，亮比黑玉，歌女柔媚，颇会奉承。但不过火，全以庄严出之。公主见两人久不出轩，暗暗得意。等到武帝辞行，公主已悄悄将歌姬送到车上，并且拍着她的背脊说：“去吧，努力加餐，善事至尊，将来若宠贵，幸勿相忘！”子夫下巴贴着胸口，桃腮晕红，以袖半遮着脸，含泪敛衽，频频下拜，连声向公主称谢。

阿娇见子夫，妒火中烧，欲擒故纵地对皇帝说：“去陪伴新美人吧！”武帝不敢贸然得罪阿娇，只好忍痛割爱，把子夫安置于别宫。阿娇百计防范，子夫被冷落一年有余。后来武帝命减少宫女，由他亲御便殿，按照名册，决定去留，点到卫子夫，不禁勾起前情，抬头一看，一缕黑云姗姗滚到座前，歌女虽然略见清瘦，那翠眉绿鬓，依然楚楚动人，她流涕请求出宫，武帝惭愧交加。次日要她侍寝，后来生下戾太子刘据，不久又册为皇后。

卫子夫之弟卫青本是牧童，先被召为侍中，不久任将军出击匈奴有功，封长平侯，进位大将军；三个儿子皆不足十岁，诏封列侯。子夫“所谓妹卫少儿”（司马迁原话）之子霍去病封冠军侯，骠骑将军。一门五侯，天下民谣说：“生男无喜，生女无怒，独不见卫子夫霸天下！”卫青又尚平阳公主，权势炙手可热。

司马谈怕儿子受不了猛烈的开窍“药”，又说了许多安慰和吉祥的话，然后踽踽地走进了他的书房。竹影摇碧间，老人的步态多少有些蹒跚，儿子从他的举止上寻找龙门话大禹，院中舞长剑的健硕形象，觉得异多同少。一种生的艰辛和短暂，其中还包括许多徒劳无功的挣扎，死亡不可改变的命运感，仿佛一点萤火在思维的暗空突然闪现，很快展布成为星星、月亮、太阳，填满意识，不知为什么鼻腔发酸，与比武得胜的喜悦南辕北辙。想到人一朝要化为尘土，漫说是石头，连湖水和树木的寿命也会长得多，它们并没有说话写文章的本领，这是何等的不公正？既然死亡万能，又何必有生命；既有生命又怎么无法跨越死亡？竖看人的一世，知道的事是何等的少而又浅陋？就讲这片小园，一百年前谁住过，五百年前生过谁，一千年后什么样子，一万年后是河是小丘？白驹过隙的人，刚刚懂点什么，品出一丝味儿就永远消逝了。清醒、顿悟，凝成半透明的忧郁，淡淡的，也是难以甩脱的哀愁，怜悯老得过快的父亲，一事未成的自己，真想离群索居到冷漠的山坳里沉思，到灾难中去品味，到煎熬中去开拓，到狂热中去忘却……

为了摇晃掉锁在双肩的思绪，他脱去长衣，拔出腰间宝剑，再解下剑鞘，扔到石块上，左手捏一个剑诀，一进一退，由慢而快，雨点般的金鳞银屑，从剑刃上溅出，洒在月光中，落在草地上，沉入无何有之乡。少顷，鳞片连成金蛇，围着他的双肩两耳和膝上飞旋。虽然小湖成了一只巨镜，也一想忠实地照映出人影剑光，没有鉴赏家的青眼，天地间浪费了多少力的美啊！

这种宽解的方式很有神效，突然袭来的冷静思考被剑劈成粉末坠进湖中，沁入泥土。神经达到一种紧张的放松，我与剑两忘。

“好哇！”身后一个低沉浑厚的胸音冒叫一声。司马迁收了剑势，把剑刃深深地扎进草丛，也许泥中有石子，迸出两粒火花。他回头一看，好友任安双手叉腰立于树荫之下。

来客任少卿青幞头绿袍，腰系橘红丝大带，足蹬马靴，绛红国字方面，扫帚眉，铃口大眼，狮鼻，阔嘴，一部乱蓬蓬的虬髯黑里透黄，若在白天看去，还有少许发红。加上肩宽腰细，胸脯厚实，有点像拱卫在长陵入口巨坊下的石人。

“子长，出征在即，京中还有什么事要嘱咐愚兄去做吗？”任安是出名的酒坛子，司马迁和他相交八载，从来没有见他有过醉态。今天让郎官们灌了好多碗酒，不知道从他口中流到哪儿去了。

“少卿兄，请坐！”主人将任安引到茅亭中。宾主都很随便，没有多少客套。“此去南征，若兄台得空，多来看看爹爹。沙场之上，刀枪不长眼睛，万一为国效死，一家老小，托恩兄多多照拂！”

任安在子长肩胛骨上捶了一拳：“未曾出师，何必出此不吉之言？老太史公平日对俺任少卿犹如骨肉，兄弟只管宽心远行，不必有后顾之忧，相信愚兄能尽子侄的一分孝心。”

“家父平时教诲后辈立德立功立言，对少卿兄也曾多次提及。三不朽，人人神往，做到极难，不能得兼，退而求其一，也就不负此昂藏八尺之躯！”

任安看着司马迁激动的神态，会心地一笑，解嘲地说：“立德我心很向往，奈根底浅薄；立言则不善深思熟虑，更无文采，都挨不上边；立功要看机会，还有一线之机。实不相瞒，愚兄此来一算送行，二怕兄弟急于出人头地，反而丢了性命。你那点武艺可以打败郎官中的公子哥儿，还是没扎齐老毛的赤膊鸟，离飞上九天还早。今晚特地要教训你，有粉就往脸上抹，吃奶力气看家高招都使出来，这儿不是校场，没人观阵，丢不了情面功名，来！”

任安坐在那儿蓦然一跳，长衫抖落席上，人从亭中跃过栏杆落到草坪，全身不动，没有声息。他双拳一抱，左脚迈开：“请！”

司马迁背过手去，仰望太空，兀然不动。他忆起今天校场上比武的场景，郎官们一个个逞能好胜，不到一个时辰，筛下败将八十多人，如果不是任安拉住他，他早就按捺不住要上场教训那些无能之辈，直到最后任安才跳上场去击败李陵，那是最惊险的较量，十八般兵器全部换过，连老丞相和将军们都看得瞠目结舌。那些波诡云谲的鲜招儿，使得日色无光，郎官们看得连大气也不敢出。可是精通南北各路击技的任少卿竟会三次被不动声色的司马子长打得一滚丈把远，实在大出意料。事毕之后，同僚们闹着要胜者在渭南酒家请客，他怎能不志得意满呢？

司马迁对于找上门来的任安并不怯阵，甩掉袍子，走到任安身后拔拳就打对方肩头，任安身子一矮就地一个倒翻跟斗，双脚对子长胸口胯下猛扫，带来一阵旋风。这样别致的套路，子长就没有领教过，只见任安颈椎着地，团团旋转，化腿为臂，鹰扬鹘落，任凭司马迁龙腾虎跃，盘根绞柱，就是无法找到进攻的破绽。一名彪形大汉练到这般火候，简直不可思议。

用不着吃完一张烙饼的时光，子长累得咻咻气喘，任安转守为攻，狡如脱兔，兀然起立，神出鬼没，虚者实之，实者虚之，不到十个回合，司马迁被摔倒在草地上。

露珠很凉，沾在脸颊，感到清醒，任安一把将他拉起来。

司马迁刚刚立定脚跟，怪笑一声："不算，再来！"他第二次进攻更加猛烈。

"不服？好说，来！"任安不慌不忙应战，什么"庆忌擒鸟""苏秦捧印""专诸托鱼""伯牙摔琴"……招式越出越冷僻，最后抓住子长右腕，托着他的背脊望头上一举，让他全身凌空，无法使劲，然后轻轻将他托到亭中放下，挚切地说："好兄弟，你还是吃一盏文墨饭吧，拼死拼活非你所长。今日在校场打败俺任少卿，从此以后，不能同任何人交手，保住你一辈子英名，免得露了馅儿。愚兄怕你死在高人拳下，没有你这样好友，喝酒如白水，吃肉似嚼糠，一点味也没有。你上有老伯，下有女儿，中间有妻和好友，除掉不懂事的孩子，都对你寄望殷切，不能糊糊涂涂死在他乡，想想到那一步，老人夫人什么滋味？少受风险，保重身子骨，要活着回来！"

"少卿兄，你是个真汉子，好人，我明白你的心事！"司马迁噙着泪花走到草地，从泥中拔出剑来，在靴底一擦，纳入鲨皮鞘。

“你走不会少送行的，人都爱凑热闹，俺不来了，告辞！”任安向子长一揖，退后几步，凝望着他，嘴角抖动一下，又默然而去。

送走少卿，司马迁穿过院子来到他住的东厢房，一排四间，书房卧室各占一半。屋里灯火正红，上官清在收拾行装，无非是狗皮褥子、锦被，南方天暖，不用白羊羔皮裘，只有洗换衣裳、弓袋箭囊、笔墨砚台，一卷卷的帛，供丈夫写作之用。

“清妹！”

“轻！宝宝睡了。”上官清用食指挡住自己的嘴。

“哦！”他走进卧室，书儿睡得正香，她刚满四岁，胖得下巴叠成三道肉箍，眉朗目秀，小脸儿白里透红，深深的酒窝，更见天真可爱。他俯下身去，双手撑在席上，两眼牢牢地盯着孩子。

“别吵她，过来。”上官清把他拉到书房里。

“你忙什么？”

“爹回来就说过了，要走总得给你准备行李呀！进门先洗手，脱掉外边衣服，你也太不讲究，一个人在外边怎么过，怕要弄得更窝窝囊囊！别忙脱，你看看穿成什么样儿？领口像猪肚子，腰带像猪大肠，讨厌！不是这么穿的。哎，说不好的实心耳朵，一点听不进去，要这样，这样！”她要丈夫先把衣服拉整齐，然后才脱去。

司马迁扑哧一笑。

“笑什么，没面皮！”

“我笑这张嘴跟着你太吃苦，又要吃，又要絮絮叨叨，等到五十岁，一张嘴更不够用，恐怕连肚脐眼都要帮着说，哎呀呀，临走还闹小性儿！今晚不能马虎点？”

“不成，不干净不许上炕，校场上尽是沙子，多脏，街上多少灰，快洗手！慢点，真糟，手巾又拿错了，三条手巾，洗脸、洗身、擦脚，你怎么老是一锅汤？明知道人家有洁癖，你……真没心肝！”放在平常，司马迁的软抗议与雅谑会惹她一笑，今晚却不起作用。

新婚的怜爱，母亲临终的嘱托，使得她大小事都占上风；书儿的出世，使她更加忙碌;和他在知识上的距离拉得更大,子长让步更多。因为吵到爹爹那儿总是表妹有理,只要她一哭,老人就很烦。朝中不如意的事够多,同僚之间的倾轧永无终期,武帝的脾气又像美女的心肠一样多变,何况上官清善良,犯不着计较。至多发点牢骚。

“清妹,你这位夫人也真难侍候!”

“谁要你侍候来着……”

“哎,不拍你马屁你生气,一拍立刻又涨价了,哈哈哈哈!”

“我叫你坏!你坏!”她胳肢他的肋骨,挠他的弱点,他只好告饶收场。

“夫人,我洗,我脱,哎,俺司马子长也够可怜的了!”

“可怜个啥?讨女人的好?没出息,我最不爱听这样话!瞧,衣服又搭错地方,盆又没还原处,哎……”她用食指戳戳他的额头。

“你这么讲究,给我添多少麻烦?”

“你这样不讲究,给俺添多少麻烦?”

“嫌麻烦也迟了,哈哈!谁让你挑我做丈夫呢?”

“不,不对,不是丈夫。”

“是什么?老婆?”

“是——夫人!”她羞涩地笑了,“瞧你说得多粗野!”

甜蜜的回忆使得她心情舒畅。

“咱们来下盘棋吧,非赢你不可!”

“太阳不会打西边出,哪回你占过上风?”

“今晚旗开得胜,但是干下没劲,要下点赌注!”

“赌什么?”

“你胜了,我陪你睡;我赢了,你陪我。”

“没面皮!来,谁怕你不成!我执黑。”她真的摆上了子儿和棋盘,“子长,你好赖也是个男子汉,干什么要人可怜?你说说,今晚我不跟你吵,不使小性儿好吗?”

“除了清妹我让谁可怜过?在谁面前不是五大三粗的汉子?都为讨你的好儿才装可怜相,人家不委屈吗?”

"'夫人',我不想你走……"

"傻话,守着'丈夫'孩子,不听圣旨行吗?"

"爹老了,我顶个门楼子不易！想来想去,回来之后就别再出远门,当个史官教女孩读书也不错,可就是别写书,写真话要杀头, 我怕你成了齐太史……我怕!"她推开棋子扑到子长身边,双袖围着他的脖子,嘴唇一撇,肩头闪动几下,"你活一百八十岁也太短了……"

"我不能白来世上一趟！吃了饭总得做点什么。"他的下巴抵着妻的额头。

"哥！……"

"说呀!"他把耳朵凑到她的嘴角。

"我又要说蠢话,不用肚脐眼,用嘴说,不说要憋坏……"

窗外飞来一阵箫声,那是思念亡妻的老太史公在吹,一串串旋律,钻进窗来。

"听说昆明国出美女,你能带回一位来给我见识见识吗?"

"怎么,做我的'丈夫'还不够意思,又要当美女的'丈夫',不怕我讨个小妾?"

"谅你也不敢!"

"要是敢呢?"

"她要真漂亮我就杀了她;不漂亮就疼她,让她多生些孩子也不差,就是不许给我气受！哥,你是风流的好色之徒吗?"

"胡说些啥？你也是美女啊,如果是个哑巴的话!"他将她抱到膝上坐着。

"子长兄,我的'夫人'！偏不做哑巴！允许你带一只小孔雀回来,就一个,多了要气死的!"不知是醋意还是痛惜分飞,泪水涌出她的眼睑。

"听,爹又在思念妈妈了！咱们应该像老一辈那样相敬如宾,你少说话就美了!"

"不知道小书儿长大之后,咱们过什么日子?"

"谁说得准？咱们喜事办过五年了,就像才十天半月!"

三

接受过长者祝愿，同僚恭贺，辞别老父妻女的眷恋，茫茫前路中风险的忧虑，便油然涌上司马迁的思维。为了清理思绪，他驰马来到柳荫深处的“不醉不归小酒家”独酌。这座小店以雅洁著名，老名士司马相如、枚乘、枚皋、傅毅、东方朔、冯唐、孔安国、董仲舒、游侠朱家、郭解等等都曾经来买过酩酊大醉。酒旗便是司马相如所书，在京都独一无二，为高阳酒徒们所津津乐道。

司马迁为自己斟上一杯，飞溅的酒花，不知为什么使他记起龙门的浊浪。出使潜伏着杀机，跳过去未必成龙，跳不过去安然为鱼，争取再跳的机会也寥若晨星。初步体验和皇帝共事之难。

几杯入腹，面红耳热，恰好李陵也来小饮，平时极少交往的两位郎官，很自然地坐到了一条席上。司马迁招呼酒保添些热菜，与李少卿共享。

司马迁向来崇敬飞将军李广，爱祖及孙是常情。李陵曾经央求司马谈为乃祖立传，老太史令欣然许诺，使少卿很感激。

话到投机，渐入深层。

“为大将者遭到十余倍敌兵围困，粮尽箭绝，士卒大都身负重伤，外无援兵，不知应如何处置？”司马迁提出疑问。

“子长兄，小弟倒有愚见，只怕说出来你要火冒十丈！”

“小弟岂是鼠肚鸡肠，连朋友戏言都不能容纳？”

“小弟以为，当死则死，无所畏怯。若不当死而死，不如保存兵力，暂且诈降，待将士养愈战伤，备齐长短兵器，选好时机，反正起义，夜擒敌酋，出奇制胜，归报明主，将奇节大白于天下！”

“小弟以为此举欠妥，万一降后立即被斩，是非不分，后世耻笑，何以自明？不如拔剑自刎，以全名节，鼓励士气，再战必胜！”

“徒死无益，还当伺机而动。”

“还是一死为好！”

“纵然要死，也等敌酋被擒之后，再自刎明志不迟！”

“就怕到时候贪生，舍不得死！”

"司马迁,你……你说我李陵是贪生怕死的懦夫?"

"刚才说的话就不像飞将军孙子讲的!"

"子长!"

"李少卿!"

"你……"

"我只尊敬忠肝义胆的壮士!"

"你不该对朋友如此多疑!"

"你想动武?"

"哪个怕你不成?"

"谁要你怕? 比一比!"

"比一比!"李陵气得捋起袖口,跳到院子里,"说不定到战场出丑的是你,你太把人看扁了!"

酒保走进小院子,一见两人正在交手,吓得将菜盘子放在几案上,想拉又不敢走近,急忙连声叫道:"二位客官老爷,这又何必呢? 打出岔子小店承担不起呀! ……"

两位郎官拳来脚往,你上我下,来去腾跃,兴味正浓,各不相让。

"请出去打吧,这酒菜钱小的情愿不要了!"酒保朝他们连连作揖。

"住手!"随着一声低喝,韩仲子精干的身影出现在门口。此人气度宏博,白巾白袍,一尘不染,中下身材,两腿稍短,肌肉板结,走路快而又稳,袍襟飒飒起风,行家一见便知是武林强手,颇具威慑力量。

"大兄!"李少卿拱手立于路旁相迎。

"仲兄将军!"司马迁也跳出圈外躬身施礼。仲子虽然与司马谈交谊笃厚,也教过子长剑术,只因生性谦谨,总是以晚辈自居,子长对仲子敬之如师,事之如兄,十分仰慕。

仲子与李家关系更深。他十五岁时拜师东方朴习剑术,不学石匠活计。老侠带着他奔走江湖,行侠仗义,到十七岁时随飞将军李广北征,累建战功。仲子性好漫游,不愿为官,每当老将军为之申报功勋时,他便长跪请免。久而久之,老英雄对他逐渐理解,便不再勉强。他害怕妻儿为累,不肯娶亲，回长安不是住在李府就在东方老人家下榻，打仗住在军中，没有童仆，保留若干侠气。

飞将军自刎前夜，曾经置酒帐中，命李敢把盏，向仲子敬酒，语重心长地嘱咐："孙儿少卿好胜使气，老夫以为匹夫之勇适足杀身，贤者不取。若老夫辞世，你要教他兵书战略使之成为力敌万人的大将之才，老夫在九泉之下可以瞑目！"

仲子再拜受命，为了这神圣一诺，李敢屈死之后，他花了很大气力教少卿成才。李陵对仲子，也和司马迁对仲子一样，处在师友叔兄之间。两位郎官发生冲突，仲子自然是最佳的调停人。

听完二位老弟的叙述，仲子哈哈大笑，罚他们每人各饮三杯："少卿心胸太小，器小易盈，而海则能容百川；子长疾恶如仇，为空言挥拳，也非丈夫气概，目前血气方刚，今后背腹受敌，说不定你也会诈降以至弄假成真，而今无法预料啊，干！"

三人照过空杯，一起笑了。

历 险

一

3月初，司马迁带领少量的护卫，来到昆明，汶山郡内的气候比长安要早五十天，已是初夏景象，沿途可以见到在塘里“打汪”的水牛，牧童们光着腚在河里洗身，与北方大异其趣。

比起西域、西南其他边远小国，原昆明的宫殿建筑称得上鹤立鸡群。虽然没有几十丈高的摘星楼，千门百户的轩馆亭阁，也别有地方风味。那象征帝王权威的飞阁高檐上，还保存着昂然欲飞的青龙朱雀。房顶上一排排瓦檐被高原的风沙染成深褐色，代替琉璃瓦的大青瓦透着绿光，不难想象当年的显赫。御沟里的水蓝得发乌，散发着淡淡的臭味，吊桥与宫门石阙有些颓败。

山国原是秦国将军庄迹所建立，传到第四代没有男丁，只好让女婿段某继位，从此跟中原关系渐趋密切，不到三年，老爷儿们大多剪去辫子改梳汉人式的椎髻，上层人物纷纷读起了儒家书籍，靠近了文明。在位的第七代国王段护上表“自愿”削去国号，甘当郡守。他踞在颜色发灰的白鹿皮上，过于宽大的袍服，斑白的短胡子，迅猛衰退的视力，干瘪的面庞，萎靡得像一连几夜不曾合过眼。失去尊号才知道王权的价值，面临旧日部下的势利，觊觎高位者的嫉恨，明知心怀抑郁，无补事实，有损于健康，仍旧无法驱散炙心灼眼的愤懑。

“拜见父王！”地面用彩色大理石铺成孔雀开屏的大殿上，站着与段护相依为命的独生爱女。身材不比健硕的西域美女矮，除去朱唇和粉红的双颊，全身宛若一条雪铸的火苗，凤翅冠，鱼鳞锁子甲，白战裙，白大氅上绣着乳白飞凤，麂皮白靴，镶白金剑鞘，七宝剑柄上的白丝流苏，真像面粉塑的一般。凤眼、修眉、长睫毛，口角带着一点揶揄谁的表情，华贵的举止也脱不了任性，娇稚里夹杂着聪明与单纯。她是段护取得内心安慰与烦恼的源泉。

“凤儿，此一时也，彼一时也，旧礼不改，传到汉使耳中，说不定招来灭门大祸。皇帝早就看中昆明国这片宝地，正在找杀人的借口。父亲垂垂老矣，怕惹是非！”女儿不驯服的眼神加深了父亲失国的哀痛，他只想苟延残喘。

“父王莫做汉家的官，还是君临一国有气派。当了十七年公主，叫起来也顺口悦耳，谁稀罕什么小姐大姐的，扫兴！”南方谚语说：“河里无鱼虾子贵，膝下无儿丫头贵。”于是山东老儒，赵燕武士，纷纷被请到南国边陲，教她单日习文，双日演武，造就得连长安的闺秀们当中也难找出可以并肩的人物。前年她母亲还健在，靠着撒娇发嗲拒食，不停地纠缠，老太太归家祭祖，曾将白凤带到国都，也约略接触过几位名媛，得到阅读枚乘、枚皋、司马相如等人名著的机会，从而添加了自信和骄傲。

“为一国之君不能保存宗庙社稷，昼夜五内如焚。然而天命气数不可强求。东越王余善自号武帝，封大将雏务力吞汉将军，阻止楼船将军杨仆的汉兵去征南越，国灭君死，百姓迁到江淮、闽峤一带人迹不见。南越丞相吕嘉，足智多谋，杨仆与伏波将军路博德两路夹击，兵败被扑杀，刚好大汉天子巡狩到桐乡，乃改桐乡为获嘉县。夜郎且兰君被驰义侯所斩，国改做郡，若无强兵作为前驱，使臣司马迁一张口两只手能服众吗？为什么邛都、笮都、冉都削国号归顺长安改为郡守？他们这些地方君长都甘心认汉人为父？实乃出于无奈。你念过先秦子书，所谓两害中必取其一则取小，非取害而是取利。昆明地处蛮夷，刀耕火种，养兵甚少，邻近开化、撮泰吉等国酋长虎视眈眈。依靠汉家，可以自保；得罪汉家，腹背受敌，必归于尽。君子报仇，十年不晚，你要知为父处境如履刀尖，就该韬光养晦，全身保命。

到你儿女手中,汉家气数一败,再复河山,不比死在汉人刀下强百倍?儿要三思!皇帝连宰相都随意诛之,对我父女怎会宽厚?”

白凤哑口无言。但从感情上偏难接受这一席话。她拔剑出鞘,左手用中指弹弹剑脊,铿然有声,咬着银牙,右脚重重地一顿:“连山东那位孔老夫子也可恨,什么‘夷狄之有君,不如诸夏之无也’,咱们蛮方不知什么事得罪了这个糟老头儿,若生在咱们昆明,他准不会这么说歪理。这口气难咽下,真想连钦差和皇帝老倌都杀个痛快!”

“嘘!噤声!”

“哼,总有一天让他们知道白凤公主不是好惹的。”

旧日的皇门官改名叫旗牌,他一入大殿还是按老规矩,跪在阶下高叫:“长安使者大人到!”

“传令郊迎!”段护快快地点点头。

“女儿倒想上十里长亭去看看来的是什等样人,要爹爹去给他背弓箭袋!”

“公主的牌名虽不存在,也仍是千金之体,不宜抛头露面。”

“父王,您不喜欢女儿了。”

“冤家!这是哪里说起?……难道爹爹还不够烦吗?”

“爹爹,儿还是要杀!”

“你……”

“不杀了这个姓司马的老头儿,咽不下这口恶气!”

“他不是老年人,听说才二十六岁!”

“那就更好,杀了也不落欺侮老弱的恶名!”

“不能以卵击石,没娘的乖乖!你若莽撞,有了三长两短,爹爹百年之后如何向你母后交代……”

“儿忍!忍!忍!”白凤拭去老人的泪痕,自己再也忍不住泪水。

一丈多长的木管,有点像喇叭,一排八根,安放在城楼的木架上。士兵们面对宫外的演武场吹奏起来,其声呜呜。

八面铜鼓继之被擂响，鼓色赤黄微紫，上面刻着羽人和雷纹。

昆明县令牵着大象，象背铺着虎皮，耳后面挂着几圈藤条，在碧叶间插满红艳艳的山茶。

段护骑着一匹马，步伐稳妥，后面跟着百多名官吏和士卒，再后面是马车，拉着美酒佳肴，打算慰劳远方来的贵客。

白凤目送父亲走过吊桥渐渐去远了，她才走下敌楼，骑上雪花骢奔回后宫。

两名宫女把酒洒在刀石上，磨着公主的鸳鸯剑，剑色澄蓝，铸造精良，靠剑尖七寸的地方，镶着七颗发亮的金星。

雄剑磨好被递到白凤手中，她扯下一根头发，横搭在剑刃上用嘴一吹，断成两截，飘落尘埃。白凤满意地点点头。

另一名宫女呈上雌剑，公主接过来，横臂一看，寒气沁人心脾，她舞了几个架势，十分称手，刚好长木凳头上有颗大铁钉，粗过指头，专做固定磨刀石之用，她抬腕一削，火花一冒，钉头落到地上。她在心中悄悄地说："司马迁的脖子总没有铁钉结实吧……"

她带着一丝快意，仿佛汉使的头颅当真地高悬在敌楼上号令一样。草草用过晚餐，服侍父亲到书房去安歇之后，白凤兴冲冲地回到寝宫，摘去凤翅冠，包上蜡染花丝巾，卸去披风，换成紧身战袄，薄底蛮靴，这样打起仗来比较轻便。

今晚她破题儿第一遭对父亲感到不满。在就餐的时候，父亲兴奋地多喝了几杯，话也多了，无非都是长大汉志气，减南国威风：

"司马子长下笔千言，片刻即成。晓谕西南夷诸国君民的檄文写得外温内厉，百年罕见！

"子长乃相如再世，有辩才却引而不发，战国策士风范尚在。一代雅人，难得难得！"

"爹爹的心魂让那司马迁捉去了？"

"当然……他也非十全十美，浮躁之气未除，锋芒外露，日后难免招到君王丞相与众将军之忌。女孩儿家见识有限，不得轻视汉使！"

“恨儿身为女流，否则出使异邦也不辱君命，未必比司马迁逊色！”

“莫说酒话！儿若真能胜过司马迁，你爹爹决不甘心当这区区郡守！”父亲酒后吐出苦衷。

白凤只希望老父早些进入睡乡，便一反常态殷勤劝酒，不多一会儿，她就实现了自己的意愿。

她来到昔日的东宫，今朝供贵客下榻的驿馆，宽大的房间里不见人影，她轻咳一声，也没有引起反响。

这座宫殿不高，俨然伏虎，非常结实，四面为石块垒成的厚墙，窗子不大，窗台太宽，屋里光线不足，地上铺的兽皮是贵宾到达前夕才换上的，与陈旧的帘幔不太相称。

姑娘走入卧室，墙洞里蒙着红绸的灯，光线很弱，她抽出长剑挑起帐幔，床上是空的，席子的一角叠放着鹿皮，不像有人碰过。“奇怪！人呢？”她暗暗自问。

来到外间，矮几上堆放着几卷帛书和大捆竹简。一只陶罐，花纹质拙，还刻有半象形的文字符号。两只铜虎压着一方帛，上面墨泽未干，便探身一看，写的是《悲士不遇赋》：

悲夫士生之不辰，愧顾影而自存。恒克己而复礼，惧志行之无闻。谅才韪而世戾，将逮死而长勤。虽有形而不彰，徒有能而不陈。何穷达之易惑，信美恶之难分。时悠悠而荡荡，将遂屈而不伸。使公于公者，彼我同兮；私于私者，自相悲兮。天道微哉，吁嗟阔兮；人理显然，相倾夺兮。好生恶死，才之鄙也；好贵夷贱，哲之乱也。炤炤[①]洞达，胸中豁也；昏昏罔觉，内生毒也。我之心矣，哲已能忖。我之言矣，哲已能忖，没世无闻，古人唯耻；朝闻夕死，孰云其否？逆顺还周，乍没乍起。理不可据，智不可恃。无造福先，无融祸始；委之自然，终归一矣。

①音兆，照耀，又读招，明显、显著。

公主边读边沉吟着:汉使年纪轻轻,怎么会有怀才不遇的空虚感?这和他赫赫威势不协调,可见每人都有隐衷。她拨拨灯芯,屋里骤然一亮。小赋不长,于是她周而复始,越念越响亮。

"咚!咚!"窗外有人轻叩两声。

她本能地警觉起来,将双剑分开,左右手各握一柄,抬头一望,窗幔外一部花白的胡须一晃。

"凤儿,爹没醉,咱们一道回宫。"

"真好!"她收剑入鞘,频频点头。

"什么?"

"文章!"

"哦,我早讲过大人是奇才!快出来,碰上生人怎么说?"

"这就走。"想到夸过汉使,她心头一热,有点羞惭。

园大人少,比较空旷,几株线条拙辣枝多叶密的老榕树上面露出破碎的蓝空,还有好高骛远的星星随人而行走,似乎云片在摇动,假如来一阵大风,说不定它们会被刮到另一条银河的岸旁。

"爹爹被挤到墙犄角,也不让女儿动弹一下。"

"你哪知苍山多高,洱海多深,靠爹爹守住你不惹事是无用的!只要瞧爹爹二更多还在找你,就不该意气用事。"白凤垂头一笑,没有回答。父亲知道这是女儿在默默地认输,就不再絮叨。

最高的建筑物天凤阁,坐落在宫苑正中,下面一半是石条所砌,最高三层是合抱粗的八根杉木立柱,上面有细木工雕成的一百只朱雀,姿态无一雷同。

白凤的脚步像猫一样轻柔,直到绝顶,打开东窗,东宫就匍匐在脚下。她从墙上摘下雕弓,把袋里的箭一一抽出,放在窗台上,箭镞反射着月光,磨得好不锐利。

高处遮拦少,可以看到远处灰绿的山峦上精力过剩的树木还在舞着长发,轮廓比近处的古榕模糊,就同山的性格一样难以估摸透。

披着溶溶月色,一个健壮的身影在徘徊。他散开长发,穿着短衣,腰横白带,时而抱臂胸前昂头观星,时而垂头望着池里的碧水,看来不无心事。从西边送过来的芦笙声不算很悦耳,只是纯真,他侧耳凝听,引起她的关注。

过了一会儿,她的耳边响起自我谴责的心声:“该死的眼,不许你盯住他,偏不让你看! 莫被短文中几句牢骚塞住心窍,要加十倍仇恨他!”她手捂着眉眼将身一扭,剑柄碰在箭羽上,掉下一支,直愣愣地插在楼板上,啪的一声,把她吓得一跳,等弄清怎么回事之后还轻轻拍拍胸口。

二

约在巳时,大街上叫卖货物的哨子此起彼落,还夹杂着竹梆子声,司马迁穿着商贾们的袍子混迹在人群中,他估计这是当地的某一个节日,比平时热闹。

一个十三四岁的半大妮子赤着粉红的双脚,挑着两只孔雀,迎面走来。几位行人匆忙地向她问价,司马迁只能看清双方的手势,本来就听不懂的对话全被乐器声所淹没。

“真好看啊! 小大姐,要卖几串铜钱?”他好奇地打听。

姑娘伸出食指,频频点头。

“十串? 不贵,不贵!”

“不!”她咿呀几句。

“唔……”他还是茫然。

几位市民围上来注视着远方来客。

有位挟着褐色琴弢的半百老者,轻轻推开看客们,挤上前充当临时义务译员:“客官,这姑娘只索价一串铜钱,也就是一百枚,多了不卖,可以还价,不许加钱。”

“多谢老丈! 竟有如此卖主,晚生少见多怪!”司马迁施礼。

“此处民风淳古,胸少城府。听先生是长安口音,莫非来自大汉都城?”挟琴人躬身还礼后一抬手,围观者各自走散。

“正是,尊驾仙乡何处?”

“与先生同乡,先父为人耿介,得罪当朝贵戚,在诏狱受尽非刑而亡。

卑人奉遗命避地来此邦已二十载。所幸幼时读过医书，略知岐黄之术，靠弹琴招徕顾客，卖些草药糊口。平时无人交谈，得逢先生，不辞冒昧答话。这妮子是苗家人，翻山越岭挑来，十分辛苦，一时未见买主，先生买回长安，就算件善举如何？”

“老丈饱经忧患，犹存恻隐之心，乃湖海高士，晚生敬慕。既有雅命，乐于照办。可惜俗务在身，乡关遥远，无力喂养。买下敬送先生，以表微忱。”司马迁付了两串铜钱，那女孩只收一半，推推拉拉，让他为难。

“这……”挟琴人不安地后退两步。

“同为异地客，都是故乡人。何必见拒？”司马迁面色恳切。

“如此卑人拜谢！”挟琴人将一串钱退给司马迁说，“她不会多收一文！”接着用方言对卖鸟妮子叽咕了几句。

她挑起孔雀，扁担闪动，踏歌而去。

“老丈不爱此鸟？”

“卑人请她送到寒舍后院。苗家重许诺，不会有差错。”

“另是一番天地，不奇而奇……”

“卑人贱姓方，名正迂。先生气概清雄，自信后会有期！”说罢一揖。

司马迁望着同乡清瘦的背影绕过两株山茶花，消失在行人中。

“方正迂！是真名还是如张良老师圯上老人一样的代称呢？”他本想追上去探询风俗民情，怕耽误了老丈卖药。又曾自称商人，露出身份，会碰上忸怩场面，就和挟琴者背道而驰。

广场北端长着一株亭亭如华盖的大榕树，枝杈粗壮，叶子墨蓝，一条条一串串的气生根从半空中拖下来，参差不齐，仿佛一位猛士，蓬乱的长发下生满朴茂的须髯，臂托苍穹。浓荫下有位白发乐师在吹大笙，其音圆润开阔。三名健硕的弟子用南国特有的芦笙烘托着，错综有序的乐句罩住了听众身心。他们或坐或立，如醉如痴。司马迁感受到每个音符都像鸟儿拍着翅膀在广场上旋转，高的势冲碧云，低的擦地而过。忽散忽聚，织成彩练，凌风挂在树梢。

这里，少女们尚未受到礼教的捆束，活泼、大胆。有几位受到曲子的呼唤，翩翩而舞，轻盈如春燕。

司马迁叉手细看了片刻，不自觉地合拢双睛，转身背对乐队，这样减少了干扰，听得更投入。他全然不曾觉察：对面有一位白袍武士，以扇遮面，靓丽的眼珠牢牢地盯着他，细长的右手按住剑柄，微微颤抖，可惜随身的童儿力气不足，几乎用全身的重量压着主人的腕部，减少武士抽剑的激动。

“赏钱五十文！”武士一发话，另一位家童掏出铜钱，递到四位乐师和少女们手上。

“给老人添上五十！”

“是！”

“谢公子！”少女和吹芦笙者一一叩头。

“免！”

老乐师起立，掂着钱串子，用苍哑的声音说：“哪位公子如此大方，老汉很久没得到过这么多的钱。只有这颗心来报答，给公子吹两支楚国的古曲。老汉一死，没有多少人会吹奏了……”

“啊，谢谢！”武士看到泪水从老乐师干瘪的眼窝中涌出，不无触动地一抱拳。

师徒们才吹完一支序曲，那是巫师们戴着面具来到江河之滨祭祀湘君、湘夫人，鼓声锣声和钹声，夹在管乐中出现。浊浪滔滔，夜风如狼嗥，神秘、幽怨。

两弟子背不出乐句，手指僵直而停奏。少女们走上前去用食指划着自己的双颐，逗起一阵哗笑。

司马迁对调笑声有点反感，也为这些年轻人不解阳春白雪而兴叹，便退出圈外，手攀榕枝，微微晃动肩头，全神谛听。

武士斜睨他一眼，前走两步，再欲拔剑，这回让童儿抱住了胳膊，只得撇撇下唇苦笑道：“这小子目中无人，可恶！”

另一名青年乐手跟不上趟，放下了乐器。

听众们大部散去，广场上更加空阔。

老乐师下巴和腮部肌肉在跳动、抽搐，恰如其分地把情绪送到听众耳中，深层的人世阅历给音声以厚度，竟然创造了以华彩之音表现沉默的奇境。

司马迁愈听愈迷，单调的丰盛，不寻常的清晰，几乎达于透明，又不失浑涵，杜绝了机心：“这是古曲《山鬼》啊！中原不闻此调久矣，而蛮夷之地尚存，难得啊！可惜知音寥寥……”

此刻，古琴的旋律参与进来，技法没有惊人之处，然而大体上松秀、平远，虚心澄怀，时而停顿，不乏自省与探寻的苦涩。于是乐器有了呼吸，泻出天籁。司马迁一睁双睛，便知挟琴的走方郎中被笙的磁力所邀请，自觉来参与这番演奏的。彼此一瞥，即达到默契。

武士耸起长眉，昂首向天，和风拂衣，神与音飞，手为曲子所缚。几名为主人真魂出窍而成为泥塑的童仆，不再怕他酿造杀机。

司马迁垂首兀立，树叶间的碎光在他脸部与胸前摇曳，犹如面对古哲那样虔敬，阔别多年梦幻般的欣悦钻入毛孔，五脏六腑进入乐曲同样的谐调……

盲乐师具备过人的感应力，对不得其门而入的观众离去，唇边略现骄傲的笑纹。奏和听是一鸟双翅，会心而高翔云头，朝一位知音与面临万众，他付出了同等的严峻。

泪花滴到扇子上，武士剑柄上的流苏在战栗，把乐师与司马迁都忘怀了。

记忆中父亲弹出过的雅声，使他对挟琴者的演奏无法满足，无形的巨大电流推着司马迁，他身不由己地坐到两位乐师的中间，没有一毫自我炫耀的企图，琴几乎是神不知鬼不觉地横陈到他的膝前，信手挥弦，金鸣玉振，劲健郁勃。沟通孕育了新的刺激，老乐师摇动苍苍白发，霍然起立，声的洪涛光怪陆离，响遏流岚。

司马迁的指法、扣弦没有父亲温润而刚毅，盲翁的湖海之气，方正迂的山林野风，忘了特定身份的使者离成熟还有漫漫长途，却不失险峰大瀑般的活力，万卷书和万里行的浩瀚。朝暾映天，大漠驼铃，烈士去国，雪原孤鸿。稀有的可塑性与感悟程度，让合作者惊诧。

武士双眉紧皱，面容煞白。那是震撼、强制的冷漠、妒忌、渴望感知对方，与难以平抑的仇恨……

方正迂碰撞着乐律，唱起《山鬼》末段：

雷声隆隆啊彤云漠漠，
长夜悠悠啊猿啼啾啾。
雨声簌簌啊树叶飕飕，
思念公子啊空有离忧……[①]

盲老人加入末两句的合唱，流光与饥寒蚕食了往昔的华美音色，回赠以无雕饰的萧散更有余味。

武士从童仆的背囊里掏出四块银子，给盲叟与方正迂各一块，掷下两块给司马迁，决然挥臂，带领童仆们走开。

盲老人双手捧着银子，感恩不尽地掂了掂，频频咂着嘴唇。

武士走到广场尽头，忍不住回首一看，司马迁将两块银子分给了两位老乐师。

方正迂一点不客气，接到手里朝天大笑，三块银子一齐落到盲翁手。

"方大夫，这……"老人要说些什么。

方正迂拉住司马迁挟着古琴飘然而去。

"天哪！您老爷子今儿是睁开了眼，不像我这瞎老牛……"

"公主，我看那弹琴的先生挺像长安来的使臣！"童仆一口女声。

"汉人不解楚歌，哪会弹《山鬼》？兴许是浪迹江湖的乐师！"武士原是白凤。

"那您为什么要抽宝剑……"宫女扮的童仆做了个砍头的手势。

"没看准才没动刀剑。真要是那小子，哼哼……"白凤在牙缝里冷笑一声，杀气升腾，吓得宫女伸出舌头。

她们远远尾随在司马迁的后面，转过一条小街，来到祝融庙门口，刚才

①作者据《楚辞集注》试译其大意。

与盲翁合奏的三位青年正在赭色墙下吹芦笙，总有两百多男男女女，异口同声地唱着情歌，与白凤倾听《山鬼》的场面恰成对比，歌词很粗俗：

小妹子呀太缺德，
神出鬼没盖世无双的偷心贼！
偷走哥心不理哥呀，
长夜难亮白日天难黑……

她们躲开热闹场所，走进庙后一家小酒楼，当炉女殷勤地将白凤一行领到楼下一角安好座位，端上酒肴。

宫女一指楼上，白凤就听到司马迁和方正迂在轻声交谈。

“先生送孔雀，又送重金，不让方某做东，只有告辞了。”

“银子是听客所赏，先生又转送给吹笙老人，再要破费，于理不公。”

“方某此生能请先生几回？先生不肯赏光，过于生分，还是洒脱为上。”

“恭敬不如从命！”

“先生举止音容，弹琴手法，都像长安大学问家，方某无缘追随的司马谈老先生。当年老夫子在渭水之滨弹琴送飞将军李广北征大漠，围观者数百，梧桐落黄叶，河水助悲鸣。一时叹为绝唱！先父本想托孔安国大师引见，不久宏愿成空，卑人流落到这蛮荒边地……唉——！”

“此地百姓对汉人如何？”司马迁迅速改变了话题。

“汉人一向少见，方某初与南民相处，但见其粗犷；几番交往，才知土人坦诚待客，不拘礼法。如若恃强欺弱，他们会以死相拼。方某与此间几位老年人亲若兄弟，送菜赠粮，不分彼此，故而几回打算重返长安，皆未能成行。”

当炉女献上熏山雉肉，烤野猪腿，白凤无心品味，宫女们也不敢放口大嚼。

“先生请尝尝竹板鱼、竹筒饭和米酒！”方大夫在劝酒。

“少女当炉，北方未曾见过。”

“此地出美女，或系水土之故。其中艳名传之最远者为白凤公主。其母出身长安望族，由先帝赐婚，下嫁昆明国执掌三宫，遗憾只生一女，请来有名经师，教以金文石鼓文，多次去长安、姑苏观光，真不愧为见多识广的才女，还精通骑射剑术。附近几国王子登门求婚，一个个被她打得落花流水，大败而归……”

白凤听得心花怒放，吩咐手下人进餐。

“男大当婚，女大当嫁，大美女也不能守在宫里一辈子侍奉父亲！”这是司马迁在议论。

“国王想让女儿继位，可惜南方没有吕太后那样先例。想招赘一名乘龙快婿，因皇帝下诏禁止此事，据闻被列‘七科’[①]之一。好在芳龄才十七岁，办大婚还可以拖二年三载。在寻常百姓家是晚了些，王家的事谁也管不了。”

“但愿公主嫁个如意郎君，帮她治理好朝政，替百姓分忧！”

“没有先生这般风采，公主哪肯屈尊下嫁？”

“方大夫取笑了……”

白凤默然干了几杯酒，对两位汉人的笑声都没有在意。露在明处的眼睛有点羞赧，藏在背光处的另一只眼球在发亮，一团小火，掠过心空，不无触动，又无法表露。

五年前李延年做乐官，曾把西域的弹拨乐由五十弦减去一半，取名箜篌。仰慕大汉文明的王后听到消息，立即派人进京高价购来成功的试制品。惜乎王后在白凤十四岁时就死于怀乡的忧郁病。每当白凤思念慈亲或心事重重的时刻，只能与箜篌谈天，从弦外的铁响里听到母亲的叹息。

这晚，她无来由的热泪滴在指间，还不太连贯的《山鬼》一曲，弹奏出特殊的魅力……

经过难眠之夜的思考，她定下一计要除掉汉使，帮助老父紧握实权，伺机复国。

①即吏人获罪、亡命、赘婿、贾人、原有市籍、父母及祖父母有市籍者，每回征战，要服徭役，运粮饷等。

三

第四天一早，司马迁应白凤之请，只带四名长随，来到校场。

士兵百名，列成四队恭迎。白凤笑容可掬地拱手："家父卧病，命白凤陪同大人去猎白鹿。"

"北方学子，不识贵处地形，正需指点迷途。然小姐乃深闺弱质，驰马山林，损伤玉体，吃罪不起。"

"大人，这匹雪花骢日行山道四百里，蛮荒女子不是长安那样通都大邑娇生惯养的女儿家，弓箭在此，大人指教！"

白凤伸出纤手，递来铁胎弓与一支雕翎箭。

司马迁含笑一揖："子长略通诗书，对于鞍马武技并无所知，实在不敢唐突小姐，免得当众出丑。"权衡环境，决计对她不即不离，等给毗邻的开化撮泰谷等地酋长们颁印收玺之事一毕，就返京复旨。

"大人出使之前，校场比武名列第一，哪有不会骑射之理？"

"小姐才是方家，子长等着一饱眼福，那根孔雀翎是早就准备好的吧？"司马迁再次施礼，然后指指校场南边吊在树上的一根孔雀翎。

白凤抿嘴一笑："大人见笑了！"她技痒地抬起身上马，猛加一鞭，朝孔雀翎相反的北方飞驰，先是回身松弦，羽箭飕的一声飞过天空，白线断了，孔雀翎应声而落。接着再转过身去，从身后射一箭，那条白线又被射断。

她勒马据鞍，竭力掩饰着内心的得意："大人请射！"

"不射了，随小姐出猎。"

"愿为前导！"她一招手，士兵们纷纷上马，簇拥着她和司马迁朝深山奔去，路旁的树林在他们眼中跃动、摇摆……

面迎新夏的热风，坐在雕鞍看滇中海浪起伏般的群山，远没有司马迁想象的那么高，因为高度都在地底下。

他二十四岁初度，曾经护驾从武帝到达秦穆公居住过的雍（汉代属于扶风），皇帝祭过青黄赤白黑五色土，又西越陇山，抵平凉以西，登临崆峒，传闻那是黄帝旧游所在，不免凭吊一番后，西行到祖厉河岸（今会宁附近）

已接近兰州。那次长行，饱览过西北的山，大片褐黄色的沙浪一直向天脚下拓展。她丰厚、瘠薄、宽柔，古意森然，从荒凉空旷之处呈现出来。实地踏勘，使他感受到先民狩猎的艰辛。篝火旁边，茹毛饮血的原始画面，化传说为形象和浪漫主义情韵，有助于他后来写成《五帝本纪》，并在赞语中点出“余尝西至崆峒”。漫游采撷了山川的英气，储存了不同的情绪，反刍成形形色色的灵感凝为瓣瓣飞花，撒落在他的文字之中。直到他被迫过早地进入垂暮之年，大漠高原诡奇神秘的笑容，还牵动散文诗人的玄思。

大森林挟着暴风雨横飞以乌云沉海之势压向司马迁的马头，又被长鞭甩到了马后。一再加速，山在幻觉中成了巨兽也在奔突，似乎追赶着看不见又能感觉到的东西，也许就是命运。它没有时间舔舔钻入它巨口又跳出它毛孔的人和马。

他的思绪淹没了白凤及随行者，向无涯的阔海泛滥。眼前的一切，都向他展示生命、跳荡、活脱、富饶、郁勃、自由而无骚扰。她们发出天籁逸音，把他的骏马托上云空，于是那些山就变成了杯箸间的小馒头，再看看白凤和兵勇，被距离压缩得格外矮小，以至拔山可以搓成弹丸，塞住长江大河，更勿论怒江、澜沧江，那是诗人怒发的创造力在蹈扬，普通帝王公侯，成了视而不见的沙粒，失去了存在，在地上只有高坐昆仑巅峰的巨人。这是马前蹄弹出的罗曼曲！

而冥顽的西北群山，伸出赭黄粗健的双臂，拉住了马的后蹄，使它们寸步难离现实的泥土，那血淋淋汗津津的腥臭，带着圣洁芳香，正如他在童年就开始思索永远也得不到解答的死结那样：人到底是什么？他们为什么到世上来？为什么要死？为什么死得那样易于被同类忘却？在他们同类相残比野兽还缺少人性的时刻就打算活十万八千年，为什么忘了自降生伊始便注定要埋入地母的归宿谁能更改？为什么看不到人灾的毁坏力有时超过台风海啸地震火山？哪个暴君给人们痛苦的遗产造成后代意识的扭曲不要几百年才能治好？在无结论中总结出的结论“三十岁一小变，百岁中变，五百岁大变。三变为一纪；三纪而大备”，“仰则观象于天，俯则法类于地”，“天则有列宿，地则有州域。三光者，阴阳之精；气七在地，而圣人统领之”。难道就真是“天人之际”学说的脊梁？五百年必有圣人出，从几时算起？孔子、周公之前有无数五百年，谁是圣者？孔子之后又有五百年而圣者为谁？司马迁未必没有怀疑过数和律，只是扔掉这根精神手杖更无他物可以替代，就一个劲儿地用下去而已。哲学的思辨要他扎根于生存，认清环境利用环境创造环境，不负有限时光，更莫要忽视本身有人性的弱点。

于是在不安于速朽的原野上，永生的圣殿门前的高坡之下，特聘殿堂的两位门官——半边脸如美女，另外一半如恶魔的欲望与庸俗做裁判；浪漫诗情与冷峻至理血战多年，相持不下，谁也得不到超拔。直到忧患和死亡逼近，点化了司马迁的眼睛，让他看到裁判是有意看热闹而阻碍两位角斗者携手升堂，与古哲们抵掌而谈，倾怀大笑。两人才各自会心地使了个眼色，斩了门官，排闼直入，于是对得失悲喜嗤之以鼻。

他在一片小平原上勒住缰绳，白凤已经将马拴在树干上，让它喘气、吃草，自己坐在石块上吹蒲公英。

他也拴好战马，这才发现随行者的马太慢，至少要被抛开十里以外。

隔着层林，传来呦呦的鹿鸣声。

“上面有鹿，不能驰马登山，请大人步行。若射得之鹿毛色雪白，在长安城就值五十万钱。”她两目生春地邀请。

“唔，”司马迁的反应并不太热衷。他束紧腰带，拽好袍子前后襟，不紧不慢地跟在她后面，有点吃力，但也不特别累，只是腕子上有些痒。南国之夏来得早，驿馆里的蚊子很多，睡在碧纱橱里，总觉得闷，睡熟之后，胳膊腿常常伸到纱幔外面，被蚊子和小咬叮成许多疙瘩。

从小白凤就听母亲攻讦汉朝的官儿是大半贪赃枉法，成见很深。看到司马迁的表情如此平静，不免意外。在她这个年纪，局部可以畸形早熟，不能掩盖另外很多方面的稚嫩。

汉代束缚女子的礼教尚未形成，用不着缠足，所以白凤从一块石头颈项跳到另一块巨石顶端，快若猿猴。遇到陡壁，只要手能抓着草根，就能攀缘。司马迁的行动比她迟缓，不一会儿就气喘吁吁，全靠长劲才不至于离她过远。

他们来到斜坡上，靠近山崖，长着各种司马迁认不得的树，浓密的枝杈相交，仿佛天空也染上一片乌绿色的云纱。树梢和漫坡灌木林丛中有鸟儿在欢歌、跳跃，彼追此逐，使氛围变得更幽谧。

“白鹿！”白凤眼尖，看到一个流动的白点，闪过藤萝深处，一霎时又在对面山坡上出现。她急于要炫技，就张弓搭箭朝它射去，箭法高明，但命中鹿角，等到箭一落下峻岭，白鹿惊慌失措地往林中逃窜。

“抄近路到山梁子上再射。”她顺着林莽追过去。

羊肠小路两面都是高齐人耳根的茅草，长叶的两边很锐利，司马迁到底是北方人，脸被划开了两条口子，手也割破，流下两串血珠，他没在意。

走到一里开外，山势向南倾斜，几人合抱的大树直上直下，地上发出去年落叶霉腐的气息。再往前去，一条大壑截断了小路，对面云气氤氲，突兀峥嵘的峰峦像是落潮后的巨礁，山风狂啸，似乎大地在摇摇晃晃。

绵亘不绝的横断山脉遮住天日，人和山外群体的联系被切断。

他咳嗽一声，回声很顽皮，四面起伏，交错和答，逐渐向远方展布开去。他那新鲜、惊诧的表情，使得白凤眉宇间带点鄙夷的神气。这儿的一切都引不起她的好奇心信。

“你还想到哪儿去？”白凤双手平肩举起，转过脸将他拦在树下。

“追随小姐找鹿。”

“还是找死吧，司马迁！”

“小姐说的是戏言……”他一点也不惊恐。

“俺非杀你不可，没有人跟你闹着玩。”她拔出双剑将雌剑掷在地上，接着说：“给你一口剑，你家白凤公主从来不斩手无寸铁的异乡人。你若吃了败仗，那是命中注定要给老虎开开胃口；俺若败在你手上，你不杀俺俺也得跳崖。早就想动手，怕给父王捅娄子，让你到这儿死，连尸首也找不着，太妙了，来！”

“小姐，你我素无怨恨，为什么势不两立要刀兵相见？”他抓起剑背树而立，一味招架。

“懦怯鼠辈，怎么不长眼睛？”

"有事好好商量。"

"谁跟你们商量？这片天下俺段家经营了几代人，凭什么要削去国号，改成郡县？不全是你们想尽百法向皇帝献媚，他怎么知道有个昆明国？"

"这怎能怨我司马子长？"他连连地腾挪跳闪，避开剑锋。

姑娘麻利地向他膝部虚晃一剑，半路来个"白龙奔月"，剑尖突然上行直刺人中。

这回司马迁来不及用剑去挡，猛一矮身来个"脱袍让位"就地一滚，肩头着地，弹跳而起，转到她的背后。这一招出她意料，出手过猛，失去重心，无法收回，将剑一下扎入树干七八寸深，用尽全力也拔不出来。

司马迁有意后退两步，看看她怎么改变打法。但见她双目一闭，转过身来，顺手把衣领朝下一拉，露出一片雪白的肌肤，昂着头，轻蔑地撇下嘴唇。这傲然的气度，使他愕然。

"砍呀！"

长时间的沉默。

他暗暗点头，带着敬意从树上拔下利剑，连同手上的雌剑一并纳入她腰间的鲨皮剑鞘内。

她睁开眼睑，才见他双臂相抱，垂着头倚在树边，显得很沉郁。

"你不杀俺？"

"走，打白鹿送给小姐！"

他的语音低沉、诚恳，没有玩笑的成分。

她的自尊心受到了伤害，便下意识地摸摸脖子，把领口扣上，往地上一蹲，脸对大树，肩膀抽搐，倾吐出难言的哀痛。

他的双唇嚅动几次，双手木然。是寻找白鹿还是松懈一下比铅还沉的气氛，他怎能说得清？

幽谷被夹在几十丈高的峭壁当中，墨蓝色霉苔上挂着藤条，颜色有青黄紫褐，谷底怪石如刀剑长戟，牛羊角、竹矛，或钝或锐，凸凹不平，吐出苦雾凄风，人落下去粉身碎骨。

他走上悬崖，立足处是一块大石板，方不盈丈，显然系大地震中由山巅落下来，借助于崖边巨石阻力才没有滑落到谷底。

突然，他听到脑后一阵疾风，白凤从崖上跳下来，他还来不及做出反应，冰凉的双剑已经搭在他的肩头，寒光夹着他的颈项。

死，闪过他的心空，疾如闪电，没有考虑余地，只能坦然无所动。

俄顷，他感觉到姑娘的右手颤动一下，便镇定地回过头朝她一笑："小姐真是个有趣的小姑娘！我若像你这样大，遇到来收国玺的大国使臣，也要杀他！"

"你把我看作小娃娃？"

他微微一笑。

双剑落在石头上，铿然有声，他拾起来再次插入她的剑鞘。

"小姐还生气？"

"杀你忘恩负义；不杀你又不甘心；自刎难舍多病爹爹……我……"她竭力忍着不哭，喉咙里塞得又酸又痛，出气也费劲。

此刻，山谷对面流动的玉霞一闪。

"鹿！我射给你。"他从她肩上摘下弓，抽出雕翎，屏气凝神地射出。这一箭正中鹿的脑门儿，它失去辨认道路的能力，朝崖下一跳。

"大人，你手上尽是红疙瘩，俺们这儿蚊子挺凶，叮了要生疟疾的。"

"不会吧！"他大大咧咧地将弓挎在她肩头，朝奔鹿坠落的地方跑去。

"当心！"语调变得太快，连她也不相信这是自己的声音。"累了歇会儿再追，鹿跑不远。"

他加快了步伐，急于结束那难堪的场面。

微妙的慌张使他的头巾被树枝挂住，露出了乌亮的发髻。紧随在后的白凤爆发出一串银铃般的笑声。

"你怎么啦？"她用弓勾下头巾，掷到他的手上，他草草扎好头，朝石头上一坐。

"你怎么打寒噤，牙齿也哆嗦？要是生疟子，今儿晚了，明天捉只蜘蛛，绑在手腕上就能截住，用不着请巫师念经。"

"没什么。"他掩饰地一笑。

白凤拔剑砍下两根长藤，结在一起，将藤的一端拴在树上："俺下去找鹿，你歇会儿。"

"不！还是让卑人去才对。"他夺过藤条拴在腰上，双手抱起长藤跳下崖去。

"小心！"她伏在崖上，伸出头朝谷底大喊，又勾起一串回声。

他的双脚一着石块，就看到白鹿奄奄一息地躺在乱石中，便解下腰带，将鹿角和腿拴在藤条上，它没有挣扎。

"拉上去吧。"

"哎！"她轻松地将鹿拉上平台，犹疑了一瞬间，"如果不扔下藤让他再也上不来呢？"但她马上否定了自己的设想，把藤抛了下去。

"不用拉，我能上来。"

司马迁的呼喊使她生出第二个念头：用剑砍断长藤，让他粉身碎骨，这样一了百了。当手触到冰凉的剑柄时，不觉两腮一红：人家对你这样信任，怎能做缺德的事？要打也该光明磊落！良心命令她拉着藤，助他脱离深谷。

一条长藤被扯上来绕在石块上，她的耳边响起陌生的声音："还来得及，砍藤。"剑被抽出来，恰好白鹿四腿乱蹬，在地上翻了两个滚，头朝背脊一仰，顿时咽气。起初她怕鹿要逃，举剑正想刺，它又不动了，两只巨大的眼睁开，呆呆地瞪着她，使她感到无形的压力，将剑扔在地上，全心全力地拉着司马迁。等他解开藤条，坐在鹿旁喘粗气的时候，两颊发红，眼珠犹如两点炭火，双腿微微地颤抖。

她摸摸他的额角："好烫！你病了。"于是从腰带上拔下一只牛角，对着苍穹呜呜地狂吹，召唤她的部下，来抬胜利品。

"不要紧！"他强撑着站起身，大树、崇山在舞蹈，地在朝下陷。一股严寒，从心口向每个毛孔里钻，肌肤都冻在冰块里。阵阵恶心，使他大吐不止，最后流出嘴角的竟是浅绿色的胆汁。

四

白凤捧读司马迁写的帛书在书房中走动，脚步很轻。眉黛锁着春山，焦虑的目光自书行间移到病榻上。他昏睡了两个昼夜，两腮灰白，鬓发焦枯，双颐下陷。

宫女捧来燕窝汤，用小匙喂着，他扭过头去，不肯张口。公主悄悄一挥手，宫女便捧着银盘走开了。

白凤下意识地跟着宫女走到门口，左右一看，又退回屋里，拉上窗幔，走到榻前，凝视司马迁的面庞，抓起他的右手试试脉搏，病人没有反应。她想“这是一只什么样的手？别说闭塞沉滞的滇国，就是中原腹地，古今又有几只？它可能写出前人没讲过的话，人人想说又说不来的话？……”她将司马迁的双手交叠放在腹上，再伸出自己雪白柔嫩的小手与之比较，还是自己的手好看，而他的手黄里透黑，虎口有裂痕，掌心有四只茧，那是练武的烙印，似乎反而平庸。出于一种说不明白的异样念头，要把他的指甲，打扮得和自己的柔荑一样美！

她轻步来到院子里，从花圃中掐下一把凤仙花英，回到他身边，挤出花瓣中的红汁，细心地涂在他的指甲上。

十对红指甲，排成一条线，犹如一串大红豆，撒落在锦被上。

窗帘之外，婆娑的树影泡在清澈的月华中。有一对孔雀，发出并不动听的和鸣，与它那美丽的翎毛很不相类，惹得林中不知名的小鸟儿不甘示弱地吐出美声，柔婉悠长，非常动听。难道它也有孤独感和乡愁？

白凤踞坐在榻边，朦胧的情愫被鸟儿们唤醒，她听到自己的心在歌唱：

你睡得何等的恬静，
听不到春雷在我心轰鸣，
你若能醒来看看我的双眼
普天下谁比我幸运？
如果你从兹长眠不起，
心儿成了枯树上的衰藤！
我怕你死掉啊，快快苏生！
啊，醒来要回长安城，

就这么躺上五十年吧，
免得脸对着脸多难为情……
二更催过又三更，
怎么盖上白鹿皮还不肯动身？
不害羞吗，凤丫头！
不！我遵从良心的命令……

看到他的嘴在嚅动，似在发出呓语。她不能抗拒好奇心的诱惑，要聆听他内心的话。

他轻咳两声，她拍拍他的胸膛。

灯光摇摇，他半睁着眼，似乎上官清就跪在榻前，便举起右臂拉住她的手，她没有挣脱。

白凤的脸上涌出绯霞，她凑近他的耳边："你也喜欢我？"

司马迁点点头，声音很细微："清妹，我摸抚着枕头，炕席上都有你……"

"子长，我不做你的亲妹，我长成了大姑娘，我要……要你……"

"清妹，冷！冷……"他又垂下眼睑。

"我有什么办法呢？生火吗？"

"冷……"

"等一等！"她抽掉右手，跳下卧榻，拿着油灯，推开耳房的厚门，走下几层石阶，这间半地下室当中，是石头砌的火塘，冬天燃着松柴，供上面取暖之用。

姑娘点起一把山草，上面堆着几块树皮，然后架上劈柴，盖上铁板，墙里的双筒烟囱发出呼呼的抽风声。她脱去衣服，扔在石级上，一边打拳，一边从火塘上跳来跳去。

室温受到火的刺激，火受到心温的点燃，屋里热气大增，两套拳练下来在室外也要流汗，她顿时觉得口干唇裂，便调匀呼吸，将双唇收缩到齿间再吐出，来回百余次，舌下华池中的津液润湿了口腔与咽喉。趁着身上滚烫，她打开房门，跑到司马迁的炕上，用汗巾擦过额头鼻尖的汗，紧紧地抱住发抖的他。

一会儿，他的体温有点下降，不像刚才那样瑟缩，呼吸也趋于平缓。

"子长兄!"她第一次这样呼唤他，"还冷?"

"背……冷……"

她便倚墙而坐，用胸口偎着他的背脊，热泪涔涔而下："子长兄，你要活！我要你活，不许你死！你死不得，死了你的小凤可怎么办？她会为你而自刎的……"纯真高洁的独白流出心窝，音量跟蚊子的哼哼声差不多，灯光月光炉塘里的火光，都为这至情而颤动!

"清妹，谢谢……"他的声音依旧模糊。

"子长兄，你要我做你的亲妹，我这个人不说假话，嘴是想答应，可心不肯点头，我就偏不听你的。按照咱昆明国的风俗，仇人格斗，女的败了，男的不杀她，她就是他的人，要嫁给他，不能更改。为此我才不避男女嫌疑，来给你添热。我要做你比亲妹妹还亲得多的那一口儿，给你生个大头儿子，比我美貌，比你聪明，古今罕见……"

"清……妹……"

"你不知道我喜欢你？怎么你不要我，扔下我回长安？我先宰了你再自刭人头。想走除非你杀了我……"她哭了，哭得是那样柔弱、轻松，泪珠涌出一串，心里就畅快一片，这种哭的享受，很少有人经历过。

"清……"

"对了，是亲亲!"

"热……"

"当然会热，冰山也能偎化！还要更热！我去烤烤再来……"

她欣欣然再到耳房，给炉膛添上更多的松柴，火花噼噼啪啪地炸出欢声，在白凤听来便是一阕仙乐。

她回到榻上，白鹿皮和锦被被他推到了一边，吐气又在渐渐变粗、加急。

她滚热的面庞刚刚贴近他的胸口，被他用力推开，接着用双手抓挠着前胸，双腿朝下乱蹬，嘴角再次抽风而歪斜："热……烫……"

"热？"

"热……"

她抓住汗巾裹住腰膝，跑到院子里，跳进金鱼池，水与发烫的肌肤温差相去甚远，不觉得有一丝寒意。

泡了一气，还恨不凉。她又走到井台上，摇动辘轳提上一桶清泉，从头浇到脚，三桶水淋完，她也冻得牙齿哆哆嗦嗦，肩头乱抖，只等水一擦净，生怕身子骨再热，就回到屋里抱住他的后背为他解热。大夫和药物一体的疗法是创举。这不仅仅是儿女私情，其中也包含着对另一个生命的正确估价，对疾病的打抱不平，领悟到(哪怕是肤浅的)他肩头明天的使命，自觉的牺牲就是大智。美滤去了情欲，放射出金光！

在昏昏沉沉中，他再也记不起是几时开始这艰苦的行程，太阳从高空降下来，几乎压在他的头顶，脚下的黄沙平衍，烧得脚掌流血，每走一步，犹如在脚后跟楔进一根铁钉，皮肤上卷起一层层白屑，随着火风飞散，口中吐出阵阵青烟，睫毛都烧焦了，在看不见的火团里，意志特别顽强，他要走出灶膛般的大漠，跳入黄河的巨流，畅畅快快地牛饮半天，然后自在地游上几千里，闯进无边的大海，让灼焦的皮肤在浪丛中再生，变得比往昔更朗润、更柔韧、更健旺。这美和包裹着他身心的窒息感互相厮打、纠缠，直到骨骼将熔化为烈焰，两脚难以再拔起的时刻，远方现出一条黄线，其中浊浪喷出白色的云气，直拍弥漫着热沙的枯黄色上空，那河流向他猛冲过来，几阵摇晃，大漠化为青烟，突然间无限地升高、升高，正在惊诧莫名的时候，耳边石破天惊地吼起了川江号子，与其说是歌声，不如说是一股求生存的力在无路之路上挣扎。是苦难压不倒的顽强，是对大自然和生命不驯服的戏弄，又是对不敢沉舟拼个你死我活，过分驯服于命运的奴隶精神的惊呼。啊，这不是九九八十一道湾黄河，是破夔门而出的三峡长江！他原想溯大江而上，增添一些见闻，后来怕误事，未走水路，那么今朝所见或许是梦幻，他不曾见过与天同色的远峦，那横出云上翠扑须眉的近山，鸣咽的猿啼，雷奔电激般的浪堆雄绝秀绝险绝。

神女峰披着云巾，妙目流辉地朝他微笑，身上磁性的冷气，被风吹送过来，使他的双足拔地而起，朝女神飞过去。

近了，更近了，当它猛扑过去将她抱住的时刻，她化作一块与真人等高的石头，略具人的轮廓，全身挂着昨夜星辰撒下的露珠。他迫不及待地吮吸着。露水带着似有似无的异香，可惜太少不能解渴！

身不由己的疯狂状态终于渐渐地平静下来。他翻个身，不再抽搐。

段护悄悄走到屋里，听听他的呼吸，为他盖上了白鹿皮。

走出暖烘烘的卧室，月色如水，星稀云散，天空离山尖树梢挺近。在荷塘桥下，依稀可以看到白凤牙雕般的身影。老人眼力不济，心里明白，就脱下袍子，搭在左腕，蹑手蹑脚地走到桥上，用亲切的低音喊道："小凤！"

"爹！"她背对父亲，正在擦身上的水。

"儿是千金之体，怎么到这儿来洗澡……"

"父王！"

"夜晚不比日头底下，水很凉，会渍病的！"

"不冷……"

"爹爹送儿回宫去。"

"儿舍不得他死……"

"你是说汉使吗？他娶妻生女，夫人是青梅竹马的表兄妹，你爹爹已然派人探问清楚。否则爹爹会……"

"哦！"她觉得意料中的意外。这时才思忖：难怪叫"清妹"，不是"亲妹"！

姑娘穿好衣服，垂着头站在桥上发呆，被风摇曳的花影，在她脸上闪烁不定。碧波间人和桥的轮廓都不太清晰。

"你爹爹太老，忍心撇下老父不顾体面远去长安做人家的次妻或媵妾吗？"

"爹爹好心！可怜的父王……"她不知道该如何自剖，只希望一个人守护在司马迁身旁。

"你父王宁愿抛弃疆土官职，找个好地方隐姓埋名，多置田园，买些奴仆，与儿相依为命。儿不能做出格之举……”老人泪如雨流。

“父王！”白凤跪下抱住父亲的双膝，“子长要是不治而终，儿愿以妹妹之礼披麻成服，扶棺送他回到长安，再回来侍奉爹爹，终身不嫁；倘如他活过来，还想杀了他再自刎人头，合葬一处。儿决不让他落在另一个什么清妹手中。你的凤儿不孝顺，这人走遍天下找不到第二个，儿的心是这般告知自己的。”

昏卧一昼夜，子长又开始恶化，嘴唇烧得裂痕交错，谵语伴随着狂叫，时起时伏，脸色如灰砖，鼻翼跃动。白凤立在床前像个石人，无计可施，昔日的御医们，一一束手而去。

傍晚，段护送来两小包药粉，附有一张写在芭蕉黄叶上的短札，白凤一看，是瘦硬流便的隶书：

> 先生不示姓名，以身负使命，未敢责以不诚，然颇憾憾！闻染贵恙，谨赠草药，服之即霍然而起。仆恐为此浪得虚名，将弃此二十年故宅，孔雀亦放之山林，携锄采药，万里萍踪，免为牛马走耳。先生负不羁之才，恐才为直累，令仆惴惴不安。临别神驰，先生勉之。愿相忘于江湖！知名不具。

段护说：“药已喂过猎犬，无毒，只好一试！”

“哎！”白凤无奈，细心将药喂了一半。

老人喃喃地说：“他一来，你是那般恨他，爹爹就担忧：仇有多深爱有多深！想一个人想不到的滋味，爹爹是过来人！儿呀！爹爹上长安见天子，请求擢升他来做汶山郡守，休弃前妻，与儿完婚。爹爹告退，守护宗庙，不再谋政事。”

“他不会休妻另娶，真那么做只会让儿恨他，喜新厌旧，罪不容诛。儿也不是夺人丈夫的女孩子。再说那样一来，他怎么抬头做人？”

“就无两全之法？”

“别再难为您的小凤！”她不住地摇头。在走向子长卧室的途中，姑娘时而垂头斜眼看看父亲在地上移动的瘦影，占领的空间是那样少，一种无可补赎的内疚油然而生。

她面对着沉睡的子长，父亲面对着窗外的明月，远远传来明快的芦笙声，宫墙之外有求偶者在向钟情的异性表示爱慕。女儿的眼睛，在暗中迸出希冀的光。木讷的父亲，心头填满烦闷与茫乱无绪的回忆。他拍拍女儿的肩，朝外一指，姑娘见司马迁睡得还算安详，就点点头，跟随父亲回宫。

五

人与人的梦不能相通。就埋葬秘密而言是幸运，能保持了几分尊严；说到情感的交流则是莫大遗憾，醒来后缺少的一切在那片国土中都可以得到补充，尤其是被利害所淹没的赤诚。见到上官清，司马迁竭力笑得自然："假若真被那儿的美女迷住了呢？"

上官清伸出食指："就许你带来一个回来！"话似乎大度，热泪已经夺眶而出。"不，子长！别让她进京，我再也不使小性子，你的衣服搭在哪儿不再絮叨，忘了洗脚上床不再嘟囔；文章写不出来让你坐到四更不吹灭灯唠个没完；木简、竹简随便怎么放不再归堆，让你为两行字一找半夜；看到你文字有重复句子不再偷偷划掉一句；你跟任少卿喝到二更天回家也甘心等着开门；下朝回来不再探问同僚当中有哪些新鲜事儿；我打书儿你可以拉；你若嫌我不生儿子再等上二年试一试，不成我给你买个丑妞儿，就是不要美女，我不许你忘了我……"

"我跟你说句笑话，没带来……"

"没带来，真的？怎么不带一个给我看看？"上官清语气一松，勉强地干笑。

"哈哈，来了。"他朝门外一招手。

白凤银盔银甲，骑着雪花骢，手捧白鹿皮，一阵风闯进院子，滚鞍下马，向上官清行半跪之礼："姐姐……这鹿皮，一点小意思！"

上官清接过厚礼，皱着眉头笑得挺别扭："子长在昆明儿番遇险，多亏你起死回生。这个家我拱手相让，请别客气！我回龙门村去守着爹爹和爷爷的坟……"

“家是姐姐的，我应当走，我不能夺你的丈夫！可走又真舍不得他。好姐姐，成全了可怜的妹子吧，爽利在颈上来一下！”白凤拔出利剑递与上官清。

司马迁狼狈地将手在胸前乱搓，舌头发僵，双足团团转。

上官清接过剑往自己的脖上就抹，被白凤一脚踢飞。

上官清扔下鹿皮朝门外迅跑。

白凤两个箭步蹿到她面前，将她抱住。

奇迹发生了：她俩合成了一个新整体。

惶惑的司马迁从左边看上去，上官清半启朱唇忍俊不禁；走到另一边，白凤发出哧哧的笑声。两张不同的笑脸无限地变宽、变宽，化作两根白木杠子，将他夹在当中，她那双娟秀的手分别从左右鬓上方扯下两缕长发缠在杠两头一加劲，越绕越紧，他疼痛、痉挛、窒息，最后大呼：“救命——救——命——”

挣扎出梦境，月色惨白，暮春的风发出嘲弄的干笑在院子里的树冠上滚动，分量很重，压出他一身冷汗。

他披衣坐起，做着深呼吸，头部有点轻松，四肢百骸有一股力苏醒过来。

他猛一低头，看到自己被染红的指甲。

那花瓣般的指甲缩小了一点，手指变得又白又细又长。不，这不是他的手，那是白凤指尖上的落红。

他翻过手掌来，红点消失，又是自己的手。

这样不停地翻覆，一双手变做两双手。起初指甲颜色不同，后来，他似乎握着一双看不见又忘不了的纤手，两眼一眯，二十个指甲攒簇成一朵花。

他听到比叹息还轻的笑声从自己的咽喉喷出口腔，眼前只是一双苍灰的大手，耳根不觉漾出一阵微热，好似有什么隐私被妻看到一样。

他有很多夜没听到醮楼的打更声，今夜听到四鼓，心也随之震颤四下，足见身子骨很虚。虫鸣钻入窗来，他忆起上官清和书儿，还有父亲在门口凝望他回家的苦涩表情。

踏！踏！踏！三四更之后，白凤都听到父亲上楼的脚步声，门缝里还透过来老人的呼吸。为了让他安心，她故意把枕头放在月光之下高卧着，这样，他没有望到什么异常之处，就悄悄地去了。

远去的脚步比往年沉重拖沓，使姑娘愧怍地想到父亲的衰老和即将来到的大限，鼻孔一酸，她悔恨不该让他操这份无用的心事，但谁能卸下他肩头的重荷？

“上官清是何等模样儿？她有我这样美貌，也会我这么多武艺？或许是个爱闲磕牙的俗女，子长跟她没有话说，那太苦了。她用什么拴住子长？……这些跟你白凤何干？他是误认你为表妹清妹，压根儿眼里没你，羞啊！羞！羞！”隐秘的心声在讥讽她。昂起头望望天边，月亮也咧着嘴唇跟她逗闷子。

“怎么睡不着？”她扯上被子盖住额头，脸上更热辣辣地不好受。

倾听过女儿的鼾声回来，段护拉上帘幔，吹灭灯火，倚墙枯坐于黑暗中，抚摸着秦始皇帝颁赐的玉印在垂泪。这儿地远人稀，没有诱惑征服者的魅力，这就提供了维持平静的喘气机会。他不是奋发的强者，只期望守成，落得眼下的结局。但比起夜郎等地的国君，还胜一筹。

玉印上留着七位国君的手泽，招来过无数黄金白银美女和胁肩谄笑，多少愚妄的扩张梦，有悖情理的欲望，置人死地的血腥交易，见不得日月星辰的阴谋权术，形形色色假丑恶言行的粉饰，都靠这不足二寸见方的权力象征去兑现、去平衡。它是上层的意志、中层的狡诈、底层的血泪，凝结为功过是非可以颠倒的利器。他悔恨三十年间辜负了印，没有用百姓的生命去开边，换取与皇帝讨价还价的资本；没有广置嫔妃姬媵，生下传宗接代的一群男儿。他看到司马迁在昆明一天，白凤就多一分危险。为了收回她的心猿意马，他可以违心地早交印信，让汉使回帝都复命，再给女儿速择快婿联姻。

昆明风习，每年两节：六月二十四祭火，正月初三至元宵的“扫火星”，都为了祈祷风调雨顺，人畜健旺，五谷丰登。保持了对火与水的拜物狂热。

征得抑郁的女儿同意,决计举行一次盛会,规模与祭火节等同,来迎送使者,交接印信。时间放在司马迁康复之后宣抚开化等地回来。

心灵的风暴帮助白凤洗去身上残存的稚气,逐渐成长为明理务实的大人。

“汉初吕雉就掌管过国玺,我儿也有郡守之才,可以替老父问事。”

“但求父王玉体康泰,儿无意于政。”她想追逐一次狂欢,摆脱心间的拂逆。

次日,白凤才把方正迂的手札交给司马迁。他立即要去拜访这位恩公,她执意挡阻,恐他劳累而犯病,便派人携带重金去寻方大夫,过了一个时辰,送金人回报:方先生将房屋赠给盲乐师,离开都城已有数日。

司马迁有点埋怨白凤,但已不能改变事实。

六

演武场上挤满了人,司马迁和段护,还有开化、撮泰谷、阿余斗蜜、谷彻贝谷等地的酋长寨老,坐在三尺来高的石台上,各种头饰在台下缓慢地滚着彩潮。

大大小小的铜鼓、编钟,四人合敲的特大牛皮鼛(音高,巨鼓)鼓,百多名骑手的赛马,在马背倒立、翻跟斗,双臂抱着马脖子,全身挂在马颈上,双手抓住马尾,两脚蹬着马臀,还有一人骑双马,不停地从这匹马跳到另一匹马背上,使人眼花缭乱。

真正恢宏的大场面,是千人裸体上场的祭神舞。

指挥者手持带环大刀,披散长发,皮肤黝黑,身板健劲,立在大象背上,吆喝着什么誓词或咒语,全场观众和表演者的眼皮也不眨动一下,非常庄穆。

所有的舞俑两腿半蹲,膝头脚尖向外,双臂平举,腕子朝天与臂成直角,手掌伸开,和头部构成一个篆书的“山”字形,举止狂放凄厉。仿佛是远古崖画中野性的人物复活了。队伍的后部有三位女性,长发上簪着木棍和牛角,下体围着兽皮,腹部隆起,乳房滚圆,大抵是生殖崇拜的余风。

舞到高潮,舞蹈者吹着口哨,用锋利的拇指指甲在双眉之间划开一条裂口，血顿时流到鼻口和下巴上，据段护向司马迁介绍，这叫“开天门”，堪称南国壮观。其中是否保存着神话传说，与《山海经》的内容有无相通之处，跟百越人、楚人的古典作品有何不同，司马迁向酋长们请教，谁也无法回答。

一个小小的间歇。

四只大象登场献舞，这庞然大物的鼻子上系着绢帛，长条儿挂着红彤彤的山茶花，鼻子左旋右旋，上举下垂，四条笨重的腿像肉柱子一样徐徐踏动，居然也有节奏，惹得看热闹的老汉们笑不住口。

两位头发花白的大婶，左手捧着牛角酒杯，面对晚霞，互相捶打着对方的锁骨，脸上挂着笑，眼中泪花闪闪，向衔山的太阳酹酒，唱着赞美诗。于是演武场上万人相和，拊掌顿脚，地动天摇。段护告知司马迁：这是给太阳评功。两位歌手使子长忆起下里巴人的掌故。其中一位称得起声震林木，响遏行云；另一位的嗓音沙哑，但能送到很远的地方，字字真切。可惜司马迁听不懂，只能从表情上去揣摩歌的内容。

祭火之始，先由三十六名壮士走成圆圈，不住地将手里的火把掷上天，落下来总有人接住，火星飞溅在他们的身上，连眉头也不敢皱。火把连成一条火龙绕场腾舞，将圆圈扩展大了，足够演傩戏之用，他们就退场。火把堆在四角，每一撮九根。

小时候，司马迁请教过孔安国老夫子：“《论语》里说的‘乡人傩’是怎么回事？”孩子还小，理解力有限，老先生只说是优人戴着面具的戏耍，不想这回在昆明看到了实况。

优伶六名，林中祖先戴白色假脸子，长胡须盈丈围在腹上三圈，还拖到地面。面具被油漆绘成猴面鼠牙的白髯老汉，黑长胡子的壮士甲，背布娃娃的妇女，活泼的孩子，再加上兔脸豁嘴挂着蓝色短髯的壮士乙。

舞蹈者手持棍棒，语带喉音，吐字不清，是为了纪念语言还不健全的遥远岁月。演孩童的全身裹着白绢，老汉、壮士、妇人皆裸体，古铜色肌肤，在火焰照射下发亮。

拜祭的场面很严肃，次序是天、地、山、河、祖宗、谷神。每段时间不长，旋转、跪拜、摔、翻、扑、跳，动作在统一程序中有变动。经过段护的解说，司马迁对舞的语汇逐渐会意。

祭火龙太子(司火之神)是舞蹈的主体，内容庞杂，用了大半个时辰。老百姓做饭、睡觉、取暖、耕作、照明、驯兽、过节、迎娶、丧葬，无一不与火有关。

林中祖先烧草成灰，撒在广场上为人们祈福，念的祝词大意是希望火龙太子显威灵，一粒谷够做一餐饭，漫山泥土变成粮，种与不种、用与不用都常年堆满仓。山间野兔化牛群，野鹿变马群，蚂蚁尽早变羊。等到下回祭火节，打牛血流遍山红，宰猪遍地黑，宰羊遍地白。老人念一句，舞蹈者复诵一句，夹杂着几声吼叫，凌厉粗放。

大约是回顾迁徙的往事，舞蹈者背着虚拟的包袱农具，表演翻山越岭，游过大海的剧烈狂舞，找到一片森林，戴面具者下场休息。

林中祖先从怀中掏出一块大白绢，象征着六月飞雪，霜打风吹，庄稼毁灭。他仰天长号，椎胸抽泣，情绪逼真，司马迁也为之动容。五位戴面具的舞蹈者登场，代表神和先人，带来种子、粮食。老汉一招手，头顶着经过特制的真牛头，披着牛皮的舞蹈者加入，表现犁地，人与牛亲密无间，饲料用人的口粮。“牛”的动作古拙滞钝，兽味很足，由两个人扮演，和后来的狮舞相类似。

祝词中的祈求实现，人们欢庆丰收，祭祀酒神。原始的性爱，群婚残余的记忆，消化在大欢欣中。妇人给孩子喂奶，孩子与众人打闹玩耍，突出个体对群体的依恋。壮士甲挑逗妇人，从她背后做求爱交媾的动作，老汉觉察之后，打退壮士甲，自己与妇人做爱。这组蒙昧人日常生活的史诗被净化，有驱邪和求多福多寿多儿女的吉祥内容。一种似无稽而有稽的洪荒感，遥远抽象的具体，邀请司马迁做了一次上下万年的遨游，看到先民们的忧喜场景，有些惘然，却很充实。

司马迁觉得他在宫廷看到的歌舞过于精致，缺少粗糙的美。西域的舞乐粗犷些，但唤起的思绪是横向的——地理式的猎奇，还缺少纵深度。艺术比南国的表演高，太技巧化、习气伤害了真切。

正在遐思，饰孩子的演员来劲了，这段独舞是跳给酒神看的，营造成亲人们的幻觉是他的每寸骨头都能折叠、跳荡，那双手不停地从胸臆掏出奉献的渴求，撒向太空的星辰、地上的人眼。也可以说是唤起太空之眼土地之星对他的存在的关注。“他”十个指头像在不停地“移动着”扎根的位置。

高超的艺术，多是看完后不知从何时演起，何时已终。她把你托起来，放入蒙眬，像在倾听一个陌生的老友叙述着浮生，你产生共鸣，有往事的体味作为验证的尺子，但是说不清何处共鸣，尺子安在，尽管尺子就在你手上。你的心蠕动着淡淡的喜悦，蠕动的速度又受到审美对象的控制，心理反应折射到生理上，一股浓烈幽隽的内冷，摇撼每条神经，到最玄妙的境地是物我两忘，表演者审美家主客体默契为一，彼此似不存在，又都以更高的形式与内容屹立着。

那孩子已经完成奇迹，将白酒神那儿乞来的一觯（音志，酒器）酒捧上台来，奉敬给灵境中的司马迁。

他猝不及防，正觉得有点心慌，面具眼孔中两只熟悉的瞳仁在向他点化：镇静！是我白凤在这儿为您一个人跳舞啊！怎么不认识呢？亲热、哀怨、绝望从两只小洞中扩散出来。他皱着眉峰，双手接过，向她使了个眼色：“要注意场合与大体！”她立刻领悟地跳下台去，消失在人群中。

他稳步向右，将觯举到段护面前，略一欠身，再半躬下腰去。

酋长们都将视力集中到酒上。

段护眼角湿润了，他双手接过来，合拢双目，仰面朝天默祷了几句，向司马迁还礼之后，将觯中美酒分别倾入酋长寨老们的杯中，剩下几滴，酹向白云蓝天下的“汉”字旗。

首领们举起杯，向司马迁俯首答谢，一饮而尽，他们的臣民便在台底下欢呼：“汉天子万寿无疆！”

司马迁手下四名长随将覆盖着石制祭台的黄绢揭去，露出一排印盒，上镶珠宝，这是皇帝为扬大汉天威而精工特制的金印，一般郡守将军的印都是铜的。

地方首领们的眼睛发出光芒，只有段护黯然地垂下眼睑。

仪式极其庄严。

段护双手将玉玺高举平额，司马迁躬身下拜，接过玉玺，他举起郡守印，段护三拜，司马迁将绶带系在郡守身上。别的首领也依样拜接如仪。这种夸张的戏剧化做法，是白凤设想出来，用以加强段护的地位。司马迁不是拘绳墨的迂士，欣然接受。

段护是有阅历的贵族，昆明国在落日之前人为地平添一缕晚霞，不能解除他心中的失落。强颜欢笑时，酸楚就从笑纹中倾泻出来。虽然他明白：郡守还是土皇帝。

七

司马迁几次去访盲乐师、方正迁的下落杳如黄鹤。段护想请方大夫担任医师，派出十几人分头追觅，同样一无所获。

送别的宴会挺丰盛，熊掌、猴脑、娃娃鱼、楼鼠、穿山甲、蛇肉……这些象征地位的珍馐，连皇帝也不是天天享用。小小的郎中品尝机会不多，只是三朋四友茶余酒后谈吃解馋的好题目。经过白凤的关切，司马迁的饮食受到良好照看，体力迅速康复，嗅到美食的异香舌底生津，入口其味无穷。

他接过郡守敬来的巨觥，踌躇满志地说：“谨依贤郡守台命，学生定将汶山官民爱戴汉天子若神明如实上奏，不负重托。前番久抱沉疴，幸得贤父女照拂，再造之恩难忘。回敬长者一杯，聊表寸心”！

段护干杯后答道：“小女突然卧病，不能来送大人。抱歉之至！”

“小姐有何贵恙……”他为自己出语不当而脸红。

“天有阴晴，人有祸福，正在请毕摩念经禳解。”

段护怫然息叹。昨日傍晚，他呆立天凤阁上凝视着驿馆，不一刻白凤去了，伏在窗上朝屋里张望，始终没有进去，就回到寝宫。早晨，宫女来禀报病情，要老父向司马迁致意。

他半信半疑，走到她的卧房一看，白凤真的躺在枕上发怔。他摸摸她的脉，跳得很微弱，不免奇怪：“受点风寒这么虚……”

“请毕摩为儿跳神除灾，可怜的父王！”

“婚姻是天意，不可强求，愁坏身子，于事无补！”

“儿知难而退，不做妄想了。”

“知命更好！”他就比较放心地吩咐宫女去延请巫师。

在山国，毕摩身兼巫师和教师两职，代表着神和智慧，掌管医卜巫祝星象，深受官民敬畏。昆明的某些舞蹈占卜仪式，多少保存些好鬼的楚国遗风。

木铎声声，清幽凄厉，毕摩带领弟子和巫婆们来到宫苑。

司马迁从窗中向外眺望，但见三堆庭燎正在吐出青烟，飘忽不定的火苗照得墙上人儿影幢幢。毕摩披散着白发，手执铜剑，半闭着眼睛，低声用楚音念道：“上告天庭，大小诸神，山川花树，显尔威灵。错拿芳魂，敬焚衣裙，衣裙留下，速放其人！”

铜鼓敲齐了巫师们的脚步，他们在火苗上跳来跳去，念的祷辞含混不清，仿佛大地被鼓声催眠后吐出的呓语……

白凤的衣裙被投到火上，噪音、乐音，编织着、融会着，由弱而极强，达到凌乱如沸的时刻，毕摩吹起口哨，一顿脚，所有的声音都沉下去，钻入地下，似无而有，不绝如缕，直到细得难以听清。童男童女各八人，男孩裸着上身，刺着青色纹饰：龙、虎、狮、象、牛、犀、龟、朱雀，图案飞动。

毕摩用龟板草草算了一卦。拜谢过苍天，接着开始跳《招魂》。他念一句，巫师们重复一次，女童们高叫“魂兮归来”！童男们答应：“来——着——！”祝词的前二段是：

魂兮归来！
东方不可久留的！
长人身高八千尺，
到处搜拿游魂吃！
十个太阳一齐出，
金石炼为黄白液。
长人久居不在乎，
魂不归兮化流汁！

魂兮归来！

江南不可久留的！

妖狐千里来瞬息，

蛮民牙齿涂黑漆。

祭神爱用生人肉，

骨头磨粉晒酱吃。

九头毒蛇忽飞出，

吞魂入腹化毒汁……

司马迁和太守珍重道别，吩咐随行者取道大梁直奔泰山，他要独自一个人，再到汨罗江畔去打探屈大夫故事。出了汶山郡境，便分头而行。

这晚，段护守着泪人儿般的白凤，坐到三更天才回寝宫。

八

武帝和他手下的十八万人一开拔，几日来乱哄哄的洛阳又变得和从前同样的冷冷清清。

司马谈躺在驿馆的上房中，已经三个昼夜。

还在二十天之前，皇帝将老太史公召到神明台上，侍立的只有太监李福。

“朕曾召集儒臣商讨封禅大典，人言人殊，莫衷一是。卿有何新见解？”

“封禅乃圣主祭祀天地大礼，古今举行此盛典的贤君见于史册者不过七十二位。秦始皇帝统一六国，封禅泰山，不想中途遇雨，草草而行，当引以为训。今举国上下盼此大典三十余载，臣意应比祀后土祠及建泰乙坛更隆重。”说到这两件大事，司马谈特别得意。

祀后土的仪式由司马谈与祠官倪宽拟定，即在水洼之地堆起五个大圆丘，称之为“坛”，每坛用象征泥土颜色的黄牛做牺牲，祭毕将牛埋掉，参加仪式的官员皆穿褐黄色袍子，应着古乐的节拍举行礼拜，很有古趣。皇帝欣然服从史官的设计。

祭太乙只许皇帝一人着黄袍，官员们穿紫衣，上面绣着若干花草。时在冬至黎明前，满坛灯火，忙了半天才烧祭品。祭品很复杂：外壳是白牛，中层包裹着鹿，鹿的腹腔里放猪。司马谈手捧直径六寸的大圆璧，献给最尊贵的神太乙。据说夜里曾经射出过一道白光，白天现出顶天贯地一股黄气。皇帝又兴奋，又虔敬地沐手、酹酒，焚祭神表文，祷告一番之后，编磬、编钟、建鼓、琴、瑟，发出木质呜呜声的埙、篪齐奏雅乐，皇帝向上天献"粢盛"（一只划分为五区放着五谷的铜盘子）；再由方士点烛，武士们走成方形阵势，象征方方正正的天，然后持羽毛和手鼓的男女舞俑开始献演百戏。

要忙一个时辰才能成礼。

"封"的仪式要在泰山玉皇顶上聚土为坛，坛比祀五帝的祭坛大得多。"禅"可以简化，只要在较小的土山上扫出一片净地就能举行。

司马谈津津有味地说起他上岱顶筑坛的经过，各种祭品的准备，仪式的演习，忽然觉得头晕眼黑，一个趔趄栽倒在地。

"卿家病了吗？"皇帝叫李福将太史令搀起。

"臣不过偶染风寒，三两日后即能康复。陛下不必介意，绝不致贻误封禅盛举……臣为史官，记下大典，责无旁贷。"

"卿以静养为宜，东行之事——"皇帝迟疑了两息光景（一呼一吸谓之"一息"）。

"臣护驾而行……"

司马谈退朝服了几帖药，虽未见痊愈，也没有恶化。因他一再坚持，经皇帝许可，让他乘车随驾东行。

不想来到洛阳之后，倍觉胸廓闷胀，腹部发硬，不思进食，加上冷热间作，迅速变得咻咻气喘，眼眶下陷，视力模糊。

昏迷了一整天，迨至日落黄昏，才有些知觉。他似乎见到司马迁推门走近榻前。

"子长儿，你到底赶回来了！我听到你捷报频传，真高兴……"

"伯父，小侄任安在此侍奉汤药！"

"啊，少卿？"司马谈挣扎着要坐起。

"伯父好好歇息！"任安按住老人的双手。

“少卿贤侄,你怎么不随陛下去封禅?”

“小侄向陛下告假,侍候伯父。但求伯父早日康复,那大典去与不去,无所萦怀。”

“贤侄此言差矣,大典千载一时,怎能视为等闲……老夫一手擘画,但已难参与其事,恨恨不已。为一垂危老朽错过良机,岂不令老夫有愧?”

任安淡然一笑。

“少卿贤侄,老夫全身乏力,只怕大限已至。子长远行未归,连最后一面也甚渺茫!”司马谈潸然落泪。

“老伯不必多虑,小侄情愿日夜兼程奔赴汶山郡,将子长兄弟催回来,到那时伯父贵体健如往昔,还能父子并辔去追万岁……”

“少卿,老夫无以为谢……”

“伯父太见外了!”

“子长儿年轻气盛,怕他惹祸。吾家世代为史官,汉兴百余载,天下无信史,先人之业,不能断于吾手。只有病榻忍死,待迁儿赶来,有重命相托!”

“如此,小侄立即告辞!”

“天色已晚,明日起程不迟。”

“一夜之间又是二百余里,伯父宽心。”任安性急,不肯停留片刻。

司马谈睁着无神的老眼,殷切地谛视着儿子的挚友。

九

山地造屋靠石头,不光用于砌墙,瓦也用一扁指厚的薄石片,交叉叠放,白里泛褐,倒也悦目。院子里挺阴冷,两面客房都黑黢黢的没有掌灯。窗洞过小,屋里有些潮湿。

店家拴好马缰绳,添足了草料,殷勤地将司马迁引进上房。小几上已经摆着牛肉猪舌、一壶酒。

“店主东,马要加些料,天蒙蒙亮还得赶路,这是酒钱和店钱,剩点不用找回。”

“客官老爷,您的店费伙餐,对面那位小将军全付了,他也刚到顿把饭光景。”

“是谁呢?”他稍许迟疑又添上一串钱说,“等我离店,将钱还他,有烦店主东转告他的吃住都由我付清了。”

“那……”店家在犹豫。

“收下为是。”

店家退出,他打开包袱,取出记载西南夷地方风情的札记稿,边看边吃边饮,风卷残云一般。旅途困乏,使他很快地睡着了。

也不知过了多久,他的脸上感到湿漉漉咸丝丝的,用舌一舔,略带苦涩,睁眼一看,白凤穿着男装站在床边流泪。

“子长兄,我装病插上门从窗口踏着树枝跳下地,跑出来追赶你。我舍不得你走,也舍不得爹爹。我情愿跟你到长安当丫头女仆,只要每天见到你,等上官姐姐不在了——我不是诅咒她早死,我愿她活到一百岁,您活到一百五十岁,我守到头发全白,再跟你过上几十年,千万别扔下我,更莫撵我回去……不成我送你上悬崖,你把我推下去……没有你,活着没滋味!我不怕千万人笑话,只要你一个人不笑话就成。我们一道跳下去也好,化作两片云一对鸟儿飞出来……”

他用左手将她一推,右手又抓住她的腕子:“白凤小姐,贤妹,不能死!你我都有白发老父,忍心让他们肝碎肠断?那不是逼二老早些升天吗?多谢你一片柔情,我也喜欢你,但不能委屈你,更不能带你回长安……”

“子长兄,你还没有男儿啊!小妹宁肯做你的小夫人,另找个地方住着,给你生下几个儿子,传你的学识……”

“小姐说到哪儿去了?”司马迁的咽喉发干,眼角发胀,流下难以抑制的泪花。

“我知道你不喜欢我的孩子!”

“不,小凤,你就是我的大孩子!”

“求求兄长!”她跪在地上,抱着他的双腿。

“我不能对不住你和清妹,也不能愧对自己……我不是圣者,难保不做后悔大半辈子的傻事……我也难哪……”他的肩头急剧地起伏,脸色泛出暗红。

“我相信好兄长,你不,不会……可我也想……不怕……”她的眼睛又大又亮。

“我怕自己……”他觉得段护的表情荡漾在她的眉宇,自己的双颊扎上一把绣花针。

“你是好哥哥……这样好的人,再也碰不着……我不好,想过你夫人死掉……”

“我不像你想的那么好,也不想做什么兄长,也想过做兄长的妹婿,是凡骨俗胎!”

“能自制的人,小妹到死都感激你,又恨死你……”

“恨吧,那样我反而轻快得多!”

“恨不起来。你越不乱来,我越喜欢你!”

“不,还是走吧,我的心要乱了……”

“别那么大声!”其实她的语音比他高得多。司马迁将她的嘴一捂,她带着泪娇笑了。“我不惯小声说话,都怪你坏!坏!坏!”她的头频频撞在他身上。

他的舌头发干,全身火烧火燎地不好受。抬头一看,窗外树梢上的双星,很似老父严厉的眸子,俯下看她的眼球中,跃动着上官清的哀愁。他的胸口顿时豁然开朗,便松开她的双臂,兀坐在席上。

她拢拢头发,把头盔重新戴端正。

他将房门打开。

她默然地倚门而立,每回用肩膀摇晃几下,门就关上一部分,等到全都关上,她才后退几步,跽在席上。司马迁伸手又将门拉开。

心中的门与房门恰恰相反。一扇打开,另一扇必然封闭。交替出现,在精神上拉着无形的锯。时间就像锯末一样流失。

白凤朝山下望去,看到了狭路上飘动的火把。

“子长兄,咱们从后门上树林里去,爹爹追来了。”

“本来应该坦然,一躲反而有鬼。”

“你千万别伤害老人家。”

司马迁频频摇头。

“子长，还是劝爹让咱们走。”

“不，你应该跟老人家回宫。”

有人在打门，一声比一声重。

“吹灭灯睡下，再打门也别开。”她反带上门回自己屋去了。

少顷，传来店主开门声，接着他又熟练地说着招徕旅客的套话。

“有位十七八的女孩儿家来投宿吗？”

“小店今晚只有男客，没人带家眷。”

“哦！这雪花骢是我女儿所骑，日夜兼程可行五百余里，怎么落在男客手中？”

店主朝白凤的屋一努嘴。

“壮士请起，老夫有事请教！”

“爹爹——父王！”白凤将段护扶入客房。

“凤儿，你……怎么不辞而别？”

“爹先喝酒、吃块肉。”女儿想缓解冲突。

“儿为追赶司马迁，还是二人定计私逃？”

“与他无关。”

“早知如此，还不若让你杀了他干净……”

“爹爹惹不起大汉天子！”

“你受骗了！姓司马的都风流，当年司马相如和卓文君私奔，今日又有类似之事，张扬出去，贻笑天下，你父面目何存？”

“爹，您想……”

“先杀他再自刎，让儿远走高飞……”

“连你的凤儿也一道杀了干净。”

“一派胡言，痰迷心窍！”

“父王不该错怪无辜，要怪——只怪母后！”

“连你去世的母后也有差错？”

“当然有，她为什么要在没有司马子长的昆明生下儿来？儿见到了他，睁开的瞎眼再也合不上，这是眼睛的过失？”她躬身跪倒，将泪水擦在父亲的前襟上。

听到这段撕心裂肺的对语，司马迁停止了狼奔豕突，他定神寻思一会儿，破门而出，穿过大院，冲进白凤的客房，向段护跪下右腿，长话短说：“段大叔，小侄情愿死于大叔剑下，也不能让贤父女进退维谷！”

郡守恶狠狠地盯着使者，猛然拔剑掷于地上：“老夫恨你入骨，玉玺夺去，女儿的心又骗去，你自己死吧！”

“爹爹但知难舍女儿，可曾想过子长上有舍不得儿子的老父，下有舍不得爹爹的幼女？一人伏剑，全家存亡难卜。又别无兄弟姐妹，客死滇中，游魂归不得长安。你于心何忍？”

“……”段护垂下头去。

“段大叔……”

白凤只怕子长有意外之举，抓起剑朝楼板上一掷，剑扎入寸许，三个人都够不着。她一个箭步跳到司马迁面前，二目像金鱼一样鼓起，左手戟指着他，右手扬到空中颤抖几下，重重地朝他脸上扇了一耳光，哽咽良久，才忍痛喝道：“呸！你身板似榕树，性情像烂藤，我要是你，抱起姑娘上马加鞭，哪怕千军万马也要杀出一条血路！你这个没有骨头的懦夫，满腹经纶，尚未施展，怎么想得出来：为一个蛮女子请罪求死，哈哈！你敢死？偏不许你死，决不向你亲人欠上一分还不清的良心债！你不做铮铮铁汉，俺白凤要做独一无二的奇女子！我喜欢你，这是真的，但我不能教你活得不安泰，活得累，活得郁郁寡欢！宁肯死上八遍，也不愿你为难半个时辰！令尊大人望子成龙，想你将来做个出色的史官，你回去有滋有味地活着，好好写文字，为先人，为长者，为子孙后世，也为知道你有大才决然不再跟你纠缠的白凤。俺到昆明，侍奉爹爹，有空还会想着你，梦里为你笑，醒来为你哭。夜为你变长，日月为你混浊，都不用你再分心了。爹爹，儿还想杀他，杀他的婆子。可惜我没有那么坏，得不到的美玉就摔碎，损人不利己，却又何苦来？心劝口，嘴劝心，千头万绪一口吞，早晚心会烂掉，人会死掉，化为鬼魂也还守着子长，保佑他无难无灾……"

重大的抉择，"己所不欲，勿施于人"的古训，使白凤一洗娇骄两气，目光变得慷慨明澈，身心涌出凡人的明焰，不但使司马迁惊诧莫名，连段护也看愣了。

段护想起来了：亡妻在十七年前，搂着她疼痛了三天两宿才生下的爱女，眼中放出为创造生命骄傲的母性之光。弥留之前，她把全身残存的生命之火从泪眼中迸射出来，为他和女儿祝福。惭愧的是他没有美质传给小凤，文治武功两茫茫，倒是爱妻并没有完全死去，有许多优异的内涵，再现在凤儿身上，又岂止是巧笑倩兮，美目盼兮！

司马迁心灵一角也埋藏过同样美丽的眼，那不是他的清妹，而是和武帝坐在一辆辇上的李夫人。他俩到茂陵去看白鹤馆的时候，郎中司马迁、李陵、田仁、霍光、邴吉等等同辈人都曾经护驾。那双华贵的妙目，虽然蒙上了狡慧的云翳，但不能掩盖那成熟尊严的丽质。曾经不下数十次在司马迁的记忆中闪烁，越憎恶越难排除。今天白凤又在他心尖钻开一个小孔，里面宽敞明亮，有一只良知铸成的金盘，接住她吐出的一串串骊珠。盘子受到思维的震荡而不停地旋转，珠光织成乐生与创造的云锦。世事的烟尘，可以短暂地盖住珠子，只要他恢复沉静，盘子又会转动。

上官清扭曲的苦笑浮现在他的思维空间，奇怪的是他没有羞愧，而是坦率地为自己申辩："一生只对一个女人动过情的男人，一辈子仅仅对一位男子动过心的女人，都不存在。谁的灵府秘穴，不珍藏着一些被幻想美化的形象。假如没有，还要凭空去造呢，又有何伤？未曾涉足悬崖和跌落崖下罪恶深渊的人，不都值得羡慕。左脚抬起，制造人性弱点的悔恨，右脚仍然挺立崖上坚如金柱，不断冶炼出神性的欣慰，才是战胜自我的强者。"

段护抚着女儿的秀发泣不成声地絮叨着："小凤，爹的命芽儿！我也有过年轻的时候，今日你所尝到的，都亲口咀嚼过。长辈总为孩子好，只要你自在，就别管爹这把老骨头，反正也快熬到油尽灯灭的一天，有没有孩子都差不多，你想怎么办，用不着瞻前顾后，畏首畏尾。爹悄悄一个人出来，没带一兵一卒，是怕家里事让下边人知道。也未曾打算让你跟我回宫，虽说我很想你在我身旁打打岔，免得国事家事尽不顺心。但谁又见过事事如意的人？除非是呆瓜！子长，你心地忠厚，可惜太耿、太好奇，爱炫才。圣主忌才，只怕难有善终……好自为之……”老人不停地唏嘘。

“父王昔日也是金口玉言，怎么不讲点吉利话，什么善终……”

“段大叔，皇帝累次下诏书求贤，得到贤人，才可治国，政绩都是陛下的，未必忌才。”

“你太年轻！若说求贤，老夫当年身为国君，这类老调空弹过数十次之多，心中最大贤者只有一个，便是自己！你连皇帝的权术和沽名钓誉都信以为真，这太危险！哎！你没有受过刑戮之灾，一朝明了此理，就追悔莫及。”

“爹爹想得太多，谁动子长一根汗毛，俺白凤只要得到消息就起兵杀到长安！君子爱人以德，白凤照古训去做，决不拖累志士！回去之后只求爹爹允许一件事。”

“何事？”老人的口气缓解了。

“终身不嫁，侍奉父王！父王百年之后，儿要去长安会会子长兄，再到父王坟前一死了夙愿！”

“不，凤儿，你去！”

“人好留，心难留，子长兄，请上马！”

“段大叔，贤妹全靠大叔开导，万语千言，无从说起。贤父女保重！”他正冠整衣，肃穆地下拜。

她平地一跃，从楼板上拔下长剑，纳入鞘中，亲手挂在子长腰间。

“爹爹要为儿延请名师，教儿练成一身武艺，他日也好报效子长兄。”泪干之后，她出语故作平板，也无法遮掩离愁。

“哈哈哈哈！漫说凤儿一见钟情，老夫也喜欢你，子长儿，你们才是一对天人！”

“大叔！”

“爹爹！”

灯火一跳，归于寂灭。月光从窗洞里钻进来，将三个人影投到墙上，漆黑如铁。

院子里，马儿吃得正香。

十

司马迁辞别白凤公主，来到了湘中。约公元前二百八十七年，汨罗江因为屈原抱石自沉其中而闻名天下，其实远远没有黄河出龙门的宏伟气势。他坐在酒楼临窗的一角，手把屈原所作的《涉江》，痛饮三杯之后，轻声念道："哀吾生之无乐兮，幽独处乎山中。吾不能变心而从俗兮，固将愁苦而终穷！"一股悲愤之情涌上心头，仿佛看到披发若狂的三闾大夫穿过江滩平腰深的蒲草，披着岸柳拂面来的碧丝，行吟于江畔，惊飞水草间的一行鸥鹭……

江边万头摇晃，人们都在朝前排猛挤。说的都是方言，不能尽解其意。从表情上可以看到一百多年来屈大夫的遗泽犹存，这些未必读过《楚辞》的老百姓，吵吵嚷嚷地看龙舟竞渡，娱神自娱。

酒楼窗外是新搭的看台，纵横交错的嘈杂声加倍刺耳。司马迁凭栏望去，船长数丈，狭窄如刀，切开浪花，向酒楼划过来。每条船舷坐着二十位小伙子，头戴面具，披着红黄蓝绿各种颜色的假发，赤裸的上身刺着龙纹云片，围着大红的短裙，一条腿弓起放在夹板上，另一条腿掩在水中。船头上的十人双手举棹，凝视前方，并没有参加划船，为什么要拉个架势不肯劈浪猛进呢？司马迁有些惶惑。

靠近岸边的一条小船格外惹他注目，从模样说，船前翘起的木龙头与另外的一条刻得完全一样，突出的脑门，转动的眼珠，威严的金角，掩入江水的蓝髯，向唇外伸出的白牙，古拙有趣，船身所画的鳞片很粗糙。不同的是船尾伸出两根竹竿，吊着一只小秋千，上面有个不足十岁的男孩，不停地做着拿顶、翻身、倒立，用腿弯倒挂在小木板上晃悠。当看客们喝彩之后，他先是将右腿伸直，仅用一个腿弯吊起全身。看客们再一助兴，孩子竟然用脚趾钩住横板，司马迁的心往上一拎！被男孩的镇定触动。

棚子底下高等看客们碰杯的狂态，使司马迁反感。屈大夫为之掩涕的多难生民，仰不足以事父母，俯不足以蓄妻儿，才将幼童卖作玩物。

此刻，指挥船夫们的老鼓手脱去上衣，从胸口滚下一只粽子，他拾起来递给男孩，孩子接过来之后，抽出自己的左腿，钩住横在木板上的右脚，头朝江水，撕开粽子大口地吃着：看来孩子是饿坏了。

鼓手举起鼓槌，挺挺瘦骨嶙峋的胸膛，敲起一组鼓点子，船夫们“啊嗬——啊嗬——”地长啸，有的看客吹起了口哨，船前半截的十把棹子参战，二十名舟子顿时呼吸相通，动作整齐，变成一体的新生命，忘记了个人的存在。江面忽然变成楚天上倒下来的瀑布，两条飞龙从天上滑下来，疾如怒风，只有后艄三分之一还贴在水上，棹子已是船的翅膀。

司马迁瞪着双目，呼吸同样受到鼓声的指挥，舟子们磁力的遥控，和船的脉搏达到高度统一，好像自己也坐在船上，成为一名船工，甚至是一把有神经有意识的木桨，轻捷地挖出一串漩涡，汇集到龙尾，凝成一条白焰。他不知道屈原先生可曾见过如此奇观？

他发下誓愿，要拜访江干渔父，泽畔隐者，探问屈子的史绩，为之立传！

荫棚下爆出一堆笑声，打断司马迁的沉思。

里边的一条龙船获胜，两条船暂时停靠在酒楼下，船夫们喘着粗气，啃着粽子，喝着大江里的浑水。

须眉皓然的老乡绅头戴切云冠，身穿紫铜色绣花长袍，足蹬丝履，也许是做过地方官吏致仕还乡，才被一群士绅簇拥着。他倨傲地捧起酒杯，环顾一下酒友们，用矜持的声调说：“江左龙舟得胜，船艄押彩的童儿技艺不差，老朽向里正买得此儿，到江上去追鸭子，追上大家尽兴多干几杯，老朽白送些钱，不用他赎身。追不上则生死由命，各不相关。列公意下如何？”

乡绅们附和着老头儿，此起彼落地叫好，敬酒，大笑，表情麻木。

家丁送来一只活蹦乱跳的鸭子，老头拔下金簪，用丝线拴在鸭腿上，颇为得意地说：“能使诸公一乐，老朽在所不惜！”

一会儿，鸭子被送到船上，船儿飘向中流，家丁才将鸭子扔下波涛，等到游出五丈，男孩从秋千上一个跟头翻入江中，连气泡也没有冒出一串，就消失了。

司马迁推杯掷卷而起，他的心随着孩子沉入水晶宫。这些敲骨吸髓的地头蛇，个个似乎温良恭俭让，却没有一丝同情心，玩弄生命被视为天经地义。怒火从司马迁的胸膛升到头顶，面庞被涨得发紫，正要发作，男孩在十几丈开冒出头来，伸着细细的手臂，忙着抓鸭子，鸭子在水上特别溜，嘎嘎叫了一阵，又脱身游到了远方。孩子吃力地扑过去。

楼下，看热闹的闲人们鸦寂无声，为孩子捏着一把汗。相比起来，高谈阔论的乡绅们使司马迁厌恶，只好伏在矮几上，用食指塞住耳鼓，两眼紧闭。

龙船追着孩子，人们的视线追逐着这残酷的闹剧。

江岸上发出欢声，孤愤的司马迁睁开两眼，男孩已然捉住了鸭子，老舵工将竹竿递到他身边，他用右手抓住，借舵手一拉之力，跃到船上。

老乡绅脸上现出扫兴的成分："乳臭小儿，顷刻之间，举手之劳，便得金簪，实在太便宜了他。依老朽之见，叫他接着追鱼取珠，列公以为如何？"

又是一大串捧场与狂饮乱叫的声音：

"他若能把鱼嘴里的珍珠追回来，我愿输五千钱与老先生！"

"我也来六千，舍命陪君子！"

"不，若有去无还，我赔上八千！"老乡绅的死鱼眼贼亮。

"好哇！在下押五十两，童儿活着回来孝敬老丈；死了呢？"

"赔一百金！"老乡绅哈哈大笑。

家丁用托盆捧上一条四斤来重的鲤鱼，老乡官摘下佩带上的珍珠，填入鱼口，用食指朝鱼腹中一捣，鱼尾急促地划动，啪啪作响。闲人们围上来，唯恐有什么细节没看清楚。

这些蠢类饱食终日，在不同地位，披着美德的大氅，制造着相同的罪恶。本是独夫忙于声色狗马而戕害自己同胞，偏偏狂叫"救民于倒悬"；本来"己所不欲，勿施于人"，偏偏大喊"仁者爱人"。于是残酷受到恭维，狡黠被尊为智慧，纵然将眼下几个鼠辈杀光，几十个几百个又从租佃制度中冒出来，于苍生何益。一边看透枝节的干预是杯水车薪，一边还要凭着血性挺身而出。

腾舞的鱼被家丁捧起，正要下楼，忍无可忍的司马迁推几而起，冲到楼门口,将家丁拦住。

“老先生,晚生愿以黄金百两请大驾去追鱼,不知能否赏光?”

阒然,寂然,一片愕然。

老乡绅先是张着大嘴,不知所云,司马迁的行为迅雷不及掩耳,迫使他将这北国口音的书生从头看到脚,再自脚打量到头,三上三下地掂过斤两,轻咳一声,鼻沟掣动几下,清清嗓子,提高威严,外强中干地斥道:“何方来的恶少年胆敢口出狂言?”

“说! 说!”乡绅们附和着。

“不说就是怕,怕得了吗? 还是说!”几名随从狐假虎威。

“若百金嫌少,晚生再添百两如何?”司马迁笑容可掬,从容地回座取过一只黄色包袱,咣当一声掷到老乡绅的脚下。

惊骇的目光集中到司马迁倔傲的脸上。

“此人是江洋大盗吧?”角落里一位捋着鼠须的瘦老头在自语。

“不像,我看是少年气盛的巨商大贾!”

“嘘,少议论!”

老乡绅一努嘴,家丁们将包袱提到食案上打开,众乡绅伸颈细看,橙黄透亮,真是赤金饼。

“哈哈哈! 老朽家一月之前失窃二百金,到处打探,下落未明。你今自投网罗,真乃天网恢恢,疏而不漏! 来人,将这厮送到县令衙门治罪!”

“是!”奴才们答得脆响,却一个不敢上前。

“老乡官到过昆明国吗?”司马迁恭谨地长揖。

“昆明国? 远在天边,连刑徒也不去那蛮荒之地,与老朽何涉?”

“此锭乃汶山郡守献与皇帝礼金,下有‘昆明国铸造’字样,老乡官家何来此物?”

“这……”老乡绅的嘴一打咯噔,会看火色的绅士便开始溜下楼去。

“大汉使臣司马迁在此,快传县令来见!”

“大人自称钦差,有何为凭?”老乡绅保守着镇静,额上开始沁出汗珠。

司马迁不慌不忙地摸出铜印托在手上。

老乡官一看哈哈大笑，十分自然地说："果然是长安贵客，老夫见大人磊落轩昂，必是廊庙大器，一时好奇，故意说些戏言，看来吾目不老，大人非凡，大富大贵大寿！哈哈哈哈！酒保添菜，先将这鲤鱼烹饪献客，列公作陪，老朽理所当然要做东家，请！请！"熟练透明的世故表演，显示顽强维护既得利益的衰廉无耻，空气变得活跃，好像什么事也不曾发生一样。

于是能瞒善骗彬彬有礼的绅士们为司马迁安座，包袱也被重新捆好，放在座旁。

司马迁暗暗佩服乡绅们变脸术的精良。他向酒家索来笔砚和一方帛，纵笔写道：

上天有好生之德，天子有爱民之仁。人有贵贱贫富，皆我大汉臣民。兹谕县令：凡有以人命为戏者立斩不贷！

盖过印信，司马迁拱手施礼，侃侃而谈："孔子有教诲：'己欲立，而立人；己欲达，而达人。'孟子谓'民为贵，社稷次之，君为轻'。列公一方耆宿，当能察先哲之意。墨子兼爱，愿'饥者得食，寒者得衣，劳者得息'。圣德不忘苍生。晚生骨鲠在喉，一吐为快。请将此书交与县令，列公盛情，子长心领，多谢了！"

老乡绅欣欣然接过帛书，板起面孔教训起自己的乡亲们："大人有恻隐之心，这种沛然塞乎沧溟的大气，只有老朽才略知一二，难为列公言明。县知事乃是舍侄，大人钧旨，一定照办！列公要多多体恤民生，不负大人推己及人之惠也。"

绅士们装出一副洗耳恭听的虔诚模样，把老乡绅和司马迁的面子都给得十足。

"老朽舍下离此一箭之地，虽然简陋，却也清静，大人光临，蓬荜生辉。舍侄也正好来问安请教！"

"万岁在泰山封禅，晚生还要参与盛典，不敢久留。列公能以苍生为念，不胜感激！"

"那是当然。老朽黄土齐眉,不久于人世。大人不远数千里而来,未尽地主之谊。还是请留数日。"

司马迁抓过酒壶,给自己斟满一盅,举过鼻尖说:"多承列公高谊,敬酒一杯,请!"饮毕照过空杯,"有扰清兴,告罪告罪!"

"大人请便!"乡绅们都干杯。

一场较量在应酬中结束。

司马迁走到店外,两肩一轻。但见临江的人家,门口都挂着几支菖蒲,是秉承了用蒲剑驱邪的古风。靠近龙舟的岸边,还围着一大群闲人,他引颈朝当中张望,只见一位白发苍苍的老盲妇在乞食,碗里是空的,没有人愿意走开,似乎决心要看到天黑。

他想象中的父老,不会露出这样划一的表情去玩赏盲老太太的苦痛。莫名其妙的围观中包含着不自觉的残忍。这些人若有了地位财富,与乡绅们同样会以人命为儿戏。他悄悄地掏出一把铜钱扔在老太太手边的铜碗中,不等那些惊奇的围观者看清他是谁,就如释重负般地溜开。

由老太太想到船后艄做百戏娱人的童儿,他大步流星地走到龙船上。龙头龙尾都已卸去,被划船的年轻人抬走,船上很寂静。

"老渔父!"他一直走入后舱。

老舵工站起来相迎:"大人和吾乡列公争辩时,老汉立在台下,亲耳所闻,佩服之至!来到小船上无以为礼,请坐!"

"老渔父不必谬奖!世无渔人钓者,人人都要和孟尝君家门客冯驩一样高唱:'长铗归来乎?食无鱼!'哈哈哈哈!无怪乎三闾大夫也要来找你们,否则他在流放中太孤寂了!"

"屈原大夫与先高祖有交往。《渔父》一篇所记不是虚设。先高祖每逢佳节,必约请乡闾能歌善舞长者与少年同演《九歌》,老人家不唱《湘君》,便唱《河伯》,从而和者数百人。据先人传闻,《九歌》乃大舜爷生前就有的《九韶》,古老歌词浅陋而芜杂,多亏屈子分段写出清雅的定本,传至今日,不胫而走。大夫虽忧国伤时,每见百姓忘情狂歌,必欣然和大家同乐。大夫沉江而后,乡民怕鱼鳖虾蟹毁伤遗体,沿途将粽子投水喂鱼,已成风习,频年不衰。自大夫去世,先高祖已无知音,便不复歌舞。”

“老渔父正是晚生要寻的乡贤。请再说详细些,凡大夫逸事,晚生都打算录成文字,为异日修史依据。”

两人谈得投机,按照司马迁的请求,老舵工不再称他为“大人”,仅称“先生”。

约莫过了烙熟十来张饼的工夫,曾在龙舟尾艄献技的男孩子卖完鱼回到了后舱。

“快快拜见救命恩公,否则九死一生!”

孩子含泪叩头。从记事以来,仅有今天拜见的大人,能为他讲公道话,他懂得这件事的分量。

司马迁拉起孩子,挽着他瘦长的颈项,抬起他的下巴,但见眉晰目朗,脸形微扁,颧骨耸出,一脸菜色,嘴唇发乌,锁骨隆起,身材细长,胸肋骨清楚地现出,不觉动情。

孩子低着头,斜抬起不安的目光望着舵工,羞怯,忸怩,很不习惯。当司马迁摸着他的头顶时,他轻轻挣脱,在一旁垂手而立。

渔人叙述:男孩郭穰,十岁,前年父亲被征入伍,随着贰师将军李广利西征大宛,饥寒交迫,身受重伤之后埋骨西域。母亲抗御不了灾年,一病而逝。家里原有二亩圩田,为里正侵占,郭穰便被寄养在船上,与孤苦伶仃的渔父形影不离,情同祖孙。自去冬以来,天干河浅,鱼不上网。里正但知赶墟赴会,顺吃流喝,对郭穰不闻不问。今天竟然将孩子卖了两千铜钱,给大人先生们开心取乐。说到伤心之处,老人阵阵哽咽。孩子低眉闭目,上齿紧紧咬着下唇,不让泪水涌出眼眶。

司马迁站起身来,再次抚弄孩子的双手。他还想挣脱,老渔人不快的眼光射到他的身上,只好木桩一样立着不动。

“先生,此儿很聪明,已识字数百,都是老汉所教。想再教些,无奈力不从心。先生把他带回长安,就当个童儿使唤。等到长大 再给他娶房媳妇,也免得断了他郭门的香烟。如此一来,老汉无后顾之忧。他泉下双亲有灵,也会感激恩公大德!”

“晚生将他带回帝都去读书，日后有个前程，但愿不负渔父重托！”

“就以江上清风渡头斜阳为拜师之礼，老汉替他早故的双亲一拜！”

“折煞晚生！穰儿不必多礼！”司马迁拉起老人与孩子，慌忙答礼。然后取出一万钱赠给了渔父。

“先生，金子买不到理得心安。能免冻馁，于愿足矣，何用解囊？”

司马迁执意要老人买些粮食度过歉年。渔人见他恳切，就不再推托。

“我带孩子去拜辞祖宗坟茔，明日五鼓，将他送到南北官道口守候先生，一言为定！”

离家越近，乡心越切。父亲、妻、书儿、白凤……许多人的面影交叠出现在脑海，反而难以安枕。便披上袍子，就着油灯，低声念起了《楚辞》，一段一段，一遍一遍，念到深入诗境的时刻，声音情不自禁地放大了：

> 唯佳人之独怀兮，折芳椒以自处。曾嘘唏之嗟嗟兮，独隐伏而思虑。泣涕交而凄凄兮，思不眠以到曙。终长夜之漫漫兮，掩此哀而不去。从容以周流兮，聊逍遥而自恃。伤太息之慰怜兮，气于悒而不可止。

他拭去泪痕，无法驱逐盘踞在心头的幽愤。三闾大夫的命运是古今直臣的缩影。他还有上马战胜匈奴下马草史书的梦想，绝不愿以空文垂于后世！

为了寻找一点屈大夫尝过的欢欣，在他的想象里，渔父变得年轻了，像他的先人那样扮演着河伯。郭穰转眼之间长高了，扮演云中君。白凤扮演山鬼——带着失恋悲怆的女神。自己扮成至高无上的天神东皇太乙，上官清饰湘夫人。一场场的歌舞非常称职。

遐想持续很久，直到远处传来郭穰的哀哭声和渔父的劝慰声，他才意识到夜已经很深，便披好衣服，反带上门走出店房。天穹澄碧，三星正南，更楼敲着四鼓。

“我舍不得爷爷……又怕大人……”

“跟着爷爷打一辈子鱼，受一辈子气，没有出息，爷爷也舍不得你啊，好孙孙……将来等攒积一点盘缠再去长安看看你……”

“爷爷，我不走……”

“太没见识！”渔父打了郭穰两耳光，“不跟先生走，我也不管你，恨我好了！这样你就会走，不会想我了……”

“我不恨爷爷……”

司马迁心里很犯难，爷爷孙孙的话都有些道理，他只好退回屋里，吹灭剩油无多的灯，让渔童和爷爷多温存一会儿。如果不把孩子领走，爷爷风烛残年，大归之期不会久远，丢下孤儿难免冻馁而亡。带走孩子，爷爷反而卸去重担。让他俩自行选择吧，两全之策并不存在。有时候，为善也要以局部的残忍为代价。他意识到郭穰将告别幼年，殊不知自己将告别青春。和衣上榻，白天所见场景隐退，占据了潜意识的一切掀开云遮雾障，赤诚地表达出隐秘的愿望。他自知不懂楚音和滇湘等地的歌舞，一合上眼便没有此类阻碍而无所不能。用不着从事基本训练，就能做出各种高度精确的难能动作，发出珠圆玉润的绝唱。戏中的伏羲女娲是不是他和白凤？那不重要。

［旷野之上，天裂一角，洪水倾盆而下。

［巨炉高与天接，漫长的四十九天过去，灰色的石头与火苗都休眠了。

［伏羲忧思忡忡，注视女娲，皱眉不安。

［女娲揉胸，掏出匕首，频频拭擦。

女娲　我爱耿耿青空
恨不能添一缕云彩
我是一滴水珠
渴望溶入绿海
让后辈活得纯洁轻松

画出恬静瑰丽的世界

伏羲 痛苦说:“莫拒绝我的深情!”

希望说:“快举手向我投降!”

难道躲开这对姐妹

只能平静地坐待灭亡?

几时心像春风中小鸟

甩开偏见,陶醉花香?

今日前天不该忘却

谁在长虹上写出天章?

女娲 炼不成五彩石

请投我进炉膛

伏羲 要你活着见到新天

新天在笑声中成长

[她剖出心投入火焰,灵光烛天。

[她痉挛、眩晕、面容惨白。

[他切开血管供她吮吸。

[五色宝石炸开巨炉飞向蓝空,补上裂口。

[白月携手登天抚平创口。

伏羲 皎月为你高唱赞歌

喜泪横飞是翔舞的白雪

雪瀑冻成皑皑冰峰

母爱象征创造力永不枯竭

女娲 我见太阳咧嘴而哭

泪是火之河奔涌不歇

历史把它烤成血的丰碑

不薄平凡儿女不厚英雄圣哲

[一群孩子围着女娲跳舞。

[伏羲拍手而笑。日暖风和,万象昭苏。

梦中人留不住好梦，只留得一段惆怅。

五更铎鸣，司马迁怕官绅们前来送行，只好背起包袱，挎好宝剑，拉着马走上官道，渔人牵着郭穰走了过来。

……

傍晚，司马迁在大路上遇到了任安，才知道父亲病危。他对少卿的兄弟之情，由衷感佩。孩子轮番坐在两匹大马的后臀，被腰带牢牢地系在长者身上，向洛阳进发。

十一

驿馆里为司马谈烧了暖炕，皇帝留下了名医，更有人赶来侍奉。不幸药石无灵，老人知道弥留在即，见到子长，笑口微启，有多少话要告诉儿子啊！只是团聚的喜悦为永别的悲戚所掩，洁白的粉墙上也荡漾着愁雾。

子长跪在病榻前，尽力忍泪，佯作欢容，以减少父亲的苦楚。

老人的喉咙管里堵着痰，呼呼隆隆地哮喘着，用最后的气力挣扎出一番话语："吾家先世为周朝的史官，远祖在大舜及夏朝诸帝在位时声名显赫，负责天官，观星象修历书，纪事纪言，往昔曾对儿一一追述过。我本想光大先人的业绩，恐怕来不及了……"父亲的手黄里透青，抖抖索索，紧紧攥着司马迁滴满泪雨的拳头。

老人的语音渐渐变得畅达，如同陨星喷出残光。他还是那么睿智："吾死之后，儿必为太史令，祖上的愿望可能获得承续，不得忘记父亲平生大志在写成一部包罗广袤的信史。说到孝道，始于侍奉双亲，接着是忠诚侍君，最后是立身。扬名于后世，让父母不朽，才是至孝！世上人皆称颂周公，因为他发扬文王武王的圣德武功，宣播周、召之风，让太王、王季，直至公刘后稷诸先辈一一彪炳史册。昏君暴君幽王厉王之后，王道沦丧，礼乐衰微，孔子力追古德，删订《诗》《书》，著鲁史《春秋》，以褒扬忠义之士，使乱臣贼子怕遗臭万年，让纲纪受到重视。孔子因麒麟被猎获而绝笔。四百多年来，诸侯兼并，史书多毁于秦代。汉朝兴起百多年，贤君、忠臣、舍生取义壮士、学人，立德立功立言，灿若群星。吾虽千方百计网罗天下逸闻史料，尚未成书，很怕再次散失，即将溘然长逝，寸心不安。你要时时以此为念。为人子者，不仅有和颜悦色菽水承欢于生前，麦饭豚蹄哭祭于死后，那是常人所为。愿儿发愿为史家百世之师，上察天象，下知人情，苦思冥想，悟天人之际比纪真事更难，吾寄望殷殷……"

"爹爹金言，儿刻骨铭心，不敢有片刻疏忽。将编订爹爹采集之旧闻，访古今逸事，助以天渠等秘阁藏书，成一家之言，当仁不让，否则是尸位素餐的罪人！"

"好！儿述记得董仲舒大师的遗训，《春秋》的主心骨是什么？"

"贬天子，退诸侯，讨大夫。爹爹说此是史魂史胆，下笔切不可裸露，儿不敢片刻稍忘。孟子贵民轻君，当承此精髓，百折不回完成实录，了却先人夙愿，功成身退，不贪爵禄……"

"迁儿……"司马谈喘息不止。

"爹爹保重！"子长拍拍父亲后背。

"身为史官，封禅大典百年不遇一次，卧病中途，不得参与其事，这不是命吗？"一阵抽搐，两声咳嗽，老人突然沉默，最后的泪珠涌出眼角，唇边却不协调地涌出淡淡的笑纹，瘦长的手一松，头朝后仰，脚朝下猛伸，片刻而后就含恨长逝。

司马迁久久抓着父亲渐渐冷去的手，呼天抢地，号啕大哭。他自己对父亲的理解太浅，有这样父亲的人是凤毛麟角。

遵循遗教，将父亲遗体厝在河神庙，委托庙祝照看，自己兼程赶赴泰山，为了报命，也为了参与封禅，开开眼界。他攀登到中天门时，见到奇特的场景，就伏入荆莽里等候结果。三名农民，皆是三十岁左右的壮汉被绑在树上，两名持刀的小卒不断威胁着："你们喊得响一些，就放了你们。"

于是三名汉子反复没命地大叫："万岁！万岁！万万岁！"

一会儿，玉皇顶上传来封禅的鼓乐之声。

"再喊响点儿就完事！"

农民们无可奈何地照办了，两名士兵手起刀落，不等冤屈叫出口，三农夫一齐死于非命。

"哈哈哈!"一名小卒狂笑。

"痛快!"另一名小卒拍着手。

司马迁想捉住两名恶棍问出个究竟,不想林中飞出两支箭来,两人猝不及防,都命中咽喉,倒地而亡。

山巅再次传来万人欢呼,声若春雷。

"谁这样草菅人命,有头有脸站出来见个高低,莫躲在暗处逞英雄!"

司马迁没有喊出口突然悟得:这是蒙蔽皇帝,让他听到云间有神仙欢呼。自己再纠缠,将与农民士兵同一结局。

他赶到封禅场地,方士们走着阵式,念念有词地在迎神。为他撰写荒诞的《封禅书》提供了讽刺性素材,想不到父亲热衷的头等活动,从内容到形式都不过尔尔。

在驿馆里嚼着丧父的大哀,首位吊唁者,是子长不算太熟悉的方士邵伴仙。

劝慰与感激的对话结束,邵伴仙说:"令尊大人促成封禅盛典,功劳甚大。方士们和伴仙尤受恩泽。凑得黄金一两,聊供修墓之需。"

"长者盛情,晚生宁却之不恭,免得受之有愧。"

"子长先生,尊大人对伴仙施过惠,滴水之恩,涌泉相报!"伴仙讲起一则旧事。

十七年前,司马谈举家迁至茂陵显武里,伴仙刚出道不久,来到全国豪强集居之地卖符,在街头用了很多招数,无人解囊。店主的面孔开始拉长,眼巴巴要被赶到街上露宿,碰巧司马谈走过店门口,看到众人围观邵某的狼狈相,特地拿出五百钱买下一张符。

"太史公买了他的符,想必很灵,我也买一张镇宅。"

"卑人也来一张。"几位看客陆续捧场。

这样,店主的长脸缩成方脸。

一个时辰过去,邵伴仙登门叩谢司马谈,同时提出请求要见老方士唐都。

"今日为足下解围,出于恻隐之心,不佞对方术符咒概不相信,立即奉还。唐老夫子已去长安,他日有幸重逢,再陪足下去拜谒如何?”

邵伴仙一听慌了神,强自镇定一阵说:“无功不受禄,先生不信符箓,可以烧掉,若让卑人收回,于理不公!”他连连叩头,悻悻然回归旅店。

在黄绢上篆书“如意大吉”四字籀文,被老太史令扔到旧衣堆里,等迁居到京师,早已不知下落。

“不知仙符尚在否?”邵伴仙说到方术就来劲头儿。

“晚生未曾见过。”

“若还在尊府,千万不可示人。泄露玄机,将遭天谴! 告辞!”邵伴仙长揖而出。

“多谢指教! 送先生!”

下山前皇帝赐宴为郎中们开斋,并庆封禅礼成。邵伴仙上奏:“天降祥瑞,最高神太乙赐陛下天符!”

“符在何处?”皇帝怕再上当,不见兔子不放鹰。

邵伴仙掐指算了算,忽而倒在地上打滚蹬腿,累得小衫汗湿,昏昏沉沉,手中桃木剑指着拴在树下待宰的肥牛。

皇帝惊讶之余,命武士剖开牛腹,果然找到帛符一张,内容和赠司马谈的那件相近:吉祥如意。

皇帝大悦,命李福将符携回悬挂于柏梁台上,赐邵伴仙黄金两斤。从此“伴仙”的“伴”字在人们口碑上少了个立人旁,似乎邵翁真有半仙之体。

在李广利的指挥之下,十八万人训练有素的欢呼声星颤山摇,皇帝听来是醉心的仙乐。

十二

次岁,即元封二年(公元前一〇九年),司马迁护驾到河南偃师的缑氏城休整几日,巡视了胶东,再上泰山祭天。

冬、春缺雨,旱得麦苗儿点火就着,到处都是逃荒的饥民。仲夏之初,黄河在河北濮阳县南部的瓠子破堤,豫东、淮北大平原上一片汪洋。

皇帝听了灾情报告(显然被大臣们缩小了),宣告要亲自背上一捆芦柴去堵口救灾。百官与一万八千人马的卫队不敢怠慢,人人负土认真去塞河。谁知缺口太大，水深浪急，倒上的草和土都被冲走，收效甚微。

皇帝听方士的劝告，亲自到大堤上去祭龙王，把一对白璧和一匹捆住四蹄的白马装在船上，投到河心。河神收了礼物，仍旧不给情面。

皇帝觉得不好下台，眼珠熬红了也不能入睡。方士们知道要开杀了。

司马迁荷着长戟，从临时行宫守夜回来。天交三鼓，驿馆里的郎官们还在饮酒。有人告诉他："你爷爷和父亲的好友，东方朴太公初更就在屋里相候!"

子长心里一热。去冬把父亲灵柩迎回高门原安葬，老人骑着他的关东大黑驴始终和他为伴，坟茔的修造，付出很多心血。当时墓前刻碑尚罕前例，老人敢为天下先。

问候一毕，司马迁要来狗肉和齐地所产的上等酒，准备做彻夜之谈。

"黄河决堤，殃及百万生灵。而今塞河之事一筹莫展，靠方士作法退不了浊水。老朽不喜欢皇帝官府，为了黎民，请将小木箱呈献皇上，兴利去灾，稍尽匹夫之责。"

司马迁打开箱子一看，是一条袖珍河堤，前段是打桩之法，后段是用"埽"堵口的示意模型。

"孙儿看不大明白呢!"

"凡危险堤段皆要打下五丈长以上整根木桩，方法是将桩直立起来，下靠堤脚，上头绑上两根长木头，派人拉稳，选几位大力好汉赤脚站立在长木头前段，离桩四尺远左右，脚下不时洒水，以免滑倒伤人。力士挥动木槌，越大越好，一直打到木桩全埋入堤脚为止。桩要打两排，交叉拉开距离。若水还在猛涨，堤内筑个月牙形弯埂子，跟堤一般高，万一堤裂，便于抢险，形不成重灾。"

"这缺口上的小船是何意?"

"用几条大船，装满布袋，每袋放上豆子百多斤，将船开到缺口，派水性好的渔夫凿通船底，让船沉下去，以减水势，再让儿郎们推动长埽，抵住大浪，用骑马桩里外夹稳，桩头上以麻绳捆牢，埽后倒土，筑成新堤，新堤靠水一面再钉上三条长埽，再大浪也会减少冲力，不难成功。放头条埽时，上面坐着士卒农夫，以臂膀相挽，浪来把气吐入水中，浪落下肩再吸气，几百壮汉如同一人，桩打稳妥一道撤下，不损一位民工。”

“哦，妙！这埽，外用芦苇长竹片，内包树枝树叶石子，捆得扎扎实实，比缺口还长，千丈一体，同进同退。”

“没错，到底读书人聪明。”

“子长不聪明，只有您老人家才真叫智慧！”

“爷爷也是走南闯北跟老农夫们学的，老百姓最有新鲜点子。”

“爷爷，为何这只宝箱不交给达官贵人？”

“交给心术不正的小人去邀功，是帮吞噬老百姓的恶虎凶狼磨快牙齿，老朽反而落个杀身灭口的下场；交与官心太重之人会压下，怕照办堵不上堤而丢官；交与皇上陛下老倌也忌才，为啥这灵丹妙药不是他想出来的呢？比他高明的都该斩尽杀绝，只留会吆喝万岁的白痴才够味儿呢！你爹爹巴望你守罢三年孝，就当史官，糊涂虫就不想当，也当不了，大聪明人看透朝中把戏不愿当。你非当不可，至多八年，把皇家藏的桑叶吃个精光，告老回高门原，白天教几个孩子认字，夜里写一部不给官家看的正儿八经的史书。不然，常在河边走，迟早会湿鞋。你爹躲过一刀，就怕你躲不开。谁让你比老爹还有灵气？不杀你杀老鬼！”

“哟，这样可怕？”

“针尖上竖一个鸡蛋，光着脚在刀口上跳舞！”

“那……送这宝箱也会……”子长做了个杀的手势。

“就讲听你爹说，他老人家在古书上看到过这类作法能治水。什么书，你不知道，不就了结吗？”

司马迁伸了伸舌头。

“堵水是鲧的办法，光一只手打拳不灵，还要宣，把水引进旁边两条河分流就活了。一防一宣，治国安邦的大道就在里边。”

四十天后水退堤修成，皇帝选个高处盖了一座“宣房宫”，向百官黎民显示：如果再闹灾，他还来防和宣。

多年后，子长写了《河渠书》，其中不乏切身体验，还记载了两首《瓠子之歌》，算帝王关心治水的最早文学创作：

其一

瓠子决兮将奈何？皓皓盱盱兮闾殚为河[①]；
殚为河兮地不得宁，功无已时兮吾山平。
吾山平兮巨野溢，鱼沸郁兮柏(迫)冬日；
延道驰兮离常流，蛟龙骋兮方远游。
归旧川兮神哉沛，不封禅兮安知外？
为我谓河伯兮何不仁，泛滥不止兮愁吾人！
齧桑浮兮淮、泗满，久不返兮水维缓！

其二

河汤汤兮激潺湲，北渡迂兮浚流难；
搴长茭兮沉美玉，河伯许兮薪不属。
薪不属兮卫人罪，烧萧条兮噫乎何以御水？
颓林竹兮楗石菑[②]，宣房塞兮万福来！

这歌不代表武帝才华，是楚骚体“白话文”。按清代学者孔广森的研究，“兮”读“啊”就化雅为俗。末句“万福来”的许愿，对两千年后的颂歌写作有影响。可惜武帝与“万福”都不曾来过。

①盱盱，音干干，形容盛大貌。

②菑音兹，指开荒及初耕一年的土地。

廷　辩

刘邦在芒砀山斩蛇起义，鼎定大汉王朝，怕小小亭长为人不齿，乃自称为赤帝子，服色贵红，象征火德。稍后，大臣张苍说汉乃水德，色尚黑，制度承袭秦代，岁首放在10月。文帝乍承大统，鲁地儒生公孙臣上书谓汉系土德，色相应贵黄。由于望气方士新桓平从中作梗，公孙臣学说被束之高阁，不了了之。

武帝登极未久，成纪(今甘肃天水市)地方官上奏发现黄龙一条。群臣谁也不去核实，抓住献媚机会大肆祝颂。武帝想就此改历书，易服色，变革旧规。因窦太后独尊黄老之学，横加阻挠。武帝不便公然违拗，让司马迁等十来位专家受唐都指导，上观天象，下察气候温寒，继续紧锣密鼓做悄悄的研究。公元前104年，太后业已谢世，武帝改年号为太初元年，颁行了《太初历》，正月为一岁首月，即两千年来广泛使用的农历的基础。二十四节气有利耕作，受农民重视，看月亮圆缺便知初一十五。在人们生活中产生的影响要比《史记》大得多。又符合孔子“行夏之时”的夙愿(语见《论语·卫灵公》)。服色从土德，以黄为尚。“数用五，定官名，协音律。”(《汉书·孝武帝本纪》)歌舞升平，掩盖了开边大造宫苑形成的贫困。皇帝好大喜功，官员们多吃几顿美味，百姓得到一点泡沫式的振奋，各有所获。

司马迁欣欣然伴驾东祭泰山，巡狩海滨，8月至安定(今宁夏固原)，在行宫里一君一臣演了一出超短剧：

皇　帝　古代良史皆能预见朝政兴衰？

司马迁　（被改历成功的残余兴奋鼓起了勇气）有，但不多。

皇　帝　可举一例。

司马迁　周幽王二年，西州的渭河、泾河、洛水一带大地震。太史伯阳甫说："天地阴阳之气各有流动秩序，不能人为使之混乱。阳气沉在底下出不来，阴气压在它的上头难以蒸发上天，必生出地震。而今水源枯竭不畅通，生产受到破坏，民众贫困，国怎能不灭呢？昔日，伊水洛水干涸而夏朝灭绝；黄河干涸而商朝为周所代。当前周的气数与夏商末年一样，山崩河干，亡国就在十年之内。十年是数的一个循环。因为上苍抛弃了周。"这段预言当年应验。幽王迷途不返，废掉申后和太子宜臼，册褒姒为后，立其子伯阳甫做储君。伯阳甫痛心地叹道："祸已酿成，无可奈何了！"

皇　帝　小小史官这般放肆，幽王能不杀他？

司马迁　幽王动过此念，横眉问道："可知道为何召见你？"太史答道："当然明白。据《易》和五行八卦之理，臣小于陛下二十余岁，死期却当在大王千秋之前。若陛下力除苍生疾苦则差一年；倘如依旧声色犬马，败坏纲纪，相差至多两月。不须臣多饶舌！"幽王又恼又怕死，加上作恶心虚，未敢动刀。褒姒烽火戏诸侯，幽王为犬戎所弑。被废的太子宜臼在洛阳重建东周，是为平王，延续四百余载。

皇　帝　伯阳甫说的二十余岁，从一岁到九岁皆是"余"，究竟是多少？

司马迁　以上掌故臣闻自庭训，先父想系得之于野史传闻。臣读书太少，宫内外藏书仅有前段史料，后段未见有人记述。太史小于幽王几多岁，已无法稽考。

皇　帝　朕年长于卿也是二十余岁！

司马迁　臣不敢妄比古贤。陛下名垂千代，周朝天子康王之后均不能与陛下相提并论。

皇　帝　朕不会责卿家借古讽今，自信功在史册，与亡国昏君不相类。卿下笔开口不必瞻前顾后。

司马迁　是！

皇　帝　周太史故事讲与几人听过？

司马迁　只奏知陛下，未曾告人。

皇　帝　经传无稽，不再提起也罢。

司马迁　遵命！

皇　帝　朕自恨未逢伯阳先生，他如生我朝，将以伊尹姜尚相待！卿无先生大慧，然文气蓊郁，莫妄自菲薄，朕助卿为当代左丘明！哈哈哈哈！

［未几，皇帝先后召询唐都、洛下闳、公孙卿等大儒，伯阳甫巧避斧钺一事，均奏称史籍无证。皇帝暗疑司马谈算到某些险象，危言夸张，乞求对其子宽厚，老史官已逝，无从对证。后来又认为系司马迁杜撰，逞才炫学，显露“天人之际”端倪。可惜手无把柄，无深究缘由。当即像吃下一匹青蝇那般快快连日，多年后想起，心里多了个抹不掉的疙瘩……

一

和武帝打过交道的方士上千，其中不苟言笑的邵伴仙最会掌握火候：不能不得宠，在稳妥的前提下可以出点小风头，躲掉冷羹和剩饭；不能太得宠，弄得四面谗言八方红眼，早晚会露出马脚而丧生。

这份聪明是时间和事实把他训练出来的。

皇帝即位九年（公元前123年），齐人李少君来长安献炼金长寿之术，凡有好事者问到他的年龄，年年都说七十岁。有一回讲到一位九十岁老人的祖父怎样游射，惹得四座皆惊，怀疑他已有好几百岁。他自称在海上邂逅过仙人安期生，赠他仙枣一枚，其大如瓜，吃后身轻无病。武帝见他体貌清瘦，举止似有仙气，便举起手中铜器要他推测制作年代。也是瞎猫活该碰上死老鼠，他在故乡见过同样器皿，所以能准确无误地回答：“此物齐桓公十年时曾陈列于柏寝中。”武帝好不惊异。他又奏称：“祠灶便能致物，尔后丹砂炼成黄金，神丹服之与天地齐寿，像黄帝一样上天。”

武帝一向轻信方士，亲自祭祀灶神，要少君炼砂为金，并谕九位方士去蓬莱求仙。胡闹了几个月，黄金无消息，差人去看，少君业已病死二十来天。

皇帝异母弟弟刘寄府邸有一名家人栾大，不知天高地厚，乱吹“黄金可成，不死之药可得，仙人可致，黄河瓠子的决口可以填塞”。由刘寄的小舅子，乐成侯丁义保荐给朝廷。皇帝授栾大五利将军，不到一个月，更颁赐天士将军、土士将军、大通将军，赏黄金十万两，还将卫子夫皇后所生长公主配他为婚。皇帝还怕他不肯请仙人到长安来，加封为乐通侯及天道将军，命大臣身穿羽衣站在白茅上代皇帝赐印。皇帝不停地催他去找仙人，他千方百计地延宕，后来到了万般无奈，才去海滨虚应故事，被侍从识破，密报皇帝，栾大以诬罔罪腰斩。

栾大墓草未封，齐人公孙卿侦知皇帝得到一只宝鼎，便托名申公伪造了一本叫《札》的“遗著”，内称黄帝获鼎是辛巳朔旦冬至，今上得鼎时为己酉朔旦冬至，古今相符，乃是盛瑞。又讲皇帝召见他的甘泉宫，乃黄帝召见群仙的明庭故址，根据众仙建议采铜首山，在荆山铸鼎。事成，黄龙从空而降，黄帝骑上龙背之后，大臣后妃又挤上七十余人。还有众小臣揪住龙须不放，结果龙髯被扯断，连黄帝携带的弓衣也被抖落。小臣们未能成仙，哭声震野。皇帝听得心里直痒痒地说：“朕如能学得黄帝，弃妻子如破鞋（敝屣）耳！”公孙卿请皇帝登缑氏城上去晤仙人。武帝怕落空，便向公孙卿提出警告：“你想仿效五利将军的故事吗？”公孙虽害怕，仍说了些心诚则仙人必至的套话，又大谈其封禅，鼓动皇上模仿黄帝“且战且学仙”的路子，运动十八万大军行程一万八千里去封禅。又讲“仙人好楼居”，建成几座摩天大厦，仙人没见影儿。邵伴仙不是主谋，未获高官厚禄，反而细水长流地享有名利。

惨剧荒唐闹剧能演上瘾，骗子、酷吏、美女们各行其道，满足皇帝精神上的一日三餐。

半年断雨，邵伴仙建议皇帝登坛求雨，即或不灵，找不到方士们的麻烦。加上要点将北讨匈奴，给当了十年太史令的司马迁登上高台俯瞰京师的良机。

被国君"俳优畜之"的太史令，借司马谈的经营，已管豁灵台待诏四十二人（见《后汉书·百官志》所引《汉官》；其十四人候星，二人候日，三人候风，十二人候气，三人候晷影，七人钟律，一人舍人）。掌握气象、时间、天文、乐律，皇家石室金匮藏书档案，各有专人。可见受到相对重视，后来司马迁方才有卓越的建树，包括改历与修史两大领域。他秉承父亲无为而治的作风，大家自觉运转，长年随驾远行无后顾之忧。舍人由郭穰担任，甚为得力，档案藏书管得有条不紊，皇帝大臣随时抽阅，常得赞誉，从来面无得色。当时还没有书法家这类概念，他练就一手流利洒脱的木简书体，写得和老师一模一样，仅神采上略嫌嫩弱，连上官清、书儿都难辨别。

"穰儿，写字要有个性，和我雷同多乏味！"

"能似先生于愿足矣！"

"史家不得以无个性为个性，不许以个性取舍史料。"

"谢老师诲谕！"

光焰刺眼的金铜仙人上干云霄，不知哪位雕塑家有这样丰富的想象力和气度。造像高于真人四十倍，从下朝上看，不觉得头重脚轻，衣袖袍襟下垂，避开风势，也不失飘逸。线条的流畅和洗练，只能从汉画像石上去凭吊。在他的映衬之下，不可一世的皇帝，阶下的臣僚全成了几寸高的玩偶，他们神气十足地统治着大汉版图，雍穆又滑稽！尤其是方士们垂头闭目，口诵祷词，忙得真像那么回事，子长要用很大的力气来忍住发笑。十三年前封禅的大队人马离开泰岱，还远巡过辽东锦县，自承德经五原返回甘泉宫。他正如玉树临风的年华，总是黎明前起身，观星舞剑，到旭日东升才归营帐。每次路过厨房，都见到百余口大铜锅埋在地上烧粥，灶头浓烟滚滚，火焰在火头军油亮的额头飘闪。盖被揭开，数不清的水泡在锅里自生自灭，叽叽咕咕，扑扑哧哧，合唱出难以言喻的噪音，与方士们求黄金与官印的念咒声异曲同工。不同的是煮粥声唤起人们食欲，念咒声仅能使闻者食欲全无。

难为方士们想出一串串一层层繁文缛礼，把几百官员和武士全送进半催眠状态。刚拜天主地主阳主时还稍感新奇，再拜阴主日主月主，已不胜其拖沓寡味。好容易拜毕四时主兵主等"八神"，皇帝才踱着方步到牛羊猪鹿等牺牲品之间行礼，太祝念出铿锵有韵律的祷文，每句最后的两个字都拖音，淳雅，清脆：

事天以敬，事上以诚。事先以孝，教化以仁。苍天震怒，列祖显灵，五月断雨，太庙蒙尘。赤地千里，四野饥民。朕躬有罪，请罚一人。百姓无辜，啼不忍闻。高皇被困于匈奴之耻未雪，冒顿侮戏吕后之恨未消，有负生灵。齐襄公复九世之仇，《春秋》享名。旧恨不报，天理何存？恭祈昭穆，速降甘霖……

一个短暂的停顿，方士和官员们三呼万岁，异常热烈。

小谒者们铺开编成龙飞凤舞图案的象牙席，皇帝持重地落座，臣僚们一片肃静。

"贰师将军，朕命卿率三万大军自酒泉奔赴大漠击灭匈奴左贤王！"

"微臣遵圣谕！"五大三粗的李广利答得脆响，内心畏葸。他自知得到皇帝提拔，多亏妹妹李夫人的枕头风吹得欢。加上弟弟延年擅长唱歌作曲，时制新声，又是皇帝宠幸的"小郎"(男妾)，官居协律都尉。兄妹皆皇帝姐姐平阳公主引荐。从武帝死后李夫人能迁葬茂陵相陪来看，她的地位竟高于陈阿娇、卫子夫两皇后，钩戈夫人和邢尹二妃，生前荣华就不难揣测。广利无尺寸之功，朝野之誉，被同僚视为庸夫，为何能得显位，得益于一场流血的喜剧：

元封三年(公元前一〇八)武帝五十岁，司马迁刚任太史令，年方二十八岁。也是机缘巧合，西域某国使臣奏称："大宛国（在今中亚细亚）有宝马，密藏在贰师城，不肯让人看到。"武帝顿时动心，下诏铸金马一匹，令壮士车令一行携带千金西行求马。谁知大宛国王不给面子，拒绝献马，那车令又以天朝上国特使自居，在银安殿上暴跳如雷，斥骂大宛王。小国之君只能忍辱吞声，抱着葫芦不开瓢。车令一气之下，椎碎金马，携金返回长安。途经郁成，遇到番兵千人拦路行劫，车令及随行兵勇全部殉国，黄金被掠。

武帝闻报，勃然大怒，即拜广利为贰师将军，属国骑兵六千，集中郡国恶少年数万，以王恢为先锋，带领辎重，浩浩荡荡，杀出玉门关，经过盐碱沼泽地、大沙漠，缺粮无水，沿途小国同情大宛王，软拖硬抗，汉兵十死五六。广利无奈，下令攻打郁成取粮，郁成王因杀过车令，早有准备，广利一行无便宜可占。只得退居敦煌，上表请求班师。

武帝求马落空。深恐腾笑诸国，有损天威，但又碍于李夫人的桃花情面，不便处置广利，只得命专使颁诏：汉兵如有一人胆敢入玉门关者就地斩首！

两年之后，武帝大赦罪犯，尽发各地浮浪子弟，调集沿边马队，凑成步兵七万，骑兵六万，牛十万头，马三万余匹，驴及骆驼万余头。派执马都尉驱马都尉各一人，声势浩大，西出阳关。途经轮台时，地方首领命闭城不纳，广利倚仗人多势众，挥兵屠城，不数日围住了大宛国都贵山城。

汉兵携有水工，断绝大宛国都水源，城内无井，河道堵塞，大宛王毋寡大惊，派出专使去康居国求援。相持四十日，广利擒住大宛勇将煎靡，城内权贵为了保住生命财产，将毋寡刺死，枭下首级，送至汉营求和。广利既怕康居国援兵，又恐大宛人杀死宝马、矢死顽抗，汉兵粮草不多，只好答应。两位相马师多方搜求，所得不过上等骏马几十匹，中等良马三千余匹。广利立亲汉贵族昧察为大宛王。在班师途中攻破郁成王国都，郁成王逃到康居。广利令搜粟都尉上官桀领兵穷追①。康居王不敢抗命，将郁成王缚献

①武帝一朝有同名上官桀者二人，此是老上官桀。任过武帝马官，居于高位，在昭帝时谋反被杀的是另一上官桀。

汉军,为广利部将赵弟所斩。

打了胜仗,将吏骄暴,对部卒很严酷,加上重伤缺少医药,汉兵死去十一万人,生还玉门关的不足两万。

武帝等了四年,一见天马,喜出望外,即封广利为海西侯,食邑八千户;赵弟封新时侯。

次日在太庙举行献俘仪式:毋寡和郁成王人头号令数日,埋于长安远郊。

皇帝诗兴大发,作《天马歌》一首,经李延年谱曲,广为传唱:

> 天马徕,从西极,涉流沙,九夷服。天马徕,出泉水,虎脊两,化着鬼。天马徕,历无草,经千里,循东道。天马徕,执徐时,将摇举,谁与期?天马徕,开远门,竦予身,逝昆仑。天马徕,龙之媒,游阊阖,观玉台。

重马轻人,血流千里的非正义战争,受到老百姓和正直大臣的暗中谴责,李氏兄妹收敛了一些气焰。只因世人对既得权势即或来路不正,也想利用,公开场合大献谄媚。久而羞赧之念又为骄矜所替代,还认为功大于赏呢!

这番朝廷重用广利,期望他有所建树,再授以显爵。

"扫灭匈奴妖风,解除西域诸小国威胁,尊崇我大汉武功与盛德,须赏罚严明,将士方能甘心效死。不得玩忽轻敌!"皇帝扫了群臣一眼,观察反应,征询不同见地。

"是!谢陛下面谕。"

"廷尉有何卓见?"

杜周稳步出列,略一思虑,侃侃奏道:"匈奴兵卒多于十二万,又长于骑射。贰师将军虽然韬略出众,勇猛超群,就怕寡不敌众。臣意另派偏师分散匈奴兵力,一实一虚,两翼侧击,出奇制胜。不知妥否?陛下圣裁。"杜周表情虔诚,绛色方脸上短髯蜷曲倒生,似乱而有条理,显然经过修饰。李广利有多大本领,他了如指掌,提出增兵,不伤李广利尊严,又相助了一臂之力。

杜周，南阳杜衍人，原是杀人如草的南阳太守义纵的爪牙，以办案凶严为张汤赏识，得张的衣钵：凡皇帝不喜欢的人，千方百计找借口除掉；皇帝想放的人，总能找到理由纵出法网。司马迁曾傻乎乎地质问："断案子不遵法律，全看皇帝眼色行事，该这样办吗？"

杜周直言不讳："法律先帝所立。当以此时圣谕为准。哪有什么古法呢？"

他掌刑律，长安牢狱关人六七万，俸禄两千石以上大员百余名。一件事株连几百人，全靠严刑毒打成招。小吏迎合他，捕人又多出三四万。关十多年结不了案的是常事。皇帝夸他"尽力无私"，受宠十多年。当初到长安，仅有一马，鞍具不全。后升到御史大夫，位列三公，家资以万计。

"廷尉言之成理，路博德可率五千之众直取浚稽山之东，与贰师将军会师北上。"

"臣遵旨！"路博德年过四十，老成庄重，因为平定两广有大功，在任伏波将军之前已封符离侯，资望早在贰师将军之上。他处人、打仗讲策略，城府较深。

"此番北征，道远事繁，李陵可率领在酒泉、张掖所练五千兵卒，管好辎重，免去贰师将军缺粮秣之虞。"武帝语调响亮。

飞将军李广威震大漠，长子当户为郎官不久即夭亡。次子椒曾任代郡太守，也在三十来岁病死。三子李敢随霍去病北伐匈奴，功勋卓著，俘获敌王敌将数名，封为关内侯，食邑二百户。武帝请过好几位术士为李广算过命，都说此老数奇（读基，不祥）命苦，皇帝便信以为真，打了许多胜仗也不封侯。倒是随李广马后跑了多年龙套并无功劳的堂弟李蔡拜了丞相。

大将军卫青辞朝之前受武帝之嘱，对李广不许重用，连当先锋的机会也不给。大军一到漠北，卫青令李广东行，限期相会。李广不知皇帝对他有成见，一再请战，不肯东行，卫青哪肯听他的，坚持分兵。东道路远，沿途水草不丰，人马行走不便，只是将令难违，勉强遵循。卫青一战无功，退到汉南，方见李广率部赶来，便要老将军到幕府去对簿，其实还是忌才。飞将军闻讯仰天长叹，向卫青派来的长史说："俺李广束发从军，与匈奴大小七十余战，有进无退，战功卓著。这回失道迟到，乃是天命，与部下官兵们无关，贻误军机之罪，俺一人承担！人活到六十多岁，死就不为夭折，哪能向刀笔吏乞怜求生？"说毕拔刀自刎。

满营将士，放声大哭。李广为人木讷，曾在大漠中见一猛虎，便张弓搭箭射去，猛虎不动，他走近一看，方见命中的是石头，箭镞射进很深一大截，传为奇闻。每次出战，士卒有一人没吃上饭，李广便不吃，一人缺饮水，老将军便不喝水，故而深受部下爱戴，执行严明军纪，从无怨言。稍后，孝景皇帝的陵园田被侵占一案涉及李蔡，李蔡下狱后畏罪自杀。李敢当时已承袭父亲爵位，任郎中令，仇火烧心，不能自已。有一回见到了大将军卫青，便提出质问，卫青当然不会认账，李敢挥拳将卫青打伤，卫士们立即将李敢拖出，他顿足痛骂而去。卫青还算良心未泯，在家养伤数日，并未声张。不料此事为卫青外甥霍去病所闻，有一次，李敢与霍去病随武帝去甘泉宫射猎，趁着李敢追逐野兽机会，霍去病藏在树下，冷不防射去一箭，正中他后脑。武帝正宠霍去病，宣布李敢为"鹿角触伤"而死。李氏一门抚尸大恸，无处鸣冤，眼睁睁一天天衰微下去。

武帝无法想到老将厄运是他亲手制造。他素来赏识李广的韬略和武艺，还有身先士卒仁爱谦和的美德，就更难认识自己的盲从和固执。李陵一任郎中就是十几年，每次随驾打围，总是纵马如飞，箭无虚发。这样，越长越像乃祖的外貌，加上李广所欠缺的俊爽，逐渐引起了他的注意。

一年前，李陵率领健儿八百骑，自酒泉启程，直入匈奴国境二百余里探察有功，授李陵为骑都尉。

李广利飞扬跋扈，又贪婪厚皮，急于建功的李陵是素有所闻，三世为将不如一女为宠妃的道理，尤有切身体会。李陵权衡利害，撩袍端带出列奏道："贰师将军威震西域，帐下战将谋士甚多，何需臣这样驽劣之才去管辎重。陛下对臣三世厚恩，愿携一支偏师出兰于山，分散匈奴兵力，便于贰师将军建不世奇功。"

"朕发兵稍多，分不出骑兵佐卿北上。"

“臣不需骑兵，帐下募得步卒五千人内，有许多荆楚剑客壮士，力能缚虎，箭可穿云，当直捣单于巢穴。”

“壮哉爱卿，真有乃祖遗风，依卿所奏。贰师将军、伏波将军当作少卿后盾，协力同心，共雪国耻！”

“李都尉将门虎子，胆略惊人，臣与伏波将军做他后援，万无一失！”李广利语声和蔼得体，眼中射出凶光，远立于阶下的司马迁已有警觉。

“请驾回宫。”路博德颇知李陵的分量，也不愿他一仗成功，只希望早点退朝。

“李少卿重任在身，好自为之，浮躁则大事难成。”皇帝的语调稳健。

李陵拜于阶下，胸腔急剧地起伏。

“众卿有何高见？”

一阵短暂的沉默，司马迁左脚朝前走了半步，又克制地退回班中。

“司马迁起草讨匈奴檄文。”

“遵旨！”司马迁捧笏躬身走上台阶。

“退班。”皇帝一拂长袖。

“陛下！”司马迁抢前两步跪倒。

“卿家文章高手，放笔为之，不拘绳墨。”武帝立起身来。

“太史公，有事明日启奏，请陛下回宫。”李广利向司马迁一揖。

“让他讲话。”武帝重新落座。

“臣斗胆恭请陛下为李都尉增兵至万人，多给粮草。匈奴多诈，又是轻骑熟路。不能得虎，必为虎食。万岁爱将士如子，伏请谅察！”

不仅是大臣们出乎意料，连皇帝和李陵也没有想到司马迁会说话。

“太史公，兵机之事，恐非史家所能议！”李广利的话里流露出威胁。

“臣官卑职小，妄议朝政，自知有罪。国事为重，毁誉不计，是非由陛下圣裁。”

“路将军有何良策？”皇帝望着司马迁频频点头。

“贰师将军统领全局，决胜于大漠，臣听从调遣，并无卓见。”路博德喜怒都藏于深心。

“少卿帐下不乏赴汤蹈火英才，一能当百，太史公不能视为泛泛之众。末将和路将军与他同生死，共进退！”

“哈哈哈！”武帝笑得很深奥。爱憎生杀予夺都可以包容。

下朝之后，司马迁策马急于回家，对于李广利的骄横很是气愤。他不怀疑李陵的才华和品质，如果能像李广利那样受到重用，北伐可以成功。而眼下的情境看来，胜是侥幸，败则可惜。

为了摆脱过早袭入心头的忧思，他强迫自己在马背上畅想李陵高奏凯歌还朝的场景：

胖丞相乘轿子来到长安北门外十五里的长亭，两眼笑成一条长缝，双手递上洗尘酒，李陵下马接酒酹在尘埃，痛悼阵亡的壮士……

皇帝在太庙门前接受献俘，单于的人头被送到横门城楼上示众，降旨封李陵为侯，食邑三千户。全军大酣三日，满长安歌舞升平，热闹一通宵。光禄寺派专门马车迎接李陵的七旬老母，还有妻子和垂髫娇儿去赴百官宴。

李延年带来乐工百人，吹奏西域壮歌与江南丝竹，穿插着伶工与胡人优人共做百戏。觥筹交错，欢声雷动。

李陵微醺的脸，兴奋的眼……

走完石板官道，进入太史公府第附近僻静的土路，蹄声由尖变团，稳朴悦耳。阳光映射在道旁一行秋柳柔密的绿发上，像是翡翠大花团，金风徐来，频频扭腰。它们如同三十岁的美女，眼角乍露细纹，带点迟暮的朕兆，努力挽留着最后的曼妙风华。林外菜园一片遥碧，井架上辘轳咿咿呀呀唱着不连贯的谣曲，农夫们忙着灌菜畦子，气氛与吵闹的大街差别颇大。司马迁的呼吸恬畅了。

上官清回到故里去看望娘婆二家的亲眷，子长未能请准假，没有同往，宅中两名弟子身着短袖单衣，正在院子里忙乎。郭穰在塘边捣粪，粪堆上马屎墙土河泥冒着热气。子长一进院子，就把牲口牵到槽头，槽里草料拌得又匀又透，干湿合宜，老母马吃得津津有味。它是司马谈留下的遗产，个头小，身细颈短，毛色灰黄相杂，黯淡无光。司马迁的长者和同辈人中不乏战将和善相马者，见到母马都说其貌不扬，十分寒碜，早该换一匹良骥。唯独东方朴太公大加赞扬："此马中骑不中看，肯走不肯跑，走也比其他的名马跑得还快。只是从小缺奶水、上等材料，饿老了苗，但这双眼有灵气，四个膝头发亮，有来历，父母都是千里驹。人坐在马背上，跟坐在太平车上一般稳妥。好好养，能生下一匹神骏呢！"

司马迁父子都尝过骑老马的甜头，爱护备至，从来没试过它一日夜能走多远。

去年东方朴进城，被左内史衙门请到轩辕庙门口刻两只狮子，在书房下榻十天，他那匹"乌云盖雪"的关东大驴有幸与发情期的老母马同槽，彼此动了"凡心"，留下爱情的结晶——一匹黄骠小骡驹。小驹子没有秉承乃父魁梧奇伟的风度，体形酷似母亲，毛多枯焦，四肢修长，肩胛颇宽，鸣声洪亮，能震得屋瓦嗡嗡响。东方朴一见，连捅子长肩头两拳，故作诡秘的神色说："这匹小骡子准让书儿的重孙子骑上它，日行六百，两头见太阳；夜里每更天走七十，上乘好牲口，就差不会说话，挺能解人意，是你们司马家柱子一根。好好招呼它，比会稽进贡给皇上的骡驹强一帽头子！"

好事多磨，小黄骠生下来两月，母马大病一场，奶水干涸了，请兽医开方，用药三十多味，再也没有表下乳汁。司马迁看到女儿眼泡哭红，便将上等细面熬成稀糊头，使牛皮缝成个带管子的口袋，供小黄骠吮吸。小东西认人，除非子长动手，再饿急了决不喝面糊糊。郭穰和杨敞抱着它的头项硬行饲喂，就是不肯吞咽，书儿也只能喂个半饱。

"就像你爹手上有半斤蜂蜜，吃得多带劲。阴阳怪气！"上官清得意地埋怨着。

书儿气鼓鼓地噘着嘴。

郭穰以袖掩口忍着笑。杨敞替师妹不平，斜睇着小骡子，继续用小车装上干土推入厩房去垫马铺，干得很下劲。

这便是平安岁月中一家人未意识到的幸运！融和、上升。

杨敞，陕西华阴人氏，年方十八，大书儿一岁，小于郭穰四秋，六岁丧母，父亲在司马谈父子手下任书吏，一生唯恐树叶从天而降砸破了脑袋，大小事一笑忍之，内心很不平衡，到三十五岁就郁郁病故。临危之际把十三岁的杨敞托付给司马迁照应。子长代亡友抚孤儿，教以诗书。孩子争气，上官清把子长和郭穰的衣服改给他穿，时时勉励他。杨敞生得身高九尺三寸（约高一米八五），鹅蛋脸，卧蚕长眉，一对冷肃的长长的桃核眼，炯炯生光，可说容貌威不掩和，招人视觉，甚受上官清疼爱，成天价“敞儿”“敞儿”叫得很响。

“敞儿仅具中下之资，长于背诵古书，但不善于举一反三，缺少己见，下笔枯涩，人云亦云，不是史官之才。”司马迁向夫人坦率地交了底。

“你未免把人看扁，我看他比郭穰明白得多。”

“懂得讨师母欢喜！”子长全无恶意地揶揄道。他记起上回贰师将军从西域大胜还长安，带回几颗人头，还有许多耳朵，用丝线穿着，挂在城门洞两侧号令，司马迁想写《大宛列传》，便骑马去观察一番，得到狐疑团团。次日，又带两位弟子去反复审视。尔后，师生一道来到“不醉不归小酒家”，酒望子由白变得黄里带灰，写字的朱砂褪成褐色，记载着昔日的高雅和兴旺，脑袋没精打采地耷拉在竿头。

“老师，弟子看这些耳朵……”

“穰儿，让师弟先讲。”

“是。”郭穰默然斟酒，“先生请！敞弟请！”

“先生，这些耳朵是从西域来的，只有那儿的人才穿耳朵眼，戴耳环，不知道对不对？”杨敞浅尝一口。

“哦，穰儿说。”

“西域男人戴大铜耳环，头人官员戴金的。城楼上耳朵都很小，环眼更小。”

“穰兄，西域人大汉人都有小耳朵，也有大耳朵……”杨敞很满足自己的聪慧。

“有理，有理。请！”郭穰举杯。

“说完嘛。”老师停杯有所待。

“这……敞弟说过了。”

“你说你的，各说各的。”

“先生，从血肉的颜色看，这些耳朵不像行过几千里长途，弟子怀疑是在玉门关一带割的老百姓的耳朵，有一半是妇人的，戴不进大耳环，贰师将军在欺瞒皇上。为了三千匹中等马，几十匹天马，死人八万多，马损失几万匹，牛羊十多万头，不值！”

“穰儿说得好！这样甄别史料，才能写出真史书！敞儿要多思！”司马迁浮一大白。

“是，先生！”杨敞向郭穰一揖。

“写史书是先生的事，弟子胸襟甚小，哪配修史？”郭穰出言恳切，没有酒态。

出门之际，子长介绍了九年前与李陵的一番辩论，自悔偏颇，太少宽容。而今李陵声名鹊起，恭谦下士，受皇帝称誉，现已多年疏阔，不知他可还记得那番乏味而又真诚的争吵。

司马迁品味酒保送来的旧酿，浓度已非往昔可比。他对两青年不同的思辨方式印象颇深。见到弟子们衣衫汗湿，便招呼他们喝水：“累吗？到树荫去吹吹凉风。”

“不累。不劳其筋骨，五谷不分，与师祖遗教有违背！非多年耕牧，先生也无今日之雄健！”郭穰讲的实话。

“书儿呢？”

“师妹在后边喂小黄骠呢。”杨敞说。

“爹，下朝这么迟，小黄骠正想着您，儿喂它也不好好吃，忒顽皮！”书儿抱着小骡子的颈项，一起蹦蹦跳跳地出了柴房。

子长抱歉地挽起袖口，接过女儿手里的皮囊正待饲喂，被它用下巴推开，长脸在他胸前轻轻磨蹭一会儿，伸出粉嫩的舌头，舔着主人的双手。

“这小东西长得多丑啊！”司马迁很陶醉。

“穰兄，它丑吗？”书儿稚气未脱。

“丑。”回答明确。

“敞兄你看呢?”

“……”他不想否定一方,骑墙地一笑。

“娘说它是个俊俏孩子呢! 心善就好看,摇头摆尾多好玩儿?”

“清妹要能给书儿生这么个调皮的小弟弟,那该多好!”他没有表白想法,只轻描淡写地说:“丫头,什么时候能长大点儿呢?”

书儿扑哧一笑:“它饿急了,吃得多快!”

“你小时候也一个样! 男孩们洗洗汗水,咱们都饿了。”

午后,司马迁给三位年轻人讲了父亲遗著《六家要旨》,语重心长地说:“韩信、彭越、英布若懂点道家,不居功,急流勇退,不至于灭族杀身,至今在庙里受祭祀。但一味阴柔的张良,无赖的刘邦、陈平又太少英雄气概,反不如项羽、信陵君、屈原和李广将军有真性情。观世以道家,热忱入世济民以儒术,很难兼之。儒被公孙弘之流糟蹋得成为矫情巧伪,孔子长处全都沦丧。我们要自勉啊……即或无力治国平天下,也当退而齐家、正心、诚意、慎独。修好史书,善善恶恶,昭告后代!”

掌灯不久,有人叩门环。

杨敞开门,叩环者侧身垂手而立。

“廷尉杜大人求见太史公!”

“先生,廷尉大人到!”

“请进! 待我迎接!”司马迁整衣而出。

“子长兄,长孺有扰了!”杜周冠带楚楚,步履矫健,轩昂而彬彬有礼地走来。豪贵的马车停在树下,车后,矗立着一把长柄巨斧,象征着国法森严,执法者清正,被君王宠信的赫赫权势。四匹白马收拾得干净利落,反映出主人讲究仪表。杜周知道不能到司马迁家来摆阔绰,所以未带执戟卫士。

杨敞把客人们带入书房,礼毕,宾主皆踞坐于席上,独有叩环者立于杜周身后,下巴伸过足尘三寸,抵着胸口,似在洗耳恭闻,默默称是。

“请坐!”杨敞献茶时再次向叩环人欠身。

“不……不。”本来很细的二目稍稍眯合,就为长长的寿眉所遮掩。出语略带女性尾音，人称“娘娘腔”，和那中下身材，稀疏须发，瘦紧骨骼不全一致。

“请教贵姓？”杨敞不想冷落卑谦的来客。

“嗨嗨！嗨嗨！”客人干笑，抱拳后退一步。

“长孺手下廷史无忌。请坐！”杜周介绍毕，那人仍旧兀立不坐。

闻名不如见面，见面未若闻名。师生都未想到眼前毫无将军威凌，杀手气度的侍立者，竟是提起名字（被老百姓故意讹称为“元救”）连夜哭的小儿立即闭口的杀人狂。司马迁在《酷吏列传》中，不愿赐此人一些篇幅，连同另一丑类冯翊殷周只给二字评语：“蝮鸷”。蝮指毒蛇，鸷说肉食猛禽的阴沉、活络，凶焰四射。不愧惜墨如金。此君原是京兆狱吏，常常给刑徒剥皮、锯头、剜肝，百姓恨之入骨，偏为杜周激赏，形影不离，倚如右臂。廷史虽是下僚，有廷尉乃至御史大夫、天子做后盾，比长安掌刑律的中尉还有实权。集执法枢纽承上启下的“秘书长”与杜府总管的公私二职于一身，事无巨细，皆参与决策。既然奴才要表演精忠赤胆，主人要显现派头，司马迁师徒就不屑再与之寒暄。

“令尊大人和子长兄的道德文章，长孺仰如泰山北斗。深知贤师徒以治生产与应对权门为身外之累，不敢造次。无奈受人之托，才勉为其难……”杜周呷口香茶，对开场白暗地自喜。

“你我一殿之臣，有话请讲当面，子长乐于受教！”

“兄台过谦！该受教者是长孺。先将李夫人的礼物请子长兄过目！”

无忌打开两层绸包袱，将一双白璧献于司马迁面前，还像幽灵一般隐缩到长官身后。

“此璧是西域和阗番王托贰师将军携回长安的供品，价值连城。万岁赐予李夫人，夫人特命贰师将军和长孺来拜访。长孺与兄台至交，无话不谈，将军又避嫌疑，由小弟独当此任了。”

“廷尉官高爵显，子长本该高攀。自愧无德少才，君夫人厚赐，无功受礼，寸心何安？”闪亮的璧放在几上，未曾吸引主人的注目。

“兄台文采冠代，夫人想征得同意，即上奏万岁，请求降旨将昌邑王殿下接回京兆，随兄台读古人经典，将来造就绝学，好替朝廷分忧效力，不负金枝玉叶。免得声色犬马，游乐无度，子孙无知，坐失封国，乃至触犯三尺法，求为贫贱而不可得……”

“李夫人远虑，子长敬佩。长安饱学宿儒星列，轮不上子长，何敢当此大任？况昌邑王殿下身边，有王式解《诗》，龚遂、王吉等通《尚书》史籍，胜过迁多矣。王爷所学乃经世安民之道。文章末技，子长不甚了了，不过秉先父遗志，守其旧绪，以上事陛下，下养妻女，自得其乐，若妄为王者之师表，奢望其他，负陛下重托，大祸不远！请大人在夫人面前为子长请罪，不胜惶恐！”司马迁由衷连连顿首，不是客套。当年董仲舒、孔安国两师都教诲过他，做帝王师风险极大。王爷们生而高位，无寸功可述，骄奢淫逸，拒纳忠言。百十年间造反犯罪失国伏诛者十占七八。皇帝用他修史，已是恩典，去当伊尹、周公，此梦早已觉醒。况他听过传闻：伊尹遭杀，史册昭昭[①]，周公见疑。杜周、李广利均是势利小人，泾渭清浊，含糊不得。璧虽晶莹，对他无用，张扬出去，损害廉洁名声，却之无悔。

缄默良久。

无忌一手掩口，轻咳一声。杜周扫他一眼，似是征求意见，又似是有所谴责。他更恭顺地哈哈腰。也许就是嗜杀如命和绝不显才炫智，方能助杜周为虐，又避开了刑戮。

“子长兄断然拒人千里之外，狷洁可敬，然君夫人一言举足轻重。长孺愚见，礼物先收下，就推说尚须三思，拖延周年半载，再观后效，长孺可以婉转复命，兄台不致失去斡旋余地，另觅良机恳辞，或别荐高贤，不知对否？”

“此事子长已决，不再周旋。务请携交夫人，感激不尽！”

“这……太难为长孺了！夫人事即万岁家事，办不妥帖，为臣者不好交代！真得罪不起贵人，请为小弟前程着想，高抬贵手，杜某没齿不忘！”

杜周频频施礼，一副进退维谷之态。

“延尉，原谅子长深负雅爱！”

“太史公，时不待人，千载难逢！”

①见《竹书纪年》。

“子长庸陋，姜桂之性难改，一意孤行。伏请海涵！”

“昌邑王之事权且不议，贰师将军西征多年，封侯未久。万岁抽回兄台大著《大宛列传》，稿本存放长乐宫，夫人先读为快，盛称所写博望侯张骞坚毅多谋，声威远震，跃然字里行间。唯对夫人之兄所叙虽详，无勇谋及实功，且行止为敌国左右。兄台所书是史实，夫人让皇上阅毕，怀疑借贰师嘲陛下用将不当。万岁若发雷霆之怒，夫人避干政之嫌，不便讲情，托长孺向太史公致意，盼望做些删改，这样于贰师及兄台两全其美。”

司马迁到此时，头上冒出汗珠。得罪李氏一门，夫人一告枕头状，小小史官便能获“大不敬”之类死罪，及至灭族。在写此文时也确有曲笔，寄托了对李广功大不封侯的不平和嘲讽，李广利沾裙带光而据要津。在考订史实上，访问过亲历战场的将士，参阅过奏章战报、文书，自信无懈可击。对于皇帝以情绪代替法律是非，无辜者随时可死，他有过充分的精神准备。而职业道德不允许他写违心谀辞。他还没有修养到齐太史兄弟那样，为史实宁从容赴死不阿的高度自觉，被李夫人(或许是杜周借她的口吻)的话所打动。

一刹那间他忆起舞剑的父亲，炽烈的眼光鼓励他去做西汉的董狐；一会儿剑变成一把香插在司马喜坟前，粗陶碗里麦饭猪蹄热气腾腾，父亲白发垂耳，老气横秋，哀痛的泪水涔涔而下，似乎在说：“咱家唯一男儿遭到意外，祖宗要做饿鬼，你于心何忍？”

杜周认为成功有望，正要告辞，无忌的寿眉上下一动，右手掩住前胸，只有杜周懂得这种暗示是少安毋躁，还欠火候，很可能如他在车上所预料：白跑一遭。

“子长兄府上几代单传，纵然不重八尺之躯，也要想到不孝有三，无后为大。兄逞血气之刚，万一遇到不测之灾，伯父有何颜面对祖宗在天之灵？人生不过百年，史实如山，后人重写，仍能存真，要想开些！长孺爱兄深，不觉言之鲁直。知我罪我，两不萦怀！”杜周眼圈一红，泪光隐隐，声音哽咽，显得全无城府，和善温良。其实，他崇拜自己的口才，把同辈的文豪玩弄于如簧巧舌之上，洒下欢欣的热泪。

司马迁记起杜周的一贯为人。不禁为深心残存的懦弱与改不了的毛病(易受感动,用最善的动机去拔高他人言行)而羞恶,便横下心,说:“夫人错看了子长,子长不识抬举,辜负大人美意,罪孽深重,抱歉之至! 敞儿将宝璧送回车上,多谢夫人!”他不亢不卑南面一揖,爽利地起立。

“子长兄,还是要多思,不可贸然从事!”

“哎——子长知道后果!”

“老师……”杨敞欲言又止。

司马迁轻轻挥挥手。

杨敞嘴唇无声地嚅动着。

郭穰的双眼在暗处吐彩,对老师是无声的支持,由衷的敬服。

“子长兄,璧玉留在寒舍,总得留条后路。长孺爱莫能助,告辞!”

司马迁脸上浮出苦涩的浅笑。

颇有自知之明的杜周生怕仇家暗杀,特地在廷尉府后花园修筑了一座地下“内书房”,地面种满多年生灌木丛,一片鹅黄嫩碧,其中点缀着奇花异草,四时更替,万紫千红。

“内书房”三道石板门,皆有武士把守。外绕两层长廊,回环曲折,暗道虚虚实实。无忌住在第三道门左侧,除了他和杜周,谁也摸不透有几个出口。主人仍不放心,书房边有暗门,万一刺客进来,杜周走出暗门,千斤栏栅从空而降,立即撞上暗锁,刺客反成了网底鱼。

他善于养生,黎明即起,在园中打拳,午饭后必睡一个时辰,夜间精力充沛,三更上床算早。在家三餐素食,做得极其考究,出门赴宴则少禁忌。有钱无势或钱多势小,住在京中坐享清福的老财们,为了买得安宁,除去四时八节孝顺厚礼之外,又为杜周选得一批批侍妾,陪着弹唱歌舞不失为对付酷吏的家传秘方,可谓立竿见影。

然而杜周是个无底洞,酒喝厌了,山珍海味吃烦了,美女们十四入门,十五伴寝,若不生男孩,到十八岁便玩腻了,势必卖掉或嫁走。于是手段高超的马屁大师花样翻新,请了一位教唆家——素有长安名“妈”之称的男伎,没费大劲就把杜周引上了钩。马屁大师又花百万钱将歌郎从师父那儿买来，本姓席，改了个同音的“惜”，魅惑力倍增。魔王从此掉进了迷魂阵。他生性多疑，姨太太们进入三道门之前，由无忌之妻严加检查，隆冬也要脱光衣衫，免得她们携刀行刺。要召见谁，召见几名，全由无忌安排。

允许穿着兜肚与紧身短裤衩的“小郎”惜玉香，不长一根胡子，看不到有喉结，身材婀娜，走路一步三摇，比女人还女人。又受过特殊训练，能歌善舞，嗓音甜里带点沙哑，较之珠圆玉润的妙声还动听。无论无忌夫人多么忠心耿耿，对毕竟是男性的小小龙阳君审查时还有些不便，杜周也不愿小妾们见到裸男，才“恩准”玉香保留“掩体”。

杜周饮酒有海量之称，但比起玉香是小巫见大巫。玉香从没醉过，多大的量，自己也不甚了然，一边喝，脚底板流汗。加上不喝酒面颊也带几分醉态，像红牡丹花瓣儿，又善于窥测主人心事，被小妾们妒恨是顺理成章的事。

平时一见所欢，杜周紫色脸膛绽出笑容，今晚在司马迁家受到冷落，不免沮丧，后悔接受这趟苦差，幸而在夫人兄妹面前申明过司马子长是犟驴不易就范，否则更被动。

玉香怯生生地立在暗处：“老爷要捶腿？”

杜周烦闷地摇摇头，紧接着又招招手。

无忌已代主子脱掉靴袜，扶他半躺在宽大的软榻上。旁边有托盘，内放酒肴。

玉香走近软榻，在地上跪倒，给杜周、无忌各斟一杯酒。“老爷、大人请！”

杜周锁眉合眼，没有碰酒杯。

玉香的桃腮贴在主人腿上，轻轻擦揉几下。

“去，去！”杜周嘴角一动！

“唤你再来。”无忌朝门帘儿一努嘴。

玉香像做了错事被婆婆觉察的团圆媳妇一样，飞了个幽怨的媚眼，掀帘而去。

“杜某几时受过这般窝囊气？义纵、张汤都是杀人不眨眼的大人物，也没摔过脸盘子给老夫看,真岂有此理!"

"大人觉得这两块璧挺好吗?"

"当然。"

"门下拙见破碎一块退给李娘娘,剩下一块就说让司马迁摔成八九瓣了!让娘娘恨这匹夫,廷尉大人又赚下一块美玉玩玩。多么温润,多么透亮的宝贝呀!长安城虽大,除去宫里,几家能拿出它来?"

"好阴毒的小子!谁骑上这匹贼马得丢狗命!杜某不愧一等一流的驭手,玩了大蛇又喝了蛇胆!"自我歌颂最能提神。

"刚才杨敞送它上车,为什么不阻止?"

"为了大人和娘娘,还有李贰师。"

"唔,是这样?"

"门下怕书呆子司马迁将璧收下,面呈天子,这样娘娘兄妹和大人没有大险,也出一身虚汗。何苦跟没权没势自找绝路的书生一般见识?这璧……"

"璧?"

"要么两块全收下,娘娘总没机会去问姓司马的……"

杜周道貌岸然:"老夫平生不贪财物,免得给鸡蛋里找钉子的细人以把柄,想置你我于死地者举国到处皆是,鸡蛋无缝,苍蝇无计可施。此即报国恩处盛世之道。"

"大人远见,高!高!高!在下鼠目,有违大人一贯教训,罪不容诛!"无忌伏地叩头不止。

"哈哈哈哈!起来,你在恭维戏耍杜某,大可不必!同舟共济,老夫时时倚重你。想升官发财,到时候会如愿以偿。"

无忌伏在地毡上,慌做一摊泥。

"你的女人老了,可以搬回家去守着儿子,老夫让你在丫鬟使女里挑一个,也可以买个陌生的健妇,好给小妾们搜身。"

"门下无此妄求!"

"不好女色钱财的人必有野心,谁能例外?莫装伪君子,再效力几年,长安的中尉就由你来兼任。”

“谢大人再造之恩！”

“来喝酒，玉香香！”

“哎，来哕，老爷——！”小郎一阵风似的转了进来。

“赏无忌夫人黄金五斤，派车送她回府歇息，说老爷谢谢她六年来忠心不二，起早歇晚，十分辛苦，好好照管好无忌，让他多活几年才是老夫和他们两口子的福气！”

“是！”

“把老夫的话重讲一遍。”

惜玉香像画眉鸟那样将原话啼啭一通，一字不漏，媚气横溢地去传达命令。

“大人，拙荆无功，怎叨大赏？”

“赏给她就是赏给你的，不这样后院会闹火灾，小老婆受用得不安泰呀！”

“门下肝脑涂地，不足报大人盛德于万一，不知对司马迁有何想法？”

杜周阴森地笑了：“咱们做鹰犬的以主子的脸色为想法，在这个世上披一张人皮，有自己想法就不配活，也不能活下去！吃上咱们这碗饭就是皇上耳目，千方百计消除有头脑的人，跟皇上跟权贵想法不同的人，越干净越有功！喜欢金钱、女人、黄金大官印，小事一桩。猫都爱吃鱼，只要不让老鼠造反，鱼吃得不太出格、不太显眼，上边也会睁一眼闭一眼！我买一大窝母鸡也有苦处，是为了陛下放心，谁稀罕她们生个老虎蛋？”

杜周连忙打住，干了两杯酒，暂时把吃司马迁冷羹的事扔到一边。玉香悄悄进来。

“老爷，无忌夫人欢喜得直流眼水，要进来面谢，小的说改日再谢吧，老爷没有空。”

“挑个头脸周正个头大些的女孩子，洗过澡熏好香送到外屋陪陪廷史大人。”

“嗻！”惜玉香袅袅娜娜地去执行主人意图，眼角不无艳羡和嫉妒。

“大人一席话,门下胜读十年书!”无忌只有流泪的份儿。

“干!男子汉淌什么猫尿?呸!”烛火晃动着杜周的投影。

无忌内心比杜周更狂喜,因为主子的言行,没有跳出他几年来苦心的谋划。

二

李夫人午睡乍醒,趁着残余的慵倦,未被窗口太阳的金焰赶走,努力想把不连贯的断梦编织成完整的故事,剪去李广利丧命沙场,马皮裹尸归来,李延年不知犯了什么大罪被处绞刑之类保留节目,尽是锦上添花的快事。即或没有,也能杜撰上一两段,比如她和皇帝都回到二十岁之前,并辔到甘泉宫去打猎,在泉边看着自己青春的倒影,是何等的美妙啊!

“贰师将军在前厅久候了,请娘娘整妆!”十四岁的宫女莲莲在凤榻前跪禀。

夫人有点怏怏地回到现实,她一抬右腕,莲莲迅捷地起立,搀着她走进洗漱间,这儿光线柔媚,隔着黄色的窗纱能见到猩红欲燃的月季花大于碗口,喜气洋洋,远远送来宫女们的歌声。这是夫人按照延年送来的新词《北国有佳人》所编排的舞蹈,正在演习。据李福差小太监来奏,今晚皇上又要驾幸西苑,与夫人同享良宵。

直径二尺的特大铜镜磨得赤亮,仿佛涂过一层薄薄的油,被两名宫女抬到夫人跟前。

夫人疏朗的眉峰突然紧靠,樱红小口边的笑纹消失,威严的声音像从半人高的大宫灯里压下来:“跪下!”言毕,食指对青色大方砖上一点。

莲莲身上打了个寒战。两宫女不知闯了什么大祸,应声屈膝,双手按着小腹左侧哆嗦。

“你等知罪吗?”

两宫女摇头伏地。

“娘娘!”莲莲也感到灾难迫近。

“莲莲起来,没你的事。”

莲莲惊魂未定,只得匆匆圆场,想结束一场风波。女孩和所有未得宠信的太监、女官、嫔妃、宫女一样，人人都被隐患笼罩，如履薄冰，随时灭顶。

“多么慈惠的娘娘，比母亲待咱们还亲热，快快认个错儿，娘娘正忙着哪……”

“奴婢该死！”两名宫女跟着学舌。

太阳躲到云卷儿后面，屋里阴暗下来。

“我三令五申严禁你们擦胭脂抹粉，一意要尔等学好，偏要卖俏，也不看看自己什么材料，还想……”末后是“迷惑皇上”四个字，夫人忽然悟得天机不可泄露，就用指头轻轻敲敲几案。

“奴婢能侍候上娘娘，是托祖祖辈辈洪福，娘娘高兴，老家的爹妈睡着了也会笑醒的，从无违背娘娘教诲之处！”

“奴婢绝无非分妄想，一心服侍娘娘……”两宫女一唱一和，胸腔里直打鼓。

“妖婢还敢狡辩？夫人像脚下有弹簧一般矫捷地起立，用食指蘸着铜面盆里的清水，往两个宫女腮上重重擦拭几下，指尖上没有脂粉痕迹。

冷流从夫人的发根向全身展布开来。她叹了一口无声的气，第一遭意识到自己是盛开的花，业已接近凋零，高峻的宫墙挡不住春光在女孩们的脸上现身，当年她在宠妃王夫人过早去世之后入宫，何曾化妆，仙姿丰艳使六宫妒忌。一晃十多载，不觉到了王夫人辞世的年华，花容能不黯然失色？

“还愣神干吗，往后百倍小心，可不能有丝毫差错啊！”莲莲面冷心温，给姐妹解围，一道忙着给夫人盛装。

李广利头顶方形鹖（音河，善斗，报时）冠，上插雉尾一双，外筒高耸，围着衬巾。身披束甲战袍，袒出右臂甲片，足蹬虎头马靴，正是人要衣装，马要金鞍，如果不是眼神欠沉厚的书卷味，削弱了气质，也不失战将风仪。他饮过三杯香茗，几番起立，几回落座，多次徘徊。

“臣李广利叩见夫人！”

“兄长少礼，请安坐叙话。”

“母亲问候夫人！”广利见妹妹只身接见，未带太监宫女，便于交谈，安排妥帖。“愚兄刚在殿旁碰见杜周，一切不出夫人所料，司马迁有些软硬不吃！”

“哦！”她曾告诫过哥哥和杜周，子长血气太刚，不会听话。等听完广利的转述，心中仍感到小鹿儿在撞一般。

“咱李家也不是好惹的，不识深浅就叫穷书生人亡家破！”

“兄长此言差矣！皇上都说司马迁一代大才，总要让他给朝廷尽忠，也就是为咱们所用。”她把有关朝廷一句说得特别响，后一句细如耳语，“让小妹用心揣摩，总会天从人愿。大哥甭着急。母亲玉体安泰吗？”

“托夫人之福，老母身子骨硬朗。”话题一转，气氛稍为松动。

“大哥西征，朝野注目，要多用谋略取胜，避凶求吉，免得家人不安，不给谗臣向万岁有机会进言，让皇上左右为难。”

“是，愚兄出兵，不知哪天回朝，想在启程之前为母亲祝七十大庆，尽尽孝道，壮壮军威，求夫人向万岁讨些封赏更好。”

一阵默然，夫人拔下七宝龙凤钗剔着指甲。

“夫人！”

“大哥愿听实话吗？”

“当然愿闻！”

“万岁上回抽看司马迁写的《外戚世家》，称咱李氏娼家出身。他父司马谈保荐李广为大将军，未能如愿，向皇上说过秦国坑赵国大兵四十万，社稷沦亡，皆因太后是娼家女，缺教养，贪财帛，听奸贼郭开谗言，杀了大将李牧，逼走廉颇，皇上一笑置之。后来又拿此事教训（髆）（音博）儿，小妹听出老太史公生前有弦外之意，这回差杜周去说事，又碰了钉子，咱们不能被蒙在鼓里，要知道鼓外有火！”

“可夫人在当今万岁面前……”

“别说了，当年陈阿娇赫赫不可一世，皇帝也怕她三分。卫皇后至今还是皇后，宠冠六宫，曾几何时，又遭冷遇。大哥功劳比韩信、李广如何？二哥再走红比不上邓通、韩嫣，他们下场怎样，都明摆着。咱家一向为有识者们所鄙视，无能之辈嫉恨，都把眼瞪成铜铃儿等着看笑话。母亲大寿要做，她老人家把几个孩儿带大也尝尽五味。但决不声张、不收礼。小妹带李福回府，请老丞相杜廷尉小小热闹一番，减少日后麻烦。”

“容愚兄想一想。”

“这块地方不是随便待的。大哥鹖冠不是随便戴的。逞一时意气不如三十年平安。大哥把小妹原意照实禀告母亲，老太太一点就透。没有她点拨，小妹哪有今天的荣耀？龙驹会失前蹄，大船总躲不开逆风。看不到危险必败！”

“全听夫人谋划！”

“去见杜周，说一对白璧送给他，此人日后对咱们有用，髆儿也要他相帮。”

“那司马迁……”

“自有安顿。”她说出了办法。

李广利出宫时，情绪平定得多。

莲莲招来李福，他正要行礼，被夫人伸手扶住：“公公辛苦几十年，对我兄妹有恩，何必拘礼？”接着她给大太监出了一道难题。

“奴辈马上就去，请夫人吩咐：见了司马夫人该怎么启齿？”

“公公口才不在苏秦、张仪之下，哪用絮叨？”

“夫人不教诲，奴辈开口必错，准会误了宫里的正经事。”李福一副老实巴交的样儿把夫人逗笑了。她一面赞赏奴才的聪明，会恭维主子，更欣赏自己能识破老太监的表演。

当年此老也是一表人才，眉目孔武，膂力过人，身高底气足，在李家耗尽资财，深得夫人母亲宠爱。先是延年犯了风流罪，受到腐刑，靠音乐天才巴结上平阳公主，公主推荐夫人入宫，李母准恐女儿教养有亏，不知道用什么方式说服李福阉去了烦恼根，进宫照拂李夫人。谁知夫人袖长善舞，应付宫廷游刃有余，把皇帝紧紧拴在腰带上。李福从不显山露水，一副无能的憨厚相，紧要关头，点夫人一句也是声东击西，让她顿悟，受惠而自以为夙慧过人。李福从不邀功，靠持久的投主所好，打退一个个高手，成为皇帝贴身的太监头儿。这些年肚皮隆起，四肢萎缩，夫人懂得他与母亲的微妙关系，不仅怜悯老头儿，还在深心埋着一个秘密，每次她趁母亲高兴的时候发问:“二哥大我十岁,他两岁父亲就去世,我爹是谁呀?”

“傻丫头,当然跟哥哥一个爹嘛,不许乱问!”母亲搂着她亲个没完没了。老人家耳根上的丹霞,胸口一起一落挺快,增添了女儿的疑点,娼家生活,有什么漏洞也正常,便不再多问,只是暗地里把李福当作叔叔舅舅看待,不时赏赐些珠宝。此类珍玩,夫人后来又在母亲的描金匣子里见到过。

记忆,有时是往事的坟墓。

自从送走了杜周和无忌,上官清心里一直忐忑不安。她知道子长认死理,争吵不能改变他的观点,还是忍不住狠狠抬过几回杠。

“咱们不是贪财志短的小人,但李夫人得罪得起吗?该收下白璧不办事,也给她留点情面。要是她向皇帝吹起妖风,咱一家子还能活?”

“是福不是祸,是祸躲不过。敢做就敢认了,由她去摆置!”

“几只蚂蚁经得起人家一指头!”

“大不了一块儿死,莫再絮叨,让孩子们听到看不起。”

“站得直,坐得稳,行得正,怕谁看不起?人人看得起能当饭吃?我看告老回高门原种地算了,迟早要遭大难!”

“谁修史书?”

“谁爱修谁来修,就是不让你做史官!几百年没有史书,没有人少吃一顿饭!”

“不做好这件事对不起爹爹!”子长一声浩叹,僵坐在席子上。

“我没有恶意啊!”她泫然抱着丈夫的头。

“晓得,清妹!”

“平安比大富大贵好!我也想富贵……”

“孔子为了富贵都愿为人执鞭,不甘贫贱乃是常情。能为孔子、管仲、晏婴赶车也好啊……”司马迁言罢,带杨敞校古书去了。

李太监意外地登门,郭穰推辞再三,李福就是不走,上官清只得勉强见客。

“今儿到府上不是向太史公请教,是奉夫人懿旨,专程来请太史令夫人进宫的。”

“村妇与夫人素未见过，若出言欠妥，吃罪不起。”

“夫人平素钦敬太史公文采和为人，您是贤内助，不去一见，李福回宫如何交代？”

“公公有什么吩咐只管直说，只要能做得到的事，村妇乐于效劳。”

“夫人让李福禀告您：太史公处境很危险！只因今晚圣上要看他的大作《大宛列传》，传中写的贰师将军有些窝囊。李夫人说他大哥本非将才，没有战略。太史公秉笔直书，全是真话，她一点不介意，要当面跟您解释：一切为了太史令大人好。怕万一皇帝说太史公讽刺贰师将军无功封海西侯，全靠裙带……会惹大乱子。”

“哦，子长这人……”

“夫人知道太史公秉性刚正，写对头的东西宁死不改，十分敬佩。但他前程宏远，不该为一位草包将军伤害旷代文豪。这对皇上、夫人、贰师将军和您一家都不利。夫人非常着急，想跟您商量，太史公的原著一字不改，将来编书照用。今晚呈送的稿本把贰师吃败仗，皇上不许进玉门关的那段高论删掉，让弟子另抄一下，呈给御览。这不是太难办的事，李福知道您会在危难之际挺身而出搭救太史公，别人是爱莫能助。这事关照学生别让太史公知道就得啦，您看呢？”

“啊！难得李夫人想得周到。愚见还是等子长回来……”

“他一回来这事就说不通，白白辜负李夫人一片诚意，招来龙颜大怒，无法收拾……”

“这……”上官清很矛盾。

“师母！”郭穰头上汗珠闪亮。

“偌大长安城谁不知道太史公夫人提得起放得下，乃大贤大德之人，为挽救这个家，是不拘小节的……”太监说话比唱歌还动听。

“穰儿，家里还有抄的清稿吗？”

“没有，师母。”

“稿本带来了，在这儿，抽掉一段，天衣无缝……”李福到这节骨眼儿上特别沉着，他知道鱼将上钩，“还是太史公夫人明大义。时光等不得三反四复！”

上官清耳孔里滚动着车轮，唧唧嗡嗡乱响。李福上门为了李家的好处，但不是黄鼠狼给小鸡拜年，便叫郭穰去办。

“师母，这样做被先生得知要赶弟子出门庭，一世就完了。”

“哎，你师娘够为难的了，你又给她添什么心事？她什么担子挑不起，会让你小伙子背锅？”李福从侧面凑兴。

“老师一朝性命不保，你能袖手旁观？大祸快来，事过先生追问，推给我承担！”

“那……师母三思！”郭穰跪下。

“管不了那么多，我这儿全乱了。”上官清拍拍额角。

李福大巧着拙：“杜长孺跟夫人没法儿比。奴辈一说出来由，司马子长夫人乐于遵循懿旨。”

夜间，夫人备了菜肴，与皇帝同到通天台上共醉。他端着巨杯，听她大声念着《大宛列传》。

“张骞这一段笔力扛鼎，举重似轻，条理清晰，毫发不乱。”皇帝确是欣赏家的本色，“为什么对你兄长这样惜墨如金呢？是不是怕说真话惹朕发怒，有意回避？朕非诛杀史官的暴君，这样，后来人看完反而生疑……”

“陛下日理万机，圣体累了，臣妾请驾安歇，不必为区区小事再分心费神，许多大事明天再思虑如何？”

“不，这不是小事！自老名士司马长卿去世，二十年来没有文学家以辞赋进谏，要让人敢于讲话才是尧舜之君。朕未敢妄比古代圣哲，也不能沾沾自得让臣民歌颂，夏桀、纣王面前都有谄媚小人天天献上美言，所以亡国。”

“臣妾只求陛下为众多生灵惜身，国家大事，向来不知。陛下能时时自警，已胜过古代贤君多矣！”

“多谢夫人一片深情，献媚甜言，不说更好！”皇帝眼睛猛地射出亮彩。

"臣妾不敢!"

"李广利率骑兵西征，十死八九。朕心知乃假胜真败，献俘庆功是做给百姓及西域几位国君和商人们看的，细细深究，破绽不少。看在夫人份上才封广利侯位，广利不是帅才，连将才也欠缺，哈哈哈哈！这样话柄能让史官无言?"

"司马迁胆子不小，听说还要写《外戚世家》《佞幸列传》，把些出身微贱之人，有累皇帝千秋圣名之事，都要写，臣妾深为先帝们和外戚忧虑……"

"还听说些什么?"皇帝警觉地一笑。

"陛下不许后妃干政，臣妾多口便有进谗言之嫌……"

"为什么听不到人说司马子长健笔凌云，出使西南夷有功，还朝只字不提，朕有意磨炼他，不授高位大权，他从无怨恨……"

"这……"

"流言从何而来?"

"听臣妾母亲所讲。"

"她年老昏聩，不予追究，下不为例!"

"谢陛下!"夫人跪倒，她庆幸未扯出杜周或者两位兄长，否则后患无穷。

皇帝脸似秋月，澄朗中透出寒意。

夫人窘迫地垂下睫毛。

"朕与夫人情同琴瑟，老夫人七十大寿还是要做的。"

"臣妾已告知大兄广利，不宴宾，不收礼，只在家中小庆一番，免得奢侈招摇，引来怨言……"

"哦，好!"皇帝扶起夫人，把酒杯递给她，"你比广利、延年聪明十倍，可喜可爱，朕要李福送去贺礼，也不声张。"

"陛下英明！臣妾终生不忘。"

"朕有英明之日，也有糊涂之时，皆十居二三，就这后宫一万八千人也不好治理。以夫人为例，虽不敢干预朝政，却也进过谗言，适才攻击司马迁便是。朕不计较，夫人自重便好！文章治国乃两类才能，司马长卿大笔一泻千里，真为丞相，天下必乱；汲黯是治国大才，写不出好文字。用人是难事：重用司马迁，杀司马迁皆是千古罪君！”皇帝很少像此刻这样明智。他见爱妃坐立不安，纵声大笑，洪亮，渊深，不可揣测。

“朕要听听延年的新声，有劳夫人！”他替夫人插正略嫌歪斜的栀子花，还贴近鬓发嗅了两下，亲近，大度。

夫人扶他坐稳，轻轻击掌，一队舞俑从帘后绕出来。灯火大明，乐声浮动，女声清扬，略带幽怨地唱道：

北国有佳人，
绝世而独立。
一顾倾人城，
再顾倾人国。
宁不知倾城与倾国，
佳人再难得！

皇帝闻得动情，轻轻赞叹说：“夫人倾国倾城再难得！朕更何求？一切粉黛如粪土矣！”

夫人情巧地一笑，长长的绸带从广袖中游出，脚步不响，人已成为舞俑们拱卫的一轮皎月，慷慨地把温煦的柔光分给蓝霄、群星，共沐她的晴辉。

三

头天晚间，皇帝仔细审阅了李陵部将陈步乐从大漠带回的地形图，自居延到浚稽山绵延两千多里，画得精确，让他感到霍去病漠北大捷以来最大的振奋，比起开拓两越、西南夷、辽北广阔的疆土还有魔力。几朝以来渴望的胜利业已指日可待，颇能体现他用奇兵起到决定性作用。第二天，金殿上文臣武将的颂词都选定最辉煌的字眼，于是龙心大悦。

“李陵敢插到敌兵背后这么遥远开阔的地带，会不会碰上什么偷袭或围攻，匈奴的狡诈是一向如此。李陵有什么打算？”

陈步乐志得意满地跪在丹墀之下，用昂扬的声调说：“兵在精不在多，一则匈奴兵力有限，全盛之时已过；二则李都尉的麾下不乏奇士，有上山擒虎之勇，誓死效命朝廷之志，通兵机谋略，能料敌制胜。都尉与韩仲子将军行事严谨，每日派出尖兵多起四处探听敌情，若圣上多配武器粮草，大量援兵，区区匈奴小丑，指日可灭！”

可惜后面几句点题的要领，皇帝与大臣们都不曾听进去，只有站在远远的司马迁听出分量，那些吹捧皇帝的话，犹如风暴中的海潮，一浪高过一浪，他只有沉默，暗暗记住这些人的话语与表情。

皇帝宣布：中午大宴群臣，派车接李陵老母与妻儿前来赴宴，给李陵记功，降旨急速调集箭与粮草马匹，集中到居延，由边吏送达李陵的军队。陈步乐拜为郎官。

“司马迁！”

“臣在。”司马迁出列上了几层石阶。

“好好看看李陵的地形图，让陈步乐详细说明行军实况，准备草一篇长文章，传送给西域各国的国君，谁敢冒天下之大不韪，匈奴的单于就是下场。”

“是！”

“文字要扎实，雷霆万钧之力皆在言外。”

“是！且待大战告捷，臣竭尽蚁力送圣谕西行。”

“朕看那一天已迫在眉睫！”

“陛下积虑多年，将士皆蒙圣朝天恩，生擒单于，当不出陛下所料。当今之计是协调贰师将军与路博德将军同建奇勋。李陵步兵再勇，毕竟人数少于敌兵十倍。陛下爱兵如子，原不用臣多口。臣十分惶恐！”这些话讲得克制、策略，隐忧重重。

“还是考虑写好传谕诸国的檄文！运筹帷幄之中，决胜三千里之外，陛下自有神机，不必多口！”老丞相的话不好揣摩透，司马迁有些感激，他从不以坏的动机去注释别人的言行。

久久的无声。

“司马迁，古代国君之中有人赞赏史官完成信史的吗？”

“凡不杀史官允许秉笔直书者皆是。”

“仅仅不杀,太不够英明,要允许鼓励史官记下自己当朝年月中的重大过失,绝不文过饰非。能举出先例吗?”

“臣才疏学浅,较之前代,我朝百余年间对史官给予厚禄,从未贬杀过一人。”

“你举不出例证吗?说错了也无伤大雅。”

“臣不敢妄议历代君主。”

“不用遮遮掩掩。一个也没有?养史官就想歌功颂德,为尊者、长者讳,左讳右讳,面目全非。朕不愿做那样庸愚无度量的君主,鼓励史官如实写出过错,如朕昔日信任方士,为栾大李少君之流所骗,要写入史册,为子孙后世之戒。”皇帝被自己的伟大感动了。

“臣谨遵圣命!”

“自古至今,有史官当国,致其君于尧舜文武之列,下富万民,道不拾遗,夜不闭户吗?”

“并无此事。”

“除去孔夫子作《春秋》,左丘明等作《左传》《国语》《公羊传》《谷梁传》,史官还写出过什么惊人名著吗?”

“并无此事。”

“告诉你,不会让你来出将入相,治国打仗。只要你专心致志,写出最好的史书。你永垂不朽,朕水涨船高。君臣同心,在历史上留个前无先例的楷模如何?”

“臣勉尽微力以报陛下知遇之恩!”

“万岁圣明!”老丞相一领唱,杜周等百官一齐跪着高呼。

皇帝眼睛贼亮:“司马迁,下笔顾忌一多,文气不畅,言不由衷。你写《大宛列传》就没写到贰师将军损折兵马,久久无所作为,是怕朕袒护皇亲,迁怒于你,大可不必。如写《外戚世家》《佞幸列传》,放笔如实写来,朕决不怪罪。因为此类事往昔有,将来仍会有。只能减少,不能除尽。为专一撰史,自今年伊始,每年加俸米一百担。赴宴去吧!”

“臣肝脑涂地不足以报国恩，尚知以勤补拙，夙夜不懈。唯有俸禄一事请求收回成命，免得微臣不安，出自至诚，陛下恕罪！”

武帝、太史公今天的对答很奇特，一边说，一边后悔；虽后悔，还得说下去。这码事仅此一遭。说到《大宛列传》，司马迁有些摸不着头脑，胸口很憋闷。但皇帝如此坦率地待他，他已激动得热泪交流，细节只能留待以后再追寻。

“哈哈哈！”武帝无可无不可地大笑。

“请驾回宫！”老丞相觉得戏已演足。

“恭喜太史公，长孺愚蠢，前回的事十分可笑，请您海涵！”杜周也赔着笑脸，心里又悔又恨。

“太史公，了不得！皇恩浩荡，你要领悟圣意，福气好大！”老丞相一副前辈教训的口吻，近乎得话里有骨头。

“谢谢列公抬爱！”司马迁一一行礼，他尽力显得平淡，也无法掩没眉梢上的喜悦，“子长鲁钝，请多多指教！”

回到家中问到《大宛列传》一事原委，杨敞说他一无所知，书儿见父亲怒火燃胸，怕事闹大，便跪到子长面前说：“此事是女儿所做，是怕爹爹得罪李夫人和李广利，给全家带来灾祸。让爹爹气成这样。万一病倒，女儿罪大。请爹爹责打几下，往后不敢了……” 她伏在地上，肩膀抽动。

“这事和师妹无关，是弟子辜负教养之恩，万分羞愧，无地自容。向先生请罪，甘愿受罚！”郭穰说。

“到底是谁做出的丑事？满朝文武都笑我胆小如鼠，让我对祖宗无颜！”

“女儿敢作敢当，不该连累穰兄。”

“该责弟子，受罚无怨。只求先生留在门下，去世的渔翁爷爷和父母都感戴先生大德！”

“书儿，既是你所为，把上下文背诵一遍！”

“这……女儿忘记了。”

“以你资质，过目能记其概略，怎会茫然坠入云雾之中？”

"弟子知道所删部分上下文。"郭穰将这三段文字背出，汗流浃背，沉痛地说："第三四两块帛的连接之处，文理不通，是弟子加了'太初'两小字在旁，先生笔迹，只有弟子写得稍具外形，而风骨内蕴则寸草乔松，相去千里。恩师恕罪！"

"爹爹，儿……"

"下去！不许多辩！"

书儿仍长跪一旁饮泣。

杨敞也下跪求情，苦劝老师保重。

"郭穰，人只可为名节而死，不能苟活求富贵！品无存，学问何用？老渔父与你双亲都是刚正善良之人，你若稍具良心，记得他们贫困终生，今日读书识字，何等艰辛！恕我教诲无方，耽误了你直上青云之路，快快收拾行李，想去何方，只管去吧，我白白教你一场，无能为力了！从此以后，南辕北辙，莫再登门惹我生气，算你尽了尊师的孝心！"

"恩师，你老人家不能网开一面，留下穰儿以观后效吗？倘若再违师教，弟子碰死阶前，明我心迹……真舍不得二老待我和敞弟胜过亲生骨肉……"

"这回惹起的风浪已看够看透看伤心了！日后我司马迁若遇不白之冤，你会落井下石！人有贪心，众恶之源。去吧！"子长不断挥手，泪水夺眶而出，想到父亲、东方朴、任安、田仁、韩仲子、方正迁……还有屈原、信陵君等历史人物，许多为小人出卖的悲剧，痛苦莫名。

他忽然想起老子的名言：欲先取之，必先予之。

今天皇帝说的是由衷至言，敢为天下先，做个榜样，造就史官史书，还是心有所恨，不愿承担恶名，日后寻找机会再置之死地，一切做法只是优孟衣冠……于是全身颤抖，皮肤上涌出冷痱子。

"子长，你也太以小人之心去猜度圣上博大心怀了！父亲要你小心是老年人经历多，胆太小，事情不会像老人家想的那么坏！"这种意念一闪出，暂时心中稍安。

在师生们各想心事的时候，书儿悄悄喊来了上官清，她一进门就说：

“子长，郭穰是好孩子，不必再生气，伤了身子骨，留下他好生侍候你。”

“夫人，这种事能含含糊糊？”

“不必小题大做。”

“这事还小？”

“比起你一身安危，一家存亡，原本就是一桩小事，真有哪一天遭到不测，自己的孩子不会落井下石，你多虑了！”

“清妹，你太糊涂！”

“我比你明白，求求你莫再追问。”

“你要我不了了之？”

“不了也得了，穰儿不愿那么做的。”

“他做了呀，谁拿刀逼着他做的？”

“我！我要他做的，都为了你好哇！”上官清哭着跪下了。

“唉！”司马迁不住地摇头……

四

陈步乐被打发回朝前夜，仲子又在帐中问李陵：“我孤军深入浚稽山，虽携有一百五十万支箭，毕竟离居延城有几千里路，走起来要三十天。眼前未遇强敌，不如班师回受降城休养士卒！”

“大兄，凉秋九月，匈奴马肥，他们以逸待劳，易守难攻。路博德将军曾经奏明陛下，打算春初回暖时节乘匈奴缺粮少草，与小弟各领壮士合围，一战成功。谁知万岁闻奏误认为小弟贪生怕死，有意托路将军上书延宕行期，只得冒雪出征。”

“少卿，路博德貌似敦厚，暗中作梗，贤弟不可不防。万一他与李广利串通，将我等弟兄送入虎口，他们拥兵坐山观阵，我军危矣！”

“只好打两回硬仗来明志，免得李广利之流进谗言！”

“报国也难！”仲子连声叹息。

天上飞过几只乌鸦，哇哇叫得很刺耳。

李陵皱眉警觉地说：“夜乌南飞，怕匈奴有大兵南下。”

“我让探马出去察看一番。”仲子派出的细作都会说匈奴语，天快放亮的时刻,他们送回可靠消息,匈奴兵在四十里外埋锅造饭。

早餐一毕,李陵与韩仲子,偏将李绪,点集五千人马,在沙场上祭旗。

仲子斟酒一角,递给李陵,李陵酹醇酒于地,用雄浑的低音恳切地说:"适才探马报道:匈奴三万骑兵,分四股渡过阿尔浑河与土挖河,围攻浚稽山。我军两侧,贰师将军伏波将军援兵未至,大丈夫不得临阵怯战,愿我士卒,誓死克敌!"

"誓死克敌!"五千壮士异口同声地回答。韩仲子将一支雕翎箭捧给少卿。

"临战脱逃者,犹如此箭!"李陵一字一顿,非常有力地吐出誓词,将箭一折两段。他领着大军,向北冲去。

一会儿,远方出现一个黑点,慢慢地南移,原来是且鞮侯单于率领的匈奴兵。

"追随李都尉,杀!"三十出头的李绪血气方刚,大声疾呼,向前猛冲。

那些匈奴兵自鸣得意,来势汹汹,只顾昂头驰马,全不把汉兵放在眼角。仲子率本部儿郎千名上前去应战。

前边是三百名勇士,右手持刀,左手持盾,可以挡住箭雨。等匈奴兵三千进入汉兵阵地之后,盾牌手在敌人身后联成一条盾城,切断对方后援,缓缓地朝前推移。

有壮丁三百人,全用长矛,神出鬼没,顷刻间将被围敌兵歼杀。此时锣声四起,舞盾者一躬腰,后面四百名射手连弩发箭,一次数支,射得匈奴兵将纷纷落马。

仲子身先士卒,长剑舞成一对银花,刀砍不进,箭射不入,为部下立了表率。

李绪领千人从仲子阵地左侧陷入潮水般的骑兵之中,一直保持扇形,进退一致,整体上犹如一个人。

李陵的劲旅所向披靡,他乘胜将主力军突然朝东一拉,化为仲子所部的右翼,且鞮侯单于一时被打蒙了,估不透汉兵有多少,两面有无埋伏,过了一个时辰光景,就将人马撤退到浚稽山上扎营。

夜间,李陵和仲子、李绪一起进餐。

“少卿兄弟为什么愁眉不展,今天打了胜仗呀!”仲子喝下一碗酒。

“虽获小胜,然士气不旺,莫非军中有妇人吗?”

“晓谕三军,如有妇人遣回边塞。”仲子出语温和。

“搜出妇人不斩,何以激励士气?”

“要有妇人也是流徙边关的犯人妻女,并无死罪,何必多杀无辜?”仲子不以为然。

“非斩不足立威!”李绪细细地看着主将的反应。

“有理! 姑息养奸,于士气不利!”少卿薄醉间,请韩李二将各归营帐。

李绪的帐篷里青烟缭绕,火塘子里正烧着劈柴,他带着酒意走进来,更觉得暖烘烘的。临时当作床用的大车上,一丝不挂地躺着两名妇人,丈夫是徙边的关东大盗,减免死罪,在居延城北看守森林。李绪北上时,将她们掳来侑酒。她们贪财又怕权势,肉越吃越馋,火越烤越寒,穿上士卒衣服藏在车上,已非一日。李绪不时施些小惠到亲兵手里,他知道:只有这样做,在战场上才不会遭受到儿郎们暗算。匿藏妇女的事,无人告发。

他添上些树根,将灯熄去,宽衣解带,跳上车去,钻进了热被窝。

四更时分,他悄悄起身,穿好衣服,然后叫醒两个女人说:“明日主将要到此地巡查,露了馅儿要杀你们的头,你们只能混迹在我的两名亲兵那里,等风声一过再回来。”

女人们失去主见,只得称是。

一会儿,李绪招来两名大兵,当着两个女人的面说:“你们鞍前马后多方照应我,无以为报,这两名姐儿姿色不差,赏给你们为妻。几日后班师回朝,带回长安,我送你们百金安家。”说罢每人给了一堆钱。

两大兵都弄得糊涂了。还是妇人伶俐,拉住男的倒身就拜。

李绪一笑,将他们拉起。

大兵们欢天喜地,带着边塞罕见的妇人告辞出来,李绪亲自将他们送到装箭的两部大车上。

刚到五更,早饭尚未做熟,士卒还在梦乡,李陵来找李绪巡查军营。

“妇人乃不祥之物，若在军中，兵气不扬，依末将之见，淫掠妇人者当斩，以明纲纪！”李绪说。

“妇人当斩，对兄弟们追究过严，军心涣散！”李陵看法与李绪相左。

一会儿，李绪毫不费力地提来四颗人头，放在大旗之下。李陵也斩了另外一名妇人。从此，少卿对李绪增添了好感，答应有人回朝时，为李绪请功。

过了漫长的二十天。

结束了激烈厮杀，大漠从沸腾中冷却下来。李陵的军卒统一扎在山阴的一片平川上。那儿原是沼泽地，长满芦苇。天久不雨，苇草干枯，洼地失水，逐渐变硬，可以行人驰马。前天汉兵南撤，且鞮侯单于率兵八万骑穷追不舍，还派出许多匈奴兵从三面点火烧苇草，想置汉兵于死地。李陵很镇静，命李绪主动将苇草焚去一大块，安下营寨，避开了火攻。

虽然有几座雪山挡住朔风，从西北方吹过来的细沙已将平川铺上了一寸来厚的外氅，在昏黄的月光下像汪汇着满湖蛋壳色的褐水，静得使人发怵。往左右走不到一里地，就是无际的沙海，浪条起伏，高处微黄，闪着银点，低处呈现出乌黑，像造物主用万丈长锋笔，在原野上涂抹了很久，近处密，远处稀，起伏跌宕，刷白了远峰。山谷间，流动着青灰色的光影，低迷、凄厉。

大野太广阔，几堆篝火的闪动，就像从天上陨下几颗小星，占据的空间太小。受了重伤的士兵们围在火塘四周呻吟，轻伤者正在火苗上烤马肉吃，铜锅里烤着从山上采来的冰块，下面的冰刚刚溶化，有些热气，弟兄们就舀着解渴取暖。

李陵双手拄着长剑，兀立在沙丘上，仰望着阴霾的天空，不觉喟然浩叹。

“少卿兄弟，你要珍重！”仲子递来一块马肉，热气腾腾，是士兵送给他的。

“大兄，好多年前，老太史公对苏子卿贤弟和司马子长说到立德、立功、立言三不朽皆是难事。子卿陷于漠北，音信全无，生死未卜；子长有著书大志，未必能成；小弟意在立功，功未成而兄弟损折多半。于心不安！”

“胜负乃兵家常事，不必焦虑。而今士气虽旺，可惜粮草和箭无多，长此被困，凶多吉少。愚兄想单骑突围，向李广利路博德求援，里应外合，左右围攻，可获全胜。”

“敌兵八万有余，突围太险。”

“宁一人死于疆场，也胜过粮绝箭尽束手被擒！当年飞将军千钧重托，愚兄何敢片刻忘怀？”

“如此请受小弟再拜！小弟点齐壮士护送一程。”

“军中不可一刻无主将，人到百年也是死，不必萦怀。”仲子扶起李陵，鼻腔有些酸楚。生离死别之间，本来没有长城横隔。

“待小弟派偏将李绪伴送大兄。”

“不用，此人甚爱表功，心计过多，似少诚意。贤弟当有所觉察。”

“大兄所言甚是，然此人近来作战勇猛。人无十全，用人取长。多疑必孤立无助，何以服众？”

“小心为好！”仲子再次提示，“轻信与多疑皆不足取。”

李陵唯唯。

天交四鼓，李陵召集十多名战将，宣布仲子突围求救。

但是李绪捋着虎须说：“今日退到平川，中三箭者坐车，中二箭者拉车，中一箭者护车作战。三军效死，义薄云天。末将出入沙场十余年，愧无大功报国，仲子将军一代人杰，在战场叱咤风云三十余载，两鬓已斑，还要冒大风险，末将于心不忍。情愿单骑向西出击，诱使且鞮侯单于率众追赶。仲子将军悄悄东行，突围而去，方保无虞。”

“将军，敌兵多如潮水……”李陵沉吟着。

“至多血洒大漠，死为鬼雄，末将也含笑于泉下！”

“壮哉将军，少卿佩服！”李陵拱手行半跪之礼。

“能为全军效命，末将幸甚！”李绪横眉而笑。

“我等护送一程，金鼓号角齐鸣，以壮大兄和李绪将军虎威！”

“还是独骑而行，少卿将军守护大纛旗要紧。”李绪两眼发光，豪气扑人。他出帐跨马，横着长矛向将军们揖别，双脚一踢马腹，向西北冲去。

早有探马报表知且鞮侯单于，单于怕李陵有什么密谋，下令众将放李绪进入匈奴包围圈，截断他身后的汉兵，不许对他射箭，要抓住活口，好问明虚实。

李陵和将军们斜刺冲出，让仲子从右翼突围。

天上的星光隐去，阴风怒号，鹅毛雪片纷纷地洒下来。

仲子不敢恋战，只用长剑挑得两名匈奴将军落马，便抖动缰绳，径奔东南。

几股人马朝仲子追过来，李陵率部抵挡一阵。匈奴有单于将令，又怕夜黑射伤自己人，故而不放箭。仲子使出一身绝活，神出鬼没，不到一顿饭的工夫，就伏鞍逸去。

且鞮侯单于召集左右贤王及诸将正在帐中计议，他饮着烈酒疲惫地说："李陵部下是精锐儿郎，连日南下，似在诱我军追逐，前方定有兵埋伏。不如回师，免遭暗算。"

左贤王认为："匈奴横行塞北百余年，连五千之众不能一鼓荡平，定遭天下人耻笑。不妨且追且战，过了大山谷，到平原上再决一雄雌，如果仍不胜李陵，再撤兵也不晚。"

且鞮侯单于不以为然，正在摇头，副将把李绪引到大帐，那厮纳头便拜；

"大王为山九仞，功亏一篑！李陵好大喜功，一百五十万支箭所剩不足八千，五千壮丁只余残兵一千余人，能作战者仅八百名。大王以百倍兵力追杀，李陵必成网中之鱼！"

"那李陵有乃祖之风，足智多谋，派你前来诈降，推出砍了！"且鞮侯单于目光炯炯地注视着李绪。

"哈哈！杀降将者不祥，李绪一死不足惜，只怕天下英雄不敢步李某后尘，大王何以与汉天子争雄?"

"哈哈哈哈！。是条汉子，与将军相戏耳！"单于看他不怕死，料定不是诈降，便倒下两碗酒，递过一碗给李绪，自己仰着脖子先喝干了。

“谢大王!”李绪跪下一饮而尽。

且鞮侯单于伸手将他扶起:“此乃天助匈奴,将军受惊了!”

冷汗涌出李绪的额角:“末将无才,然熟知汉军阵势战法,愿为大王练精兵十万,直取长安!”

“好! 再来一碗!”单于将一只熟羊腿掷给了降将,“孤任你为练兵将军。”

“谢大王!”

左贤王和右贤王交换了轻蔑的眼色。

天慢慢地亮了。

“伏波将军打算发兵吗?”李广利坐在虎皮椅上,半皱眉头审视着韩仲子。

“路将军说只要贰师将军一支将令,立即出兵。”

“这么紧急,还要俺什么将令,分明是拥兵自重,坐视不救,其心可诛!”李广利肥大的拳头砸在几案上,把碗震得跳起,“出京之前,圣上降旨命路博德为李少卿后援,怎么视为儿戏? 眼看少卿损兵丧土,我大汉颜面何存? 糊涂! 可恨! 俺马上派人送去令箭,将军先请回到军中,明日五鼓,俺出兵三万东行夹击,共破匈奴!”李广利说得义愤填膺,使韩仲子很难相信自己所闻是真,却又分明是事实。

“将军,大旱望云霓! 少卿成败事小,国土安危事大。仲子就此告辞,塞北八百壮士永不忘德!”

“擒敌制胜,在此一举,将军功高名大,九州敬佩! 末将十载同朝,不必见外。请吃点便饭,稍事歇息,晚间好上路。”

“仲子心急如火,带有干粮,就此告辞。”

“将军心事俺知道,待俺送送你。”

“不劳大驾!”

“明晚二鼓,当能赶到,你我浴血苦战,生死难卜,见一面也不易,哪能不送!”广利披上狐裘,一跃而起,挽着仲子走出兵营。

仲子马上加鞭,风驰电掣而去。

广利策动坐骑,和他并肩而行。

“贰师将军请回。”仲子勒马告别,眼下已是一片胡杨树林,离营地已不下五里之遥。

“俺这个人性直,最烦客套,恕不远送。”广利跳下马来,拉着缰绳伫立路侧。

“多谢!”仲子一向蔑视这位酒肉将军,原来不似兵营中传闻的那样蛮横狡狯。

“将军珍重!”

“仲子兄保重!”广利依然拱手而立。

仲子的马跑出半箭之地,广利隐身到一株大树后面,张弓搭箭,朝仲子射去。

仲子毫无防备,朝左一歪应弦而倒。战马还在奔驰。

广利收箭,仰天长笑,登鞍回营。

一阵剧痛从左腿肚子上的伤口直往心里钻,天变得乌如锅底,所有的树朝他的头顶猛倒下来。

一个最清楚的意念占据了他的身心,是少卿及弟兄们的危急,不是自己的存亡。

意念的力量不可思议。他闭上双眼,缩起了受伤的腿,仰天吹起了口哨,一声又一声,穿过暴风雪的狂号。

正在狂奔的战马站住了,竖起长耳,抖动着美丽的红鬃和拂尘般的尾巴,无限踟蹰地回过头来,驰向哨声。

主人痛得几乎昏迷了,马伸出湿湿的舌头,舔着他的面颊。

从天山吹来的冷风,帮助战马唤醒了仲子。他挺身坐起,迅速解下腰带咬在嘴里,双手一抓马鞍,单腿使劲一跳上了马背,将自己的腰捆在马脖子上,系了个死结。

他低头一看,雪地上的血迹,颜色发黑,猛然一惊:毒箭!无法抑制的两行泪水夺眶而出。将军明白:如果箭毒攻心,非死不可,在这紧要关头,只有用非常方式来寻求生机。

想到李广、当户、李敢、李禹、李陵、李蔡……还有视名利如粪土的恩师东方朴……

要忍死活着赶去帮少卿突出重围，一起回京都，向皇帝面奏李广利的滔天大罪，皇帝兴许会按律而断。

仇恨加上使命感，迅速驱散了对箭伤所有的侥幸心理。他不敢怠慢，一连饱吸几口长气，忍不住伏在鞍桥上，伸出左手，非常依依地抚摸着受伤的腿，对于父母产生了莫大的歉忱："爹娘，儿非偷生之辈，活下来要做许多事情，只能砍掉二老赐给的一段骨肉了！腿断之后，能否活下来，还请二老保佑，明年好到坟上祭扫！"他凛然拔出剑来，不免犹疑了一刹那，"剑是杀敌的利器，怎么会用来自伤……"但时光急迫，不能有懦夫态，便咬紧牙关把全身力气运到右臂，抬起左腿，朝伤口上面两寸处猛砍一剑……

他竭力不叫出声，然而一阵预料不到的奇痛沁入心脾，他全身抽搐、痉挛，人朝前一栽，幸而腰带缚得很牢固，靠朦胧间的信念和下意识坐在马背上，才没有滚落下来。

血在流，雪地上丹花点点……

风吼声逐渐减弱，他听不清楚，终于失去知觉。

此刻，且鞮侯单于抱着丝绸之路上掳的胡姬，狂饮着刚刚流出脉管的羊血；李广利和长安浮浪子弟班头胡亚夫躲到星月视线之外的行辕中猜拳斗酒，娈童艳姬们扭腰浪笑，比着癫狂。

只有李陵渴望太阳早些出来，给兄弟们的身心添些温热。孤零零的旗杆竖立在沙丘上，残破的军旗被吹得飒飒地响。

"会来的，仲子将军走过三日了。"李陵的口吻很肯定，询问的部将满意而去。

汉兵在昨夜走出芦苇谷，来到南山（据李长之先生考订是阿尔泰山之阴），且鞮侯单于追到山上，命太子及左右贤王统兵从三面合围，结果丧失精兵六千，没有占到便宜，汉兵的伤亡反而很少。

单于勃然大怒，命令匈奴兵齐声怪叫：“李陵韩仲子快投降！”暗中命骑兵将谷口堵死，步兵爬到山顶，居高临下，万箭齐射，疾如骤雨。李陵只好将车子架起，二面挡箭，同时卸下车轴，给勇士们当作武器，因为刀刃都砍钝了。只有将官们才有刀剑。

李绪向且鞮侯单于献计：从两面山顶往谷中滚下巨石，让汉兵无从抗御。主子大悦，依计而行。

天色近黄昏，月小无光。

援兵还没有影儿。

李陵稍稍喘息，走入破车堆成的“小屋”中，两名兄弟抬来一位年轻的壮士，他面色惨白，呼吸艰难。

李少卿单腿跪在地，热泪盈眶地抓住壮士的双手说：“李陵领兵无方，遭此惨败。弟兄们十死八九，我罪孽深重！”

“都尉大人……”壮士一阵颤抖，停止了呼吸。李陵将他抱在怀中，仰天长号，不肯松手，部将劝慰良久才勉强分开。

他继续前行，但见大车轮下躺着一位好汉，上臂的箭伤肿得很凶，当中已有蓝色腐肉发出恶臭。一位同伴撕下一片衣角，蘸着碗底一点珍贵的盐水在清洗。受伤者说：“狠狠心把脓根挤出来吧，我还要打仗啊！”

“怕你受不住，那样做太疼……”同伴们很犹豫。

李陵一见，再次跪下，默默地捧起重伤的胳膊，用自己的嘴猛吸着脓根。

“都尉大人！”围观的汉兵一齐惊呼，受伤者一阵哽咽，伙伴纷纷落泪。

“愿随都尉报国！”

“不得妄动，身为主将，兵败辱国，只有我单骑去生擒且鞮侯单于，方能湔洗此奇耻！”

“我等愿与都尉同往！”

“照料好伤者，守住营地要紧，万一我李少卿战死山上，尔等还朝请万岁派兵由仲子将军统领报此深仇，别了！”李陵毫无表情地再拜，没有人吭声。

他脱去盔甲，换上士卒的便衣，舞动长剑劈开箭雨，猛冲过去。

刚刚来到山脚，大量的石头滚下来，他跳过一块又一块，来不及喘口气，更大的石头又飞过来。

单人踹营死冲的做法行不通。他只好退回到谷中。

两面敌兵的狂呼越来越嚣张。

李陵抬头一看，山上旌旗正在移动，箭却停止了。显然，单于要活捉他。

他立即下令：每人带干饭二升，大冰一块。部下以为要血战一场，早已准备停当。

“一败涂地，只有一死了！”李陵拔剑正要自刎，右腕被一位射手拉住。

“将军威震匈奴，只因缺少箭和援兵，暂时失利，还应当振作。即使被俘，也还有机会逃出虎口。如赵破奴为敌军所得，埋名十年，潜逃回汉，万岁仍复他爵位为浞野侯，对他很器重。将军寻短见何损且鞮侯单于一根汗毛？”

“再有几百支箭就可以突围了！”李陵阔步走向军旗，用剑将旗杆砍断，召集兵卒说：“武器已尽，不能作战。等到天明，束手就擒。请将军旗与贵重物品埋于地下，暂作鸟兽散，能逃命到长安的，可以向天子奏明血战事实。此地去遮虏障不过一百余里，援兵不到，死有余恨啊！”

射手跪下了，声如雷鸣：“愿与将军共生死！”

所有的士卒跪下了：“愿与都尉同死！”

李陵跪下：“我李少卿拜谢了！”

山上金鼓齐鸣。

李陵吩咐：“擂鼓三通！”

小校禀报：战鼓冻裂。

四面八方都是匈奴兵在喊：“活捉李陵！”

“杀——”李陵跳上沙丘一声狂喝，两眼血红，仗剑直入敌阵。于是奇迹出现：所有轻重伤员一跃而起，随着李陵冲锋。

但见李陵的剑光如雪团，如闪电，如骤雨，如龙卷风。似十丈白练在地上旋成一个圆球，朝敌营挺进，箭雨被劈落，刀枪遭挡开，所向披靡。

匈奴兵将纷纷倒下。

在李陵身后，敌方用十比一的力量，包围住汉兵，一批汉兵倒下了！

李陵的剑砍缺了口，四面一看，已经不见汉兵，他决计一死，刚要自刎，且鞮侯单于的狼牙棒将他的剑打飞。

匈奴兵号叫着拥上。

李陵对他们怒目而视，两手沉重地垂落下来。

且鞮侯单于哈哈大笑，吩咐鸣金收兵，战场边缘地带残存四百余名汉兵乘机逃出险地。匈奴的兵将没有追赶。

几天之后，李陵大败的消息便传向中原腹地。

仲子冻醒，雪已经停止，他勒住马头，摸出一包金创药，敷在断腿上，血早已凝结，酷寒之地伤口反而不易感染。

虽说炒面雪片嚼不出味道，连口腔皮肤和牙龈也磨破，为了赶到战地，让伤口早些愈合，只好伸着脖子硬咽些干粮。

几百里路程总算走完，出了山谷，来到宿营的芦苇荡里，使仲子大为惊奇的是，原野上躺着尸体，弟兄们或抡着车轴，或举着戈矛，有的胸口扎着刀，有的头上中了箭，眼珠鼓出，怒视苍穹，真有无穷的遗恨！地上的血，一片片冻成了紫冰。铜锅歪了，底下残灰里还冒着烟，显然战争结束不久。

这场面，意料中的意外，如此酷烈、崇高，身经百战的将军也为之哽咽。

“少卿兄弟——少卿——”

大野四面垂云，没有人声，和他的面容同样漠然。

他的战马在锅中大口地饮着水。

“少卿兄弟——少卿——愚兄来晚了！”他在寻找李陵的遗体，同时把前仆的尸体翻过来，让他们仰天而卧。因为单腿行动，一跳一跳，实在不便，好不容易找到一条水磨钢鞭，就作为手杖，尽量不让伤口碰到泥土。

天与地都在延伸，唯有将军的身心在收凝。

既然全军覆没，何必独活贻羞千载，他好不容易掰开死难弟兄冻肿的手，取下血影斑驳的长剑，转脸向长安，泪干声哑地呜咽着：“敌兵闻名丧胆的飞将军，您是仲子的表率和严师，匈奴的战刀，廷尉狱中刽子手的绞索，都不能战胜您，您只配死在自己的剑上！仲子谬承重托，枉为男儿，不能为少卿及兄弟们扶危，只能像老将军一样饮刃报国！爹爹娘，儿辜负养育之恩，再也不能来扫墓祭奠了！”

仲子祷告未毕，那战马已经悄悄地走到他的身后，昂着脖子，想长嘶几声，可惜连日劳顿，缺水少料，其音喑哑凄哀，它睁着透亮的大眼，呆望着主人和他拖在地上长长的影子。

他拄鞭起立，摸摸它的长脸，生之眷恋，油然而生。

“仲子呀仲子，真太糊涂！你想死，这太容易。而今少卿下落未明，李广利罪恶未曾上奏，兄弟们功绩抚恤皆无着落，贸然自刭，与生者死者何益？你还有未了之事：要找到史官，把以少胜多的战功记下来……”想到此处，他心怀愧怍，正想南归，可是马上不去，便长叹一声，将几个匈奴兵尸体拖到一起叠放着，把战马牵过来，他踏着敌兵的胸口跳上马背，披着星光，向长安猛驰。

出了战场，伤口的疼痛和对李广利、匈奴的愤恨都在强化，他要为仇人们活着！

五

丝丝柔柳在金菊的嫩香中向阵阵晚风倾诉着寂寞与秋寒。

郭穰伏在小石桥的栏杆吹洞箫，那是潇湘一带流传的古曲，屈原收集过这类民谣，改写成伴舞歌词，保存民间戏剧式的祭祀大典，让人神同醉山川逸气，暂时甩开超负荷的身心苦难，把头颅伸到云外去喘几口粗气。世世代代的口传心授，个别音符移位变声，曲调日益开张，对原谱有所发展。局部衣饰更换，还是原来的思维和躯体，凝聚着不朽风光与易朽芸芸众生无法摆脱的孤独。

序曲伊始，云冈霭霭，逝水滔滔。

山对云说：“我不是山，是你的石之骨，你的故乡。永恒的新郎……”

云对山讲：“我不是云，是山的仙裳。山是凌霄树，我是风动的花，不老的新娘。”

诗人说：“江河奔腾，是后土在呼喊：自私、朝廷、监狱、战争、愚昧，都是文明的耻辱。人应当顶天而立，风雷不能压弯脊梁。同时又渺小如蝼蚁，安于平平常常，都是兄弟姐妹，没有尊卑，共献爱心，当作心空的第二颗太阳……”

老百姓说：“我们听不懂，只求丰衣足食，没有兵差徭役，俯蓄妻儿，仰视爹娘……”

五尺洞箫，万有仙炉，物象飞出音孔便随风猛然涨大千万倍。原上劲草似小树，树是大花，渔舟、茅舍、矮篱、相安无事的人和神，都像豆粒儿，参与造化，流逝于星月的光环彩影间。雾珠抱成一团，又返回泥土。

战争，造鬼的风雨。

别离，贫困，无尽的折磨。

曲到高峰愈简朴，洗尽了藻饰，不许尘埃吸附于音声，脆润高洁，由绝望的虚无上升为大平静，宏毅坚忍，扫除靡弱阴森而相对和谐。花瓣的火焰，米粒的冰裂，比蚊子的眼还小，织成一条长链子，不停地忽生忽死，均是吹奏者的精神细胞，以他的背脊为大野汇成巨潮，撞击于烙铁和冰块的两大极之间……

长长的停顿，短短的太息。唏嘘，细如蜘蛛丝的忧虑之泉从郭穰双目中汩汩而出……

两泪滴在水里，是他双亲的慈容，合在一起是渔父。

两泪洒落圹中，是司马迁与上官清，凝成一弯新月。

新月稚弱，其光微茫，预示着异日的丰盈澄劲，那便是书儿，太史公毫端灵感的化身，以及从懦夫到英雄的所有音孔，一千只手按不齐全。硬如石阙，宁碎裂而不折，耸起龙门……

然而她不是，还仅仅是个大孩子。

将来也不是。地母给她的摇篮太小，历史给她的奶水太少……

郭穰对她延续着对老师、师母的崇敬，还不是性爱，不敢承认此类幽思。但乐于亲近，看着顺眼，想着顺心，“读”着顺口。她迸发出一种热能，纯靓似月魄，无遮碍如箫声。给他一丝淡淡的比正常体温略微热一点或冷两分的喜悦。

两片云在青海的雪峰上回翔，共同降入黄河或者长江，一道流入大海，是一种选择；分别成为两滴雨点，各自进入一条河床，除了死亡，再也不能汇合。

近来多病的上官清受乐声的抚慰入了黑恬乡。

杨敞随着先生应大夫壶遂之请去金人承露盘的顶上观天象，要到四鼓回来。

并无美感的小塘，披着屋影月色，比平日显得空旷而深沉。若说石桥是树干，它就是树冠。一片泼墨的蓝黑，闪烁着萤儿们的火粒。

一件厚厚的夹袍从身后披到郭穰宽宽的肩头，他回头一看是书儿。

她未施脂粉，无邪的眼睛又大又亮，黑白分明，白衣罩着黄色长裙，束着紫带，显得修长稳厚，有几分早慧。

“穰兄，你在为爹爹担心，曲子里的屈大夫跟爹爹的影子时分时合，一而二，二而一，呆子才听不出来。”

“师妹，谢谢你太懂得人的心意，不唯是关怀，就怕我的身材小于侏儒，顶不起老师的袍子……”

“小妹也不安，纠缠上李夫人一门，还有好果子吃？皇帝明的时候好比镜子；一听方士胡说，想着不死药，比这一塘水还浑浊十倍。朝中每个人腰边都有一把泼风刀在旋转，弄不清什么时候什么事上被吹成两截。他的法越多，官吏的权越大，越危害他自身和大汉江山。人人保官禄名声，战战兢兢，惩罚时谁都不说公平的实话，不是文景二位先帝垫的底儿早亡了！”

“这话不能对任何人讲。”

“是，连敞兄也没说过。人太可怕，不可轻信！爹爹说起他人的事，秋水澄潭，一目看到底。到他老人家自己头上，又奋身去做人主厌恨之事。万一碰上料想不到的差池怎么办？”

“不知道，想过，没想出好棋。你呢？”

“一样。不过……总会有良策，吉人天相呀。”

“有时天也不公。碰到大难，最先保全老师这个稀有的人；再是他的文字；最后是师母和你。我与敞弟微不足道！”

“谁要你这么挑选的？”

“先生的大教，要分别泰山鸿毛，两害中取其小，忍辱负重，让时光来识别骨骼的分量。”

“还不太明白，真怕……”

“怕也没用。不望有灾星，来了就不计愚兄安危。”安慰了书儿就给自己壮了胆子，似乎厄运已来，舍生取义，成了离此身万里，相去千年的贤哲们当中的一员。

“想到这些就盼望天别再亮，皇帝长眠不醒。可是没有太阳，庄稼不生长，天下人吃什么，这不太痴吗？”泪水流到笑窝里。

“做个像人的人，时时在剑刃上走。”

少女的光泽，幼童的天真，掺和得自然。后者的疆域日益退缩。

“给你做了一双新鞋，箫倚在这儿，试试可合脚，样子是娘剪的。”

“早就说过了，出门有靴子，在屋有你去年做的两双旧鞋，挺合脚。家里这么忙，何必找着累，做了也不穿，先放着。”

在他试新鞋的时候，她拾起旧鞋扔到了塘里，水花荡起两个圈圈，朝四面漾开……

“你……”郭穰猝不及防，反感地一皱眉，迅即又舒展了。

“这大圈儿是你，小点儿的是我！”她狡黠地笑着，拿起洞箫就吹。

“这是祖师爷传授下来的《山鬼》啊！”

书儿点点头，接着奏出诡幻迷离的乐句。她的心头还没有情潮来骚动，只裂了两个小孔，那是郭穰的谛视让她快乐，犹如一芽两叶，将要长成人形，撑得血液加快奔流，虽然在梦中同他共骑着小黄骠，在黄色沙海上驰骋，在碧野奔腾。她还不曾正视过梦的成因，醒后为什么那般慌乱和对残余甜味的缱绻不舍，意识不到潜存的震撼力。

次日辰时，郭穰在出牲口粪，书儿去喂小黄骠，见他还穿着旧鞋，十分惊诧地问道：“不是……”她做了个撩鞋的手势。

“新的要留着。”在她回房之后，他跳下水去把旧鞋捞起，拧去水，装上了柴灰，早晨杨敞烧粥，他在灶下添柴，烤干之后穿在脚上说不出的舒服。

书儿红着脸啐了他一口：“半夜那么冷下塘，冻病了怎么办？真让我生气——呸！”

“没有白挨冻，还摸了三条鱼，中午敬给先生下酒。”言毕哈哈大笑。

“不理你！”书儿喂过骡驹子扬长而去。

午餐气氛活跃，司马迁对郭穰的扑鱼术特别表彰道：“这门手艺丢了十一年，还这么熟练，可见幼功重要，读书也是如此，乘小时候记性好，背熟二百卷古人名著，后来融会贯通，终身受益。现霜降已过，夜里水气甚寒，下不为例。”

“是。”郭穰说是偶尔为之，保证不犯二过。

书儿以袖掩口面墙哧哧而笑。

下午，壶遂赶着马车来接子长，因为九十高龄的唐都太老师要为后辈们讲解天文。

“书儿，我与穰儿、敞儿同去求教，两更前回来，好生照管娘。”

书儿关上大门，走到偏厢房一看，郭穰的枕边床下都不见新鞋，启开架上木箱，是一只小包，打开三层旧布，才见到鞋被师兄视如拱璧。而杨敞的床踏板上，也放着自己两月之前为他做的鞋，已经蒙尘。她心里有说不出的滋味，就捧着鞋久久地伏在郭穰的箱子上。

有人叩环。

她去启门，走进一位不速之客，刚约半百，看须发要老得多，葛巾布袍，腰上拴着一只葫芦，又红又亮。

“伯父是……”

“在下方正迂，南夷走方草医，来京已三日，今朝才探问到太史公住址，特来拜谒！”

“方伯伯请坐！家父常常提起他曾在大理国患了沉疴，幸遇您搭救，多谢大伯赠药救命之恩，家父称大伯是一方奇士，来去萧然，不入官府，存心济世，不留余财。侄女非常景仰。请住到寒舍来与爹爹盘桓几日。”

“不用，已然在邵伴仙的大宅里安顿下来。”

“大伯相信方士吗？”书儿很惊异。

“不信，他是我表兄，实乃愚鲁之辈，一生骗人。偏是大汉天子喜欢神仙，把些老鼠喂得肥过大猫了！”

他笑得嘹亮：“你相信吗？”

书儿连连摇手。她说到母亲受了风寒。

方正迂问明细节，留下几粒药丸说：“药到病不除，罚在下三碗烈酒！尊大人知道老夫忌酒。此番回长安，带来祖师爷爷仓公淳于夫子秘方二卷，均乃临床实录，请令尊抽空一观，异日立一列传，受益者不唯是患病者。明日午后再来拜访，请太史公下朝在府上相候。告辞！”

书儿把客人送到大街上才回家。

上官清服了丸药，当天晚上就霍然而愈，下床行走如常。她连说：“邵老头是鬼，方大夫才是半仙之体！”

“人家叫伴仙，不是半仙，这回跟伴仙表弟住在一块儿，真是伴仙的伴儿了。”书儿说成一串拗口令，把母亲惹笑了。

尚未得知李少卿兵败降敌的消息，又预支了下午跟方正迂阔别重逢的喜悦，太史公穿好朝服，系上缙绅(大带)刚要出菜园，小黄骠长嘶一声冲过石桥，追到主人前面扭过身子，伸出粉嫩微黏的舌头，舔舔他的右手和面颊，抖抖不很漂亮的奶毛，好生亲近依恋。

方正迂唤醒了长休眠已久的一段记忆，联想到近年业已很少梦到的白凤公主，骡子的舌，与她的手，她洁白修长的指头与日行五百里的白龙驹，骡的银鬃与白鹿皮，让一根说不清的捆仙绳，把这些风马牛的事情拴在一块儿。他伫立晨风中，脸贴在它的颈上兀然不动。

“爹没睡好吧？眼有些红。”书儿抱住骡驹的脖子。

“看了一夜处方，想把仓公与扁鹊公等写一篇列传。本领大的大夫，肯给人治病，躲开患者都获罪，足见做人之难，传记便有文胆！见到方大夫再商量。”司马迁怎知此去是走向牢房与宫刑，竟永别了父亲所营造的平静的家……

六

重浊的毒雾笼罩着金殿，大臣们个个灰溜溜的，纷纷揣摩如何应对方能逃脱干系，保住官禄。和上次朝会的胜利景象反差强烈。

皇帝暴怒，接到李广利的奏表，李陵降敌。似乎煮熟了鸟儿又飞到九霄云外，不知何时再落入网中，心理上的不祥、阴暗反映在龙颜上，眼袋上下挤着绝望的黑影，像突然老了十岁，连鱼尾纹也凝冻了，不再颤舞。专酿血光巨灾的大幽魂张开十丈阔的血口，在金阶上游弋，寻觅着吞噬对象。

按照品级，司马迁站在离皇帝很远的下方一角，他的心头涌现出两条相互排斥的大河，都想淹没无限的空间，把另一条挤出宇宙。

一条是血的河，浪尖上漂着青玲。他深深理解大漠的奇寒，铁衣的沉重，粮草武器不足，咽糠嚼冰，仗血肉和意志拼搏，九死一生，埋身黄沙的男儿都是慈母十月怀胎，母亲一天天瘦下去，儿子才一天天壮实起来。懂得亲人围着共享青菜粗粮饭便是福气。打了胜仗是皇帝的奴隶，败了是单于的奴隶，尽管命运不允许挑选，还乐于为皇帝卖命，为李都尉争气。荒冷的绿月亮，灼人的太阳，狼嗥般的旋风，让遗骸还归于地母……替这些人不安、抱屈，盼望他们活着回家重理田园。

另一条是怪诞不经的黑色河流，上起帝王，下到小吏，冰块间翻涌着阴谋、贪婪、虚伪、出卖，骄奢淫逸，流连荒亡，犹如龙袍上的鳞片，皂隶们嗜血的鹰爪。司马迁甚至有点犯罪感，无形的斧在人们头上横扫，不该像蹲在厕所里看苍蝇那样，来透视这些大人先生们楚楚衣冠下面的卑劣，而这种念头无法遏止，转而觉得自己可恨。

首先是老丞相走在同僚面前步子极其缓慢，仿佛走在石头上也会留下脚印，以示稳厚老成的长者之风。但走在皇帝面前要加快五六倍，怕显出老态而丢了大印。上次的谀辞越说越快，末了出现了太监们才有的尖音，憨态可掬："夫立非常之功，建百世之业，需非常之人。而识非常之人，必具非常之眼！李都尉对上恭，对下敬，雍和宽谨，永无愠怒之色。打仗身先士卒，乃精金美玉，温而厉的帅才。陛下观察十余年，提携教导，父亲老师又何足道哉！全靠圣明运筹周到，有神威至德可以使顽敌闻风而逃。李陵之功实陛下之功也。陛下虚怀若谷，从谏如流，不想自显功勋，让李陵享受许多荣耀，也是厚待老臣飞将军李广，如此苦心，我等为臣者能不由衷感戴，能不手舞之足蹈之以颂尧天舜日吗……”

今天的话变了：“老臣实实在在景仰陛下有知人之明。李陵做了十几年郎官，没有迁升，一直在察看他如何掩饰短处，故作谦谨，其实是沽名钓誉。这回本不想让他独当一面，是老臣失职，不该只听传闻，知人不深，误荐庸才。求陛下恕罪，臣万死无怨！”此老知道代皇帝受过是邀功的捷径。接着他控诉李陵有十大误国罪，应当族诛。

杜周拉着长脸奏道：“李陵外宽内躁，一味浮夸，贪功孤军深入，自取其败，深负陛下对他家三世厚恩。臣手边尚无证据，未能妄下断语，只能细细搜求，看看他出师前是否有意投降匈奴。确实可疑！否则万岁如此重用，怎么不堪一击？臣意先拿下叛臣李陵全家老小，斩尽杀绝，以儆他人效尤！李陵怙恶不悛，其大罪有八……”

上次朝会的颂词是：“李都尉以五千之众，所向无前，伐罪吊民，显上国天威，真乃将门虎子。臣恭贺陛下用人得宜，匈奴指日可平，西域随之安靖，不负陛下日夜操劳之苦，果断英明，以慈父之怀，将近二十年亲自调教，晓谕兵法要领，李陵才有此功。而李陵之功，众目睽睽，陛下之功则非人人皆见。据愚臣所知，至少有八处非成汤周武王可以并论……”

饭桶将军公孙贺七次出击匈奴无功，封了葛绎侯，只为无能也是一笔巨大的不动产，加上十分听话，儿子敬声又是阳石公主的面首，把皇帝女儿侍候得心花怒放，公孙贺爬到了太仆(后来升到丞相)。此公服饰华丽，相貌威武，大腹便便，说话声震屋瓦，却空洞无物。他上回听过陈步乐的禀报，用悠扬且富于顿挫的调子说：“臣有幸与李广将军共事，又与其哲嗣当户同营，听三代相交的李陵说：‘陛下对他一家恩义有加，寄望殷切，又勉其精读兵法，正奇常变，玄机在握。’古之孙武、吴起、伍子胥、廉颇、李牧，未遇明主，有头无尾。李陵才不及古贤，而陛下天纵英资，非古之君王可比，李陵乃建奇勋，战争胜负，全在主明与不明。臣等得事明主，胜古人多矣！”满朝欢呼者忘了一件事：公孙贺七次白白劳师，也是同一天子在位。司马迁听父亲说:有些将军绕开敌人,避免损兵折将,即无特别战绩,熬到了时光一样晋升。估计公孙贺即这类货色。今天,他咬牙切齿:“李陵深负朝廷重托,畏首畏尾,贻误全局,坐失战机,又认贼作父,碎尸万段,不足以平民愤。如廷尉所奏,宜族诛全家,让奸臣叛将有所畏惧,以明是非赏罚,陛下三思……”

十位文武大员所奏如出一口,把李陵斥得狗屎不如。

“宣邵伴仙上殿!”皇帝听烦了废话,又不想换换口味。

“叩见陛下!”

“平身。李陵一家气色如何?”

“臣反复望气,他们印堂苍暗,有刀光之灾。是否身首异处,陛下一言九鼎。再观其他穴窍,罩有绀紫,没有亲人刚刚自刎的死色,李陵还健在。”他用尽脑汁才想出这几句话,唯恐再盘询要出岔子。

“哼!”皇帝一挥广袖,伴仙如刑徒逢赦,急忙下殿。谁的家族存亡还不是皇帝一语定谳?但必然事件每由偶然因缘诱发。这次望气色,不仅推进了李陵和司马迁两个家庭的悲剧,李陵之后除去赵充国,两汉再无名将,司马迁遭难,中国百家争鸣的最后一个真正的司马子灭亡,春秋战国蒸蒸日上的学术思想由兹窒息。虽说望气者本人是个蜉蝣!

“宣陈步乐上殿,问清到底是怎么回事?”

一阵默然。

“怎么都不说话?”皇帝愤愤然。

一名小谒者匆匆跑上金阶奏:“启奏圣上:陈步乐畏罪在驿馆服毒自尽。”

“有命不跟匈奴去拼战,要死在长安丢丑,呸!”皇帝觉得自己受了愚弄,但不会从李广利、路博德那儿去找恶因。

群臣眼中殿上的统治者就是死神,那苍老焦躁的声音使满朝颤抖:“李陵全家下诏狱待罪!”

“万岁!万岁!万万岁!”一片矫情的呼声,似乎李陵七十老母、黄口幼子是兵败的导演者。谒者一传口谕,立在宫门外的无忌立即派武士去抓人。

武帝透过干燥扭曲的欢声向殿下一扫，只有司马迁一人低首沉思，未露悦色。

此刻，霍光碰碰身旁的太史公，他们同为郎官出身，却从无交往。此公一向缄默持重，无非熬时光等机会晋升。司马迁看不起这种手段，但从不说破。今日的关心实出子长意外，他全沉浸在人们如此健忘而随风转舵的苦汁中，袖中一卷绢帛，内裹准备临时记几个字备忘的笔落到丹墀上，声虽细微，却打破了偌大空间的寂静，一下吸引来更多的视线。

“司马迁，有何卓见？”

“臣对李陵一事前因后果尚欠通晓，本无话可说。眼见陛下忧愤无人解慰，又蒙垂问，臣不敢不披肝沥胆敬献一得之愚，供圣主三思。臣与李陵多年罕遇，平素无杯酒之欢。然观其为人，事亲孝顺，临财廉洁，从不苟取。与朝中同僚相处极讲信誉，对部下视若弟侄，解衣推食，身先箭矢，志在殉朝廷之急，被长辈视为可教之才，朝野推为国士。身陷绝境，登高一呼，伤病者奋起，矢尽道穷，杀得敌人横尸上万。他平日少应酬，每次战报来朝，大人们举觞为陛下称寿，都讲古之任何名将不过如此。言犹在耳，今为一官一人一家计，对败将降将说尽恶行，与昔日所赞颂者判若两人，令臣不解。李陵降匈奴，将来能否立功而归，不宜早做断语。况飞将军为国立过汗马功劳。孝文先皇帝早已下诏免除肉刑及株连，百代以下，人称明主。李陵有罪，罪当腰斩，也不宜族诛，使圣主千秋负累。冒死直言，万岁明察！”热忱、情感过剩，笃于正义，太爱才太好奇的子长太信任皇帝了！

“哈哈哈！狂悖！”皇帝以为史官在攻讦他运筹失策，用人不当，李广利、路博德见死不救，居然讽刺到九五之尊的痛处。虽然他也知群臣说话如草随风，先捧后骂，尽是小人。他宁用这一帮谄臣也不能容忍司马迁几句真话。然而他不想发作，哪怕手爪握得掌心发疼。

“司马迁太狂谬了，胆敢为叛将李陵申辩，含沙射影，血口乱喷文武大臣，还有王法吗？臣请将司马迁交付廷尉，与叛将亲属同时问斩以正典刑！”老丞相气急败坏，手指太史公，如对毒蛇猛兽。

武帝目视杜周,长袖一拂而去。

李福高唱:“退班——”

杜周招手,四名持戈武士走向司马迁。

宫刑

一

作为吞入活尸吐出白骨的死亡工厂，制造大批疯子、深化盲目仇恨、交流犯罪经验的特殊学校，监狱比地狱可怖。小小的特定社会里滋生着形形色色的狱头狱霸打手。仅少数大哲把一切摧残当作汲取能源的过程，冲破滞碍获得思维自由。司马迁像飞蛾一样扑向时空允许的高度，到死也没有走到自由王国。

房顶的雪褥子盖了尺把厚，瓦沟挂着上丈长的冰柱，北风想推倒长城与宫阙，消耗着盲动的巨力。

大屋子里睡着三百人，分成三行，行间只剩两条七八寸宽的小路。地上铺着麦草，又脏又臭。每人占地八寸半，只能侧着身子，插花颠倒着睡，头朝南朝北各一半。司马迁在最冷的四更前起来解溲，从粪桶边回来，地铺上连针也扎不进去，好不容易拖曳出袍子披在身上，瑟瑟地发抖。

他记起小时候看娘绱鞋，用槌把木楦头往鞋膛里砸，填得一点缝隙也没有。地上的人们正在把屋撑炸。他忘了困倦，为自己尚存想象力，能游离于现实轨道之外而有一分莫名其妙的喜悦。

谯楼鼓鸣，狱卒兼宫刑阉手牛大眼手提灯笼，准时像幽魂一样从地下冒出来。他上半截像门板，又阔又厚，两臂太短，身子骨看上去比事实上的个头儿要矮半头。他对犯人牛气十足，但对长官说话腔调比猫还软。牛眼大得呆而少活气，此人小眼睛雪亮，骨碌碌转个不止，更像黄鼠狼眼。

“站着乘风凉干吗?”随着灯笼在犯人头上一晃一晃地移动,他每夜查点五次人数,脑袋碰着枕头就扯呼,次日精力充沛。天生是吃这行饭的上等材料,打十九岁掌刀阉人,十六年间从没有受宫刑者得过破伤风,堪称国手。

“一挤会弄醒左右好些人……”司马迁声细如蚊。

“到这节骨眼儿上还顾别人,他妈的谁顾你?那就扛着冻站到大天明。”说完反带上门而去。

五更头,司马迁还蹲在地上抱膝发抖。

灯笼又在飘动,牛大眼狠狠瞪着子长啐了一口,痰就落在犯人们的被条上:“真是个刺儿头,有你的苦头吃!不把你治得跟所有的人一样直溜溜服服帖帖的,俺算丫头养的竹片子刀,太监的儿!”

“小哥哥,低声些,莫吵人哪!”

“摆谱儿回家抱俩姨太太去挺尸。到老子这二亩地,怕吵就他妈的死个屎!谁跟你称兄道弟?没给你半两颜料就开染坊,坐穿牢底的贼坯……”

“谁也没招他,偌大火气打哪里来?”司马迁在心里问自己。

天色微明,钟声响过,牛大眼打着灯笼在门口大叫:“昨晚有人上告:丢了一只金元宝,谁‘借’走的马上献出来,一个呵呵俩笑;搜出来要挨三十鞭子;搜不出来是失主谎报,要抽三十五鞭,是这儿的王法。”

费了大约从一数到三百的时间,没有人交赃。

“除了老大老二老三留这儿搜查,其余二百九十七号人脱光衣服走到隔壁大号子里借同犯的被子围上,不到十步远,走慢冻死不偿命。谁叫一粒老鼠粪坏掉一锅汤?走!”狱卒从腰上解下长鞭,在空气里炸响两记鞭花,蟹壳脸上堆着凶狠、自大、冰冷,不许商议。

三名狱霸穿好衣服立在牢房外,胸脯发紫,都是捕快,跑惯江湖的,急于立功,靠打人寻找阴森的快乐。

囚徒们急匆匆地挤出大门。

司马迁是头一次见到呻吟于皮鞭之下的无遮裸体群,丧尽人的尊严。

“你怎么不脱衣服？站了一夜还嫌过得太安生，等着找由头挨揍？”

没有回答，兀立不动。

“啪！”皮鞭打在他的前后左右。

“脱！”牛大眼怒气上冲。

“自古无脱衣之刑。我司马迁犯了国法，杀而无怨，岂可对狱卒俯首帖耳？”

“啪！啪！啪！”带火的鞭梢钻进皮肉。

子长双手狼狈地抱着头。记得绛侯周勃说过：“吾尝将百万军，然安知狱吏之贵乎？”

“今儿个你不听话，这三百号人休想吃早粥，看看他们怎么把你撕成碎布条儿！”

司马迁内心在对自己发火：“脱衣服算什么，何必跟小人僵持？”但脚不听话，几根倔强的筋绷得死紧。

“住手！带我见邴吉、杜周，还有三尺法吗？”

“太阳打西出，牢头儿才不打人，不打茅坑里又臭又硬的石头咋解气？你豆腐店关了门还有架子！这是廷尉！这是狱官！记着！”牛大眼仍在光火，鞭子下得轻多了。

站在门外的三名囚犯进来，站成三角围着太史公。被称作“老三”的前衙役狐假虎威，举拳就打司马迁的背脊。

子长听到风声朝后翻了个跟斗，脚尖踢中“老三”双肩，狱霸咚的一声倒在墙根下。

“抱歉，踢痛了！”

等司马迁站稳，扶起“老三”，揉揉他肩胛，“老三”抄过顶门杠子直敲他的天灵盖。

“啪！啪！”鞭梢点在“老三”握棍的虎口与指头，顶门杠落到地上。

“你想做大活儿，真打个葫芦大开瓢，皇上要人谁抵命？混蛋，他长一身倒毛也该由老子调理！”

“是，大爷！”老三连连叩头。

“人家头朝地还想做好人，再迂再愣他妈的是汉子，就你这贱虫浑身没四两重。狗仗人势，好歹一锅炖，心比炭黑，哪容拿鸡毛当令箭！”大眼收起鞭子系在腰上，摸出手铐扔到墙根下，“老三”熟练地面壁跪下，叩头躬身给自己戴上背铐，狱卒皱眉一笑，欣赏自己的威风，首肯“老三”的知趣。同时又朝司马迁使个眼色。

老大老二把司马迁架到一间二尺见方的小黑屋里，锁上门查金元宝去了。

地上是一层冰，伸手不见五指。霉臭味熏得司马迁大吐不止，只得用手接住呕吐物放到门后一角，后来舌尖品出极苦的胆汁味，鞭伤如火烙，忍不住背倚着冷墙流泪。等他意识到膝下要成了冰块，开始跺脚取暖。

小号子里没有时间感，不能坐卧，是一只黑站笼。他为怜悯自己而痛哭。十一年前老父去世以来，这回哭得最悲伤。

“清妹！书儿！我想念你们哪！再见天日将回老家种地教书，将来生了儿子也不许入仕途，碰到天大的不平事也做哑巴……

“如果判了流刑，妻儿生活没有来源，郭穰杨敞能撑起门楼子吗？穰儿靠得住，敞儿说不定会另觅高枝。走就走吧，这样书儿就能嫁穰儿，也算美满……

“设若判了死刑，东方朴爷爷他们会来搭救。不跑还有赦免的期望；一逃就埋名隐姓到死，日夜提防皂隶来捉拿，不如死……

“贪官酷吏都分明无误地活得挺神气，我不该死，又没有罪，为什么不逃？逃到哪儿？能上白凤公主那里去避难吗？有些对不住妻子。但也没啥，想必公主早已结婚，能保护我，清妹感恩都来不及，哪有怨恨……

“我家两代史官，颇受朝廷器重。仗义执言，未做见不得人的丑事，朋友会保我，皇帝将有所悟而为我复官……”

小牢房打开，已过十五个时辰。天色昏晦，他的瞳仁不能适应，几乎盲然。院子里十人围着一瓦盆菜汤，等着馒头来开饭，人和蚂蚁一般攒动。他问老大：

“这儿的人都反穿着袍子，是规定如此？”

“不是。大伙儿都盼着早一天出去有件体面袍子，里子破了无所谓，才这么穿。”

司马迁觉得自己太可笑。

老大把他领到墙根下与新犯人们一起就餐，刚刚离去，分饭人把盆里菜叶子一片片捞出，放在碗里，倒上汤各人自取一碗。两名小偷因为汤里面差了一片菜叶子打起来，像三代世仇相逢，不死一名就不收摊子。

“别打了，咱们都是人，为什么要为这点小事伤和气？拿去。”司马迁献出自己的汤。

十八只赌徒的红眼盯着他手上的馒头。

“大叔能掰一块给我吗？”一名小偷跪下了。

“赏我一半吧，他比我胖。”另一名也跪倒。

“谁比你肥？”

“你又打人？”两条汉子再次扭成一团。

“拿去。”多半是麦麸秫壳面的黑馒头被放在空碗里。

俩仇敌顿时松手。先乞讨的拔下一根头发，量过馒头长度，咬断多余部分，递给后乞讨者复核，没有作弊。头发当中折断，比画出馒头的中线，四面画个印记，又扯下几根长发拧成一线，将食物锯成两半，做得仔细，差别很少。两人又划了三拳，两胜者先拿，围观者比看大秦(罗马帝国)人变戏法还要出神。饥饿使人变成动物。司马迁轻轻叹息！

“我会和争馒头的人们一样吗？”

“不一样，沦不到那份儿上就在石墙上碰死，活着太献丑。”这是无声的自问自答。

“为啥给他们两名毛贼，不给咱们？”吃过一份囚粮的几名泼皮又来找碴子。

“就一个馒头怎分给大伙儿吃？”司马迁面对失掉理性的渣滓。

“下顿给我！”同声的吼叫，包含着无事生非，寻找刺激、瞎凑热闹的不同角色。

牛大眼半抬着上臂，摇摇晃晃地露出脸孔：“人家两天没吃，不要糠里榨油，你们眼长到脚心里去了？滚回南墙下坐好，停会儿老子来收拾你们这帮有头光棍！”接着笑嘻嘻地对司马迁说，“跟俺来，大人提审。”

司马迁跟着狱卒走过黑长狭窄的甬道。

“这是狱神庙，快上香保佑你早出去！”

司马迁手捻黑长的胡须：“谢谢禁子哥！不用，快去见官。”

“来！”这是个独立的小院，只有一排单人牢房。大门边就住着牛大眼。“没人提审，你挺有小子骨头，打死不装熊包，带两分三青子的愣相也不讨人厌。这几间屋里的人前些天都出了大差（执行死刑）。俺瞒上不瞒下让你在这儿先填饱肚子，别的……再讲。”

司马迁的衣服、被褥已由老三送来，整齐地叠放着。铺板上有秫篾席。

“多谢禁子哥！”司马迁见到小几上的青菜豆腐，碗边飘着几点油星子，大馒头雪白，热气腾腾。顾不上细问根由，越吃越香，胜过大理国送别的盛宴。

“你来蹲大狱，俺先礼后兵，吃饱了饭得教教你怎么坐牢？撤掉碗筷家什，铺上卧单，你是忠良清官，不让坐地上。挺起胸，直着腰，屁股老老实实坐在脚后跟上，动就挨鞭子，别怨俺交代不清。今天闲着，就当艄公专摆你一人过河！”

久站之后坐一会儿真舒服。但过半个时辰，腰脊膝盖里如同有几百条虫在乱拱，他不自觉地动动上身。

“啪！啪！”响了两鞭，左右手背上全留下紫痕。

“又没蛆拱你，动什么？”

“禁子哥……”

“再开腔就打嘴，你尝尝味道就不敢再犯律条！”

这样被“调理”一个半时辰，司马迁苦不堪言。晚上送来的大灶饭食与囚犯们一样，味如嚼蜡。

“禁子哥，你我一向无冤仇，何必如此苛待？”

“一个人占三十人地方还苛待？蛇要吞象，有苦水等着你！吃十几年官俸，该晓得衙门是干啥的。靠山吃山，靠水吃水。你夫人小姐一天四趟奔诏狱来没见上面，哑子吃元宵——心中该有数。”

“这……”

“你的被子和洗换衣服抖了三遍，一个大钱也没有，舍不得花费打点，竖着进，横着出。坐牢得正儿八经地坐，俺的鞭子不认得人。”

司马迁默然，送点小钱，家里有。从监狱看官场和大汉江山，不免忧火中来。

一阵特笨重的脚步声由远而近，大眼扔下鞭子到院门口去迎接，来人是黑脸黄胡子的大汉邴吉，他瓮声说：“牛大眼，你做得对，皇上点的钦犯得吃好点住干净，随时要人有人在，不能跟乌脓紫血的强盗小偷放在一起。折磨死了，要人怎么办？从今往后，每年加五石皇粮的薪水。”

“小的谢栽培！大人进来看看？”

“有什么好看的？照朝廷大法办事。”跺脚声去了。

司马迁听得清楚，他视邴吉为杜周贴心的爪牙，十年未迁升也无怨言，一副冷冰冰的死脸，仿佛世上人都借了他铜钱不还一般。虽说笑面狼无忌之流更可恶。

大眼回牢房收起鞭子告辞说：“大人虎落平川被犬欺，方便时别忘了赏碗酒喝！”

从此，司马迁似被监狱忘却，一日三餐有老三送来。据此人说：“太史公大人，您吃的这份儿饭食跟焖子里（监狱代称，黑话）当差的一样，连俺也捣巧，能吃上个白馍馍！”

“吃一顿算一顿，不知哪天就上刑场。这屋不好住！”

“您还会当大官儿。只是得压压火性子。”

“谢谢你洗碗又刷便桶！”

“混日子呗，就怕出去挨饿，没路走！”

“噢……”司马迁闻所未闻。

立，坐，徘徊，每日长似小年。

如同久久离群独处的少妇，不知道自己闷闷寡欢的原因是怀春那样，子长陷入难耐的怫悒、躁动。先是说服自己既来之，则安之，主动适应囚徒生活。到第四天才发觉不全是厌恶牢狱,而是得了“怀书病”,与怀乡病、忧郁症近似。他太想读书!

从八岁初抚书香(且不说此前的耳濡目染),三十年间的日日夜夜,坐车、乘凉、灶下添薪,为父亲打酒的路上,饮后,卧前,蹲厕,风雨如一,手不释卷。日去石室应卯,仍是翻阅国家藏书档案、民间收集来的手稿,是视野最广的读书者。

书,只给予,不索取,不告黑状,不生是非。可以从中谛听到理想的独白,欢愉、哀矜、恐惧、仰慕、怨尤,没处可吐不得不吐的压抑,古老荒诞的传说、寓言,是隆冬炉火,暗夜明灯。秋空皓月,晚夏惊雷。久食不厌,长饮长醒。是思维甘泉,生命轮轴,魂魄的太阳。夺去大量时光,洗去多少尘秽,犹如亲朋当中之一员。八音十二律,各臻其妙。告别坐游万里俯仰千秋的书城,切断与贤者对语的享受,非嗜书成癖者不知此苦。

无奈而默诵古籍,有利消闲,但不能替代抱卷的雅趣。

在独步中悟得,饥饿是看不见的暴君,统治到你的神经器脏,左手障住你的眼,使之无所见;右手掐住喉管,直至脸色灰白,指头稍轻,等你呼吸刚要舒展,又紧掐如故。两手交替使用,或同时肆虐,无法逃离。因为普天之下,莫非王土!肉体饿殍,每每遍野横尸;精神窒息,看不着劣迹。这些火花尚未命笔,已在狱中,后果渺渺。只求平安了却残年,他不再为自私忘却父教愧恨。

早餐毕,司马迁在院子里放风。

院门外石板上坐着一个十四五岁的男孩,正在抽个条,营养短欠,有些细弱,面前放着一只竹篓子在发愣。

牛大眼攘臂仰面走来。

“爹爹!”孩子起立问安。

大眼伸头往篓子里一看骂道:“小杂种怎么不扒蛤蟆皮?老子钓它来就为下酒。”

“爹,儿下不了手,蛤蟆太可怜,活剥皮多疼……”

"放屁！你疼蛤蟆，谁疼你老子？老子怎么不疼你？"

"爹别生气，儿宁肯不吃……"

"钓来不吃，有毛病？老子骂你放屁怎么不回嘴？"他给儿子一掌，再捋起袖口叫道："不还手打断你胳膊！先骂！"

"爹爹，孩儿怎能打骂您老人家？那是忤逆不孝！"

"老子是出气教子，穷得请不起先生供你念书，书有屁用？敢打爹骂老子，将来吃香喝辣，三妻四妾，置地几百顷，坐八人抬大轿，活得人模狗样，准有出息。老实巴交，雷都轰不出个响屁，走路怕踩伤蚂蚁，上哪赚到钱？打呀！你不打老子替你打！"响鞭连声，大眼的额头上打出两条青印子，血缓缓地滴下来。

儿子跪下抱住父亲大哭："都是儿不该出世，累你受穷，才这样伤害自己。妈呀，您死得太早，孩儿和爹都伤心呀……"

半哑半带童声的哭腔摇撼着司马迁，从不近人情中看到病态的父爱与孩子的和善早慧。联想到亡母，忍不住伏在墙上落泪。孤独使他脆弱！

大眼不再撒泼，对司马迁抽搐的背影摇头："咦？"

司马迁转身走近栏栅施礼："恭喜禁小哥，有个好儿子！犯官想要这样一个孩儿多年，无奈膝下无子，你要爱惜他，来日自有后福！"

"前一福，后一福，半夜摔断脊梁骨。要他心狠手毒，就是爱惜。这年月好人不顶擀面杖派用处。您是响当当的好人，多少人竖拇指，能当馍馍吃？俺初下这大染缸，见人受刑不知偷偷流过多少泪。后来变成一条死喝酒的鞭子，三天不打人心里憋劲，抽过这些当官做老爷的皮肉就松快，更煞渴。本来不干这阉人的鬼差事，这几年想通了，俺不动刀别人照吃这一碗饭。有的贪官可恨，阉得痛快，俺的心让狗掏去吃掉，喂老虎老虎都不吃，浑身没人味……"

"无拘多贫苦，儿子书还得念，不求做官，只为明理。"

"他念两年，先生说顶人家孩子五年的长进，可先生不能喝西北风。"

"禁子哥，教书非犯官所长，帮孩子识些字还行。不管如何发落，念一天算一天如何？"

“那多不合适……”粗针大麻线的狱卒忽而忸怩起来。

“先生,到处都夸您老人家学问大,学生牛小卿给先生叩头!”

孩子趴在地上磕了三个响头。

“不用,不用……”司马迁鼻头发酸。

两名铁匠提着脚镣来到门口:“大眼哥开院门,上峰有令:给犯官司马迁戴上朝廷的王法。”

“是!”狱卒傻眼了。

“嗡……”司马迁脑后直响。

二

人,也许是为了喝胆汁才到世上走一回。

苦水咽下,冻在记忆的小角落,相对平静。从而转移精力,直面现实,择路而行。

独脚将军把马拴在柳荫,走进边寨小镇的铁匠铺子,拿起为他特制的铁拐杖一掂,眉毛一挑说:“刚到九十,还差三十斤,怕俺付不起铁料和工钱?”

“大爷的嘴角长出灰毛毛,再过几年,抡动一百二十斤就嫌吃力。您瞧瞧家伙做得多地道,水磨精钢,赛似乌金。不是小的从门缝里把大爷的武艺看扁了!”

“师傅会讲话,听了耳朵里长出半两蜂蜜,还按原价把钱拿去!”

“一个钱不收。大爷的画影图形挂在北城门口,李广利那王八蛋诬栽大爷是逃将,悬赏五万钱要捉拿您老,您到哪儿不要花钱?”

“店主认错人了。”

“谁不认识韩仲子将军和他的宝马?宝马送到我丈母娘那儿交给孩子舅舅去喂一阵儿,免得招风。后园有个地窖,您老养好伤口,该干啥就去干啥。”

“您我素昧平生,怎好打扰?”

“铁匠是老百姓,尊敬英雄。只要咱家烟囱冒火星子,您饿不着。”

仲子接受丁铁匠美意,伤口愈合,情绪稳定。白日安歇,晚间帮着打铁,二十四斤大锤在他手上成了玩具。拐杖不是兵器,没有现成套路。便参考齐眉棍、三截棍、水火棍和刀枪,边试边改,编出一套虚实照映战法,矫捷、扎实。在月光下舞得雪花溅玉,乌龙吐风。

“大爷是使金砖砸个门鼻子,贵料贱用!”听过主人赞美,将军教了他一些武术。

朝中不断传来消息,令他不安。对于下狱的李陵家属,无辜掷入这一漩涡的太史公,还有年过九十的恩师东方朴,都十分惦念。他曾幻想着有机会见到皇帝,为受株连者鸣冤。若非贤主人的反复劝阻,就要上路。

“小哥对韩某恩德匪浅!无以为报,此马昼夜可行八百里,带在身边,诸多不便,送与小哥,一点心意!”言毕,倒了一杯酒,灌进马嘴里,再走到它脸前,恭恭敬敬地叩了三个头:“恩公珍重,长此别矣!”

宝马跺着左前蹄,辣得迎风长嘶一声。雄烈凄楚,引起将军很多回忆……

“大爷舍不得它,小人要它是乌龟吃大麦——糟蹋粮食。打这儿进京少说也有两千多里,走起来也够您老受的。不如允许小人关了铺子,同骑着宝马进京,我把宝马骑回来,养在这儿。您高兴儿时来,它还是您的坐骑。要是别的地方不好待,您来这儿养老,对小人是俩哑巴亲嘴——好的没法儿说。小子这辈子铁块也砸腻了,出门溜溜,不枉为人一世。少赚几文,只当生一场病呗。”

将军无法谢绝。

这样一马双驮,白天歇,夜间行,五天后到了长安横门外,离城河两箭之遥的太公家落脚,其实这也是仲子的半个家。原房主是丢了纱帽的小官,三进房子盖得合用。前两进倒塌,只请邻近农民修起门楼子两面的耳房,牲口屋、厨房与吃饭的小厅,中间一进平成菜畦,留下一株亭亭如盖的老树,碎石块砌成的院墙下边,齐齐整整地堆着石料,太公常在树荫下做石头活,粗过钵口的大枝杈上,用铁链子吊着两块石板,可以放置工具和茶壶酒杯。

正房是百年老屋,修得风雨不透,楼上两间,小巧明亮,原住女眷。楼下二室，各占两间，东边住着老石匠，西边为仲子卧房，后来司马迁也在此处完成书稿。房主或许招忌怕事，在石板楼梯下修了一条隐蔽的地道，出口是一座假坟，供逃命之需。出了墓道往东南行走百十丈，便是破破烂烂的河伯庙，几乎没有香火。

老人没在家，灶台马槽炕席上撒满薄薄的浮尘。

“小哥，俺是死后从阴间请假来探亲的孤魂。舍不得你走，又怕你日后受俺拖累，不敢久留。真想让你见见俺师父！”

“大爷提过的老侠东方太公，久闻其名，怕见不到了。小人若无妻儿老母，情愿住在这儿侍奉您和太公，您要照料老人、喂牲口，身子又不便当，小人走掉心也撂不下呀！”铁匠眼睛红了，但没有泪水。将军喜欢大丈夫气。

仲子在木板壁上拔下一支长箭给铁匠瞻仰：“李广将军的箭，能射进石头。他在天之灵怎能料到李少卿的下场……过午陪俺去给老将扫墓。”

“这儿风声吃紧，求您见过太公，回小人那天高皇帝远的住处。匈奴贼子真要来犯，您和宝马还能上阵扫他几员番将！”

“让俺想一想。”杀敌是将军夙愿，机会只有天知。

“皇帝那儿别去找苦吃。几名郎官不在大爷话下，可李广利的人多，吃了亏不值呀……”

“砰！”箭被掷到木板上，扎进半寸，把窗前的几只小鸟吓飞了。

夕阳斜挂山肩，路两旁的乌柏树叶映得火红，似乎在鼓励从南海吹来的和风，跟北方来的冷流再做一次顽抗，替小阳春装点微温。犹同十几匹天马，一只假鼎，为武帝垂垂迫近的衰龄加点欠响亮的暖色。

卫子夫所生长子刘据，被立为东宫储君已二十四载，三十一岁。他的个性温婉谨慎，从不显才露德，像一轮明月被父亲——太阳凌厉纷繁的光照逼住，显得苍白、黯淡。他向母后问安时，子夫总是悲观地说：“从你舅父大将军去世，卫家日益衰败，你表弟卫伉只知享乐，胸无小志，不思上进。后宫前有王夫人得到你父专房之宠，虽命短已死，又有李夫人得幸，后宫美女一万八千人，没有能与之抗衡。你我母子很危险……”

“十年前舅舅还健在，父皇当面对他说过：‘汉天下草创未久，加上四夷入侵中国，朕不变更制度，后世没有法则。东征西战，劳民伤财，皆不得已而为之。若后世仿效朕的做法，便是重走秦朝灭国的旧路。太子安静，能坐守太平，想找守成修文的人主，哪有比太子更贤明的呢？’请母后宽怀少忧！”

“此一时，彼一时……”子夫仍是频频叹息。

太子口劝母亲，心里老不踏实。宫廷风云，无法预料。他出了情望苑，到建章宫朝见父皇，例行问安。但见父亲忽坐忽起，要李福拿大臣的奏折来看，匆匆翻过几张帛书，便掷到一边。

“父皇国事太繁，千万保重。儿臣陪同去甘泉宫围猎一回如何？”

“据儿孝心可嘉，然骑射非儿所长，可去可不去，莫要拘谨。打猎只带郎官与精锐武士，车骑卫队从简。李福传谕，由霍光筹办。”

“是。儿臣愿去陪伴父皇。”太子告退而去。

霍光的审慎安详，初被皇帝发现，知道他与李陵交谊笃厚，未出面求情，也不附和声讨的群臣而风吹两面倒——其实是倒向皇帝一边的严词斥责，显示出公心。此人未灭绝朋友良心，对皇帝归途的选定，无疑费过周章，只是做得羚羊挂角，无迹可寻而已。

皇帝身边又冒出赫赫一时的人物——江充，深谙如何利用严刑峻法的手腕，迅速获得仅次于杜周的权力，敢为杜周所不敢为。他本是赵王刘彭祖的门客，骗吃溜喝，投主所好，有些不可告人的勾当被彭祖的嗣位太子刘丹抓住把柄，混不下去，逃到长安便向廷尉告发刘丹与妹妹通奸、违法。杜周表示不畏权势，命无忌将刘丹速抓入诏狱。皇帝对此案的处置是：一、表彰杜周刚正不阿，敢于法办皇侄。二、赦免丹死罪，夺去太子，不准嗣位。另立幼子刘昌，原因是后者“无咎无誉”，不似其兄淖子“多欲，不宜君国子民”。而“多欲”恰好是昔年汲黯批评武帝极深刻的结论。择人方面含着皇帝自省的内容，虽然其欲有增无减。三、拜江充为绣衣直指使者，任其举报国戚大臣。

嘉奖告密者的诏书一下，出卖亲友成风，造成三万多人被杀，其中绝大部分是江充野心膨胀的牺牲品，太子及公主也在劫中。

出猎前夕，太子陪同父皇住在甘泉宫，次日一早，又命家丁到养熊虎的地方查看一番。“宰相家人七品官”，太子家人的谱儿还要大。面对卑贱者时是虎，到高贵者脸前又兔儿气十足。这回得意过分，忘了江充禁令，让马车在大道当中疾驰。恰好碰到江充率领三十六名武士再次到围场清查闲人，他虽知皇帝与太子正用着早膳，故意要滋事，便令卫士们全部跪在道上迎接。

“臣江充接驾！”

“啊！江大人……”家丁吓得舌头僵硬。

江充长方形大脸往下一拉，跳起身来怒喝：“谁敢擅自在道中行车？”

“奴才是太子府管家。”

“人车扣下，恭请圣裁！”

武士们如同背着锣鼓行头的草台戏班，一见有戏好唱，便卖力把戏做过头等着看笑话。家丁被五花大绑送到宫门外看管，其余人到指定的路线一带转悠几圈回去，请皇上起驾。

“江大人！”刘据拦门而立，抱拳俯首，把江充的面子给足，再提出区区小事，不要烦劳父皇。

“殿下具孝德，小臣有忠心，纵有包天狗胆，也不敢让殿下为难！”此人眼角细纹深而挤，交叉得似水乡的河网，鼻沟纹如方形括号，显出双下巴的轮廓，盛怒都是一副微笑的样儿。刘据对其劣迹虽有所闻，并不尽信，自以为储君的地位，迫使江充不敢拿鸡毛当令箭，小题大做，少时会放人还车，便未计较。问了几句猎场情形，便回身去请父皇。

皇帝戴束发紫金冠，赭黄盘龙大斗篷罩着轻便猎装，足蹬马靴，一扫慵倦之气，威风凛凛，步伐稳捷。郎官牵来天马，除掉脸上一道白条，全身枣红，巨大蹄子宛若蒲扇一般。

霍光上前将皇帝扶上鞍桥，正要抖动缰绳，江充疾如鹰落地跪在尘埃，奏明家丁一案。

“据儿，江充所言属实吗？”

“恕儿臣管束不严，不敢辞咎，儿愿受罚而无怨。至于家丁乃无知愚夫，虽犯重罪然上有老，下有妻儿，未教而诛，于心不忍。父皇开恩！”刘据撩袍屈膝行大礼。

“据儿，主宰天下，无威不立，过严则民怨。儿将来是太平仁厚天子，可守成业。若生乱世，荡平群雄，混一九州，非儿所能，且妇人之仁，要一败涂地，儿应三思！朕念家丁首次犯法，重责四十棍，免其一死。江充不为尊者讳，刚直严谨，升任水衡都尉。”

各自谢恩之后。江充有些余悸，打算时机成熟，一朝得罪，得罪到底，死不认错：“殿下心怀天下，谅解微臣，不敢上负圣恩，他年还请关照！”

“哈哈哈哈！”太子并无芥蒂。

皇帝不失昔年勇，射中一熊，赐予刘据。又射倒一虎，几只飞鸟。

郎官们整齐的山呼声，对武帝有所触动：人才的鼎盛期已过，霍光，上官桀等皆乏开创力。听话，少权变，用之不至于翻船，也走不远。较之前半代人如田仁、任安、苏建、李敢、韩千秋、路博德、李广利、杨仆，已逊一筹。比较和汲黯、卫青、李广、霍去病、张骞、董仲舒那时的人物，尤其相形见绌。他如何量体裁衣，各用其长，留个什么趋势的江山给太子，要审慎抉择。

对往昔武功文治的陶醉，目前西征事的失望，衰倦的无情袭来，武帝想得良多。

“前边路旁小山下是……”

“是……”上官桀支吾着。

“为什么不说？”

“怕父皇不快！”太子轻声解嘲。

“是陛下爱将李广，大人在天水自刎身亡，就地安葬。只因路途遥远，祭祀不便，其子李当户李敢在京郊此地葬下衣冠弓箭墓。飞将军其才与功在臣兄去病之上。”霍光坦然回答，“爱将”二字恰到好处，后面的话说得谦逊。

“飞将军功劳辉耀史册，岂因不孝后人而泯灭？停辇一观。”皇帝正想表现公正与爱才。

“霍光之论足以服众。”太子的赞词甚得郎官们的叹服。

一堆黄土埋下了未酬的壮志与人主欠缺厚报的功勋。

陶盆里放着馒头、猪蹄、一只烤鸡，正冒着微微的热气。简陋的青石板拜台上还有洒酹的酒未干。

“刚刚有人来祭扫过。”皇帝嗅嗅酒味与树叶霉烂的酸气，走到坟前一揖。

随行者四面罗拜，为将军业绩和皇帝的重礼而动容。

“霍光告知长安右内史派二十户守坟，重修墓道，春秋祭奠。”

“是。”

“朕让路博德出兵过早，给老将以玩弄权术的机会。若当作李陵后援出征，战局或能可观。”他没提李广利。

“陛下圣虑周到！”郎官们齐声喊话如背书。

“因杅[①]将军公孙敖！”

“臣在！”

“携带诏书，免路博德符离侯与伏波将军，降为强弩都尉，屯边立功。尔携精兵五百人及密诏去接李陵还朝，朕念其部下杀敌甚，降匈奴之事不予追究。李陵当感朝廷恩德，重立勋业。”

“遵旨！”

“陛下明察秋毫，飞将军在天亡灵也感激不尽！”杜周领头颂德。

“万岁！万岁！万万岁！”郎官们强劲的欢呼震动山野，似威烈而空洞。

“哈哈哈！”活力又涌进皇帝的双臂。

三

方正迂自知对周《易》一窍不通，想不到抖出几套欠熟练的江湖诀，就让邵伴仙佩服得头冒热气，背淌冷汗。滑稽场面激发出感慨：越是信口雌黄，不知所云，效验越灵。如果不是在语言瀑布上看到自己和司马迁的人

---

①杅（音于），本意是浴盆，也可指盂，饮水用器。

头反复涌现,很难不笑出声来。原来不倒翁的术士竟然如此愚钝!

"表兄也是在宫里白白走动二十来年,都不能让小弟找个机会立在远处为陛下一望气色?"

滑如鲇鱼的伴仙未做解辩,扁圆的脸笑得柔媚,仿佛是宣布:要激起他的好胜心是没门儿。

"适才不过一句戏语。真是圣旨来请,小弟也逃之名山。往昔大理国王求弟当御医,逃出昆明,浪迹天涯。闲云野鹤,好生自在。说出去全为表兄着想。时也,命也,运也!人之相知,何其难哉?"

方士忆起正迂父母的恩德,意有松动。经过严格的商讨,正迂用伴仙助手的腰牌,扮作哑巴,在偏殿看到这一场景:

皇帝半跪半躺在虎皮长榻上,接过伴仙呈上的两棵血灵芝,大红色正面闪着淡淡金芒,背后紫黑,亮若琉璃。他眯上眼似不注意,口角挂着放松的笑纹,遐想联翩,求仙的痼疾,长生的老瘾被草药所摇撼,只是在隐忍过程中未表达出来。

伴仙把芝草的作用渲染得神乎其神,差点没讲能起死回生。敢说瑞草呈祥,乃皇帝洪福齐天。介绍到采药人时能当着正迂之面撒谎,面不改色:"臣之祖师已一百七十岁,在大理雪山之巅觅得神草,托人带到长安,赐臣以庆花甲贱诞。臣敬陛下如父,不忍自己享用,千里鹅毛、以表愚诚。"

"你那祖师现在何处?"

"云山阻隔,渺难追寻。不知老人家身在蓬莱,还是瀛洲。"

"受托带药之人何在?"

"灵药送到臣寓所门口,司阍者送进后院,急忙出迎,已无人在。臣立即派弟子四处打听,皆无下落,只得责令司阍老仆日后再遇此事,要留住贵客。"

"哎——所虑甚是。李福!"

"奴辈在。"

"赐邵卿黄金十斤。"

"遵旨!"李福一抬拂尘,小谒者已将两块金砖交到殿外方正迂手里。

伴仙辞驾，和表弟回到豪宅。

“表兄太苦，跟皇上打交道，说真话四面碰壁；云里雾里侃上一通，平安进财！”

方士嬉笑一阵，给表弟一块金砖。

“小弟要黄白之物无用。兄台居首善之地，四通八达，全靠盛名。打点同朝大吏，非细软莫属，留下为佳。”

伴仙来者不拒。正迂又出资让表兄做东宴请朋友。有了长安名厨佳酿助兴，人参灵芝开路，二十天后，便将表兄活动的网脉与共事者个性探询得了如指掌。

夜凉如水，天街星斗璀璨，表兄去看望老丞相未归，方正迂披衣立于花丛树影之间，四周阒寂，久久的冥思，仿佛有一把无形的慧剑，将他从头顶到尾椎劈为两半：审问者是走方郎中，历尽坎凛，对贫苦病人心如糯米，对富者冷如冰铁。袖中有金，慨慷大方；断了盘缠，逃离旅店，偷摘水果，白坐车船之类丑事也没少做。回答者是义士、智者，用曲折手段达到严正目的的真汉子，又是大俗客一个。

问：平生大乐是什么？

答：自知无能，从无小志。

问：平生遗憾是什么？

答：未读懂古书。不曾遇得精通《易》《老子》《庄子》的人。退而求其次，亦未逢通变守常、善于从《易》的或然律内，找到活的排列程序、捕捉良机、趋吉避凶、清虚寡欲之人。有幸认得人中之凤——太史公，却一见即是永诀。坐看璧碎珠裂，空唤奈何！

问：能否化无为有，力助子长一臂？

答：正在择时择人。尚未知己知彼，变阻力为助力。

问：能助子长出险者是谁？

答：邵伴仙。

问：如何运用此老？

答：靠有利无风险。

问:他最大之利是什么?

答:皇帝赏一块扔掉的骨头。

问:能帮他得到那块骨头?

答:难,但尚未至绝境。

问:你以何物助他获利而救太史公?

答:七尺之躯!

问:值得舍弃喉咙管里一口气?

答:舍一兔而活麒麟,天地间大美事。一万个区区方正迂,哪及子长一支笔?

问:不及子长者多矣,为什么皆不肯出头,独你不惜血肉之躯?

答:只为一面而神交十几年。大汉疆土超迈前朝。春秋列国不过州县蕞尔之地,杀身成仁者史不绝书。以子长硕才,无一人为之流血,正迂为大汉臣民羞赧!不才虽乏慧眼,为友不死,乐于自择死期,宁非大福?

问:你死他就能活?能预测未来之事?

答:或许能活,但亦未必。不以身试,何从得知成败?未来之事,若可以预见,早来长安见他了。

问:你想在《太史公书》中留一列传?

答:近日方知子长在写史书,已将祖传仓公淳于夫子秘方送去求传,也曾想过贱名附其后。今已定献身,浮名反会亵渎此举。

问:尔受父母生养,五十余年未享一日福,死岂不可惜?

答:吾亦恋生,死得心安无愧,乃另一种永生。否则何异于草木?

问:尔本草木之人,名不见经传,何自视过高?

答:决心敢死,或即高于草木之处。

问:一切想妥了?

答:正在想。绝对成功之策,从不存在,尽心对无常而已……

邵伴仙回府,打断了表弟的思路。老丞相收了辽东大参,十分高兴地告知:皇帝在明日夜间要找方士去算卦,为处死某某某一事决疑。方正迂已料想到司马迁,就不动声色,和表兄痛饮于密室之中,先把些重要将相的命运细说一番。

“算得严丝合缝，佩服！佩服！兄弟会算他人，自己命运如何？”

“三日内必死无疑。表兄可以见到小弟一场血光之灾！”

“那就在家躲一躲。”

“躲不了，表兄作法也不能禳。”

“这太怪！”

“不怪，学会这种本领的人太惨，比如此刻表兄没算出来，弟也知道。什么事能瞒过心卦《易经》？”

方士摇头坦率地说：“是不会算，作法也是活见鬼！”

“那怎么能蒙住皇帝？”

“察言观色，拣稳当的话说。无事不露面，少些是是非非。朝见之前先看太监，摸过阴晴才进宫。也不易啊，杀了我多少同行！”方士下意识地摸摸自己的颈项。

“表兄已享荣华富贵，唯须多活几十年。”

“这是平素企盼之事。”

“兄想长寿必须皇上长寿，否则留一道诏书要殉葬就不妙了！”

“皇上太好色，又易怒，想长寿也难。若贵重药物万病皆除，秦始皇帝今天还在呢！”

“表兄，皇上，还有一人是连环命。一个死掉，另二位半年之内全得升天。”

“你说的另一个人是谁？”

“此乃天机！”

“你我兄弟，还有什么隐秘？”

“好在小弟三日内要走，可以奉告：司马迁！”

“司马子长？他与皇帝，还有愚兄何涉？”

“皇上大兄十一岁，兄长大太史公十一岁。十一为五六之和，阴阳两头充足，大吉大利。若一人遭斩，三星同命，大数之后，只剩一年，岂不太险恶？只有小弟一死则三人俱生。为他与皇上去死，小弟办不到。为兄则义不容辞。咱俩共外祖父母，母亲又是一胎双胞，小弟流落市井，一事未就。表兄前景壮阔。弟死兄存，毫不可惜。皇上与司马迁皆巧逢其会。只能体察天意，照弟计而行，定成大功！”接着陈述了方略，皇上信什么，不信什么，怎样避免触怒他。天机已泄，不能再露。诸多利害，头头是理。

方士对老弟会舍命救人，将信将疑。信的是天命不可违，疑的是言行难一。

“弟死之后，兄不照办，弟必为厉鬼诉之天帝，兄立即丧命，遭尽灾苦。”

“兄弟说得我毛发悚然，还是干杯！”

“干杯！ 哈哈哈！”方正迂笑得惨厉，伴仙觉得他醉了，要么是快要发疯，充满恐怖，干急无汗。

后来的酒如何喝完，他几时上床，都迷迷糊糊。只听得方正迂摔碎了杯壶，号啕大哭。他想劝表弟，心里有一团火在乱窜，没找到喷射口。

等到他一觉睡醒，已近正午，地上留有帛，上有血写的字迹：“违弟所请，必遭厉鬼击杀，切切！”

方正迂已无踪影，席上放着一株紫芝，一对墨芝，还有几块上等的翡翠。

伴仙一见，咧着嘴哭出声来：“兄弟，你这么做，我对不起姨父，姨母对我视同亲生。况且表弟治病一生，救活穷人无数，为何反断了香烟……”

四

过午，无忌巡查诏狱，看到放风的司马迁脚颈上裹着布条条，镣链子被吊在裤带上，俨然已是坐牢行家。便打招呼：“太史大人好！”

司马迁欠身一笑，不想理睬或得罪这类鹰犬。

无忌唤过牛大眼叱道：“谁给司马大人戴上刑具，连我和廷尉大人都没听说过？”

“……”狱卒翻着白眼。

“快喊铁匠来开镣。这玩意儿是对付江洋大盗才用的。抱歉！ 恕无忌失察。告辞！”

无忌一去，大眼叫道：“叫戴叫开全是他。能当面装蒜，好像忘个精光，总是他的理儿。这种人成了廷尉肚里的蛔虫，什么世道？”

“兄弟不必抱怨，莫非要开刀？”在司马迁想象中和梦寐里上过多少回刑场。临近大限，仍不由自主地往墙上一靠，心猛地往下坠，链子哗哗啦啦抖动。

“哪来的话，八成儿大人要出焖子，万岁会召见。小的安排人抬大木桶和热水来给您沐浴。这就去取刀剪给您调理一下胡须，免得上朝上街不成样儿。”狱卒咧着簸箕嘴，笑得看不出疑点。

“听天由命，奈何，奈何？”

铁匠来卸走了刑具。

若在监外，剪发修面是一乐。阴光下的大眼絮叨不停：“待这儿一年多，大人还没生虱子虮子，谁能不喂富贵虫儿？”

“多亏兄弟百般照料，才无灾病到今日。若非行刑之日已近，白头难忘大恩！”

“小人不配跟大人称兄道弟。您才是俺爷儿俩的大恩公，帮俺改了赌钱打骂人的恶习，活得有点奔(音笨)头。孩子把《四书》倒背如流，昨天大门口的刑房师爷说：孩子写的字儿挺有派头，简直估不透肚里揣着多少墨水，比穿新的老茧绸袍子还抬人。俺家老坟几时冒出热气？眼巴巴找差事讨儿媳妇抱孙子，都是先生给的造化。让他剥老鼠蛤蟆皮，早是废料！”

“教孩子让我温故知新。在这样嘈杂的地方能背书，是好学生！”

天擦黑，上官清与书儿来探监。被挫折催得早熟的大姑娘放下酒食，用竹篮提着父亲换下的衣服，找大眼借了一只盆，到院外边井沿上去洗。大眼帮她汲上一桶水来，她忍不住捂着鼻子哭了。

“小姐，不能这样，让尊大人听到会心如刀绞，支着罪受！小人昨晚一宿没合眼。刑房老师爷算了一卦，说大人是文曲星下凡，命不该绝。可谁能改变皇上的主意……”大眼用袖口揩揩眼角。

“叔叔忙乎去，待会儿陪爹喝几杯。侄女就在井圈上坐一会儿，让娘跟爹叙叙……”

“酒是喝不下，小人去看看刀斧手‘鬼见愁’大哥，求他把活儿做好些，断气不断头，算半拉全尸也好。”

“多谢相助！”

“寿木呢？”

“杨敞兄去定了个十二圆的，约定四更天送到横门外。”

“我让儿子三更前去催，他算半个学生，只是上天不让他再有好先生，哎……”

大眼一去，书儿成串泪水洒进盆里。

父亲入狱，她从云头摔落山沟，讲不清每个日夜是如何熬过来的。母亲为此，病魔缠身，右肋骨背后老是痛，见到油和荤菜就呕吐，眼角土黄，腹部胀起，食欲锐减。

“妈是咱家主心骨，要为爹爹女儿活着！”

“放心，你不添孙子娘不会死，还要服侍好你爹完成信史，给为善的嘉勉，作恶者稍添顾忌。否则你爹白遭冤屈，何以向后世明心述志？”上官清双手按着下腹部，听得见自己喘息。

“女儿怕他再招灾……”书儿搓着衣角，犹如揉搓彷徨的思潮。

“莫争执，候你爹回来，先搬乡下再讲。”

“嗯。”书儿喂完药，不想给母亲添不快，话说得过早也无用。

一月过去，父亲没有结案迹象，幸有郭穰打点奔波，探问消息，杨敞延医买药，出入诏狱，共同承担苦痛。有时她在午夜自责：“爹爹生死未卜，母亲日见瘦弱，为什么郭穰寂灭已久的箫声还会在枕边回旋着袅袅余响，这是罪恶！”

某日下午，杨敞瞒着子长到霍光家去托人情，老师不信霍子孟能出力，杨敞也不寄希望，尽人事而已。

郭穰和书儿喂过牲口，坐在草堆上说：“四十天来日夜有奸细埋伏在周围。出门有人跟随，无忌之流不是吃白食的。案子来势汹汹，愚兄要走另外一条路保存世间最珍奇的东西。”接着说出了详细设想。

“穰兄那样做，要招天下人痛恨，臭名远播太苦！”

“生死不足道，侈谈什么荣辱！”

“我怕……万一爹妈相继弃养，在世上太孤单……”

“生计和外面的事敞弟会应付，不负二老大德厚望……”

“要是他向二老提亲事呢？小妹一世守个庸才步步高升多无味……”

“本想与师妹终身共砚赓续师业。大难当前，儿女情终归是鸿毛，不毅然痛割，以成大业，纵然百年厮守，于心何安？师妹是千古奇女子，解我苦心，助我背水一战，免得小兄白来世上一遭！”

“这么说你我初表心迹即是永诀，如何舍得……”

“师妹不是满足空言劝慰的人，敬你柔情似水，烈骨如霜。一日相知，胜过同床异梦千秋。人到此境，古今无几。你我岂能学痴儿女专画蛇足？”

“十一年晨昏与共，喜忧同尝，一日不见，忽忽有所失，小妹乃世俗之女，只觉造化太儿戏了……”书儿抱着郭穰抽泣。

“太真的事像假的，昔日相处，已感激苍天……”

司马迁懂得执法者定的几条大罪空洞无物，解辩太不明智。刑杖之下，什么口供都能罗织。

几日后，杨敞报告司马迁：“郭穰连日去见杜周，行为鬼鬼祟祟。”

“大概是生计所迫，不得已而为之，不会有太多悖理之行。”司马迁绰髯低眉而论，“冷眼宽宥待之。”

刚刚得病的司马夫人探监时对丈夫说：“郭穰搬走另立门户。他检举你几条大罪，被杜周保荐进宫起草诏书。经反复请求，陛下允许他留在石室校书，随时应旨草诏。没想你教出这个好学生！”

司马迁用最坏的推测，也没想到郭穰竟是卖身投靠的毒蛇。一连几日餐饮乏味，僵卧不起，杨敞、大眼百计宽解，才勉强进餐。

“这世上我还能相信谁？”

“滴水之恩当涌泉相报。弟子不会忘却古训！”杨敞说得简讷。

“敞儿……”司马迁喉头如刀刮。

入狱第七十天，郭穰带着无忌来搜查司马迁住宅，从去年冬天堆存的马粪里，挖走一大捆油布包裹的竹简。

司马迁闻讯张嘴结舌，过了一会儿，反而淡然，丝毫不觉意外：

“这才像他的做法。谁埋的竹简？”

杨敞回家一问，书儿母女都说不知道。

“那是他自己埋的，为了表白忠心，邀功讨赏。天丧司马子长！

收下一名浑身反骨的枭獍[①]之徒，我是睁眼盲人，可杀可杀！”书儿不明事态进展，只做些浅层的辩解，父亲不信。这对一位少女来讲，担子重到难以承荷的程度，只能默默地挑着。整整十九个月，好长啊……

天未断黑，无忌带马车来接上官清母女去诏狱生祭司马迁，见最后一面。他颇似悲悯地说：“廷尉大人几次保本，陛下斥回，一殿为臣，兔死狐悲。他们这对老友都是心直口快，招小人之忌。太史公一去，廷尉大人能一帆风顺到告老还乡吗？难说啊！真是忠良多磨难，可奸臣酷吏又当不得呀……”其实母女俩只看到他的嘴巴在动，什么也听不见。

上官清薄施脂粉来掩饰病容，她跟书儿约定：见面不说悲伤的话。

点上一双红烛，牢房里增添了松快的暖光。司马迁跽坐在灯下，欣欣然让妻子梳头。木梳齿刮在头皮上不轻不重，止痒活血。入狱前每月不是夫人嚷嚷三四回，他很少想起要梳。

“清妹对我真好！此刻才懂何谓清福，就是托上官清夫人的福……”

“贫嘴！我要真好，早该派人去昆明国把白凤公主给你娶过来，多生几个大头儿子，可是……”

“还没忘记她？”

“我都忘不了，你能忘了？有那份心，没男人的胆，带回来多好！”她想让丈夫快活，心里明白：自己是醋缸，哪容得什么白凤黑凤！书儿八岁，任安怕她不再生养，半真半假地要给子长买个侍妾，惹得她哭闹了几天。

“我能那样做？”

“你要什么都替自己打算，就不会为李陵讲公道话！谁说君子易做，小人难为，说反了。”

---

①古人心目中的恶性禽兽，吞食父母，实无此事。

"今夜有些像新婚,这烛上有个'喜'字就更好!"

"等哥回家再点一回喜烛。都不老,别看书儿跟我一般高!"上官清摆上猪舌牛心,一大罐狗肉汤。"我陪哥喝一盅,饭在家用过了!"

"是不老,病好了水色会更红亮。"他摸着妻子额上的柔发,"还没白掉一根!"

"就哥的胡子白了几茬! 先喝,孩子马上来。"她的鼻沟纹很浅,掣动了一下。

"先敬清妹!"

"先敬子长兄!"

他一口干掉,尝尝佳肴说:"酒好,菜也好! 怕陛下也吃不到这样的炖狗腿。该你来一杯!"

"干!"她刚抿下半盅,一阵儿恶心,双手捂着嘴跑到门外朝着桶里呕吐。

"清妹,你病得不轻,要早治除根。万一我遭不测,书儿尚未成家,后事纷繁,谁来做主?"司马迁嗅到不正的气味,出来扶住她。

她笑得极不自然地说:"一呛,把鼻涕泪水也呛出来了。真不搪事! 等你回家一定要治……"

把这个场面遮盖过去,回到牢房,司马迁替妻子擦过脸说:"夫人回去歇息,明天让敞儿就去请大夫。"

"我想陪你坐一会儿。"

"过两天身子骨好些再来。"

"还是不想走,子长,你是个好人!"

"哈哈哈! 好人? 呸!"他喝了几杯。

书儿进房坐了一会儿就到二更天。

杨敞和大眼都赶到,上官清斟酒要他们入席。

"无忌大人的马车还在门口等着,弟子先送师娘回家,书妹多坐一会儿,少时再来接她!"杨敞敬过酒说。

"不用,你和师妹稍坐,我一人先回。"

“娘在生病。”

“好了，不要紧。”

“这……”书儿拗不过母亲，把她扶上车。“娘！”

“苦命的女儿！”母女紧抱成一体。

“请贤夫人和小姐节哀！铁石人儿遇到这种光景也会掉泪，保重！小姐擦干泪水进去吧。”

书儿为母亲包上头，披好外衣，目送辕马动身。

马车摘去了辔铃，轮轴吐出哭声。

姑娘走进屋，杨敞像泥人一样不动，司马迁的目光正在盯着他。

“大人，干哪！碰！”大眼叫得很响。

“干！兄弟，怕要有不测风云……”司马迁没有举杯。

“爹爹请！”书儿胳膊肘一拐杨敞，“牛叔叔多高兴！”

“再敬恩师一杯！”

“敞儿，你又不是小孩子，神色不对，吞吞吐吐……”

杨敞的杯子掉到地上，他跪行几步抱住老师干号一声：“恩师受弟子三拜！”

“敞兄，你放明白些！”书儿怒视着杨敞。

“要拜明天也行，后天也成，闹什么乱子？喝酒！”大眼提壶再斟酒。

“弟子一时糊涂……”

司马迁摇头，为杨敞拭泪。

“爹爹，儿有话要对您老人家说。”

“当叔叔师兄的面，讲！”

“不，请他们出去一会儿就行。”

“好。”大眼拉着杨敞说，“小姐，该说的别瞒着；没根没绊儿的话就免了。杨公子，咱们告便。”

“孩子，这样做伤害你牛叔叔和敞兄。”

“他们不会计较。郭穰不是坏人，爹，他全为了您老人家！”

“胡说！五大罪状是谁编排的？”

“他说的话，陛下、杜周全讲过了，不新鲜！”

“别人能讲，他太不该信口雌黄，深更半夜，为这样一名小人说情，莫非你们有什么不可告人之处？”

“女儿一清二白，爹爹莫生气，他有难处……”

“书儿，你嫁给他要把爹娘气死？”

“女儿是喜欢郭穰兄。但不会嫁给他，谁也不嫁。我一辈子在家侍奉爹娘。适才所说，乃秉之大公。”

“你……”

“他让无忌刨走的是他抄写的副本，都为了……”

司马迁双手掩耳说：“你要做个逆女？”

“爹爹，听儿说，儿是胡说八道的孩子吗？”

“说！”

“阿爹！”书儿对着父亲耳朵刚说一句。院子里火把通明，邴吉衣冠端正，后面跟着武士和刀斧手。杨敞愕然。

“还能说什么？”

“小的牛大眼叩见大人！”

“免！今奉圣命，将罪臣司马迁问斩，下官监斩。念你乃一介书生，免予捆绑，就上法场。”

“臣谢主隆恩！”这句套话此时此刻说出，掷地有金石之声，多少悲愤酸楚、冤屈无告之苦，都在这质朴的一拜中。没有反讽之意，只觉霹雳炸顶，四面漆黑……

“爹爹！”书儿听出了她自己注入的反讥意味。

“恩师！”杨敞随书儿下拜。

“大人，牛大眼送您归天！”

邴吉毫无表情，两眼不转地注视着星空。

“我儿好好孝顺母亲……”司马迁抚摸着女儿的头顶，没有泪水。

杨敞扶起狱卒，自己又跪下。

“列祖列宗，父亲，娘，不孝子长少时便来请罪！”司马迁望空四拜。

“敞儿，你和师娘师妹回到高门原种地自食，永莫为官！”

“弟子遵命！”

“丧事从简，不得修坟立碑。”司马迁面色如土，口角流涎。

“儿听爹爹吩咐。”女儿涕泣不能仰面。

“大眼兄弟，做个好人！珍重！”司马迁深深一揖。

“请大人上路！”刀斧手例行公事地吼叫着。

“天……”司马迁欲言又止，扫了邴吉一眼，步履拖沓地向门外走去，似乎魂已出窍，仅留下双腿在机械地动着。没有豪言与壮观的场面，阴惨兮兮。他和妻女一样，盼望天亮迟些，太公会不会来搭救呢？一切和天的高度一样无稽……

他身后留下一片哀哭声。

出得横门半箭之遥，路边点着白烛一对，地上插着许多香，还有鸡酒等祭品。

一位年轻人直挺挺地跪在香后，他全身孝服，头顶麻冠，双袖掩着无胡须的白面，满襟泪痕。一见刑车，野祭者伏地不动，显然是怕人们的视线。

司马迁从哭声听出是谁，先是惊异，继而怒不可遏，走到香烛面前，他忽然大叫一声：

“监斩官大人少待！”

邴吉没有回答，算是默许。

被刀斧手架着的司马迁疾步走到青年人面前躬身行礼。

“折煞弟子了！”后生没有抬头。

“你本是人的材料，怨我无能，把你教成了狗，对不起你父母与渔父，毁你一世！虽咎由自取，为师者责无旁贷！”这些话说得低而哑，声外有余痛。突然，司马迁挺直身子，一脚把郭穰踢得打了一个滚，“想做人上人，须积德苦学，卖师乞富贵，可耻，呸！”他把祭品踢翻，转身又上了囚车。

郭穰无言，双手抱头，挣扎而起，仍旧跪着。

车尘远去，悲自心来，郭穰没有抚摸踢痛的锁骨，十分克制地皱着眉。自始至终没有露出面孔。

四更刚过，刑场上空空的，没有闲人来看热闹。

司马迁下车抬头，但见披头散发的妻子朝他猛扑过来。

“子长……”

“你怎么也来了？”

“无忌把我送到门口，等车一去，我没有进门就慢慢走到这里，与哥哥永别！你的清妹，快来与你团聚了。”

“莫哭，莫哭，不哭都要倒下！瞧，书儿他们都来了。”

牛大眼找了两匹马给书儿，杨敞追到刑场，他和牛大眼的儿子是押着棺材车来的。行刑还有一更天，拉棺材的马车停在场外柳树林子里。

更鼓五响，刀斧手把围着司马迁的男女拉开，给他双手上了背铐，推到了监斩官升座的土台子下面。

邴吉做了例行的验明正身手续，把亡命旗上的名字打了两个红叉，然后一反常态，缓慢地问了好些话，脸上还是冰凉。

“大人，时辰就要到了！”刀斧手跪下请示，不如说是提示。

“嗯！”邴吉没有打第三个叉，手仍紧握朱笔，吩咐：“擂鼓。”

一通鼓罢，上官清晕倒了，书儿把她抱在怀中席地而坐。第三个叉也打完。

二通鼓鸣。邴吉将笔举过头顶，正要从耳后往前一掷。

忽然，远远地有人沉声大叫：“刀下留人，圣旨下——！”

刀斧手后退几步，邴吉下位跪倒。

大宛马背上坐着胖太监李福。

在场的人不约而同地在心里暗暗发问：“这是怎么回事？”

五

小瀛洲新开凿的太液池当中，仅有一条小路和岸上相连。四季八节都有奇花异草呈现在一湾丛碧中。可惜美在徒然地荒废着，武帝一年来三五趟，无暇细观。宫女太监们整日忙乎，没有审美趣味。

杜周小心翼翼，连败了两盘棋，使武帝胜得十分艰难，一点觉不着让子的高明，特别开怀。

为了取得火爆的氛围，又不吵闹，李福和邵伴仙商定，特制了一套口面很小的袖珍锣鼓，得到了皇帝默许，方士们敲得挺起劲儿。

除了瓠子堵口成功的预言兑现，十一年来邵伴仙没抓住十拿九稳的机遇来显示神通，危机感使他的心理倾斜。对李夫人的单恋，仍在增温，这女人犹如一条嫦娥的飘带，一直拴着他的魂魄，见一回就折腾几个月，无论是念咒，午夜在官道上狂奔二十里累得上气不接下气，或是接连舞剑一个时辰还多，也休想通宵睡个囫囵觉。睁着眼，屋里屋外墙上天上都看到夫人在倩笑、在低唱、在曼舞。眼一合上他就返老为白面书生，跟夫人同拜天地，进洞房，喝交杯酒，月圆花好。梦醒后换过被子，意识到健康大非昔比，身为仙人驻凡间使者，竟然想皇帝的小老婆，肯定是二流以下货色。于是自责一通，还是离不开梦婚的甜头。

今日，他双腿似踏着风火轮，在急速的胡旋中咒骂自己借表弟之死来固宠乞赏，对不住长辈，但马上觅得开脱的理由：表弟之死是按《易经》指的路，义行出于自愿，他从未加以威胁。机会仅此一遭，利用与否，表弟都不免一死，不用白不用，反而有负死者的心愿。《易经》太玄，个中微言大义非一介方士可解读。表弟懂这些就是命定！邵某站稳脚跟，就延续了方氏的香烟。打击乐听得心动加速，带来职业性的病态兴奋，末了倒于地上是真晕倒还是猪鼻子插葱——装象，确难辨别，不过神志还清楚，忘不了倒下的原因。

李福咳嗽一声，架子拉得十足地甩动拂子问道："陛下问你：司马迁阳寿是否已尽，请大神决疑！"

"小神法力甚微，不敢乱泄天机。其实万岁天威，龙心甚明，不过借小神之口取象而已。请派人去横门外河伯庙，推开庙门，当有所见。有人冒死进言，皆因吾主乃尧舜之君，纳谏如流，不用小神多口。方士邵伴仙召请诸神，不能一一前来朝见。三一连环，一人死，两人不得活过一年。邵伴仙，莫仗小小法力误了陛下大事！吾神告退，皇上保重！"邵牛仙颇具戏剧才能，一口齐鲁方言，改变了平时语音。要领宣告已毕，昏睡如死。太监用脚尖碰碰他的肩头，他兀然不动。

“杜卿火速派人去河伯庙一观。”

“遵旨！请小谒者传命，让长孺手下无忌率领武士四人快马来回，如实复旨。”

“李福叫两名内侍同往。”

“领旨。”

“廷尉，你是让朕一步吧？怎么把自家棋的眼堵住？”

“这……”杜周窘得颈红鼻赤，“臣急于赢棋，未顾全局，捉襟见肘了。”

“可以悔一步，下棋皆有失手之时。”

“臣改下此步。”

“好端端摆成的阵势，怎甘心又钻进白子的口袋，卿还要输！”

“臣偏偏不服，还敢闯！”倔强的表演遮盖了心机，马屁拍到要害。

鼓息锣停，伴仙揉揉双目，迷迷糊糊地坐起。

“邵公方才说些啥？”李福凑趣地问道。

方士知趣地摇头，打着呵欠立起身来。

“陛下恕臣不敬，要胜棋了。”

“好哇，光胜不输，多没劲！就怕你过早高兴，看！”皇帝出奇兵，加上四个子，死处全活，倒是杜周落个功败垂成的大闷宫。“操之过急，适得其反。”

“不服！再来一盘。”杜周再三请战。

“稳住阵脚，能胜。”皇帝没有表现狂喜。杜周想道：皇帝老儿的内心挺乐和。

河伯庙门形同虚设，左边一扇断了门枢，里边没有可偷之物。

无忌对神神怪怪的事有几分畏惧，平时干些什么勾当，还没全忘掉。他吩咐部下后退一步，亲自捶捶门环。

“放了司马迁！吾皇万岁，万万岁！”接着重重的一声响，似有人倒下。

无忌心里更发怵，便一挥手，武士太监们破门冲进去，就见一人儒巾布袍，手持短剑，将自己的胸膛剖开，双脚乱蹬，眼珠突出，脸上是痉挛的笑，血流遍地……

“看——”一名太监指着香案。

无忌看到了一方帛上用血写着大字：

直臣诛，言路狭。
圣心慈，慎刑杀。
臣无须具名剖心贡拙

“先生放心，咱们一定呈给陛下！”太监吓得直哆嗦。

无忌伸手一试，剖心人鼻息已停，便留下两人守着尸体，向死者一拜，持得血书而归。因有太监同行，无忌便如实复旨。

武帝输了一局，心气平和。见到血书，便肃然推开了棋子，立起身来沉思：司马迁与邵伴仙无交往，就算至亲，也找不到甘心效死之士。死者书法劲峭，非等闲之辈，怎会轻易卖命？有此义民，本当给表彰。但此风一扬，上书者云集，麻烦又多，决计偃旗息鼓不再张扬，免得伴仙等辈太飘飘然……

“杜卿，人皆惜生避死。进言者舍生而弃名，古之壮士，不过如此。然而……”

“愚臣以为从善如流为贤君，不若圣君无可谏，千秋之后永无疵议。陛下仁厚，对剖心者知其忠而从其志，赐以楠木棺，夜间悄悄葬于深山，春秋有村民祭祀便好，不宜声张，免得横生是非。”杜周摸透了帝王们讳疾忌医的顽症。

“所虑甚是，高于卿棋艺多多！”

“臣棋甚高，不过遇到陛下，败得心悦诚服。其他高手，未敢伏雌！”

“哦！”此刻武帝听出了马屁经，但没有发作。

杜周便对方士太监武士等阐明天机与纪律，妄谈此事者斩！接着命无忌等去治丧。

武帝要伴仙解释神意，别的方士卫士都退到门外。

邵伴仙说:“臣在恍恍惚惚之间进入蓬莱仙岛,见一伟丈夫身高十余丈,指出河伯庙有异气冲天,必有义士,胸怀卓见不得上达圣主。后来臣便不省人事。”

“卿醒来之前可有所闻?”

“听到过两位伟丈夫交谈,说十一年乃五六之和,大吉大利,若从中切断,两者皆不得十全十美。又讲三命连环,一死俱死,三人相去二十二年……”

他把方正迂编造的“天机”说漏了很多,愈不完整便愈耐得歧解。

武帝自命百家皆通,又添几分穿凿附会。他命伴仙退下。

想到仙话和司马迁在安定行宫里所讲故事相隔五年多,却有某种联系,不免惶惑,受到无形的制约……

这时,杜周在他身后跪下奏道:

“陛下,人才难得,臣愿以全家性命保司马迁不死。陛下圣德,定能感化,使之全心修史,亦是盛世所需。”

“要是他还认死理,讽刺大臣呢?”

“生死刑赏操在圣主之手,若此人一味狂悖,臣不再多口。”

“容朕思之。”

傍晚,武帝将太监们留在楼下,缓步登楼上藏书石室。

烛光冷白,郭穰在面壁抄写老太史公司马谈留下的史料札记。录到最生动的地方,想到老师,不禁酸鼻。

武帝径直走到郭穰背后,重重吐出一口鼻息,他才起身伏地行礼。

“抄书为什么这样伤心?”

“古人大节,小臣自愧不如,今朝又逢臣父忌日,思乡念旧,感触很多,陛下恕罪!”

“木偶才无情。好文章都有至情,方能传诵。讳情未必是真丈夫!”

“多谢陛下教诲!”

“司马迁对你如何?”

“情如父子。”

"那你为何到廷尉那里举发他的罪状?"

"小臣不敢徇私情而忘国法。"

"哼,说得无懈可击,你报答过师恩吗?"

"小臣蒙皇恩浩荡,加以重用,但在师门之日,无力报恩。"

"如果有机会,你还想报恩吗?"

"知恩不报非君子,陛下也会严加惩罚。"

"说得好!朕最恨忘恩负义之徒!"

"小臣以圣上爱憎为爱憎!"

"嗯。朕若让你为司马迁受刑替死,你心甘情愿吗?"

"凡属圣旨,小臣乐于遵从。且小臣才学胆识不及臣师百分之一,臣死之后,留下大才为陛下所用,求之不得。"

"你是遵君命还是惜才报私恩?"

"小臣两者俱有。"

"哈哈哈哈!说得委婉,可不含糊,让朕与司马迁皆过得去。人遇刑戮,有人甘心以死相救,必有过常人之德与才,以死报恩,饶有春秋战国年月义士风范,甚为难得!李福。"

"奴辈侍候陛下!"老太监登楼的步子很轻健。

"如此陛下为苍生保重,小臣拜辞!"

"你以为朕真要杀你?杀你早交廷尉去办了。朕嘉奖真话,加俸米五十担。至若司马子长与李陵无深交,执言是书生意气,若加重刑,天下谁敢进谏;若听之任之,士人皆以直言自居,事无巨细横加指责,必须使之有所收敛。朕尚在苦思,权衡利弊。"

"小臣努力体会君父苦心。"

"传闻司马迁棋艺不凡,郎官中无对手,可曾教你此道?"

"不曾授过棋艺。"

"哦!杜周能攻不能守,每战必败,朕今日略略让他一局,他甚为得意,棋道尚浅。知音对手殊不易得啊!下棋读书,其理相通。"

"万岁高见!"

“今晚只卿一人在此宿卫?”

“臣孑然一身,无家室为累,每晚在此读书乃是快事,陛下夜间偶想翻查古籍,内侍随时可取。”

“勤勉可嘉！尔之资质低于司马迁多矣,唯有苦学,可少些遗憾!”皇帝想重读屈原著作,竹简笨重,郭穰取出自己抄写的帛书应命。

“尔所写字迹甚似司马迁,非深解其中情韵者无法辨别,可以乱真!”这话的潜台词是只有他能分正件与赝品,你莫把朕当外行。其实,日理万机的汉天子在这些末节上仅知大略,大大低于他的棋艺。

皇帝一走,郭穰的心又为老师的存亡悬起来。他有空便去诏狱探听可有人被处决。不问个明白,宿卫也不安。

六

“陛下召见司马子长,千万莫提臣全家保他性命。大臣国事为先,无私人恩怨可言。”

“因恩怨徇私,触犯律条。古君子以直报恩,以德报怨。股肱重臣之间,肝胆互照,天下必兴!”

“恕臣愚鲁,还是祈求回避!”

“杜卿不愧朕之执法良吏。”皇帝一抖袖,杜周谢恩从侧门出殿。

李福尖声高唱:“圣上有旨:宣司马迁上殿!”

衣衫素净,眼角带点梦游病人般的怅惘,怎想到能从活地狱重践天庭的白玉金阶？当年出入禁城,平淡之至。今天才悔恨入狱前不重视这些。如何重视？他又不想屈志违心,改掉厚朴个性。

中国知识分子传统弱点之一是能看透现实,为了填补潜在的空虚,不肯放弃对统治者偶像化、理想化,夸大上层的英明恩泽,以罪人自居,想分得一杯残粥的同时,绕开皇帝干扰,做点利民的实事,成功率是何等的低！但都去做许由、接舆、介子推、长苴、桀溺、庄周,杜绝仕途,被亚细亚生产方式捆住手脚的中国社会就进步得快些？陶渊明之后,人们头上层岩如铁铸,独善其身的隐哲,失去存身的缝隙,喘息的孔洞。

昏暗的金殿里没有文臣武将来山呼颂德,比早朝时分空荡得多。皇帝栖身的虎皮竹席，四面吐出阴惨的风刀，让瑟缩于阶下的子长觉得陌生和恐怖。他听到一对粗大蟠龙柱子的对话：

——我是权力，宁要失败的成功！

——我是才华，宁要成功的失败！

——我是司马子长，一切真是如此峻烈，别无选择！

——我是历史，肉体活下去之前，思想必须死去。史家不懂这个就是白活一世！

——再博大的奴隶也不能战胜您强加在我身上的奴性！我是司马迁，幻想皇帝赏识，受到大用……

——我是历史，莫辜负世界文明史上盖世无双的组合；散文史诗大师——超迈群伦的“奴隶”；气吞山河，文笔罕与匹敌的“奴隶主”，不会有第二次碰面的！

——我是权力，他能俯首为我们所用？

——我是才华，能逃过刀斧为自己建功？……

司马迁耳孔里嗡嗡叫，这些乱糟糟的争吵几乎是同步嚷出，每个字都吐得脆响，没有混淆余地。

“罪臣司马迁叩见！”太重怕惊驾，轻了怕责怪为鬼鬼祟祟。他选定了自以为合适的音量与调子告进，平稳、克制、虔诚，把种种幻听逐出了宫墙。

紫色皇冠上的丝带颤了一下，别无反应。

隔了五百四十天重见到的史官嗓音干瘪，气势皱缩，验证了天子神威，给他以夏日饮冰般的快乐；而囚徒的羸瘦、疲惫、晦气，侧面映出自身的衰迈，似乎是被司马迁之类逆臣气得老了，引发猫儿要戏耍濒死老鼠的念头。他指着窗口轻咳一声，小谒者们躬身走出阴影挑开帷幔，褐红的阳光爬上皇帝两颊，他腰部一挺，身板高出一头。

“在诏狱里受了些管束吧？”

“陛下圣明！”史官上了三层玉阶，腰部哈着，下巴离地面更近。

“那儿的吏治如何？可有贪赃枉法者？”

“臣被拘于斗室，终朝思过。室外治乱，不得而知，未敢妄议。”他垂首看着大柱子的影儿，似是大殿的獠牙，正处身虎唇之间，久久凝固成的归隐观念，吩咐他慎言以待命。

“受到刑罚，吃了些苦头，可知朕本意？”

“臣感激国恩！”

“是真话？”

“陛下明如日月，不敢假言欺君。”

“嗯！”皇帝内心自语，“这小子装老实，要把他心窝子掏出一观。”

“少说，少说，少说……”子长倾听深心的呼号。

“四海之内有比卿文笔华赡浩瀚的士人吗？”

“臣驽钝无知。仅长安一地，彤笔长才，胜过微臣者，何止百千！”

“不对！”

“……”

“长安没有人比你会写文章，过谦近于巧伪，朕所不取！”

“陛下过奖，臣惶恐不自安！”

“但用人不能只看文章，文采差的人一样能建功业。史馆有你旧日所属四十一人，为什么至今未曾指派新的太史令？”皇帝站起来，笑得如暮春的落霞，温和地穿透史官的肌肤。“朕对卿有期待！已近不惑壮年，不当如血气方刚少年，逞才任性，贻误大节，多多自省！”

“谢陛下爱臣民如子侄！”

“苍天施恩，四时万物欣欣向荣。朕敬之效之，未敢稍有疏忽。兵与刑皆凶物，不得已而用之。如用猛药毒剂，以疗顽疾。在狱中可曾恨过朝廷？”

司马迁的舌头顶住上颚，长跪于地。

“汲黯面折朕过失，朕待他如何？”

“恩礼并重，敬为长者。”

“谁喜欢待在没窗户的屋里受折磨？某些人巧舌如簧，出了缧绁[①]之地竟然上奏，每日均在那里敬祈上天，祝朕万寿无疆！尽是虚言。尧舜之前

①监狱。

传闻一些国君长命百岁，史册无凭。自大禹以来，帝王无人活到八十。朕对谄词一笑置之，从不说穿，为佞臣留着情面。你呢？”

“陛下洞察无隐，直到今日见驾之前，臣曾恨万岁不能德过伏羲黄帝！幸免一死，终身不议朝政，伏在草木间以尽天年。实乃不忠不直、贪生小人，深负天恩！”

“是真话！”皇帝捋着胡须说，“卿妻久病，女儿年方及笄，日夜盼卿归家团聚，下殿去吧，歇息几日，仍居原职，俸禄不减。”

“臣敬谢隆恩！只是待罪之臣，不宜重用，求放归田里务农思过。”

“平身！”皇帝亲手把史官拉起来，“既往不咎！为君当豁然大度，为臣者言必有据。否则人人卖直邀宠，妄议大政，扰乱视听，无所适从，天下必乱。故当讲必讲，不当讲者不言。是为臣德！”

“是。”

“修史千秋盛事，不必畏首畏尾。杜周以身家性命保卿，亦符合国家爱才之意，当登门致谢！”

“遵陛下圣谕！”司马迁拱手辞驾。

“杜周断狱如何？”

“陛下可问众位公卿，臣蒙其恩，表其功则有私，述其过则背义。”

“顾忌过多，想学八面玲珑？”

“这……”

“杜周不是大贤，尔秉公上奏，不涉及恩怨嫌隙。矫枉过正，有违朕劝善规过本意。”

“臣罪孽深重……”

“圆融也能藏奸，不开口就无私心？”

“臣……”

“你……”

“陛下求谏心切，不耻下问。盲聋愚夫，知而不言，使吾主怫然不悦，羞愧无地自容，真乃一大废物……”此时，自我保护意识导致太史公噤声，牙齿紧咬住舌头。

“不怨卿家,骨鲠在喉而噤口,怨朕目力不济,错识你了!你又何曾甘当废物?”接着是连声长叹。

司马迁忽然觉得有背父亲以德报怨的慈教,竟然不相信皇帝,一味韬晦,枉食朝廷俸银。热血上沸,后背和前额发烫,柱上的龙睁着鼓出的大眼,咧着阔嘴在嘲讽他。

皇帝悻悻然立住,目视远处的长空,双手拢在背后掂量对方:“他变得乖觉了……”

“我还能活多久?八十岁也要死,前怕龙后怕虎就能平安过一世?然而……”一个固执的意念抬头,抛开危险,“除开杜廷尉,臣能畅所欲言吗?”

“杜周都不敢议,还能言无不尽?”

“臣昨夜到四更未眠,曾草一书敬上陛下,出狱之际怕再次获罪,付之一炬。”

“写了些什么?”

“陛下恕罪!”

“说!”

“李陵丧师辱国,未杀身成仁,上负皇恩祖德,下使万民切齿。是否认贼作父,陛下观其后效,臣何敢妄猜?我大行孝文先帝废除株连及肉刑,五十年来,庶民讴歌不止。飞将军一代骁将,屡建奇功,李陵老母已过七十,请陛下网开两面,留下李门一名幼子,传宗接祧,奉其祖母。陛下盛德与泰岱黄河并存!”

“你还敢为叛臣母子请求免死,咒责朕轻改祖宗成法,对功臣刻薄?反躬自省用去四五千个时辰,工夫全用在朕身上?”

“陛下恕罪臣报国心切,以偏概全,语无伦次……”

“朕一味迁就,养痈成大患。决不许尔开此先例:借进谏讽刺朝廷袒护贰师将军,为叛贼开脱,那样置国法于何地?‘天作孽,犹可违;自作孽,不可活。’还记得孟子的训诫?”皇帝下巴拉长,鬓上短髯张开,袍带颤抖。

“臣……罪孽深重……”釜底危鱼眼巴巴看着厨工们搬干柴点燃烈火,无计逃脱煎熬。

设若避开业绩武力，从采撷智慧承受考验的内在品格去理会“英雄”“烈士”等辞藻，就发现走向屈辱和永恒的条件，大多为人主酷吏随大流者憎厌的原因。

“朕一心让尔全家团聚，谁料误施仁厚。朕种瓜得刺，哀痛仅有上苍知晓！”一脸悲悯神色的皇帝忍不住委屈的泪水，怎知恩赐的善心一纳入偏见就要人头落地。明明固执，自认为果断不惑，公正纳谏，不迁怒，不二过；明明是假聪明，比真愚蠢可怕千倍，自认为洞察秋毫，料事若神；明明是苛酷，自认为仁慈，尤其隐隐的敌意主宰了他，司马迁开口句句模棱两可，将被斥为巧媚，他未诱出深心的叛逆观念而大怒；史官直率进言，皇帝即使庆幸于诱导成功，仍会为司马迁未能心悦诚服而不快。注定谈话结局是不祥的。

司马迁一串串虚汗滴在阶下。

“哎——”皇帝轻叹一声。前几天他身受风寒，女儿阳石公主前来深宫探望，亲尝汤药，他睡到天欲破晓才出一身大汗醒来，但见公主跪在床前，烛光泪影，颇受感动（这不妨碍十年之后将她赐死！皇家骨肉就那么回事）。在那一瞬间忽然联想到：司马迁也有个女儿，应当让他一家欢聚。他被自己的仁爱感动，鼻腔发酸，手抚着公主的柔发，笑得很和蔼。

他对司马迁的恼火略有削弱，阶下小谒者高呼：“启奏陛下，公孙敖将军信使殿外候旨！”

“宣！”信使不早不晚在此刻来到，其中可有天机示警？不能以妇人之仁宽恕史官，让读书人忘了尊卑，摇唇鼓舌。秦始皇帝坑儒不足取，要杀一儆百，朝房虽有热热闹闹的争论，仅为颂扬方式不同。

过了俄顷，信使伏地奏道：“公孙敖将军率领儿郎等出居延百余里，擒获匈奴副将一名。将军命微臣将俘虏押回交与边吏，羁押狱中。臣再出居延，追赶将军，行至余吾，方知我军遭匈奴贼兵合围，将士为国捐躯。敌兵怕有埋伏，已撤军北上。微臣与边吏招募兵民，安葬阵亡[①]将士遗骸，星夜回京献俘，陛下圣裁！”言毕递上敌副将口供。

皇帝一看，脸色铁青地吩咐：“公孙敖丧师有罪当斩，念其战死，忠勇可嘉，不予追究。俘虏一名交廷尉斩首号令！”

“遵旨！”信使没有得到封赏，郁郁下殿而去。

“杜周上殿！”

杜周从侧门走入，他一直在静听。

“李氏一门族诛，保本者同罪，杀毋赦！”

“臣谨遵圣谕！使不忠不义之人有所忌惮而免效尤和遗患。”

“杜卿所保之大才能痛改前非吗？”

“忠于圣主即是才。妄自尊大，恃才傲法，其才何用？陛下明断，臣思虑不足，识人过浅，不敢再进妄言，求陛下恕罪！”

“司马迁！”

“罪臣在！”

“你看看俘虏口供，李陵在给敌国练兵，还敢为他辩罪吗？朕本想重用你，你以大度为懦弱，不惜讥朕为残暴，也不能让江山毁于狂生们之口。杜周，押回听候诏书！”

“臣启……”司马迁要开口，皇帝已拂袖而去。

“子长兄，你这是何苦？长孺爱莫能助，不敢以朋友之私慢国之大法，抱歉之至！”杜周招手，武士们的长矛指着司马迁。

杜周若有大憾地摇首。

“廷尉大人，子长愚不可及，有违大人雅意，实乃个性使然，也是天命！

---

①“将军公孙敖，义渠人。以郎班武帝。武帝立十二岁，为骑将军出代，亡卒七千人，当斩，赎为庶人。后五岁，以校尉从大将军有功，封为合骑侯。后一岁，以中将军从大将军再出定襄，无功。以将军出北地，后骠骑至，当斩，赎为庶人。后二岁，以校尉从大将军，无功。后十四岁，以因杅将军筑受降城。七岁复以因杅将军出击匈奴，至余吾，亡士卒多，下吏，当斩，诈死，亡居民间五六岁。后发觉，复原。坐妻为巫蛊族。凡四为将军，出击匈奴，一侯。”《史记·卫将军骠骑列传》，本节所写“战死”系“诈死”，此人不再出场，特抄原著注明。

唉——"司马迁抬起头来，四边一望，说不出是依恋、悔恨，还是撕去命运的面纱之后一种水清见底的轻松。这轻松的悲哀大于痛哭。

路两面的娇花翠草纷纷向他点头含笑，似乎有些害羞。他无法相信适才的叹息出自自己之口，只觉得长叹的是耿耿青天。

告别权力的路，死亡的路，有时分岔，有时叠合。走起来不可能像告别故乡的路那么轻，跟情人分手的路那样一步一回首。人生太短，如果有太监活到三百岁，并且还甩着拂尘混饭吃，方能看到汉武帝的末代孙子在大魏文皇帝曹丕的逼视之下走出受禅台的阴影，那步子比司马迁奔向刑场的步伐要沉重百倍，那才是对惩罚太史公的惩罚，虽然曹姓篡位者一点不代表公平正大。

出得西华门，走上大街，就见上官清领着书儿和杨敞从树荫下扑过来。

"子长，你几时回家呀？"

"不许多口，快走！"武士们咋咋呼呼。

"看来，我的家还在诏狱！"

"爹爹，"书儿饮泣，"不是说……"

"好女儿，侍候好娘，先带她治好病。爹没什么……"

"恩师！"杨敞跪倒在石板上。

"敞儿，照拂好师娘和师妹！"

"弟子竭尽微力。"

"哦，它也来接我！"阔别的小黄骠到来比和妻儿的重逢还使他激动。

"拴不住它，乱踢乱叫，非来不可。"书儿说。

司马迁一伸手，小骡就吐出舌来舔，只是对那冰凉的手铐很陌生，迟疑了瞬间还是那么依人，如同稚子。

"快走快走，看热闹的全围上来了。"武士在催促。

"回去吧，保重，清妹！"他走了几步，长高一尺的小黄骠步步跟着他，使他难以迈开步子，只得狠心拾起一块石子，重重地砸在它的后腿上。

"嚁——"它长嘶一声，负痛跑了半个圆圈，迅速再次凑过来。

武士麻木的脸上一片乌青，长矛的尖刃冷不防地刺豁了小黄骠的耳尖，顿时血泉喷出。它连连狂叫，仍不甘心和主人分离，十分顽强地冲过来。

“老师走吧。”杨敞用腰带套住它的耳根子，书儿捏住它的伤口。

“唉，还是它不势利！”司马迁一阵头晕，用袖口掩着眉眼，踉踉跄跄地走去。

“子长，上书向皇上请罪，早回来，我怕等不久了呀……”热血溢出上官清的口腔，就倒在地上。

“清妹……”

“爹爹！”

“和敞儿带些酒食一道去女监送李奶奶升天，说我无能为力……”

七

投入火海燃成灰，短时间内就了结苦难。

放在小火上慢慢地熏烤，暂时不死，绝无免焚的盼头，是长久的折磨。

火，不惟来自君王的愤怒，掌律者升官的欲望，也来自受难者的思维，里应外合，憎与爱相反相成。

四十天没有杀或放的预兆，日子慢得像蚯蚓在灶膛里爬行。

重返监中，没有人明确指令要给司马迁再钉脚镣。两排牢房，一排坐南朝北，另一排门朝南开，后墙都不开窗，形成一条五尺来宽的小巷。就这样利用地皮，长年累月地盖牢房，也不能缓解超员成灾。大眼让子长在这儿堆劈柴，堆毕盖上防雨的麦秸，其实是给他机会活动筋骨。起初，堆得很整齐，第二天再来，柴堆倒了。

“大人干吗死心眼儿，堆他个屁！只要狱官邴少卿大人来，咱有个说法好搪塞，用不着出真力气。歇一日算赚俩半天。”

多吸一口户外的风，再带汗和粪便血腥臊臭味，也比圈在洞里强。子长从法场死里逃生，伤了命门之火。

绷得太紧的弦要一松，每块骨头都乏，双手连拿个馒头也累。天刚入冬，从五脏往外冒阴风。晒着暖融融的太阳，已是天牢里的超级犯人。对大眼的感德都倾注到他的孩子身上。小卿又富于悟性，特别用功，尊重先生，这个“地下义塾”开得甚见成效。

先生意在让小卿识字，把《诗经》全文背熟，再按偏旁用树枝写在地上，没有开讲。孩子好学好问，由小聪明的闪烁上升到颇爱思索。

温习《论语》章“布为之，衣前后，左右手，空空如也”。他拍着手说：“这说的是坎肩儿、背心子。”几遍念下来，他又提出：“‘毋友不如己者，过则勿惮改。’有过必改，没说的。每人交朋友都找比自个儿强的，比我强的都不理我，我上哪儿去找到一个朋友呢？再说先生写文章比我爹强上老多；要阉人割蛋，先生就不及他，十个指头有长短，样样都比自己好的人会挺多吗？”

司马迁一阵苦笑。孩子的体会有偏，又非全无道理。正在表彰他，牛大眼气势汹汹地冲进来叫道：“见鬼，你爹八辈子造了孽才吃了这份儿皱眉饭。小东西哪壶不开提哪壶，不捶扁你怎知道锅是铁铸的！”

孩子不知触怒父亲的因由，吓得往司马迁后面躲。

“兄弟，在哪儿受了委屈莫拿他出气，好孩子，别怕，我给你讲书……”

“先生，这会儿爹不打，回家还得补一顿。我挨几下子没事儿，把他气病了怎么治得起……”孩子脱下裤子往地上一趴，双手举着一根劈柴。

“穿上衣服。”先生有触动。

“打破了没钱买，又没娘做……”

“没娘的孩子打得下手吗？”司马迁怫然。

大眼夺过劈柴重重地打在自己左肩：“我不配做人老子，我……”

“兄弟有心事？在忙着盖屋吗？”司马迁夺下木柴扔到堆上，指着他脚面和裤筒上的石灰点子。

“我……去求过邴大人辞活儿回家卖青菜，可他撂下话来：换新手做不妥帖就出人命，硬要大眼带出俩过硬的徒弟才准长假，这……”

“是去粉刷了蚕室，又有人要受宫刑吗？”

“这……”大眼慌慌张张地支吾。

“兄弟，晚上你我喝几杯。孩子……”

“小人再打他就算揍我去世的老子！好儿子，出去玩一会儿。”

“让他在这儿温书，大人又没有要瞒孩子的事。”

“不，到外边买果子吃，爹喜欢你！”大眼掏出一把铜钱递给儿子。

“儿长大了，不吃甜食，省给爹爹喝酒。”

“爹有酒钱。”

“那就买鞋，咱们家没人做针线活儿。”孩子下唇朝外一撇出了木栅栏。

“太史公大人，恶棍无忌向郈吉大人传下口诏：如果大人家拿不出五十万钱赎死，就处以宫刑。廷尉怕大人受不了这种羞辱祖宗的极刑，家里又没有资财，会自尽身亡。要再过几天才告知您的夫人，不打算让大人知道。郈大人哭了，要小人粉刷蚕室，以为大眼在院外偷听到消息，严禁走漏风声，否则要让小人充军到交趾去。小人没听到什么，为啥这样问，想给您递个信儿，小的前思后虑，充军不怕，怕夫人借不到钱。想得好不难受，实话相告，也算对大人一点诚心。”

司马迁太少精神准备，听到这比死还可怕的消息，两眼上翻，双袖垂直，朝后倒在柴堆上。

“大人，大人快醒醒！您不撑着点，稳住点，真把小人急死！”他端来一碗凉水，蘸潮手拍在子长额头上，半晌才悠悠复苏，幽幽眼神瞪着狱卒。大眼长年和死亡酷刑照面，也觉得震惊、疑虑，六神无主。

“哈哈哈哈！我死，死好了！不能活得非男非女，失掉人样儿！”太史公的脸拉得又长又扁，双唇翕动，口角扭斜，涎丝缠绵。

“扶您回屋躺会儿？”

“不！我要太阳，太阳！舍不得太阳啊！”

“成，就在这歇一会儿。”大眼铺好麦秸，帮他半坐半倚在干柴上。

“难怪你不让孩子说阉人……”司马迁端起碗要喝。

“我去弄点热的。”大眼夺过凉水泼在地上，走出了栏栅门。

司马迁闭上双眼，阳光刺着眼皮，一片赤霞，他下意识地举袖盖上眉棱骨。

这一霎时，久违的童年记忆，历历在目：

天色澄绿无边，像是草原。

芳草漾着微波，颇似牧童们坐在牛背上仰望到的长空。

他还没有骑牛的勇气，跟着大孩子们当一名起哄的龙套。

木桩上拴着一头发情的母牛，哞哞叫着，不时跺跺后腿，摇动黑得发青的短角，想挣断粗绳。

一头大公牛紧夹着尾巴疾行，眼珠充血，下巴翘起，几名大汉拿着绳索和阉割工具在穷追，它一见母牛，在三丈外略一停步，便猛扑过去，前蹄腾起，庞大的身躯全赖后腿支撑，伸出粉色尖尖的“牛鞭”正想成其好事，母牛温驯地伸腰立定，不过三次挥手的工夫，汉子们已经把大公牛的前后蹄都拴上了活套，从母牛背上拖下来，绳子越拉越紧，乌金的小山倒下了，四蹄立马被捆在一起。

一名大汉将木锨板垫起牛的后腿裆，另一名助手双手交替捋着它的阴囊，将睾丸抹到最底下，骟牛师才横扎一刀，刀背从小小伤口挑出两根细管子，熟练地切断，用线扎住，填入阴囊，睾丸被放到板上，骟牛师将刀叼在嘴里，举起木槌重重砸在睾丸上，顿时捶成一对肉饼，牛腿裆和地上流满鲜血……公牛徒然地挣扎着，哀鸣着，一会儿，阴囊肿成一只小桶。

汉子们毫无歹意地讪笑着，谈论着孩子们听不懂的脏话，松掉麻绳，一道喝酒去了。

孩子们恨大人对牛如此残忍，简直大惑不解。真想吹来一阵仙风，让自己身高丈二，把三名骟牛的庄稼人各揍几耳光，罚他们跪在大公牛面前赔不是。但幻想只是幻想啊！

在蛮夷之邦，酋长请他吃过牛蛋宴，主人夸奖厨子手段如何了得，这玩意儿多么鲜嫩喷香，他也不曾举筷。只能解释：当年老母亲不许牛肉进门，而今肠胃已难适应。主人虽然扫兴，不便勉强。他已不再痛恨为牲口去势，给公鸡剜去睾丸的农夫，对当地阉牛者的手艺很佩服，牛蛋取出后，遭阉割的水牛泡在大塘里，伤口不充血，很快愈合。

忆往事，来若惊风，去如闪电。

牛大眼端来兑有蜂蜜的热水供司马迁畅饮。

死的暗影对他后退了几步，五十万钱排成一条看不到尽头的链子从皮肉里钻过，胸腔上磨出血槽，就跟麻绳拴在公牛腿上一样。

牛小卿领着任安到来，老弟兄俩一见，紧紧抱在一起，都努力装出欢容，又无计抑住热泪。几番哽咽，互相拍着肩膀。

“你还活着，这比你当上丞相还让俺得劲，真想碰它八海碗酒，一字儿排着干掉……”

“这是大眼兄弟。老哥任安。”

“见过任大人！”

“别客气，适才间去贤弟家，书儿说你对俺子长兄弟甚好，当面谢过！”任安潇洒地一拜。

“这太不合适，要折阳寿！”狱卒喜滋滋地叩了三个响头，很是受用。

“小人告退。”牛大眼向孩子招招手。

“俺先去看过邴少卿，入门方便，他知道俺来此处，无人刁难。只请去办些酒食，少时你我等同饮。有钱在此。”

“钱这儿有。”大眼拍拍腰包，带着儿子走开。

“兄弟太清瘦，只怕被西风吹倒。”

“益州民风如何？”司马迁岔开话题，避免谈到自己。

“贪官污吏错节盘根，狼狈为奸，全无国法，对百姓想杀便杀，要关便关。虽古称天府之国，民不聊生，愚兄不忘当年推小车为生，懂得父老苦处，日夜查阅文卷，冤案十居八九，一一释放，百姓欢呼。朝中大员家在益州广置田地者，与蜀中乡绅串通一气，要置俺死地而后快。幸而天子不听诬告，愚兄首级拴在腰带上去执法，大不了一死，或者丢了官再去推小车。”

“兄台来京可有公务？”

“以葬老母为名，告假前来看贤弟，能会一面，多谢上苍！”

“若见陛下，千万莫为小弟申辩，否则毁坏你前程，性命难保。”

“愚兄知道自个是犟驴脾气，记住忠告，赶回益州。不去上朝，以免节外生枝。”

“兄台除葬伯母，还有何事？”

“卖掉房子。”

“老屋宽敞，前年修缮一新，卖去它任满回京，住在何处?”

“这……”

“是为子长赎罪之需吧?”

“你……赎什么罪?”

“邴吉不会告知大哥，小弟只是猜想当然。”子长把宫刑原委细说一遍，表示宁死志不可夺。

“本想见过一面就走。上午去看弟妹与侄女才稍知内情，她们哪能借到许多钱? 房屋之外，俺的俸银都被送给酒店，只好贱价急卖老住宅。”

“弟媳和书儿从哪里得来的消息?”

“你那混蛋学生郭穰一早送去一万多钱，说是高利借得。据太监告诉他：诏令一个多月前就已下达，杜长孺压旨不传，不是怕兄弟寻短见，就是要打个措手不及，心如蛇蝎! 弟妹一听就吓昏过去，书儿大哭，杨敞撵郭穰走，不收他的臭钱。俺赶到府上，问明来龙去脉，又恼又烦，郭穰吃了十一年饭，恩将仇报，白让俺骑马带他跑了三千多里地，钱再多也还不清这笔良心债，就由俺做主，收下钱，揍了一巴掌，打落两颗狗牙轰出门去。弟妹醒过来，把臭钱扔到门外，那小混球夹着尾巴溜远了，俺让书儿又拾回来。到时候缺几百文，也有小人出来打坝子，把大事泡了汤多不值? 可俺跑了一宿马没合眼，不然要多敲下他几颗牙齿! 兄弟放心，这笔钱总能凑齐，别放在肚里转悠。吃饱睡足，养好身板，该干的活儿还多。”

司马迁脸上现出笑意。

大眼爷儿俩提来菜肴酒罐，还有秫篾编的席子。

“二位大人，咱爷儿俩……”

“走是打咱老哥儿俩的脸。”任安拉住大眼和小卿，强行要他俩各占一方。

盛情不好违拗，只得从命。

“少卿大哥要在长安，小弟原想推荐小卿跟你学武，瞧他写的字多周正!”

“是好得出奇，有活气!”任安读着树枝划在地上的字竖起拇指，“多大了?”

“元鼎四年(公元前一一五年)出世,十五岁。大眼不为儿子就辞去这人人咒骂的活计,另做点小买卖煳口。”

“这年岁正该念书,又有子长这么饱学的先生,他多有福气!”

“司马大人不能老待这儿授教小猢狲,皇上还得重用!孩子是读书的料子,读不起啊!”

“老哥能替孩子找个饭碗吗?小弟而今说豆腐是白的也会把人吓跑。”

“好主意,办成也算有个善报。田仁兄尚在护边,明年春天奉诏回京任丞相长史,专治赃官。与贤弟也有兄弟之交,俺留下书信一封,央他给孩子谋一差事,书还接着念下去。”

“儿子快叩谢两位大人!”

八

瓢泼大雨紧紧抱着长安城,要把它推到海底而后拍手称快。

在相同的雨水下,人们注视着乌云怒翻的上空,涌着不同的思潮。

埋头抄书的郭穰被炸雷惊得搁笔,走到石砌的廊檐下皱眉做出无声的诅咒:“黑沉沉的彼苍,您想倒尽天河水来洗净人世间的罪恶是枉费善心,愿恩师能逃脱奇耻大辱,平平安安度过余年,完成巨著!天公,您想惩罚这样一位千秋良史,就把无德少才的郭穰用雷碾成粉末扔进渭水吧……”

多年生的瓦松被连根冲倒地上,屋檐上挂着一排微型瀑布,使人眼花缭乱。

杨敞在华丽伧俗的客厅里急剧地徘徊,犹如初被关进笼中的鸟儿……

他奉任安之命,守在富商王百万家等着取三十万钱。否则先生宁为玉碎,不为瓦全。多亏伯父讲义气,把住过二十年的大宅半价贱卖。“愿神祇保佑二位长者。”他在反复祷念着。

倾盆水柱往天井里猛倒,栏杆前点着八支碗口粗的红烛,大厅里依然鬼影幢幢，水汽蒙蒙。无忌两眼装作看天，其实牢牢地盯着杜周木然托起胡须的手上在跳的筋脉。

“请吩咐管家备一辆轻便马车。”

“进宫？”

杜周晃着头巾。

“去看丞相？”

“他没剩下几天的气候了。来看我我也不见。”

“门下替大人去不成？”

“不行。”

“上哪儿？”

“上车便知！”杜周把硬蓬蓬的胡子一松。

新粉刷的蚕室没有窗户，滂沱雨点大于酒杯，横射在房顶上，牛大眼觉得自己已落入井底，水面上有蛟龙追逐大群鱼儿，浪条要把井弄塌，他等着就要遭活埋。

门外走廊二面水帘纷披，他点起劈柴在烤滴水的墙。

“老天爷爷老天奶奶，别这么淌泪水和哈喇子，水淌光了，二老会变成石头人干儿。让太阳公公露个笑脸把屋子整干爽，司马大人不该用这个活棺材，留给杜周李广利用更好！可万一五十万交不上，这么黏糊糊地做活，闪腰岔了气，俺也不活了……”

任安走出雨帐子，像从河里爬上来，地上水深一尺，哗哗流淌。他抹抹眼，捋不尽头发和胡须上的水，恨得气喘如牛，怒视着雨空，他搜索记忆，想不起来儿时曾碰到过这样的豪雨。

“俺对苍天没法儿使，要是雨归人管，他旱天睡大觉，这会儿天凉又下个没完，俺把他抓过来抽懒筋！”任少卿粗壮的手指一接触到门环，就宛若老太太弹琴那样轻柔。

书儿打开门惊诧地将他迎进去。“伯伯的油套靴和伞呢？”

“嫌这些劳什子啰唆又不管用，弄不清在几时扔到了街心飘到交趾去了。这儿有两万钱，先交给你放着，再去想点门路。”

“伯伯甭再去，万一淋出了大病怎么办？”

“杨敞呢？”

“还没回来。”

“不妨事，王百万那里，万无一失。”

“先到爹爹屋里去换衣服。”

上官清头裹绿绡，病恹恹地走出客厅：“她少卿伯伯，真累苦您了，子长出了监狱要对您百拜，到死不忘大恩大德……”

“弟妹说得太见外，自家弟兄，做什么都该当，要谢啥？钱有多少了？”

“家里连卖掉这房子十万，您和学生送来三万，杨敞回来只差七万了。”

“田仁夫人送两万，不用还。天无绝人之路，弟妹书儿放心！衣服换过还得潮，不如就这么穿着，淋个痛快！”

任安开门，尚未举步，杜周的车子涉水辚辚而来，停在门口。

“少卿兄，长孺有礼！”

任安还礼，怕杜周来找碴子，就叫一声：“弟妹书儿，廷尉大人到！”

“哎，少卿兄太把小弟看外气了！太史公夫人，长孺问安来迟，特来请罪！”

“折煞村妇了！请！”

“大人请进，雨势逼人！”

“司马夫人，少卿兄，子长我朝文豪，和长孺生死之交，长安尽知。何况另有同朝为臣之谊，这回再次让陛下震怒，长孺多多冒犯，昔日友情，有增无减。虽然贫寒，不能作壁上观。钱只凑到十万，借了四家，三户说尽客套，不肯解囊，人情淡如水，务必收下，区区寸心……”

任安像三伏天见到冰雪一样：“这……”

上官清犹如半夜见到太阳：“廷尉衣服都湿了！”

无忌满脸堆笑，拱手立在一旁。

“人世风云，何日变到长孺身上，很难逆料。祸福是常事，请子长回家之后享几日清闲，栽花养鸟，吃药打拳。夫人好生调养，长孺拙见，不必为官，多教些学子，衣食不足，少卿兄与长孺皆会助一臂之力。”杜周不提当史官的事，又含此意，上官清听了很对口味。

任安知道杜周何止百万家财，此来不过拿出少量闲钱买名和交情，免得日后被写入《酷吏列传》。说真方，卖假药。惊愕片刻，就恢复了理智。

杜周正要辞归，杨敞气急败坏地破门而入，一见杜周，草草整衣，客客气气地行礼。

“敞兄，钱取到了吗？”

“任伯伯，廷尉大人，师母，大事不好！”

“快说！”任安抓住杨敞的手。

“侄儿空等了一日，刚才王百万的儿子回到家里，说他爹在店里点钱，来了四名公差，皂白不分，也没讲哪个衙门抓的，押上马车就朝西城而去。他儿子说房子不要，钱要拿去给他爹买命了……小侄如闻晴天霹雳，看此事如何处置……”

上官清一听就傻了。

“这样的案子廷尉总会知道吧？”任安怀疑有人故意做此案，但没有证据，只好这般探问。

“长孺一无所知。或许是长安中尉在办此案，请少卿杨公子跟车先到寒舍，再套一辆车，咱四人分两路，凭长孺薄面，总会查问个水落石出。”

“大人陪杨公子先查案卷，再查各大监狱。先给长安右内史写张文书，让右内史看后立即交给中尉，门下陪同任大人再去要人，万无一失。”无忌一副急于收效的情绪，不像传闻中的恶狼。

“廷尉大人，俺任少卿说话不绕弯子，万一王百万成了断线风筝，找不到下落，请求对子长的事再宽限三日，好另找人实俺的宅子。若有难处，愿以太守官印作押！”

“少卿兄，未免把长孺当皮外肉！子长之事，你我兄弟共同承担，大不了摔了这顶獬豸[1]冠又算得了什么？廷尉御史大夫朝朝有，司马迁只有一位呀，我的少卿兄！万岁给长孺的权限就是三天。先找王百万问明可曾犯法，再讲别的。”

“他儿子说：乃父平生守法。”杨敞仿佛抓到一线生机。

“那也没准儿，而今一万多条法，犯了还不知道。你再清白，来个腹诽之罪，砍了头也无处叫屈。”任安斜瞟着杜周。

“少卿兄所言甚是。朝廷纲纪皆堕毁于贪官酷吏之手，酷吏有贪有不贪，不贪者以多杀人为有功，自认为两袖清风，诛杀得更猛烈，官也真升得快。少卿兄在蜀中查出冤案四千多宗，万岁挺赏识，可小人的邪风也吹到了京师，不是陛下英明，少卿兄，您也在劫难逃啊！”

“少卿是快人，廷尉请宽恕！”上官清怕杜周胸存疙瘩。

“一句戏言，弦外无音，都为子长平安，怎会伤了老弟兄们的和气？走！”

“村妇和子长拜托了！”上官清一屈膝，书儿、杨敞跟着行大礼。

“夫人多礼了！”杜周答拜如仪。

四名男人冒雨而去。

“上回杜周保爹爹，任伯伯说是讨好皇上。今儿葫芦里又卖什么药？”

“也许此人心术不是十恶，吃了这碗饭，总招人怨，何况保官升官都得看万岁脸色！”

“娘，咱汉朝的廷尉有谁心术不邪？王百万的怪事可会是无忌的手下人所为？”

“孩子不能一味狐疑，为人要淳厚。”

“爹爹不忠厚吗？”书儿茫然。

“有证据再说不迟。”

三天时光，弹指即逝去。二更刚过，瓦檐口上的雨水还在起劲地流。

---

①豸（音志），无足小虫。獬豸，古代传说中的异兽，能辨曲直，见人相斗争，能以锐利的角去触坏人。故执法的大吏头戴獬豸冠。

不速之客任安淋成了落汤鸡，被童儿请进书房，他两目似炭火，喷出的酒气顷刻就填满了空间。

“少卿兄快请更衣，免受风寒！”客人来得使邴吉感到意外。

“死了倒干净，还怕什么病？眼看司马子长要受宫刑……哦，失言了，告罪！小弟冒雨拜谒，是来讨酒喝的。”任安勉强地一笑，决计避开不愉快的话题，想把气氛缓和下来。

“酒够少卿兄喝的，请！”邴吉脚步沉重地进入里屋，一会儿把一只小坛子提到任安面前，为他倒出一大碗，双手擎起说：“小弟平素不肯与人来往，但彼此同在一殿为臣十余载，有话不必碍口。”邴吉眉眼像被看不见的钉钉住。

“不！仅为一醉而来，请主人也斟上一碗。”任安爽快地喝干了。

“小弟晚间饮过几杯，五更前后，要去查看诏狱，不能奉陪，请仁兄自筛自饮。”邴吉一如往常，语气冷而重。

“好酒！好香！”任安一个劲喝下去。

“少卿兄你有心事？”一只小蚂蚱飞入窗来，撞到墙头，落到案上，邴吉轻轻拈起，送到窗外，再落下帘幕，似乎说：“我不杀虫儿，它会不会让雨淋坏和我无关。”

“没有醉，没有，好酒……好酒……”任安的舌头开始转动不灵，倒酒的时候腕子发颤，差点把酒洒到小几上。

邴吉凝视着窗外，闪电的金焰照着他稀朗乌亮的胡子，栗壳色长脸上毫无表情。

任安毕竟胸无城府，按捺不住怒火上升：“孔老夫子诅咒头一个用陶俑陪葬的人要断绝子孙。谁先想出这比杀人还残忍的腐刑真该千刀万剐，成为齑粉也难解俺任安心头之恨！大丈夫可杀而不可辱，岂能为一条蚁命，贻羞后世！”

邴吉双臂抱在胸前，进出气迟缓，白多黑少的瞳仁，缓慢地从雨空移到承尘上，不知在想些什么。

任安受到这种沉默的鼓励，从怀中掏出一节细细的竹筒，长约一指，筒口上塞着一团浊黄的乱丝,外涂白蜡,悄悄递给了主人,哽哽咽咽地说:“小弟冒昧拜访,一不求捐借金银为司马子长赎罪;二不央你做违法犯难之事。请将这份厚礼交到他手中,好保全读书人名节!小弟解救无门,愧恨交加,苍天与兄台同鉴。千言万语,均在其中,拜托了!”言毕屈膝一跪。

邴吉的下唇一抖,扶起任安,双手搭在他肩上晃动几下,将竹筒抓过去放在袖中,用幽暗的嗓音说:“少卿兄,你醉了,醉了!”

“可惜醉不了!我要醉上三年五载,便是天底下一大福星!”又倒上一碗,咕噜噜咽了下去,泪滴从眼角顺着鼻沟和酒一同进入口腔。“何况酒醉心不醉!这里面装的是……”

“噤声!不必讲!”

“砒霜!真人面前不必说假话。”任安痛苦地捶打自己的胸膛,“此乃下策,不得已而为之。不助人生而帮朋友去死,俺任安该杀毋赦!如果俺死能让子长活下来,情愿喝下这白砒!”

邴吉的眉毛跳动几下,又恢复常态。

“任某让钦犯逃刑,算犯了杜周的王法。仁兄去告发吧!俺真乐于追随子长同赴九泉,何必等到若干年后?”

“砒霜,邴吉从未见过,仁兄你吗,也不曾见过。至于有谁把药交给司马迁,太史公是死或受宫刑而不死,也不要再问,几日便知分晓。”讲起眼前的事像讲起广寒宫里的事一般平静遥远。

任安再倒下一碗酒,打开窗户虔敬地说:“子长,愚兄没脸面见你,谁让俺不贪赃枉法呢?说也无用。兄弟一场,就此送行!”酒朝雨空中一泼,他跌坐地上。

邴吉闭上了眼。

任安将左脚一弯。吃力地站起,捧起酒坛子对准自己的嘴唇就灌。

“少卿兄,请不要戕害自己!当今之世,你是可以边塞建功的人杰,要为国珍重!”邴吉夺过小坛子一看,已经空了。

任安双袖乱抖,一把抱住邴吉说:“俺原先只当知俺者子长兄!想不到你邴少卿也是一个,弟今晚算没有白来。难得难得,多承谬奖,小弟报国无门，有苦难诉。早知子长兄弟如此结局，倒不如同去塞北，战死沙场，也不枉七尺之躯……”任安倒在地上干哭，嗓音全哑。

“少卿兄在何处下榻？”

“在空空的破家。”任安头朝下一垂就人事不知。

邴吉从容地唤来两名家丁，将任安换过干衣服，然后套马车将他送到家。

“邴少卿，俺任安还没醉死吗？”这话问得没来由。

“不会，酒坛子里兑了一多半水，没事儿！”答得温和。

九

中秋皓月露面没多久，早来的寒流突然给沟渠河塘笼罩一层薄冰。白帐子雨一阵密过一阵，挟着带哨的狂风，如虎添上翅膀。冷气穿透一尺来厚的麻石条围墙，钻过衣鞋被褥，要冻结司马迁的四体，进食太少，忧火中焚而变得像一尊细长单薄的木乃伊，眼睫不闪，消失了活气。

约莫烙熟两张饼的光景之前，牛大眼带着火石火镰和布条子来掌灯。

“……待会儿再说吧。”

“大人给官家省下一缸油也没谁说半拉‘好’字！”

“怕晃眼……”

“听您的，大人！”牛大眼肉碑似的背影摇动几下就不见了。

兀坐在暗处，反而更能看清自己的心象。这人世间，灯光照不到的地方太多！

他企盼暗无血色的心跳出口腔，悬浮在头顶上面，裂开一扇小门，自身缩得小于蚂蚁，钻进其内，立即封闭得天衣无缝。其中再也没有日月花树，君臣纲纪，尔虞我诈，朝暮四时，牲畜五谷。永别了，眼前的梦魇，在无限膨胀的空寂里，不再咀嚼昨日，幻想明朝。

这些似乎很快实现，没碰上险阻。

一瞬便是一年啊！又对环境不满足，空间仍太辽阔，让它缩成豆粒儿、胡(芝)麻籽儿、芥菜种儿，直至肉眼看不清楚的小尘埃……一时还不想让心飞出天窗，穿过浩然大气，飞向琉璃世界——挂着亿兆小灯的星空，但求高卧在瓦檐角落，欣赏杜周、邴吉（此刻还把他们视为一丘之貉）、李广利之流，一大堆狱吏皂隶们找不到钦犯司马迁的窘态，大快天意民心的百丑图！他还要恶作剧地大叫："大人先生们，凶鹰恶犬们，鄙人司马子长在此恭候多时！"

戏弄、报复酷吏赃官们的虚幻"胜利"，比夏天走进冰窖还凉快，幻灭于三呼五吸之间，了无残痕。空气还在挤榨他，只希冀天不再明，让坟地般的无声、炭一样的惨黑裹着他，享受无悲无喜的麻木，有脉搏的死亡，归于地老天荒。

门锁再响，牢房栅门吐出微明，牛大眼送来一篮菜肴，墙洞里的瓦灯被点燃。

司马迁下意识地揉揉眼泡。

"大人中午又没动筷子，要饿坏了！"

司马迁摊出右掌做了个"请用"的姿势，体躯依旧似块木头。

午餐被撤到席子边上，换了干净盘碟，从罐里倒出热的狗肉、猪蹄汤，四色冷肴，一壶佳酿："快来请用，别看东西不多，做起来费了周章，没有重样的味道！"

太史公摇头惨笑："请帮我吃掉。"

"这……"

"请！你吃我用都一样，不能糟蹋天物。"

"这……不太合适。"

"你是好人，该吃。"

"全亏大人点拨，起根上讲牛大眼没长眼，只长钱眼，白活半辈子，好个屁！"

司马迁把酒推到大眼手边："甭用杯子，嘴对壶喝个痛快！"

"原谅大眼絮叨：老天爷八成是醉后在打盹儿，让您大德之人掉进这吃肉不吐骨头的老虎嘴里。像大眼少肝没肺，反而活得顺顺溜溜。多少挑不上筷子的臭鱼烂虾是活得妻妾成群，还捎上歌童小郎，奴仆丫鬟。谁不服气去跳渭河，大河可没盖盖儿。您还得想开点，吃饱灌足，落个肚里圆，来一杯酒热热骨头，尝尝头等大黑狗的心，再急太阳还打东边出，不顶用场啊，大人！”

“谢谢，不饿……”

“人是铁，饭是钢，一顿不吃饿得慌。您老这么亏待肚子，大眼心疼，真想哭，泪水不是假的。告诉大人：这几个月，我那儿子每晚忙乎到三更后，念书念得嘴冒白沫子。多亏您点铁成金，有点小气候。不知道如何答谢大人？凭这也该吃饭！大眼爷儿俩都还要托您的福！”

“子长还会有福？”他的筋骨发酥，头像戴着铁斗，又紧又沉。腿部挺直，伸屈不灵。扶着墙走个来回，金星子从眼角撒到地上，定定神，蹲下身，揭开罐子盖，把热菜一样样倒回去。

“这是廷尉大人关照大眼做的，您总得点个卯，要不说我手艺三脚猫！杜大人一瞪眼，饭碗就裂成八瓣儿，能管他的只有万岁爷，谁管大眼喝东南风还是西北风……”

司马迁胸腔一动，笑得阴沉酸涩。

“多难为情，简直不像话，谢谢大人……”

“兄弟，儿子读些书明了事理，学个大夫，教几个家童，宁穷一辈子也别跟贵人衙门打交道。这些人的脾气跟黄梅天的阴晴一样难摸透，子长不是一面活镜子吗？”他把竹篮挎到狱卒的腕子上。“快送给孩子吃！”

“他饿不着。”大眼放下提篮，似乎想起一件大事，打开栅门伸出脑袋左右一看，黝黑的甬道上没有人影，便关死房门，从口袋里摸出一节小竹筒，悄悄放在油灯旁边，塞筒口的白丝被灯火照成奶黄色。

“这小玩意儿从哪儿来，谁带进来交给大人的，千万别打听，免得节外生枝，捅着马蜂窝。万岁只想让大人挨一刀，没想您送命。您的一位朋友说本想卖了房子给您赎出天牢，谁知买房的被一窝来历不明的人抓走，连日找到杜大人，也查不到下落，没脸见大人，送来这……”

“这是……”

“砒霜！喝下去七窍冒血，肠子肚子烧得稀巴烂。您没缺过德，干吗要那样惨死……送药的是蛇生狼养的狰狞鬼！可得留下青山，总有柴烧。不带进来对不住上峰，您用了对不住大眼良心。还是让大眼带走吧！”

“不！”这是斩钉截铁的口吻。

“您用它？”

“不！”

“那……”

“放着，毒药，里边藏着友情！做人要从恶抄近路方能走向善，是谁让这样颠倒！”

“大人……”大眼手足失措。

“不问你。兄弟，去吧。”他不愿狱卒为难，谁能回答？孔夫子都避“怪力乱神”，不言“性命与天道”。

“小的真不该……”

“兄弟没有错。”

“不拿走，不放心！”

“就凭这‘不放心’三个字，我也不会把你送进死巷……放下它！”

“那……您保重，待会儿见！”大眼的背影有点蹒跚，手按着锁犹豫很久，才送来忧虑的跫音……

小竹筒放在小几中间，被太史公凝视着。

灯火摇紫……

小竹筒是一炷香，慎终追远的情结，每每在生死抉择之际，系得更紧。借香先拜列祖列宗，司马谈之后，天经地义该是自己，然而他兀立着。

它是剑，能割断宏图难兑现的烦恼，失败的痛楚，力不从心的歉疚，带来解脱。但这些重荷只是从死者肩头移植到生者心头，天地间忧患的总和还是那么多，流光洗不尽，早晚又会洗净，注入一些变奏的音符，成为新的主调。全部消失，人和宇宙还存在吗？

挥剑还是掷剑，他犹自兀立着。

是在选择命运，抑或是命运在促成选择？

害中取小，利中取大，本极简单。为什么许多智者也会选错？

命运是什么？是变幻无常的或然律，还是不可改易的必然轨道？他和选择是一人喝酒两人醉,还是彼此怒目而视,一个必胜而生,另一个必败而陨灭?

不可改变的时间、空间、人际关系,加上个性即是命运,没有神去安排。

每次执笔,他享受选择者的欢悦,也等待着被选择的不幸。裁判者的伟大,蝼蚁的渺小,在历史面前的无能为力,集于一身。一次次选定是转机至死亡,一次又一次从网上脱逃,预支过许多难堪的愤懑与哀愁。今天忽然悟得:无路可走的哀愤就是生的形式。一朝死去,连承受艰厄的机会也求之不得。

它是柱子,顶着友谊的高台,如死一般强烈,鼠兔一样怯懦,不及一根小草能美化寸土,历尽寒冬而复苏……

它是大书,读懂了也好,不懂也罢,没有人从死的彼岸请假泅渡归来,说出书的主题,无数插曲的宏丽与阴森……

它是神笔,写出无人识别的字,在星星间,月亮上,山之腹,海之底,石之魂,形成它独特的数、律、光,棺材把黑氅一裹了之。

想到笔,已经久违了!

他爱笔,那是心与手、口与时光的延伸,走向不朽的仙桥!比一个指头的神经筋脉丰富千倍。笔是史册上不灭的炬火,贤哲民贼独夫,一一被还原。短暂的伪装和粉饰都会剥落塌毁,惟圣哲的笔是子子孙孙的脊梁!

他恨笔,哪个刽子手杀人不用它结案?它写过多少无耻的颂歌,多少煽动权力狂热的呓语,多少勾起卑劣情欲的教唆,多少向美德挑战的独白,多少黄金长矛制造的腐朽与贪婪!没有笔他哪有今日,它还要毁蚀多少钢骨,扫走多少天才,为活地狱的油锅添薪,给血海泪河的长哭当歌提供能源……

啊,孔子老子墨子的如椽斗笔!司马谈授给子长的彤笔……

无形的大江流过阔野,也淌过方不盈丈的囚室。江面的浊浪是时间,沉埋在江底的是思想……

墙洞里的灯火,竹筒口蜡线的回光,是太阳和月亮。子长作为历学家也略谙星象,还不知月亮借太阳的光,即朦胧地感觉日大月小,也想象不出体积如此的悬殊。但皆是有知觉的神。

长时间用凝固的视角去看两点光会产生错觉，或许是诗人才有的浪漫主义错觉，为驰骋幻想的急需而拔高了次要的物象，造出现实中所没有的对等。两面战旗，清楚地写着“生”与“死”。他一手持笔，一手仗剑，走到当中，伴随着单调的初更一鼓，躯体奇迹般地裂变为两人，笔放大了几百倍，重达百斤，笔尖是好钢，与武士手上的长矛相近。两将棋逢对手，兵器碰撞出火花，烟尘滚滚。司马迁史学良心为他俩擂响一通又一通战鼓。

“这样拼命，伤了和气，还是兄弟相爱，有分歧商量着办，武力服人一时，德行智慧服人几代。人生苦短，走极端者总要一败涂地！海，能容乃大；志士，无私则慈。求求二位，你们身心上相类似的东西何其多也！谈不拢请父亲仲裁一下，老人家的话总该倾听。除了他谁写得出《六家要旨》?”司马迁纳头拜倒。

沙原和旗帜被推到远方，渐渐模糊。牢房内实景凸现出来。一会儿，执剑者的形体被压缩到五寸左右，跟墙上石灰剥落成的小人影儿叠合一体，溢出司马迁的视野。持笔者摔倒在蒲席上，盖着狗皮褥子和衣而卧。巨笔还原为毛锥，扔到了暗处。灯光一颤，此人乌黑的须眉头发，忽然白去大半，微带褐黄，双颊下塌，印堂灰暗，额头油亮，呼吸促迫，口角挂着一丝涎水，正是司马谈。

暖炕边跪着送终的子长，风尘仆仆，腮部绛色，眉宇流露出俊爽的青春活力，初生的短须长不盈寸，围在下巴和耳根，像三把油光光的小刷子，预示他年鬑鬑有美髯。

“儿子还记得为父的临终嘱咐?”

“每饭不忘，见之梦寐，不下百次。”

“为何修史?”

“吕不韦死而子书绝，近人著述，尚少卓见，不足以称子。写《太史公书》即以史为鉴，立一家言的司马子，包括爹爹对六家的剖析，弘扬大道，又不失人世热肠，流韵溢采的美文不过是袍服而已。”

“对！史家即在一根竹简上拿笔的小皇帝。有了《春秋》，孔子实乃建立一个伦理王朝，是非容后人公论，不绝如缕则是事实。皇帝即住宫廷，造出功过是非，关系千万生灵的大史官，颂扬明主圣德是借口，旨在忠告君主：民气为宝。谄词在明处，阴谋在暗中。主上与贤臣分权而治，政简刑轻，民富国强。不惜民力，穷兵黩武，信任奸佞，刻薄专断，塞绝言路，大臣伴食，吏治腐恶，严刑峻法，国必危。大臣处常态，据史书知道如何办事得宜，遇非常之态懂得权变。国亡，蒙首恶之名。孔子以礼防乱于前，重法劝诫于后。士人武夫不佐君主无功，功成不退每每灭族……”

“爹爹，儿对慈父一世心得时刻在怀！无爹爹高识，汇抄史料成书何用？”

“这样就好！君贤，奸臣变直臣；君昏，不奸者亦说假话，实出于无奈。说真话有时比死难，有人说了真话，为罪恶的高墙所挡，为时光之风吹散，或言之不文，天下后世听不到。你当以龙门之鱼为师，不计成败毁誉，不怕误解寂寥挫折，日日跳龙门，至死方休，终当如愿！”

“儿要写出超过左丘明的著述，但人言可畏，怎敢偷生？”

“人早晚会死，死得适时适地，且心无遗憾者，古今寥寥。儿怕直面剑树刀锋，想一死逃避责任，就先看看儿死之后的惨相。嘿嘿嘿！”父亲的幻象被刺人心脾的冷笑声炸得四分五裂，这些碎片不甘于淹没，努力往一块儿游泳、拼合、扭结……

少顷，丰姿修伟的司马迁闭目举起竹筒仰面干吞，顿时双手掏心，在地上乱滚。他一跃而起，抓过水壶牛饮几口，抱着头来回猛撞墙，乱发、血丝、破袖上下翻飞，下巴扭曲，全身痉挛，连连顿足，颓然栽倒，七孔流红，喘成一团而死。

“子长——”上官清哀号着，抖抖索索，扑向丈夫，一口鲜血涌出口腔，连着胆汁腹水，迅速气绝。

“爹爹——”书儿冲出铁的黑暗，跪在地上抚尸恸哭，凄绝人寰。半晌，她拜别父母，解下腰带搭上梁头……

“夫人！书儿不可……”旁观的另一个活司马迁仍似一段木乃伊僵坐着，嗓子全已失语。

乌黑的梁头滴下血雨……

地上的血汇成池塘,两具腐烂不堪的遗体漂出绛色的微澜……

李广利戎装挥剑,策马踏过死者的胸腹,一脸恶笑……

杜周坐在斧车上,无忌手舞长鞭,领着执戟的卫队,轧过血流……

李福和邵伴仙走出黑幔,立在白骨上,如履平地,那么臃肿的身子并不下沉。李福将上官清推到远处,回过头来向邵伴仙挤挤眼,再摘下自己的帽子,犹如手托一只金盆。

方士诡秘地一笑,抽剑切开太史公前胸,掏出玛瑙亮似水晶的丹心,立即刻上一些精细的花纹,放在盘子里,射出智慧的金芒,伴仙纳剑入鞘,隐入黑暗。

李福举托盘过头,大叫一声:“有请万岁和夫人!”

武帝踱着方步走出玄色深渊,身后跟着容华绝世的李夫人。

李福殷勤献酒。

武帝端起半心之杯,喝完之后,还吮吸两下杯口,追寻着余香。每吸一下,司马迁感到两乳周围一阵炙痛。夫人乜斜着风眼,哧哧地浪笑着。

司马迁大叫:“我不死!不死!无能缺德者居高位,狂吞民膏,我肩负重大使命,为什么不能活?我要活!要活!”

武帝、李夫人、太监不见了,任安怒不可遏地走出黑色洞府,用手戟指着司马迁叱道:“人活千年也要死,你不该给后辈留下丑恶的榜样!你快死!快快去死!一个大节有亏的阉奴写不好史书,何必掩耳盗铃,自欺欺人,找借口贪生?”

司马迁看到自己的幻象向任安连连长揖,乌亮的三绺长须被春风吹动:“我死!死!死!”

“够朋友!死得有骨板是汉子,好样的!”任安推倒金山铁柱之躯再拜。但是他挺直腰杆抬起头时,又变成了书儿:“爹爹,您怎么忍心忘了爷爷临终嘱托,撇下妈妈和女儿?她为您久久卧病,瘦骨嶙峋,奄奄一息,你撒手一走,她和女儿怎么活?总该过上三五年安生日子,哪能苦到死?”

“清妹、书儿,我不死!不死!要写书!”

“子长，要写！把你所见所闻的是非，都原原本本地记在书里。往日我不让你写是错的，要让坏人有个管束……”上官清如是说。

“爹跟女儿一块过穷日子比写什么书都好！女儿从前要您写书是错的，千千万万的人没写书活得比您好！为母亲和书儿活下来吧，谢谢您老人家！”

“夫人小姐再吵吵嚷嚷，大人又不想活了。听小人一句，让他静一静……”这是牛大眼的声音。

“先生不能死啊！”郭穰跪在门口。

“滚开，奴才！谬种！”杨敞跪在郭穰膝前痛斥郭穰，“先生为学生活下来吧！”

杨敞礼毕昂头，已是任安在狂笑：“哈哈！我任少卿有眼无珠，竟把一个苟活偷生的软骨头引为平生知己，太可笑可恨！他不男不女半雌半雄跟俺何涉，为何煞费苦心不让他去受世人唾骂？”

“少卿莫自责！你是直士，我司马子长去死，死，死，死……”

“死了朕就放心，不再装作豁然大度，让你漏了网，笔尖舌下毒汁四溅，蛊惑人心。朕只许留下一片赞颂之声于后世……”

“死了没有你那双眼盯着俺，封侯封王都没人找碴儿……”

“自己去死，干净利索，也免得写什么《酷吏列传》来出我杜某的丑……”

“俺任少卿跟你们不一路，他死是你们谋划的，俺要他死是你们逼的！”

杨敞、武帝、贰师将军、杜周、邴吉、无忌、牛大眼、郭穰纷纷退去，营垒简化了。任安要司马迁死；父亲、书儿、上官清要他活。各自站在司马迁的一边，喋喋不休地陈述着无从反驳的理由。声音、频率在成倍翻番，越响越乱。

呆立墙根的司马迁本来脑鸣身颤，四肢痛似斧劈，每个关节都被扎入钢针，就要土崩瓦解。只见那幻我左右拱手，唯唯连声，对双方的要求都想照办，又无所适从。每回躬身施过礼抬起头来，都添几根白发，末了眉毛鬓髯苍然，两腿如木桩，上半身发了岔子，双头四手，向两种真理继续作揖。拖在地上的须发愈堆愈厚，罩住了黄河，覆盖了昆仑，裹住变得净化的天宇……

天地相连，幻象烟消，眼外心内茫茫一片，时光与思维一齐停止，沉入空的空间……

良久，良久……

倦眼重睁，四壁无存，赤地千里，河床断裂，晒干了的芦苇垂下狗尾穗儿在荒漠的月下哀叹。

他独行泽畔，皮发枯槁，瘦脸黧黑，憔悴得几乎点火就着。一个声音执拗地问着他：

"这是我司马子长吗？怎么会这种模样……"

"不是我又是谁呢？"

"我从何而来？"

"我将往哪里去？"

"为什么只剩我孑然一身？"

"我的妻子、女儿，家在哪里？"

"我的书稿在何处？"

红土高坡底下，有位老渔翁在垂钓，那面貌酷似送郭穰到子长寓所的老爷爷。

"老丈，我司马子长死了吗？"

"不知道。"

"人正在走路，会是人死过后变的鬼吗？"

"不知道。"

"正在走路的人都没有死？谁也没有告诉过您我活着？"

"不知道。"

"那您老知道什么？"

钓者直摇头。

"老丈为什么不理小辈？"

钓者闭上了眼睛:“我为什么要知道那么多? 你知道上下千年,活得劳神焦思,残生难保,眼看躯体不全,蒙上奇耻,哪儿有你走的路?”

“真无路可走吗?”

“也不一定,要看你的勇气。”

钓者将钓竿扬起朝水中一指:“明天明天……”

“可我的书! 书……”司马迁惶惶然。

“书有什么用? 读熟了能让我多钓一条鱼,多喝一壶酒,让你多条路,多盏灯,多座桥,多一把刀?”

“我非死不可?”'

钓者点头,又摇头,摇摇点点,点点摇摇,似无单一化的穷期。后来把头一歪,干脆分不清是摇是点,介乎二者之间。

“到底该如何办才妥当? 小辈好不彷徨……”

“不知道。你问问屈大夫吧,他来了。”

一阵清风,钓者不见了。

碧天裂开一条缺口,露出腰缠白云的琼楼,金门大开,峨冠博带,佩着美玉、长剑与花环的屈原脚踏霞光,降落大荒。

“子长,你百读拙著,泪流不止,至诚格天。你今进退维谷,特来一晤,幸毋拘礼!”

“三闾大夫,高不可攀的师长,饱经忧患,壮志未酬的千古伤心奇士,空前的大手笔! 请指教晚生如何择路,闯出迷津?”

“活都不怕,还怕死吗?”

“九死是短痛,一了百了。活着万口交骂,羞火烧骨。无翅逃上天,无缝钻入地腹。将有目而无所见,有耳无所闻……”

“活都不怕,还怕什么死?”

“大夫教子长负辱而生,胜过没世无名抱恨而死。但师长为什么自沉?”

“放逐野臣,日与村老渔父为伍,不缺鱼米。然目睹大厦将倾,漏舟欲破,祖宗社稷渐为狐鼠丘墟。当朝者骄奢淫逸,重用奸臣,百姓喘息于血污之中，朝不保夕。无力救助，以死加重遗言分量，唤醒醉卧虎口之君臣醒来，拯救危亡于千钧一发，心迹几人知？你今重蹈屈平旧辙，忠而加刑戮。你太多幻想，凡中觅奇，美中见丑。渴待友情，最易被小人所卖，诗人长处即处世短处。大凡盛世，人多议论，最不似盛世，末世人人称颂天子达官，上下争利，美德沦丧，文过饰非，最似盛世。古树心枯，膏肓之疾已深埋其腹。你认清朝野大势，莫一时冲动，以死逃避重责，博节烈之名，而为万古罪人！无妨自请腐刑，历沼泽大谷巨川而登山巅。书传百代，骨朽何伤，无书而死，何以见令尊于九泉？”

“子长敬受教！当见大忘小，奋发晚程。人固有一死，或重于泰山，或轻于鸿毛。千秋一瞬，宁敢轻率……”

“颠倒本末，以泰山为鸿毛，鸿毛为泰山，慎思明辨，方可减少悔恨。若文王昌囚于羑（音友）里，得《易》之精髓尚未传人；孔子删经书著《春秋》不曾脱稿；左丘明集汇史料犹未给《春秋》作传；孙膑刑前未演成兵法，老子庄周著述尚系腹稿；皆惨遭大祸，是任人杀身，或者为著书甘领极（腐）刑而无愠色？”

“小辈明白了，前修写书，吕不韦在咸阳集门客撰《吕氏春秋》，皆企盼国君采取其学说显才；《诗》三百篇作者及夫子胸有抑郁，无计上达，又不忍携入坟墓，付之遗忘，乃有所为而借重文字，觅未来真相知者，至情至性，不是小文人卖弄巧思，无病呻吟。无翅而想高飞是狂妄；有了羽翼略欠丰满，遭逢风雨，一蹶不振，是无勇无智的匹夫。小辈承先人之教，用皇家藏书，或可超迈左丘明。当仁不让，毁誉不计！”

“哈哈哈哈！”屈原掀髯扬眉。

“大夫爱人，不以姑息。小辈志不成，死不瞑目。书藏风骨，即报答先人，夫子在其中矣！”子长频频顿首。

“子长甚得我心，异代知己。大计已决，莫再犹豫……”

牢门咿呀一声，大眼提着竹篮进屋，见他倒在墙角，连忙呼喊：“大人，您快醒醒，空着肚子歇息更得盖被，冻病了是光着膀子钻刺棵！”

“兄弟又来了！”

“大人再烦小的也得来呀!”

“不烦！不吃哪有好身子骨活下去？来得正好,席地对饮!”

“这还像话,早该如此!”大眼异样地看着太史公,像是面对一位初晤的陌生人。